Trilogia Ecos do Espaço
Livro 2

SOMBRAS DO ESPAÇO

MEGAN CREWE

SOMBRAS DO ESPAÇO

Tradução
JACQUELINE DAMÁSIO VALPASSOS

JANGADA

Título do original: *The Clouded Sky*.

Copyright © 2015 Megan Crewe.

Copyright da edição brasileira © 2016 Editora Pensamento-Cultrix Ltda.

Publicado mediante acordo com Sandra Bruna Agencia Literaria, SL e Adams Literary.

Texto de acordo com as novas regras ortográficas da língua portuguesa.

1ª edição 2016.

Todos os direitos reservados. Nenhuma parte desta obra pode ser reproduzida ou usada de qualquer forma ou por qualquer meio, eletrônico ou mecânico, inclusive fotocópias, gravações ou sistema de armazenamento em banco de dados, sem permissão por escrito, exceto nos casos de trechos curtos citados em resenhas críticas ou artigos de revistas.

A Editora Jangada não se responsabiliza por eventuais mudanças ocorridas nos endereços convencionais ou eletrônicos citados neste livro.

Esta é uma obra de ficção. Todos os personagens, organizações e acontecimentos retratados neste romance são produtos da imaginação do autor e usados de modo fictício.

Editor: Adilson Silva Ramachandra
Editora de texto: Denise de Carvalho Rocha
Gerente editorial: Roseli de S. Ferraz
Produção editorial: Indiara Faria Kayo
Editoração eletrônica: Join Bureau
Revisão: Nilza Água

Dados Internacionais de Catalogação na Publicação (CIP)
(Câmara Brasileira do Livro, SP, Brasil)

Crewe, Megan
  Sombras do espaço / Megan Crewe ; tradução Jacqueline Damásio Valpassos. – São Paulo : Jangada, 2016.

  Título original : The clouded sky
  ISBN 978-85-5539-048-7

  1. Ficção canadense 2. Ficção fantástica I. Título.

16-03653   CDD-813

Índices para catálogo sistemático:
1. Ficção : Literatura canadense em inglês   813

Jangada é um selo editorial da Pensamento-Cultrix Ltda.

Direitos de tradução para o Brasil adquiridos com exclusividade pela
EDITORA PENSAMENTO-CULTRIX LTDA., que se reserva a
propriedade literária desta tradução.
Rua Dr. Mário Vicente, 368 – 04270-000 – São Paulo, SP
Fone: (11) 2066-9000 – Fax: (11) 2066-9008
http://www.editorajangada.com.br
E-mail: atendimento@editorajangada.com.br
Foi feito o depósito legal.

Para Lucas, que veio ao mundo junto com este livro.

1.

Minha primeira dúvida quanto a deixar a Terra surge cinco segundos tarde demais para que eu possa mudar de ideia. O 3T* de Win nos arremessa em uma sala circular em tons pêssego, iluminada por linhas brilhantes que guarnecem o teto.

— Este é o compartimento de Viagem — ele murmura para mim quando saímos do 3T. Os outros rebeldes interplanetários, aqueles com os quais eu me encontrei apenas um dia atrás no meu tempo e há menos de meia hora no deles, já estão espalhados pela sala. Thlo, a líder deles, acena com a cabeça para a mulher curvilínea com mechas vermelhas no cabelo — Isis, se bem me lembro. Isis dá uma pancadinha numa tira em torno do pulso musculoso cor de canela.

— Stell — diz ela —, manda bala.

Uma trepidação sacode o piso. E aí eu *realmente* me dou conta: estou em uma nave alienígena, cruzando a galáxia. Estou mais longe de casa do que jamais imaginei um dia poder estar. Quando chegarmos ao nosso

---

* Tecido de Transporte no Tempo. (N. da E.)

destino — a estação espacial que orbita o planeta devastado de Kemya —, o *meu* planeta será uma partícula tão pequena que pode muito bem ter desaparecido. Terei ido centenas de vezes mais longe do que qualquer objeto feito por um ser humano jamais foi.

Qualquer objeto feito na *Terra*, me corrijo, enquanto abraço a mim mesma, tentando me confortar. Porque os "aliens" que estão à minha volta são tão humanos quanto eu. Humanos cujo verdadeiro lar é Kemya, que povoou a Terra com seus colonos milhares de anos atrás e nos deixou esquecer as nossas origens conforme as sucessivas gerações foram vivendo e morrendo. Eles queriam que nós esquecêssemos, para que ficássemos alheios a tudo enquanto usavam nosso planeta como um grande viveiro experimental, mudando nossa História e observando o impacto dessas mudanças na linha do tempo, sem qualquer preocupação com o modo como elas foram degradando o tecido do nosso mundo até afetar as ligações entre nossos átomos.

Vários pares de olhos humanos alienígenas estão me observando agora. Win adianta-se, sua mão na lateral do meu braço.

— Vocês ainda não foram devidamente apresentados — ele se apressa em dizer. — Isis é aquela que eu lhe disse que cuida do trabalho técnico. Mako e Pavel estão com o grupo desde o tempo de Jeanant... a especialidade de Mako é encontrar recursos e a de Pavel é, hum, coleta de informações, por assim dizer. E você já falou com Thlo... e Jule.

Uma rispidez transpareceu em seu tom de voz. Jule, que passou a maior parte de nossa primeira reunião alfinetando Win, ergue as sobrancelhas para nós dois, seu sorriso revelando dentes brilhantes contrastando com a pele escura.

— Olá, Skylar! — Isis cumprimenta, fazendo os cabelos balançarem com o aceno de cabeça. Mako, uma mulher ossuda cujos cabelos cor de caramelo combinam com sua pele, lança-me um olhar de superioridade, deixando claro que não está impressionada com a minha pessoa. Ela se vira para murmurar algo para o homem ligeiramente rechonchudo, cujo rosto manteve um ar severo durante as apresentações — Pavel. Thlo gesticula para os dois e também Jule irem até ela, emanando autoridade apesar de sua baixa estatura, com seus ombros largos e segurança ao falar.

Eu corro para me aproximar de Win. Ele é o único aqui que eu realmente conheço, agora que passamos a maior parte dos últimos três dias juntos, saltando ao longo da História e pelo meu mundo para encontrar as partes de uma arma que o antigo líder desse grupo havia deixado para trás. A arma capaz de destruir o campo temporal que permite que os cientistas kemyanos alterem o passado da Terra, e de deter a sua experimentação — e a contínua deterioração do planeta — para sempre.

Tenho que me lembrar disso. As pessoas diante de mim não são como os outros kemyanos. Eles estão arriscando a vida para libertar a Terra.

De repente, as luzes se apagam. O piso treme, e eu vou ao chão. Sinto meu corpo estranhamente frágil. Há um pouco menos de gravidade em Kemya do que na Terra, Win já havia mencionado. Eles devem manter o mesmo nível na nave.

A mão de Win aperta o meu cotovelo. Uma voz penetrante atravessa a escuridão a partir de algum lugar acima de nós, falando em kemyano.

— O satélite está apontando um sensor de varredura nesta direção — Win murmura próximo à minha orelha, o familiar sotaque britânico de seu inglês transmitindo segurança para mim. — Estamos operando com o mínimo de energia para que ele não nos "veja", até que estejamos fora de alcance.

O satélite de pesquisa sobre a Terra abriga não apenas cientistas e Viajantes, como também os Executores, a polícia kemyana que irá disparar contra nós se formos detectados. Eu espero, com as pernas travadas e o coração disparado. O piso retorna à trepidação suave que reparei antes. A voz que vem de cima faz outro anúncio. A escuridão é tão densa que não consigo distinguir nem mesmo a silhueta de Win, que está bem ao meu lado. Gostaria de estar perto o suficiente para poder tocar uma parede, para lembrar a mim mesma que o espaço à nossa volta não é tão vasto como parece agora.

Gostaria de ter alguma ideia, por mínima que fosse, do que esperar deste lugar.

— Não deve demorar muito mais — Win acaba de dizer, quando a voz acima ecoa, desta vez parecendo comemorar. Um segundo depois, as linhas do teto voltam a se iluminar. Eu pisco com o clarão repentino.

Mako e Pavel partem imediatamente, Jule logo atrás deles. Thlo olha para Win e para mim, seus olhos quase negros tão impenetráveis quanto a escuridão anterior.

— Quero que você se adapte à nave antes de discutirmos a logística de sua estadia — ela diz para mim. — Conversaremos mais tarde, depois da primeira noite de sono.

Concordo com a cabeça.

— Tente ater-se ao trabalho para o qual foi designado — ela diz secamente para Win. Ele já tinha soltado meu braço, mas eu posso sentir sua tensão, enquanto a líder caminha para fora da sala.

— Ela ainda está brava por você ter desobedecido suas ordens? — pergunto. Win não havia sido incumbido ele próprio de rastrear a arma de Jeanant, era apenas para ficar de olho. E ele nunca deveria revelar a sua missão, ou qualquer outra coisa a respeito de Kemya, para uma terráquea como eu. Não importa que nós dois tenhamos realizado mais naqueles poucos dias do que o restante deles havia feito em semanas. Eles podiam não ter recuperado nem mesmo uma das partes da arma se Win não tivesse se arriscado ao pedir a minha ajuda.

— Ela está feliz com os resultados — revela ele, passando a mão pelo cabelo preto desfiado. — Eu só não tenho certeza se ela acredita que os resultados foram fruto de raciocínio rápido ou de pura sorte.

— Foi iniciativa demais para ela assimilar de uma só vez — comenta Isis de onde estava, junto à porta.

Win dá de ombros, mas seus olhos azuis escuros estão pensativos. Thlo não mencionou qual era a sua missão atual, mas tenho um palpite de que será o de bancar a babá. Inspiro profundamente, e o ar refrigerado deixa um leve gosto mineral na minha boca. Eu não quero que ele se arrependa de ter me convidado para ajudá-lo a ver a missão deles cumprida.

— Bem, aqui estou eu — digo. — Me leva para fazer um tour? Serei mais útil quando tiver alguma noção de onde as coisas estão... e o que elas são.

— Claro! — ele acorda de seus pensamentos.

— Vou ajudar a mostrar o lugar — oferece Isis. Ela sorri, mas a perspicácia analítica de seu olhar quando o desvia para mim lembra-me o próprio Win quando nos conhecemos, quando ele me via mais como uma curiosidade científica do que como uma pessoa. — Precisamos nos conhecer — ela acrescenta. — Você vai ficar com Britta e comigo quando chegarmos a Kemya.

Seu sotaque é mais carregado do que o de Win ou Thlo, conferindo ao seu inglês uma cadência arrastada. Leva um tempinho para eu absorver o que ela disse.

— Ficar... — Eu não tinha pensado tão adiante. Não tive tempo para isso. Covinhas formam-se nas bochechas de Isis.

— Está bem pra você?

— Sim. Obrigada. — Só posso imaginar o tamanho da imposição que isso representa, deixar que eu fique hospedada na casa dela. Pelo que Win disse, não há muito espaço na estação espacial, que tem sido o mundo todo de seu povo desde que um acidente tecnológico envenenou o seu planeta, eras atrás.

Cruzamos as portas do compartimento de Viagem para um corredor estreito, com uma dessas finas linhas brilhantes que correm por toda a extensão do teto arqueado. As paredes são do mesmo tom pêssego que o compartimento de Viagem, ao passo que o piso é de um tom de cinza prateado e de textura esponjosa sob os meus pés.

— Isto é o que poderíamos chamar de... lata-velha espacial — esclarece Win. — É utilizada principalmente para a coleta de recursos na atmosfera, em asteroides... Não é muito veloz, mas um disfarce decente para nos esgueirarmos por aí.

Sua pele marrom-dourada parece baça à luz artificial. Não posso deixar de pensar na forma como ele se deliciava com a luz solar da Terra. Esses últimos momentos comigo, apressando-se até a minha casa para apanhar algumas coisas antes de saltarmos para a nave, devem ter sido verdadeiramente os últimos ao *ar livre* para ele em anos.

Então, ele espirra. Certo, há algumas coisas na Terra das quais ele não sentirá falta, e nossos vírus de resfriado estão entre elas.

— Onde o povo de Kemya pensa que vocês estiveram? — pergunto.

— Thlo providenciou um projeto em que nós observamos e conduzimos experimentos em uma parte diferente da galáxia — explica Isis. — Nós nos certificamos de que todos os registros oficiais demonstrem isso. — Ela aproximou-se de mim agora que estamos no corredor, só um tantinho perto demais para ser confortável para os padrões da Terra. Win também costumava invadir meu espaço pessoal... Deve ser uma coisa kemyana. Suponho que quando o seu espaço de habitação encolhe, o mesmo acontece com sua noção de limites pessoais.

— Thlo poderia organizar uma viagem por toda a galáxia fácil assim? — questiono.

— Ela está em um dos conselhos... os grupos que tomam todas as decisões sobre o que acontece em Kemya — explica Win. — Ela tem muita influência quando precisamos dela.

— Em público, ela finge ser totalmente favorável às políticas atuais, para que ninguém suspeite de nada — Isis conta.

Ela gesticula para abrir a primeira porta à qual chegamos, e depois na próxima e na seguinte.

— Salão de recreação, para manter a forma. Sala de suprimentos. Refeitório. Laboratório. Você não verá cerca de três quartos da nave, porque é a área de carga.

Percebo que seguro o ar cada vez que um novo espaço se abre diante de nós, minha mente catalogando os detalhes o mais rápido que consigo absorver. Sete portas neste corredor... estranho cilindro tão amplo quanto a envergadura dos meus braços... mesa retangular com dez bancos de cor bege em torno dela... monitores e luzes e padrões geométricos gravados nas paredes. Estou tão embasbacada que levo um minuto para compreender por que meu corpo está instintivamente tenso. Estou aguardando por uma sensação de *errado* e o choque de pânico que a acompanha. Esses sentimentos me atingem geralmente quando experimento algo novo: pessoas desconhecidas, músicas ou filmes novos... lugares novos. Deixam-me com tremores e calafrios e a um segundo de um colapso emocional. Já faz um bom tempo desde que me permiti experimentar tanta coisa nova de uma só vez.

Mas eu me sinto bem aqui. Agora sei de onde esses sentimentos vêm — a sensação inevitável de que algo não é como deveria ser era uma impressão verdadeira deixada para trás quando um dos colegas Viajantes de Win fazia uma mudança na história da Terra. Nem ao menos é possível que uma mudança aconteça agora que deixamos o campo temporal para trás. Contanto que eu esteja fora da Terra, as sensações de *errado* e os ataques de pânico não podem me alcançar.

Hum. Durante minha vida toda quis que as sensações de *errado* parassem. Acabei tendo de deixar o planeta para conseguir isso.

O corredor bifurca-se à nossa frente.

— As cabines — diz Isis, indicando com a cabeça para tomarmos a esquerda. — Há algumas vazias para escolher, mas todas elas são iguais. Vamos conhecer antes o restante da tripulação?

A porta na outra extremidade do corredor se abre para uma câmara mais ou menos do tamanho do meu quarto em casa. Um amplo monitor cobre a parede oposta a nós, a escuridão salpicada por caixas flutuantes de luzes alaranjadas e caracteres kemyanos. Três painéis de controle com assentos acoplados formam um triângulo diante dele. Mako se senta no que está mais ao fundo, sua pele caramelo tingida de verde por causa do monitor que ela está analisando, que é projetado no ar sobre a parte superior do painel.

Duas figuras desconhecidas olham para mim dos painéis na parte da frente da sala. Isis gesticula primeiro para a mulher, e depois, para o cara.

— Britta e Emmer.

Emmer levanta a mão em saudação. Ele é tão alto que seu corpo parece ter sido dobrado no banco como uma figura de origami, encimado por cabelos ruivos com um corte "bagunçado". O rosto bronzeado de Britta ilumina-se quando ela sorri, embora seu sorriso seja mais dirigido a Isis do que a mim. Ela tem de franzina o que o seu colega tem de alto, e seria a imagem exata de uma boneca de porcelana, não fosse pela tatuagem que emoldura suas feições delicadas, ziguezagueando para dentro e para fora da linha de seu couro cabeludo como um arabesco floral.

— Esta é Skylar — diz Isis com tal brevidade que eu presumo que os dois já tenham recebido uma explicação básica de quem eu sou. — Emmer é o nosso especialista em naves espaciais, e cuida para que a nossa não se desmantele. E Britta, nosso piloto principal. Não conseguiríamos chegar até aqui sem ela.

— Tenho certeza que você teria encontrado outra pessoa em algum lugar que saberia apontar uma nave na direção certa — Britta responde num tom de voz efusivo que eu reconheço dos alto-falantes do compartimento de Viagem. Isis pousa a mão no ombro da outra mulher. Quando Britta, por sua vez, ergue a mão para apertá-la, lembro-me de Isis dizendo que eu iria ficar com as duas. A julgar pela maneira como Britta se iluminou quando Isis entrou, creio que elas são mais do que apenas colegas de quarto. Então, eu não estou apenas impondo a minha presença a uma dupla de amigas, estou atrapalhando a privacidade de um casal.

— O satélite nem desconfiou esse tempo todo de que a nave estava por aqui? — Win pergunta.

— Ficamos fora do alcance do sensor até que captamos o seu sinal — responde Britta. — E nos mantivemos afastados, mascarando os pulsos como energia solar. Os Executores mudaram sua varredura de costume quando eu menos esperava, mas nós respondemos a tempo.

Ela desliza os dedos sobre o painel. O visor diáfano em frente a ela pisca para mostrar uma esfera que só pode ser a Terra, rodeada por uma matriz complexa de linhas curvas e ondas pontilhadas, e uma linha avermelhada que eu acho que mostra o curso da nave. Eu não sei ler os caracteres espalhados por todo o diagrama, mas a configuração não me é estranha.

— Você teve que fazer ajustes por causa do campo magnético ali do planeta? — digo, apontando para um mergulho na linha de curso. As sobrancelhas de Britta saltam.

— É isso mesmo! — exclama ela. — Você já fez alguma viagem interestelar antes?

Fico vermelha.

— Não, eu apenas... me lembrei das aulas de Física, e eu também li um pouco sobre o assunto. Gosto de entender a matemática por trás do funcionamento das coisas.

Britta abre um sorriso que, desta vez, é todinho para mim, mas ele me parece um tanto exagerado.

— Bem, já era hora de termos um verdadeiro... como se diz mesmo?... gênio da matemática a bordo. — Ela baixa a voz para um sussurro simulado. — Esses dois nerds da tecnologia, se pudessem, dispensariam a teoria e passariam o dia todo brincando com circuitos e soquetes.

— Não é tão divertido se você não pode segurar em suas mãos — diz Isis, com uma cotovelada brincalhona.

— Sim, mas você não teria nada para segurar, se pessoas como eu não tivessem calculado como fazer sua tecnologia funcionar, pra começo de conversa — Britta retruca. — A verdadeira força está aqui em cima. — Ela bate na cabeça, com seus olhos cor de âmbar cintilando. Tenho a sensação de que este é um tema muito discutido entre as duas. Em seguida, sua voz assume a mesma intensidade exagerada de seu sorriso. — Dê uma passada aqui de vez em quando para podermos discutir sobre velocidade, magnetismo e tudo isso — ela me fala.

Como se eu fosse páreo para uma profissional que tem rodado por toda a galáxia.

— Eu não tenho certeza se tenho uma compreensão dos conceitos a esse nível — respondo.

— Todo mundo tem que começar de algum ponto. Vocês não puderam evitar as limitações que tiveram.

Crescer em um planeta degradado com uma tecnologia débil. Por mais gentil que Britta obviamente esteja tentando ser, eu me arrepio por dentro.

Win deve ter percebido a minha reação, porque seus dedos roçam a minha mão. Quando olho para ele, sua boca está apertada. Era ele quem costumava fazer comentários impensados como esse. Mas sua atitude mudou, e rapidamente, à medida que foi me conhecendo. Tenho esperança que vá ser a mesma coisa com os outros.

Antes que Win possa dizer qualquer coisa, Emmer redireciona a conversa, num tom de voz tão baixo que quase disfarça seu entusiasmo:

— Você conheceu Jeanant.

— Sim — confirmo, e sinto um nó na garganta. Jeanant, o líder de quem Thlo era a segunda em comando. O homem que atravessou uma galáxia inteira sozinho para tentar salvar a ambos os nossos povos. O homem que morreu diante de meus olhos ontem e há duzentos anos no meu planeta. Eu busco por algo para corresponder ao entusiasmo de Emmer:

— Ele estaria impressionado com o quanto todos vocês têm feito.

Emmer relaxa em seu assento, parecendo satisfeito. Britta estala a língua para chamar a atenção dele.

— Detrito espacial em seis-cinco. Hora de voltar ao trabalho. Vejo todos vocês mais tarde!

Nós três voltamos para o corredor.

— Ela realmente estava falando sério quando disse para você passar lá para conversar com ela — diz Isis. — Mas acho que é melhor você não ir entrando desse jeito na sala de navegação. A Thlo pode achar...

— Que eu não me importo se os estiver distraindo? — sugiro.

— Sim — concorda Isis, parecendo aliviada que eu tenha entendido. — Vai levar um tempinho para todos se ajustarem à sua presença aqui.

— Entretanto, Thlo não teria concordado em você vir se achasse que haveria algum problema — Win observa.

Nós caminhamos pelo corredor das cabines.

— Os banheiros são... as últimas portas no final do corredor — Isis diz, e, em seguida, aponta para a primeira porta da fileira. — Por que você não fica com essa cabine? Vai ser fácil para você se lembrar qual é a sua. Nós vamos programá-la com a sua sequência e voz... — Ela digita algo num painel de vidro ao lado da porta. — Pressione o polegar aqui e diga "Abrir".

Um círculo brilhante aparece no painel. Toco a superfície lisa com o meu polegar. Sinto uma espetada na pele do dedo. *Sequência* — estão colhendo uma amostra do meu DNA?

— Abrir — digo. Isis digita no painel novamente e a porta desliza na parede. Do outro lado, há um quarto minúsculo meio preenchido por um beliche.

— Cama — explica Isis, como se eu não pudesse concluir isso sozinha. — Escrivaninha. — Ela pressiona um ponto na parede oposta ao beliche e uma fatia fina da superfície se solta e se dobra para a frente, formando um ângulo perpendicular. — Computador. — Ela agita a mão na frente da parede oposta à porta e um padrão retangular de luz se acende.

— Podemos defini-lo para o inglês para você — Win oferece.

— Claro! — Isis se curva sobre a tela no quarto apertado. Win inclina-se contra a porta, abafando uma tossida, enquanto eu afundo na cama de baixo.

Não deve ter se passado mais de uma hora desde que ele me encontrou do lado de fora da escola e perguntou se eu gostaria de continuar nesta missão com ele. Duvido que já sejam cinco horas da tarde no meu tempo, porém, sinto-me de repente esgotada. Nada, nem as paredes, nem o piso, nem as camas ou a escrivaninha, se parece com o que eu estou acostumada. E todos eles têm essa espécie de aura de *realidade extra*, que posso sentir ainda mais quando descanso as palmas das mãos sobre o denso acolchoado do beliche. Uma diferença que posso sentir entre a solidez de todo esse equipamento kemyano e o meu corpo terráqueo, com os seus átomos decadentes por milhares de anos de mudanças.

— Pronto, aí está! — diz Isis, se afastando do computador. — Você precisa de mais alguma coisa? Não sei direito com o que você está acostumada. — Ela parece subitamente preocupada, como se houvesse trazido para casa um filhote de cachorro e percebido que não tem certeza se tem a ração adequada.

— Eu estou bem.

— Posso lhe mostrar alguns programas que podem ser úteis — diz Win. — Ou...

— Acho que eu gostaria de ficar um pouco sozinha para absorver tudo isso no meu ritmo — eu o interrompo.

— Oh! — ele diz, parecendo surpreso. — Tudo bem.

Meu mal-estar está me tornando rude. Afinal de contas, é graças a Win que estou tendo essa oportunidade. Porque ele foi corajoso o suficiente para apostar em mim, quando só o fato de simplesmente falar comigo ia contra todas as regras que lhe haviam ensinado.

Eu me inclino rapidamente para a frente no beliche para que possa pegar a mão dele.

— Desculpe — digo. — É muita coisa nova de uma vez só.

Sua expressão se suaviza.

— Não, eu deveria ter me tocado. Se você precisar de mim... Qualquer coisa que você precisar, basta me pedir. Minha cabine fica três portas adiante. Conveniente, não é? — Ele sorri com a alusão ao nosso conhecimento compartilhado da maneira como eu costumava multiplicar por três para ajudar a minha mente a lidar com as mudanças. Por um instante, sustentando o seu olhar, já não quero que ele se vá.

— Vamos, Win — diz Isis. — Temos que cuidar do equipamento de Viajante.

Ele aperta a minha mão e depois a solta.

— Posso passar por aqui mais tarde para irmos jantar?

— Para mim está ótimo — respondo.

Ele balança a cabeça e retira-se para o corredor com Isis. A porta se fecha automaticamente, e eu fico sozinha. Olho para aquele painel liso, projetando nele subitamente a imagem da porta da frente da minha casa. Tenho vontade de repetir o gesto de abrir e fechar o trinco três vezes, que eu sempre fazia para garantir a mim mesma de que tudo estava seguro e protegido. Antes que eu me dê conta, minha mão já está levantada. Quando fazia isso, estava tentando me manter segura e protegida das sensações de *errado*, e elas não acontecem aqui. Ficar me preocupando com essa porta não vai mudar nada. Meus pequenos rituais de proteção parecem vazios agora que sei o que significa essa sensação de *errado*, e que isso estava completamente fora do meu controle.

Deito-me, testando o beliche. Uma pequena inclinação surge para encontrar minha cabeça, no lugar de um travesseiro. Não há cobertores à minha volta, mas um zumbido arqueia sobre o meu corpo, formando uma camada de calor contra a minha pele, como se o próprio ar fosse moldado em um edredom invisível.

Deveria ser reconfortante, mas, em vez disso, é apenas mais uma intromissão alienígena. Sento-me novamente, apanhando minha mochila. Eu não trouxe muita coisa — Win disse que seria mais fácil para eu me entrosar vestindo roupas kemyanas, com tecnologia kemyana. Mas eu não podia suportar a ideia de partir sem trazer algumas lembranças de casa. Meu MP3 player. Meu exemplar surrado de *Flores para Algernon*, que eu espero que aguente mais algumas releituras. E duas fotografias: a mais recente que consegui encontrar com Angela, Lisa, Evan, e eu, todos nós juntos — uma cópia extra daquela que um membro da equipe do anuário tirou de nós balançando as pernas, empoleirados no gradil ao lado da porta dos fundos da escola —, e uma minha com os meus pais, a última vez em que fizemos uma caminhada em família no parque estadual fora da cidade.

Corto pedacinhos da fita adesiva que trouxe e afixo as fotos na parede entre os beliches. Meus amigos e família sorriem radiantes de volta para mim, e a tensão em meu interior começa a arrefecer. *Esse* gesto parece significativo. É engraçado pensar que, não importa quanto tempo eu vá ficar aqui, pela forma como Win consegue saltar através do tempo, estarei de volta antes que eles saibam que eu parti.

É por eles que estou aqui, é por eles que estou enfrentando todas essas incógnitas. E por mim também. Para que eu possa retornar sabendo que nenhum cientista de outra galáxia jamais voltará a fazer outra alteração em nossa História, jamais irá reescrever outra vida, apagando-a totalmente.

Contanto que eu me atenha a isso, posso lidar com qualquer coisa.

2.

Na minha primeira noite na nave, sonho que estou de volta à caverna no Vietnã, assistindo Kurra, uma Executora que estava caçando a mim e a Win junto com outros, atirar no garotinho que a tinha visto e, ainda por cima, usando sua tecnologia alienígena. Mas em vez de escapar com Win depois de vislumbrar a massa disforme e enegrecida que se tornou o rosto do menino, estou sozinha. Kurra se vira para mim, sorrindo.

— Protocolo-padrão — avisa ela, pressionando a ponta de sua blaster contra a minha têmpora.

Um som ressonante interrompe a visão. Acordo sobressaltada na cama da minha cabine, as roupas encharcadas de suor coladas à minha pele. Um nome brilha na tela do computador: "Darwin Nikola-Audrey Pirios". A cabine ainda me parece muito alienígena, e levo um tempo para me recompor. Fecho os olhos enquanto recito as primeiras potências de três: *três vezes três é nove. Três vezes nove é vinte e sete. Três vezes vinte e sete...* Em seguida, afastando os resquícios do pesadelo, eu me levanto e abro a porta.

Win está de pé do lado de fora. A preocupação franze os cantos de seus olhos quando ele me vê.

— Você estava dormindo? — pergunta ele. — Desculpe. Quando estamos voando, acabamos ficando com uns horários estranhos, e nosso dia normal é quase uma hora terrestre mais longo do que você está acostumada.

— Está tudo bem — asseguro. Eu não lamento nem um pouco ter sido arrancada da versão de Kurra do meu subconsciente. — O que está acontecendo?

— Thlo convocou uma reunião geral. Ela quer que você vá.

Certo. Para discutir a "logística" da minha estadia. Olho para mim mesma, com meu modelito "roupa toda amassada por ter acabado de acordar". Posso até imaginar Thlo me fuzilando com os olhos se me visse assim.

Win parece perceber o meu desconforto.

— Pode se trocar, se quiser. Eles podem esperar um pouquinho.

— Obrigada — agradeço. Acho que nós dois sabemos como é tentar passar uma boa impressão quando se está em desvantagem. Embora eu desconfie que o entusiasmo excessivo de sua família pela cultura da Terra o coloque em um patamar tão baixo quanto um verdadeiro terráqueo.

Fecho a porta, voltando-me para os dois conjuntos de camisas e calças finas e sem costura que Win me trouxe ontem, na hora do jantar. O tecido se estica conforme eu visto o conjunto azul, e então se acomoda suavemente contra a minha pele como se tivesse sido feito sob medida para mim. Agora, sinto por todo o meu corpo aquele formigamento, aquela sensação de que o que estou vestindo é, de alguma forma, mais "real", lembrando-me o motivo de eu ter hesitado em trocar de roupas na noite anterior. Respiro fundo lentamente e me dirijo de novo até a porta.

— Pronta? — Win quer saber.

— Tanto quanto possível — respondo.

No refeitório, todos os outros, exceto Emmer, estão sentados ao redor da mesa, a discussão já em andamento. Thlo preside a sessão, na cabeceira, sacudindo para trás seus lustrosos cabelos entremeados com fios brancos quando percebe que Win e eu chegamos. Britta — *piloto, memorizo, e em breve minha colega de quarto* — sorri e indica a nós com um gesto do cotovelo os bancos à sua direita. Pavel — *coleta de informações* — está debruçado, ou melhor, desabado sobre a mesa, falando em kemyano com Isis

— *tecnologia*, outra que será minha colega de quarto em breve. Mako — *recursos* — se mete na conversa sem ao menos olhar na nossa direção. E Jule — *babaca*, provavelmente não muito mais que isso — está descansando em seu banco, observando tudo isso como se fosse um mero entretenimento.

Win franze o cenho. Quando há uma pausa momentânea na conversa, ele faz um comentário em kemyano. Pavel reage, com uma cara ainda mais severa do que o habitual, e responde de forma mordaz. Thlo intervém, trazendo Win para o fluxo da conversa. Fico imaginando se ele lhes pediu para que conversassem em inglês, assim como pedira a Jule que fizesse quando nós nos encontramos na Terra. Se foi isso o que aconteceu, o pedido, obviamente, não surtiu efeito.

É Isis quem finalmente rompe o padrão, lançando um sorriso em nossa direção.

— Graças a Win e a Skylar, apenas uma parte da arma de Jeanant será difícil de reproduzir. Para carregarmos adequadamente o raio principal, vamos precisar ter em mãos um pouco de (...)* — Ela diz uma palavra em kemyiano que soa como *kolzo*. — Quais são as nossas opções, Mako?

A mulher mais velha inclina a cabeça, seu corpo magro enrijecendo quando seu olhar cai sobre mim. Ela responde em kemyano. Isis contorce a boca, mas ela também retorna à sua língua nativa.

Win se inclina mais para perto de mim, e no seu tom de voz percebo um pedido de desculpa.

— Mako faz uma ideia de onde podemos obter com segurança os suprimentos de que precisamos, e onde armazená-los depois que os tivermos. O *kolzo* só pode ser recolhido em pequenas quantidades, então ela está dizendo que pode levar algum tempo até que tenhamos o suficiente. Isis está questionando de que forma podemos reduzir esse tempo, já que todos nós queremos agir rapidamente, agora que chegamos neste ponto da missão.

Eu gostaria de não ter de depender dele para entender o que estão falando. Estou prestes a perguntar o que mais, exatamente, precisamos fazer

---

* As reticências entre parênteses sempre indicam um termo na língua kemyana. (N. da E.)

para concluir a missão, quando Thlo encerra a discussão sobre o tal *kolzo* com uma observação contida e volta sua atenção para mim.

— Skylar, você já foi informada de que Isis e Britta cuidarão da sua hospedagem?

Concordo com a cabeça.

— E eu vou ajudar da maneira que puder. Só precisa me dizer o que quer que eu faça. Sua participação será um pouco limitada devido à necessidade de sigilo — esclarece ela, cruzando as mãos finas sobre a mesa à sua frente. — Tenho certeza de que, tendo testemunhado nossos Executores em ação, você compreende a necessidade de cautela.

Um calafrio arrepia a minha pele.

— Kurra também retornará à estação?

— Ela e seus comparsas revezam seus turnos fora de estação — explica Thlo. — Mesmo que por enquanto ela permaneça na Terra, continuará enviando relatórios.

— Nossa divisão de Segurança respeita a privacidade mais do que certos governos da Terra, mas eles monitoram todas as áreas públicas — Mako acrescenta. — Não espere movimentar-se livremente.

— Sim — Thlo continua. — Então, para mantê-la indetectável, você ficará restrita ao seu apartamento. Além do que você estará mais segura lá, onde podemos protegê-la, do que se a tivéssemos deixado na Terra, onde um deslize acidental poderia ter levado os Executores até você sem qualquer aviso.

Tendo visto a rapidez com que os Executores poderiam aparecer, por causa de algo tão pequeno como um sinal detectado numa gravação de notícias, eu sei que ela tem razão.

— Se é assim que tem que ser... — resigno-me. Mas eu não sou a única que Kurra e seu esquadrão estavam perseguindo. Eu olho de esguelha para Win com uma pontinha de preocupação. — Você acha que eles poderiam identificar você?

— Eu me certifiquei de que nenhum deles tivesse uma visão clara do meu rosto — garante ele. — Não se preocupe comigo, eu vou ficar bem.

— Vou dar uma olhada nos registros deles para confirmar isso quando estivermos perto o bastante de Kemya — tranquiliza Britta com uma cotovelada cujo propósito, imagino, seja o de parecer reconfortante. — E você ainda será capaz de nos ajudar.

— Sim — confirma Thlo. — O projeto que eu gostaria que você iniciasse pode ser realizado de forma independente, Skylar. Você foi a última pessoa aqui a ter qualquer contato com Jeanant em... um bom tempo. Isso significa muito para nós.

Claro que significa. Eles têm cumprido sua missão durante anos, fazendo os preparativos para esta viagem ilegal à Terra sem qualquer notícia de Jeanant desde a última mensagem que ele gravara antes de partir. A convicção que emanava dele, e que pude constatar no pouco tempo em que passei na sua presença, trouxe-os até aqui. E agora vários olhares estão fixados em mim, brilhando com expectativa.

— Eu poderia, acho, escrever tudo o que eu me lembro — ofereço. — Ou...

Thlo está meneando a cabeça com um leve sorriso.

— Nossa tecnologia pode permitir uma reprodução mais abrangente do que isso. Você será capaz de nos deixar ver e ouvir o que você fez, na medida em que suas memórias permitirem. Tenho a esperança de que ele tenha compartilhado informações das quais você pode não ter percebido a relevância e que irão nos ajudar nesta reta final. Ouvir os pensamentos de Jeanant, no mínimo, será uma inspiração para nós. Hoje, mais tarde, Pavel passará pelos seus aposentos e lhe mostrará como usar o aparelho de reconstituição de fatos.

Jule interrompe com algo que soa em parte como pergunta, em parte como reclamação. Win protesta, mas antes que possa emitir mais do que algumas palavras, Thlo levanta a mão, pondo fim à discussão. Jule lança a Win um olhar altivo, os ombros de Win ficam rígidos, e Pavel e Mako se lançam em uma conversa rápida que pode ou não ser sobre mim também. Enrosco os dedos em torno da base do meu banquinho, uma agitação percorrendo meus nervos. Talvez seja melhor mesmo eu ficar na minha, realizando projetos independentes.

Thlo agora volta a atenção aos outros e dá, ao que me parece, as instruções finais. Enquanto eles se levantam, ela gesticula para que eu me aproxime. Win para na porta.

— Tem alguma objeção quanto à sua tarefa? — Thlo lhe pergunta.

A boca de Win se torce. Ele deve ter decidido que não vale a pena mais uma discussão, porque baixa a cabeça e vai embora com os outros.

— Você quer falar comigo sobre alguma outra coisa? — questiono, lutando para controlar meu nervosismo.

— Sim, quero. É só uma bobagem. Pelo que Win me contou, você é especialmente sensível ao seu entorno... poderíamos então dizer que você tem uma atenção aos detalhes inata? Você confirma isso?

— Acho que sim. — Doze anos atrás, quando meu irmão Noam desapareceu, eu me culpei por não perceber os sinais de que ele estava querendo partir e resolvi ficar atenta para qualquer outra coisa que pudesse dar errado. Essa atenção obsessiva aos detalhes foi o que me fez começar a sentir — e entrar em pânico a respeito — as mudanças no tempo que a maioria dos terráqueos jamais se deu conta. Entretanto, eu não faço a menor ideia de como me comparo com um kemyano comum.

— Ótimo! — endossa Thlo. — Eu gostaria que você continuasse com o mesmo nível de atenção enquanto estiver conosco. Tome nota, se alguma coisa lhe parecer incomum a respeito de qualquer membro deste grupo. E me informe, caso isso aconteça.

— Qualquer coisa incomum...

— Você não precisa entender por que teve essa sensação, apenas precisa registrar que ela ocorreu. Deixe o restante comigo. — Ela bate no meu ombro de uma forma que eu acho que é para ser tranquilizadora. — Todo mundo costuma se esforçar para se apresentar da melhor maneira perante seu líder, mas é importante para mim saber se alguém do meu grupo está ficando estressado ou sobrecarregado de trabalho.

— Ah! — exclamo. — Entendi. — Não tenho certeza se conseguiria reconhecer sinais de excesso de trabalho nessas pessoas relativamente estranhas, e a ideia de comunicar a Thlo sobre as suas reações pelas costas me deixa desconfortável. Mas, se é assim que Thlo acha que eu posso ser mais útil, quem sou eu para discutir?

— Darei o melhor de mim — acrescento.

— Conto com você para isso. Nós agradecemos os seus esforços.

Está na cara que agora ela está me dispensando.

Presumo que eu deveria esperar por Pavel na minha cabine, mas é Win quem passa por lá primeiro.

— Desculpe — diz ele, logo que eu abro porta. — Eu teria esperado por você, mas... bem... — ele suspira. — Sobre o que Thlo queria falar com você?

Ela provavelmente não iria querer que eu contasse sobre a segunda solicitação nem mesmo para ele. Sinto minhas entranhas se revirarem enquanto minto.

— Ela só me explicou um pouco mais sobre a coisa toda do Jeanant.

— Ah. Está certo. Você está por dentro de tudo agora, então? — Ele me dá um sorriso aberto, afastando-se. — Eu estou de "castigo" por um tempo, mas acho que todos eles chegaram à conclusão de que eu "tomei iniciativa" por puro tédio. Entre Thlo, Pavel e Mako eu arranjei uma bela lista de tarefas e funções.

Ocorre-me que há ainda uma coisa que eu gostaria de descobrir, e o mais rápido possível, se pretendo ficar apresentável.

— Eu, hã, queria perguntar...

Ele para.

— Sim?

— Nos banheiros, há uma espécie de tenda, como o box de um chuveiro... mas eu não consegui descobrir uma forma de ligar a água...

— Não tem água, na verdade. Deixe eu mostrar.

Eu o sigo até o final do corredor onde estão os dois banheiros, tentando avaliar exatamente o grau de estranheza da situação. Se eu encarar isso como um alienígena explicando os aspectos práticos da sua nave para uma visitante recém-chegada, eu diria que não muito. Por outro lado, se eu encarar isso como um garoto, que é até bem bonitinho, e que já me beijou uma vez, demonstrando uma atividade que se pratica nu...

Vamos nos ater à primeira imagem.

Entramos no aposento compacto, com portas de correr de ambos os lados, uma delas levando a uma espécie de vaso sanitário tão autoexplicativo que felizmente não preciso perguntar a ele sobre *isso*. Win desliza a outra porta para abri-la. Ele aponta para uma reentrância circular na parede.

— É só você passar o dedo em torno dessa marca no sentido horário para ligar e ajustar a intensidade, e no sentido anti-horário quando tiver terminado de usar. O "chuveiro" é criado por um tipo de luz. É preciso deixá-la funcionar por alguns minutos, mas é bastante eficiente. Limpa as roupas também. Embora você tenha que separar os processos, despindo-se primeiro...

Ele se retira, virando a cabeça para olhar para mim, e acho que vislumbro sua tez marrom-dourada ruborizar-se ligeiramente.

— Obrigada — eu me apresso em dizer, sentindo o meu próprio rosto enrubescer.

— Não há de quê — ele responde. — Ah, se houver qualquer outra coisa em que você precise de ajuda...

— Não, acho que é só isso mesmo.

— O "chuveiro" funciona de forma parecida com a poltrona terapêutica que eu usei no esconderijo, lembra? — Win diz, enquanto voltamos para a minha cabine.

— Eu me lembro — confirmo. Seria difícil esquecer aquela cena: eu tropeçando escada abaixo atrás dele, vendo o sangue de Win se espalhando por todo lado em torno de um caco do vidro estilhaçado pela blaster de um Executor, antes de ele afundar na poltrona e deixar aquele brilho estranho curar o ferimento. O ferimento que ele sofreu por minha causa, porque ficou esperando por mim, não querendo arriscar que Kurra me apanhasse no lugar dele.

Sinto falta disso, percebo. Não da parte do sangue. Mas de nós dois juntos, dando o melhor de nós. Foi assustador e desgastante, mas também mais fácil, de certa forma. Encontramos um ritmo, sabíamos o quanto poderíamos contar um com o outro, sem ninguém para nos dar ordens ou...

Meus pensamentos voam de volta para a reunião:

— Depois que Thlo falou sobre eu usar o tal do aparelho de reconstituição de fatos — digo —, o que Jule disse?

Win faz uma careta.

— Não se preocupe com ele. Thlo permitiu que você viesse, e ele a obedece tanto quanto o restante de nós.

— Mas ele não gostou, não é?

— Como saber? Ele reclamou porque a ideia era minha. Ele encontraria alguma razão para discutir se eu sugerisse que as estrelas emitem luz.

Sorrio. Mas ainda é desconfortável pensar que Jule, ou qualquer um dos outros, poderia estar me criticando sem eu saber.

— Você acha que eu deveria tentar aprender a sua língua? — pergunto, quando chegamos à porta da minha cabine. — Eu sei que você tem muito o que fazer, e eu vou estar trabalhando nesse projeto de reconstituição de fatos em breve, mas aposto que eu seria muito mais útil se soubesse pelo menos o básico.

— Essa é uma ótima ideia — aprova Win. — Você não precisa de mim. O Programa de Aprendizagem de Idiomas é customizável, estou certo de que posso configurá-lo para ensinar kemyano.

Dentro da cabine, ele liga o terminal de computador e navega através da interface.

— É muito abrangente — explica ele. — Quase todos em Kemya o utiliza, para serem capazes de acompanhar os meios de comunicação da Terra que acham mais interessantes sem um tradutor simultâneo constantemente ligado. Eu não sei se alguém já passou do inglês para o kemyano antes, mas não há nada que impeça.

Ele entra com um comando final, seus dedos deslizando no ar a uns poucos centímetros de distância da tela. O monitor exibe uma face andrógina sorridente e as palavras "ensino de idioma", com as opções "Começar" e "Sair".

— Isso parece bastante simples — observo. Eu tenho facilidade de pegar línguas de outros continentes, mas não sei se será assim também com o idioma de todo um planeta diferente, mas, se kemyanos conseguem fazer isso, por que eu não poderia? Depois de uns mil anos de aprimoramento, eles provavelmente já desenvolveram algumas estratégias muito avançadas de ensino.

— Vou criar um atalho para o programa na sua página inicial... aqui — diz Win. Ele sai do programa. — Se você quiser, posso colocar mais atalhos para você, dependendo do que gostaria de ver. A esta distância, não nos chegam dados diretos da Terra, e Britta e Emmer não teriam se arriscado a coletá-los enquanto a nave estava escondida, mas arquivos de quando a nave esteve pela última vez no espaço kemyano serão carregados.

Ele faz passar um vídeo do que se parece com o tipo de noticiário que eu poderia ter assistido em minha TV lá em casa. Win me dá um sorriso, mas o meu olhar se detém em outra coisa. Acima das manchetes que rolam pela tela e da mulher falando para a câmera, uma data paira em caracteres grandes e brancos. Dia, mês e ano.

Uma data dezessete anos depois da que eu estava ontem.

— Isso é... Isso é recente? — pergunto.

— De cerca... de um mês e meio atrás, na sua época — diz Win.

— Então, agora, na Terra, faz um mês e meio que isso foi gravado. — Aponto para a tela.

Win olha para a imagem e de volta para mim.

— Isso mesmo.

Sinto um aperto no coração.

Eu deveria saber. *Eu sabia*. Win havia me dito, dias atrás, que o presente para o qual ele voltaria, fora do campo do tempo, estava dezessete anos à frente do meu próprio presente. De alguma forma, eu simplesmente não consegui me tocar disso antes, só agora.

— Neste momento, na Terra, dezessete anos se passaram desde que você foi me buscar e me trouxe para esta nave — constato lentamente. — E eu não voltei, e ninguém sabe o que aconteceu comigo.

Eu não pensei... eu sequer deixei um bilhete para os meus pais tentando explicar. Não que haja qualquer coisa que eu pudesse ter dito que teria feito tudo ficar bem.

Havia sido muito fácil antes, saltitar pelo passado da Terra. Para uma época remota e, depois, de volta novamente, como se eu nunca tivesse partido. Mas agora, para eles, estou desaparecida há quase duas décadas, num piscar de olhos.

— Está tudo bem, Skylar — diz Win. — Eu ainda posso levar você de volta para o momento após a nossa partida, como eu disse que iria fazer. Tudo o que aconteceu sem você lá, será reescrito. Ninguém vai saber a diferença.

— Por ora, eles sabem a diferença — respondo. — Eles já sabem disso há dezessete anos. Meus pais tiveram que lidar com o desaparecimento sem vestígios de ambos os filhos.

Antes de partir, eu nem ao menos cheguei a dizer-lhes o que realmente aconteceu com Noam. Descobri sobre a sua morte acidental nas mãos de colegas durante minhas Viagens com Win, mas, no final, não havia nenhuma maneira segura de evitar a morte dele e trazê-lo de volta. Eu queria que eles, pelo menos, soubessem que ele não havia desaparecido de propósito, não tinha fugido como havíamos presumido. Agora eles estão passando por essa agonia toda de novo.

E eu saberei disso, não importa que seja reescrito.

— Eu pensei que você tivesse percebido isso — diz Win.

— Claro que pensou. — Esfrego o rosto. Eu teria recusado a oferta dele se tivesse me dado conta de todas as implicações? Eu, pelo menos, preferiria ter tido mais tempo para refletir sobre isso mais profundamente. Ergo a cabeça abruptamente: — E quanto aos Executores? Será que o fato de eu estar ali num segundo e no outro já não estar mais não criou uma enorme mudança? Se eles foram atrás da minha família...

— Ei — diz Win —, você não tem que se preocupar com isso. Antes de ir buscar você, eu dei um telefonema com um alarme falso sobre uma ameaça de bomba no aeroporto. Isso deve ter alterado todo tipo de movimentação das pessoas. O seu desaparecimento será perdido na cadeia dos acontecimentos. Os Executores não têm quaisquer dados reais sobre você, nem mesmo o seu nome. Eles não devem ter notado. Juro.

Eu deveria ser grata por ele ter pensado em tomar essa precaução, mas ele diz isso tão casualmente, falando sobre a mudança em centenas, milhares, talvez milhões de vidas — sobre acrescentar mais uma mudança às tantas que seu povo operou na própria Terra — que meu estômago fica embrulhado. Quanto será que ele alterou com uma única chamada telefônica?

— Eu sei como você se sente com relação às mudanças — diz Win, reparando na minha expressão. — Mas era a única maneira de conseguir trazê-la de forma segura. Eu não *curti* fazer isso.

— Mas você fez. E nem sequer achou importante mencionar.

Não importa o quanto ele seja contra os cientistas que vêm manipulando o meu planeta, ele ainda é um kemyano. Que cresceu num mundo onde a ideia da intromissão em bilhões de vidas para a sua própria garantia é uma coisa totalmente normal. Não importa quanto foram intensos os poucos dias que passamos juntos... ainda assim eles foram apenas poucos dias. Há partes nele tão alienígenas para mim como aquela nave.

— Skylar — diz ele —, eu... — Ele não parece saber como terminar.

— Eu entendo — digo. — Você fez o que achou que precisava fazer. Estou feliz que você tenha cuidado para que minha partida não colocasse a minha família em perigo.

Eu só preciso de um pouco de tempo para aceitar o fato de que, mesmo depois de tudo o que passamos, ele tenha conseguido fazer isso com tanta facilidade, encarar isso como coisa tão pouco importante.

— Quando terminarmos aqui, tudo isso vai passar — diz ele. — Eu vou levar você para casa, você terá de volta esses dezessete anos pela frente e o gerador será desativado, de modo que nenhum Viajante futuro possa alterar isso. Não haverá mais mudanças, nunca mais.

— Eu sei — consigo responder, apesar do nó em minha garganta. Dou-lhe um sorriso frouxo que, espero, transmita que não estou com raiva dele. Se estou brava com alguém, é comigo mesma. — Bem, acho que, se queremos acelerar esses acontecimentos, é melhor nós dois começarmos a trabalhar.

Win hesita um instante, demorando-se para sair.

— Você está bem?

— Sim — respondo.

Eu vou ficar. Quando o gerador de campo temporal explodir num milhão de pedaços. E quanto mais cedo pudermos voltar e fazer isso, mais cedo eu poderei acabar com a dor que causei sem querer.

3.

Pavel retorna duas horas depois com seu perpétuo cenho franzido e um aparelho que é uma espécie de painel de vidro do tamanho de um tablet.

— Acho que a tradução mais direta seria "poço das visões" — diz ele, o seu inglês hesitante carregando um ligeiro sotaque australiano. — Você vai falando e... Ah, você está familiarizada com o conceito de artistas de retratos falados da polícia?

— Sim — confirmo.

— O processo, para os propósitos de Thlo, será semelhante. O "poço" é carregado com alguns vídeos de Jeanant para referência, e lugares ao redor da Terra. — Seus ombros se curvam quando ele se inclina para mais perto de mim, deslizando os dedos sobre a superfície brilhante. O aparelho desperta uma miríade de minúsculas janelas quadradas que vão aumentando e diminuindo em reação a seu toque. — Diga ao aparelho o que você viu, e ele irá tentar criar a cena. Você verifica o que é reconstituído, e diz as alterações necessárias, até você deixar o mais próximo possível que puder da sua memória.

Meu olhar passeia pela distribuição das imagens.

— Isso é algo que as pessoas em Kemya costumam fazer?

— Nos casos em que não existe nenhuma gravação real dos eventos, é bastante útil — revela Pavel, e me pergunto se ele utiliza o aparelho na coleta de informações que Win mencionou. Talvez por isso Thlo tenha pedido a ele para demonstrar. — Mas é principalmente utilizado para a criação de... protótipos, planejamento de construção. — Ele faz uma pausa. — Estou ansioso para ver Jeanant novamente, mesmo que apenas desta forma.

Quando olho para ele, seus olhos cinzentos lacrimejantes desviam-se dos meus. Dezessete anos, eu acho. Pavel não parece ter saído ainda da casa dos 30.

— Quanto tempo você trabalhou com Jeanant, antes de ele partir? — pergunto.

— Quase dois anos — responde ele. — Tempo suficiente para saber que ele se preocupava mais com a melhoria de Kemya do que qualquer outro membro do conselho.

Então, ele me deixa com o aparelho.

Passo algum tempo testando o "poço das visões", examinando as imagens em maiores detalhes passando o dedo sobre elas. Um dos vídeos eu já vi antes: é a gravação de um discurso que Jeanant fez e Win me mostrou quando ele estava me explicando pela primeira vez a missão deles.

Quando eu pressiono o quadrado, ele se expande na tela. A gravação começa a ser reproduzida, como se a fina placa em minhas mãos se transformasse num portal, com uma sensação de profundidade e volume que nenhuma imagem plana deveria ser capaz de proporcionar. Como se um Jeanant em miniatura de verdade estivesse em pé numa sala de verdade entre as minhas mãos.

Enquanto ele se move e discursa, o poder da sua presença me arrebata, como aconteceu todas as vezes em que eu o encontrei. A determinação em sua postura. A confiança em sua voz.

— Se tivermos a coragem de correr esse risco, de questionar aqueles que nos mantêm presos nos mesmos velhos padrões, poderemos nos tornar algo tão incrível que faremos nossas vidas tomarem um rumo completamente diferente, do qual poderemos nos orgulhar.

Suas palavras ecoam através de mim à medida que a tela escurece. Ecoam junto com uma dor que está se espalhando pelo meu peito. Não sei se posso dar a Pavel e ao restante deles mais desse Jeanant. O Jeanant que eu conheci estava totalmente exaurido, se arrastando por conta da fadiga e da incerteza, depois de dias correndo para ficar um passo à frente dos Executores.

Mas eu disse a Thlo que tentaria. Então, limpo a garganta e digo ao poço para criar um novo arquivo. Ele me oferece uma tela em branco. Eu começo a recriar o primeiro lugar em que vi Jeanant: uma pequena galeria no Louvre, na Paris de 1830.

É um processo lento. Eu conto ao poço sobre as cores das paredes, as imagens nas pinturas nelas, o tamanho do espaço, a altura do teto. Filtro minhas lembranças até que o ambiente que recriei pareça o mais preciso que consigo. Então, insiro Jeanant.

— Em pé, um pouco mais para a esquerda. Virado dez graus para a direita. Volte para a esquerda cinco graus. — E assim por diante: a maneira como ele inclinou a cabeça, a expressão em seu rosto, sua voz de tenor. Ele se transforma diante dos meus olhos como uma marionete cujas cordas eu estou manipulando. Quando um ruído no meu estômago me diz que é hora de comer alguma coisa, fico feliz em fazer uma pausa.

O processo vai ficando mais difícil conforme avanço. As cavernas no Vietnã, onde ele não teve certeza se eu era real. A floresta de Ohio, onde ele se recusou a aceitar a minha ajuda. Eu trabalho no aparelho uma ou duas horas por vez nos próximos dias, colocando de lado o poço nos intervalos e me deixando recuperar antes de prosseguir.

O restante do tempo eu preencho da forma mais produtiva que consigo. Ficar perambulando pelos corredores, lembrando-me do comentário de Isis sobre distrair as pessoas de suas tarefas, me deixa nervosa, então, passo a maior parte do tempo na minha cabine, que já se tornou familiar, se não inteiramente confortável. Eu já me aclimatei àquela sensação de *realidade* da nave, mas de vez em quando, especialmente quando estou cansada, ela me dá um arrepio momentâneo. Manter-me ocupada também ajuda com isso.

Eu treino minhas cordas vocais com as sílabas ora arrastadas, ora curtas da língua kemyana em frente ao terminal de computador. Conforme me adapto à sua interface baseada em gestos, vasculho todas as informações que posso encontrar sobre Kemya. Os diagramas da estação mostram um enorme disco envolto em uma estrutura em forma de diamante: um design ajustado depois de algumas tentativas anteriores. A estação original, se entendi corretamente, era uma cidade em órbita para kemyanos que trabalhavam no espaço, que foi reconstruída e modernizada ao longo dos milênios até inesperadamente tornar-se o lar de toda a população sobrevivente.

Lendo nas entrelinhas, é óbvio que o espaço fechado trouxe outras restrições. A maioria dos apartamentos só pode ser designada a pares ou grupos, o que deve significar que as pessoas não podem sair da casa de seus pais até que tenham um companheiro definido. Aparentemente, todos têm implantes de uma tecnologia que os impede de ter filhos até que "se cadastrem", e os casais podem se candidatar a não mais do que dois.

Os conselhos que ouvi os rebeldes mencionarem manifestam-se regularmente. Parece haver "divisões" destinadas a diferentes setores da vida, e cada um tem um conselho de líderes que são convocados sempre que uma decisão é tomada em suas respectivas áreas. Há também um "Conselho" único, do qual existem referências aqui e acolá, mas eu não consegui descobrir ao certo sua importância.

Misturado com artigos e relatórios pouco reveladores, está o que deve ser qualificado como entretenimento kemyano. Música eletrônica associada a determinados estados de espírito — relaxante, energizante, para concentração. Vídeos de um esporte antigravitacional no qual os jogadores desviam de um minúsculo disco entre paredes salpicadas com reluzentes manchas coloridas. Gravações de palestras sobre tecnologia em que brilhantes cientistas expõem como esse refinado painel de controle ou aquele motor aperfeiçoado possui cinco por cento mais de clareza, ou dez por cento mais de eficiência. Isso parece o mais extremo que suas inovações parecem alcançar.

Imagino que saber que da última vez que alguém deu um passo maior que as pernas com alguma nova e potente tecnologia destruiu todo o seu planeta acaba dando uma refreada no espírito inventivo.

A rede da nave contém também um vasto banco de dados sobre a mídia da Terra: feeds de notícias como os que Win me mostrou, gravações de satélite, música e filmes. Os feeds de notícias são principalmente de gravações não editadas, mas toda vez que vejo uma data que deveria ser do meu futuro, minha garganta se estreita. Às vezes, fico a ponto de navegar procurando pelos nomes dos meus pais, ou por Angela, ou Lisa, mas então volto atrás, temerosa. Eu encontro alguns programas de TV que não existiam quando deixei a Terra, apenas para descobrir que tudo na base de dados pública possui comentários kemyanos. Uma sinopse no início descreve em linhas gerais os absurdos no comportamento dos terráqueos que estão prestes a assistir, como métodos de comunicação não confiáveis ou a supervalorização das necessidades individuais. Então, explicações de detalhes culturais piscam em intervalos na parte inferior da tela: "Neste período nos Estados Unidos da América, as relações homossexuais ainda são consideradas incomuns o suficiente para que a sua existência seja vista como algo cômico. Os tratamentos para o câncer dos terráqueos continuam a ser tão ineficazes que eles respondem ao diagnóstico com medo". E assim prossegue, em um tom suficientemente condescendente para me deixar extremamente irritada.

Depois de um pouco de exposição a tudo isso, quando preciso de algo de casa, eu deixo o computador e ouço música no meu MP3 player — somente algumas músicas a cada vez, para economizar bateria.

Win dá as caras na maioria das refeições, me acompanhando no refeitório para uma variedade de alimentos aromatizados com cara de brownie que deixam um leve gosto químico na boca, mas ele mal tem tempo de engolir sua comida sem que Mako ou Pavel ou, uma única vez, Thlo surja com um olhar que o lembre de seja lá qual for a tarefa da qual eu o estou afastando. Isso também me deixa irritada. Há um zumbido de atividade por toda a nave, embora a maior parte dela eu apenas vislumbre para além das portas abertas, mas os rebeldes mais antigos não estão dando um segundo de descanso a Win. Eu não posso deixar de suspeitar que os comentários que ele fez mais ou menos brincando estão certos — de que o estão punindo por causa dos riscos que ele assumiu na Terra. Os riscos que culminaram exatamente naquilo que eles desejavam.

Ele vinha me parecendo cada vez mais atormentado toda vez que eu o via, até que nesta noite ele simplesmente não apareceu para jantar. Por fim, vou procurá-lo. Pela primeira vez desde que subi a bordo, ele está em sua cabine — o último lugar que verifico. Ele abre a porta com um sorriso que não combina com seus olhos cansados.

— Está tarde, não está? — ele se dá conta. — Eu perdi a noção do tempo. Estava só... — Ele gesticula vagamente. Posso perceber o esforço que está fazendo para parecer casual.

— O que aconteceu? — pergunto.

Ele olha para mim — a princípio, assustado, depois com resignação.

— Não é nada. Temos que comer. Você deve estar morrendo de fome. A menos que você já tenha...

— Win — eu o interrompo —, tenho sempre que te lembrar como eu odeio quando posso ver que você não está me contando alguma coisa?

Ele para, e sua boca se contorce com o indício de um verdadeiro sorriso.

— Não — diz ele, esfregando a testa com a palma da mão. — Não é nada, sério. Acabei de trabalhar num levantamento que Mako queria que fosse feito, e então fui em frente com o próximo passo óbvio... e quando ela percebeu, ela... como é mesmo aquela expressão? Soltou os cachorros em cima de mim? Acontece que o que eu fiz nem ao menos estava *errado*, só não estava exatamente do jeito que ela preferia.

— Eu tenho tido a impressão de que ela é meio... tensa — arrisco opinar.

— Sim, bem, eu decidi que precisava ficar um pouco longe de todos eles. — Ele faz uma careta. — Pensei que seria melhor, depois do que conseguimos fazer, não pior. Mas posso lidar com isso. Estou acostumado a não esperarem muito de mim.

— O que mais eles querem? — eu me exalto. — Você praticamente entregou toda a arma para eles!

— Isso não significa muita coisa se Thlo também vê isso como uma razão para não confiar em mim — esclarece ele. — Não posso culpá-los: ela ou Mako, ou Pavel. Eles apostaram muito nessa missão. Tudo o que posso fazer é continuar mostrando que posso lidar com o que quer que joguem pra cima de mim. Só é difícil fingir que concordo que eles devam me tratar como um idiota que não consegue pensar por conta própria.

Apesar de suas palavras, sua voz adquiriu um tom amargo.

— O que mais falta fazer? — pergunto, quando começamos a andar em direção ao refeitório.

— Neste momento, as tarefas mais importantes são ajustar tudo na nave para bater com a nossa história de fachada.

— E quando estivermos na estação?

— Até onde eu sei, nós simplesmente temos que reunir os materiais que precisamos, Isis vai testar todos os sistemas da arma, e vamos bolar uma história para justificar outra viagem ao espaço — conta ele. — Não deve demorar muito. Já estamos trabalhando nos próximos passos daqui mesmo, e Thlo está elaborando um plano para depois que destruirmos o campo temporal. Será muito mais fácil para ela assumir o comando se ela puder oferecer um curso de ação claro, enquanto todo mundo está perdido.

— E esse curso de ação envolve encontrar um novo planeta, não é? — eu pergunto.

Ele se anima.

— Exatamente. Emmer reduziu as possibilidades, e nós estamos processando os dados para que Thlo possa tomar uma decisão final. Assim que os experimentos na Terra forem encerrados, o Conselho terá de admitir que reunimos informação mais que suficiente sobre a vida num planeta para estarmos devidamente preparados, e então não haverá desculpa para adiar a mudança para um verdadeiro lar.

É por isso que ele arriscou a vida por esta missão, que ele aceita o tratamento que os outros lhe dispensam. Seu mundo e sua liberdade estão em jogo quase tanto quanto os meus.

Perto do fim do quarto dia de reconstituição, eu chego na morte de Jeanant. Os Executores de cada lado dele, as blasters apontadas. Sua perna dormente esparramada à sua frente. A bolsa com o seu 3T fora de alcance. Minha voz fraqueja à medida que descrevo como ele estendeu a mão para a blaster mais próxima, como ele regulou a chave do modo de entorpecimento para o modo de matar, e como o Executor puxou o gatilho. Os movimentos não são perfeitos, mas é muito difícil transcrever cem por cento tudo que aconteceu.

Thlo aparece na minha cabine na manhã seguinte quando estou prestes a olhar a cena pela última vez. Não reconheço o nome que pisca no terminal do computador, então eu meio que recuo de surpresa ao vê-la do lado de fora da porta.

— O nome que apareceu — eu falo explicando apressadamente —, não era o seu.

— Ah! — diz ela. — Era sim. Todos nós temos codinomes para os canais públicos... e os outros usam o meu o tempo todo durante as nossas atividades. A minha posição requer um cuidado especial.

Win disse que ela está em um dos conselhos. Se eles são a favor de prosseguir com os estudos na Terra, faz sentido que ela quisesse manter o seu envolvimento com os rebeldes em segredo absoluto.

Eu procuro algo para dizer.

— Eu, hum, até agora não notei nada de estranho sobre ninguém — pelo menos não estranho o suficiente para que eu arriscasse colocá-los em apuros — ou eu teria falado com você.

— Continue atenta — pede ela. — Como você está progredindo com a sua reconstituição? Pensei em dar uma olhada no que você produziu até agora.

Um minuto atrás, eu estava aliviada por pensar que tinha quase terminado, mas agora uma timidez toma conta de mim. A maior parte do que estava para compartilhar acontecera entre nós dois apenas: Jeanant e eu. Nunca esperei ter uma plateia.

— Coloquei tudo aí — eu digo, entregando o aparelho a ela. — O máximo que consegui lembrar. Tem ainda algumas coisas que eu preciso ajustar, mas enfim...

Thlo dá um passo para dentro, e eu recuo para abrir espaço. Seu olhar se fixa à tela quando a primeira cena começa a ser reproduzida. Jeanant diz alguma coisa que soa vagamente francês, e ela pausa a reconstituição para arquear uma sobrancelha para mim.

— Eu não falo francês — assumo, num tom de desculpa. — Isso é o melhor que posso me lembrar.

Ela não interrompe novamente a sequência, nem volta a olhar para mim. Então, fico observando-a. Durante boa parte da reprodução, ela fica imóvel e tranquila, sua cabeça movimentando-se com um jeito de quem está fazendo considerações. Mas os cantos de sua boca ficam tensos quando Jeanant faz o comentário, nas cavernas, sobre estar preocupado com a possibilidade de estar alucinando. Sua mandíbula se contrai quando ele menciona que ela nem sempre teve a mente aberta sobre a Terra. E, quando a cena em Ohio se desenrola, enquanto um exausto Jeanant discute comigo sobre se ele pode correr o risco de tentar viver em vez de aceitar sua morte como inevitável, a espinha dela enrijece aos poucos. É tão gradual que eu não percebo como ela está tensa até o momento em que acontece o disparo, e suas mãos dão um pulo. Ela aperta firmemente o poço das visões, seu rosto retornando à sua calma habitual.

— Eu acho que tudo o que era importante ficou guardado dentro de mim — eu digo no silêncio que se segue.

— Tudo o que era importante — ela repete. Seus lábios se contraem, e relaxam novamente. Fico imaginando quanto do que ela viu foi inesperado. Pelo que Jeanant disse, ele não a deixou fazer parte de nenhuma etapa de seu plano para a Terra, embora ela fosse sua colega mais próxima, sua amiga, talvez até algo mais. Ele guardou tudo para si mesmo para manter os outros seguros.

Ou talvez seja tudo como ela já esperava, e apenas lhe dói ver isso.

— Ele pensou... — eu começo, e me esforço para continuar. — Ele pensou que, mesmo se conseguisse destruir o gerador do campo temporal, sua nave seria abatida antes que ele pudesse fugir. Quando *nós* retornarmos, alguém terá que assumir aquele lugar?

— Não tem que ser assim — afirma Thlo. — Teremos uma equipe completa, o que nos dará mais opções. Ele escolheu ir sozinho. — Ela faz uma pausa. Antes que possa dizer qualquer outra coisa, minha porta soa.

— Pavel disse que você estaria aqui — Isis diz a Thlo quando eu abro a porta, agradecendo-me com uma rápida olhada. — Precisamos ter uma discussão em grupo. Meu "correio" acabou de chegar. Existe um problema elétrico no setor em que moro com Britta, e eles o estão fechando para reparos.

— Isso é um inconveniente — reconhece Thlo. — Leve Skylar para o refeitório. Vou chamar os outros.

Ela deposita o poço das visões no meu beliche e sai, dirigindo-se a um painel de comunicações na parede, enquanto eu sigo Isis.

— Sobre o que precisamos discutir? — pergunto. — O que significa isso, fechar o seu setor?

— Significa que Britta e eu não podemos voltar para os nossos apartamentos por pelo menos... uns dez dias — esclarece Isis. — Eu posso ficar com a minha mãe e a minha irmã, e Britta com os pais dela, mas eles não sabem sobre... isso. Não temos como esconder você.

4.

Todos se reúnem no refeitório exceto Britta, que deve estar de serviço na navegação. Thlo assume seu lugar de costume, na cabeceira da mesa, e Win se encaminha direto para o meu lado. Noto o olhar de desaprovação de Pavel.

Jule chega preguiçosamente por último, suas pálpebras pesadas como se ele tivesse acabado de acordar. Algo que, pela forma como os horários são escalonados por aqui, ele realmente pode ter feito. Ele se deixa cair no assento oposto ao de Win e corre os dedos sobre os fios negros cortados rente em seu couro cabeludo.

— Isis? — Thlo dá início.

Para o meu alívio, Isis fala inglês — apesar de estar estudando com afinco, eu ainda não sei kemyano o suficiente para manter uma conversa simples, muito menos para acompanhar um debate. Ela explica sobre a mensagem que recebeu. Mako franze a testa, e Jule revira os olhos em direção ao teto, como se nós já devêssemos saber que a minha presença seria problemática.

— Então, temos que elaborar um plano alternativo — Win propõe assim que Isis conclui. — Não podemos levar Skylar de volta depois de tudo isso. — Sua mão encontra a minha debaixo da mesa, e eu a seguro, agradecida.

— Não — concorda Isis. — A estação já vai ter registrado a nossa presença. Vai parecer muito estranho se desaparecermos por vários dias.

— Posso ficar com você? — pergunto a Win. Parece a solução mais óbvia.

Win balança a cabeça.

— Eu moro com os meus pais e meu irmão. Eles não fazem ideia de que estou envolvido nisso. — Ele se vira para Thlo. — E quanto aos dormitórios vagos nos setores de armazenamento?

— A energia foi desligada lá — revela Mako. — Estão inabitáveis.

Pavel diz algo em kemyano, sucinto demais para eu reconhecer qualquer palavra, e Isis retruca. Thlo bate as palmas.

— Tínhamos outra opção viável quando discutimos pela primeira vez o fato de Skylar nos acompanhar — diz ela calmamente. — Pavel, Mako e Emmer também têm familiares que seriam um problema. Tabzi só está colaborando conosco há alguns meses, então fico hesitante em confiar a ela tamanha responsabilidade. Mas você, Jule, mora sozinho.

Mora, é? Lembrando da minha pesquisa sobre as restrições habitacionais kemyanas, não consigo deixar de me perguntar como ele conseguiu isso.

— Peraí! — espanta-se Jule, piscando agora totalmente acordado. — Eu já disse antes, não tem como passar despercebido se eu esconder alguém no meu apartamento. Meus amigos iriam ficar desconfiados se eu de repente parasse de convidar as pessoas para irem lá.

— Mas podemos contornar esse problema — Isis intervém. — Nós descartamos a ideia antes porque seria mais complicado, mas Britta *pode* adulterar os registros para o próximo carregamento de cargas da Terra. Você é rico o bastante para que qualquer um possa acreditar que você comprou um "bichinho de estimação". Dessa forma, Skylar não precisaria nem mesmo se esconder... ela poderia inclusive vir às nossas reuniões.

Rico o bastante — isso poderia explicar o apartamento só para ele. E não ter que se esconder soa um pouco atraente, por mais que eu rejeite a ideia de ter Jule como colega de quarto. Só que...

— Bichinho de estimação? — eu pergunto, hesitante.

— Algumas famílias ricas pagam para ter um terrestre para elas — explica Isis. — Eles normalmente agem como servos, ou como companheiros sociais ou... — ela hesita.

— Não — opõe-se Win. — Não vamos fingir que Skylar é um animal de estimação.

— Ela terá de fingir que foi drogada, como todos os mais adultos são? — Jule pergunta. — Ela não pode "entregar" o verdadeiro motivo de estar aqui.

— Eu não sou idiota! — rosno, mas por dentro me sinto enojada. Win não havia mencionado nada disso.

Ele deve ter lido a pergunta em meus olhos, porque baixa os dele.

— Eu não queria te dar mais um motivo para nos odiar — esclarece ele.

Para ser sincera, eu meio que queria não saber agora. Já é ruim o suficiente que os kemyanos venham tratando os terráqueos como ratos de laboratório pelos últimos milênios. Talvez eu não devesse estar surpresa que eles tornem alguns de nós... bichinhos de estimação, também. Quantos terráqueos estão em Kemya neste exato momento, roubados de suas casas, *drogados*?

— Há um carregamento programado para chegar daqui a alguns dias — diz Thlo. — A hora é essa.

— Britta tem um (...) — Isis fala uma palavra em kemyano que eu não conheço. — Ela podia mudar a aparência de Skylar de modo que não fique facilmente identificável para qualquer um dos Executores que a viram.

A mão livre de Win está cerrada sobre a mesa.

— Tem que haver uma alternativa. E quanto a Odgan? Ele tem o seu próprio apartamento em Kemhar, não tem? De uma forma ou de outra, nós iremos atracar lá antes de ir para Kemya. — Ele olha para mim. — É uma estação menor, mais distante do planeta, um segmento principalmente dedicado à ciência e ao trabalho industrial.

— Isso pode funcionar — reconhece Thlo. — Embora corte o contato dela com o resto de nós.

— É melhor do que ficar bancando o animal de estimação.

Jule abre a boca como se para concordar. Seu olhar pousa sobre a mão crispada de Win. Ele olha para o rosto de Win, e depois para mim. Um sorriso sutil transparece em seus lábios.

— Eu pensei que a razão de você querer que ela viesse junto era pelo quanto ela poderia "ajudar" — diz ele. — Se ficar comigo é a melhor opção, eu vou ter que aceitar a responsabilidade. O que poderá acontecer com ela que te preocupa tanto, *Dar*win?

— Era *você* que não queria ela aqui.

Emmer faz um comentário em kemyano que soa como uma provocação, embora as únicas palavras que eu consigo captar são *Terra* e *quer*. Pavel murmura sombriamente como se estivesse de acordo, e Win se enrijece, sua mão escorregando da minha.

— *Não é* — acho que é o que ele diz.

— Ela está aqui agora — diz Jule, reclinando-se na cadeira. Ele inclina a cabeça para mim. — Presumo que não terei que me preocupar com você destruindo a minha casa toda como um vira-lata de rua.

— Não — afirmo, lutando para manter a raiva fora do meu tom de voz.

— Você vai ficar segura, então — assegura Jule e, para Win, observa: — Eu nunca tive um convidado que reclamasse da minha hospitalidade.

Eu não gosto da maneira como essa conversa está acontecendo sem a minha participação.

— Se serei eu que terei de viver nesse ou naquele lugar, quem deveria decidir isso não seria *eu*? — questiono.

Thlo fixa seu olhar indiferente em mim, e eu me pergunto se passei dos limites. Mas ela diz:

— Acho que é razoável.

Então, todo mundo está me encarando da mesma forma que fizeram na primeira vez que Win e eu aparecemos no compartimento de Viagem. Respiro fundo.

— Então, assim que estiver cadastrada nesses registros como "bichinho de estimação" de Jule, eu não poderei simplesmente me mudar para a casa de Isis e Britta quando os reparos estiverem concluídos, não é isso?

— Sim, infelizmente — confirma Isis. — A essa altura, as pessoas fora do nosso grupo já terão conhecimento a respeito da sua... situação.

Isso faz sentido. Talvez eu nem sequer quisesse me mudar, se isso fosse restringir o meu envolvimento.

— E o que *exatamente* eu teria que fazer para agir como um bichinho de estimação?

— Quando você estiver com apenas os membros do nosso grupo, não terá diferença — diz Thlo. — Mas perto dos outros... Jule está certo: um novo animal de estimação da sua idade estaria drogado. Você precisaria agir como se seus sentidos estivessem anestesiados. O que pode ser difícil, porque outros kemyanos irão enxergar você como um bem ou objeto, que está lá para servir ou entreter. Eles não vão ser necessariamente educados. Se lhe estiver parecendo que não conseguirá lidar com isso, nós poderemos lhe dar uma pequena dose da droga para que você possa manter a dissimulação, pelo bem de nossa segurança. Embora presumivelmente Jule possa ajustar *um pouco* suas atividades sociais.

Jule dá de ombros.

— Posso fazer algumas modificações.

Bem, isso parece... completamente horrível. Mas a outra opção é eu ir me esconder no apartamento de um cara que eu não conheço, e que nem sequer vive na mesma estação de Win e dos outros.

Até agora o comportamento de Jule tem feito jus ao ditado "cão que ladra não morde". Thlo não teria sugerido essa opção se ela não confiasse nele. Pode até mesmo ser a sua forma de testar a minha coragem. Venho pegando prática em suprimir meus sentimentos desde que comecei a entrar em pânico com as sensações de *errado* causadas pelas mudanças, e tentando esconder esse pânico para não preocupar minha família e amigos, onze anos atrás — se existe um terráqueo à altura para o trabalho, esse terráqueo sou eu. Com certeza eu não cheguei até aqui para deixar que um pequeno desconforto me impeça de fazer o que tem que ser feito.

— Posso lidar com isso — afirmo. — Se ficar com Jule significa que eu posso estar mais envolvida, então é com Jule que eu vou ficar.

— Fico feliz que resolvemos isso — Thlo garante. — Todos vocês, voltem ao que estavam fazendo.

Jule inclina a cabeça levemente na minha direção com aquele sorrisinho no rosto. Eu forço um discreto sorriso em resposta. Conforme todos vão lentamente retornando às suas tarefas, Isis dá um toque com o ombro no ombro de Emmer e murmura alguma coisa. Pavel aperta os olhos para mim antes de afastar o olhar. Mako parece me ignorar de forma estudada.

— Eu estava trabalhando no laboratório — diz Win, me trazendo de volta a mim. — Vem comigo?

Eu o sigo pelo corredor. O laboratório em que entramos tem cerca de metade do tamanho da sala de navegação, com uma dúzia de minúsculos painéis de controle amontoados ao longo das paredes. Uma grossa coluna de vidro com pedacinhos de materiais que se assemelham a metal e plástico projetando-se de suas laterais ergue-se no centro da sala, deixando espaço suficiente apenas para as pessoas se sentarem diante dos painéis. Uma grande tela retangular na parede mais distante exibe imagens do universo lá fora. A cada poucos segundos, ela pisca para mostrar um ângulo ligeiramente diferente das estrelas brilhando ao redor do braço avermelhado de uma nebulosa, enquanto a nave segue seu curso. Eu ficaria admirada se não estivesse tão apreensiva por dentro.

— Eu sinto muito — diz Win assim que a porta é fechada. — Gostaria que você pudesse ficar comigo.

— Eu vou sobreviver — eu lhe asseguro, suspirando. — Jule não vai, sei lá, me machucar nem nada assim, não é mesmo?

— Não — Win garante —, mas isso não significa que ele vai tornar as coisas mais fáceis. Ele é só...

— Um babaca? — eu sugiro, e a tensão no rosto de Win some com uma risada.

— Sim — ele confirma. — Essa seria a palavra. Eu não deveria me preocupar... Eu sei que você não deixa as pessoas folgarem com você. Basta dizer a ele para ficar longe como sempre fez comigo, e você ficará bem.

Não posso deixar de sorrir.

— Eu não tenho sido tão dura assim com você, tenho?

— Não — diz ele. — Somente quando eu mereci.

Um silêncio recai entre nós. Vejo as estrelas viajarem por toda a tela.

— Então, nós vamos chegar em Kemya amanhã?

— Sim — Win confirma, mas desta vez sem qualquer humor. Quando eu olho de volta para ele, sua expressão faz meu coração apertar.

— Você não parece muito animado com isso.

Um canto de sua boca se retrai.

— Não que eu não queira ver a minha família, ou os meus amigos, mas... Só por estar nesta nave, posso dizer que será mais difícil. No treinamento como Viajante, o tempo mais longo que passamos na Terra foi de um dia... e metade desse dia era passado num dos esconderijos. Desta vez, fiquei um mês inteiro.

Ele não precisa dizer mais nada. Eu o vi lá. Um mês inteiro de sol e ar não filtrado, grandes áreas abertas e edifícios com espaço para respirar. E, por mais que seus colegas aqui o perturbem, todos eles acreditam na mesma missão. Como não devem ser ainda mais rudes os seus vizinhos, seus colegas regulares em casa, que têm ainda menos respeito por sua família? *Tenho sorte de terem me aceitado no treinamento para Viajante*, ele me disse lá na Terra. *Nós não somos considerados dignos de muito agora.*

— Mas também vai ser mais fácil, sabendo que estamos tão perto de prosseguir — ele acrescenta. — Por isso, eu mal posso esperar. — Ele faz uma pausa e, em seguida, arrisca: — Você ainda está brava pela forma como eu a trouxe até aqui?

É a primeira vez que ele menciona isso desde o meu pequeno surto de raiva. A pergunta traz à tona o mesmo choque de alarme, a dor ecoando o que posso apenas imaginar que meus pais sentiram. Mas eu não posso jogar isso nos ombros de Win. Foi minha a decisão de vir, foi minha a decisão de não perguntar a que custo seria.

— Eu não estou feliz com isso, mas não estou brava com *você* — eu afirmo. Eu não quero pensar sobre a dor que deixei para trás. Quero fazer o que puder para ficar mais próxima de ir para casa e consertar isso. Eu me viro, apontando para os controles. — O que você tem feito aqui?

— Acho que eu deveria voltar a isso — diz ele com o mesmo meio-sorriso. — Neste exato momento só estou executando programas, colocando o equipamento em movimento, para o caso de alguém checar; vai parecer que passamos o último mês fazendo o que as requisições da nave de Thlo disseram que nós estaríamos fazendo.

— Posso ajudar de alguma forma? — pergunto. — Agora já consigo ler alguns dos caracteres. E eu acabei de terminar a reconstituição de Jeanant no poço das visões.

Os olhos de Win brilham.

— A Thlo disse quando vai mostrar para o restante de nós?

Eu deveria ter imaginado que ele estaria tão ansioso quanto os outros. Como ele e Jeanant eram de tempos presentes diferentes, eles só podiam se comunicar um com o outro através de mim. Era a única parte das nossas Viagens que ele não compartilhava plenamente.

— Eu acho que ela vai mostrar em breve — afirmo. — Isis apareceu antes que terminássemos de conversar.

— Sabe, isso que você está fazendo é muito parecido com o que ele fez — comenta Win. — Partir sozinho para um planeta que não é o seu, para tentar consertar as coisas.

— Mas eu não estou sozinha — observo.

Naquele momento, apesar das incertezas à nossa frente, sinto como isso é verdadeiro. Instintivamente, estendo o braço e pego na mão dele, como fiz quando ele perguntou para mim pela primeira vez se eu iria com ele, como ele pegou na minha durante a reunião. Minha pele formiga quando meus olhos cruzam com os dele, e desta vez não acho que seja por causa de como sua pele parece *real* contra a minha. Isso me conduz de volta a uma outra época, quando ficamos abrigados da chuva no 3T dele, quando ele se inclinou e me beijou.

Ali, não foi legal — ainda mais porque ele estava fazendo aquilo principalmente por curiosidade, para saber como seria fazer isso com uma terráquea. Mas já passamos por tanta coisa desde então. Se ele tentasse agora... eu acho que saberia que ele estava sendo sincero, que me queria mesmo.

Acho que talvez eu o quisesse também.

Estou chegando mais perto quando Win recua, soltando a minha mão e afastando o olhar, rompendo a ligação que eu senti. Ele se recupera rapidamente, apontando para os controles com uma risadinha.

— Bom, deixa eu mostrar pra você como tudo isso funciona — ele diz, mas não há convicção em sua voz.

Minhas bochechas coram. Meus pensamentos eram assim tão óbvios? Se fossem, ele claramente não estava na mesma sintonia que eu. Ele não me deu razão alguma para acreditar que me vê como algo mais do que uma companheira de viagem confiável e amiga. Eu nem sequer sou do seu povo.

Seja como for, não é para isso que eu estou aqui mesmo. Provavelmente, é melhor que as coisas não fiquem... complicadas a esse ponto. Ter um amigo é tudo que eu preciso.

— Vamos lá — digo, e reprimo qualquer coisa que poderia ser decepção.

5.

Britta passa pela minha cabine de manhã bem cedo do dia seguinte para me dizer que é hora da minha "transformação", com uma alegria que me faz arrepiar. Ela está segurando um reluzente aparelho cor de cobre com o tamanho e a forma de um tubo de batom.

— Quando chegaremos à estação? — pergunto, depois que ela me faz sinal para eu me sentar no beliche.

— Em algumas horas vamos atracar em Kemhar, para pegar algumas coisas com Odgan — diz Britta. — E, a partir daí, é um pulo até Kemya.

— Mas eu não vou precisar agir como um bichinho de estimação imediatamente? — A informação que eu consegui desencavar na rede não me deu muita orientação sobre como me comportar. Eu sei que há cerca de duzentos e cinquenta terráqueos que vivem como animais de estimação em Kemya agora, e que a tendência de trazê-los começou entre os cidadãos mais ricos apenas nos últimos milênios, e que, como disse Thlo, eles são considerados propriedade, em vez de pessoas. O modo como os kemyanos parecem encará-los não é tão diferente de como os terráqueos veem os seus próprios animais de estimação: como uma fonte de diversão e uma espécie de companhia, embora aqui com o benefício colateral de serem capazes de desempenhar tarefas externas e domésticas.

Depois de um tempo, tive que parar de ler sobre isso, pois eu apertava tanto os dentes que minha mandíbula já estava doendo. Eles acham que não há problema em nos tratar como menos humanos por causa da degradação da matéria que nos constrói, quando isso foi causado por *eles próprios* e seus experimentos!

— Nos primeiros dias, nós vamos precisar fingir que você nem mesmo está lá, como teríamos feito se você se hospedasse comigo e Isis — diz Britta. — Então, quando o cargueiro vier, eu vou corrigir os registros para fazer parecer que você chegou nele.

— E ninguém vai verificar com as pessoas que estavam realmente na nave?

— Não há razão para isso, a menos que algo acontecesse e fizesse alguém achar que você é um problema. Temos trabalhado... como foi mesmo a expressão que você usou?... "abaixo do radar" há anos. Temos as nossas estratégias. A divisão de Segurança jamais notou as nossas atividades.

— Mas agora notaram, depois do que aconteceu na Terra — observo.

— Nós sabíamos que isso iria acontecer. Eles ainda não sabem realmente com o que estão lidando. Podemos nos manter à frente deles. — Ela levanta uma parte do meu cabelo no pescoço. — Você está nervosa?

— Eu não quero estragar tudo — respondo. *Não* tenho anos de prática em me misturar à sociedade kemyana. Realmente não quero acabar drogada. Ou ser pega pelos Executores. Ou... Reprimo essa linha de pensamento e o crescente tremor de ansiedade.

— Por que você não pede a Jule para organizar algo com Tabzi? Tenho certeza de que ela tem um casal de amigos com animais de estimação, e você poderia encontrar um deles e ver como eles agem.

A imagem de uma pessoa sendo conduzida na coleira, como um filhote de cachorro em um encontro canino, aparece na minha cabeça e meu sentimento é de repulsa. Mas não posso pensar num jeito melhor de aprender o que eu preciso saber.

— Farei isso assim que chegarmos lá. Obrigada.

— Agora, em relação ao seu novo visual... — Britta brande seu aparelho. — Eles não têm ferramentas cosméticas como esta na Terra! Nós podemos fazer algo simples, se você se sentir mais confortável assim, ou quer tentar algo totalmente radical?

— Ah, não, algo simples está bem para mim — respondo. — Tudo o que me tornar menos reconhecível.

— Hummm. Podemos ajustar o seu tom de pele, te dar um bronzeado e até mesmo nos livrar das sardas. E seu cabelo: na altura do queixo e castanho mais escuro?

— Está ótimo!

Ela corre o aparelho sobre o meu cabelo e o peso lentamente desaparece.

— Vou ajustar o formato de suas sobrancelhas também. Depois disso, qualquer pessoa que a tenha visto antes teria que examiná-la com muita atenção para reconhecê-la.

Um calor fraco formiga por cima do meu couro cabeludo.

— Vou precisar fazer um retoque frequentemente — acrescenta ela. — As cores vão desbotar.

— Claro! — digo com alívio súbito. Haveria um monte de perguntas se eu voltasse para casa com uma aparência totalmente nova.

Ela me cutuca para eu me virar para ela.

— Isso pode fazer o seu rosto formigar.

Um calor percorre a minha pele, fazendo com que os cantos dos olhos e a boca cocem. Angela seria capaz de matar para colocar as mãos em um aparelho destes. A única vez que fizemos mechas coloridas em seus cabelos a mãe dela ficou tão chateada que ela não ousou tentar mais nada desde então. Um aparelho mágico que poderia mudar a sua aparência em poucos minutos... é exatamente de algo assim que ela precisa.

Não que algum dia eu possa contar a ela que isso existe.

— Kurra — digo para me distrair enquanto Britta baixa o aparelho —, ela estava usando algum tipo de tecnologia para disfarçar o rosto quando precisava se misturar, mas parecia mais com... um holograma, ou algo assim?

— Ah — diz Britta —, eu não conheço os detalhes do protocolo dos Executores, mas, pelo que ouvi, eles usam... projetores para quando precisam fazê-los parecer muito diferentes rapidamente. Estrutura óssea é muito mais difícil de mudar do que pele e cabelo. Se alguém como Kurra quer se fazer passar por, digamos, uma etíope, poderia levar horas para conseguir, e o projetor pode fazer isso imediatamente. Mas projetores causam dor de cabeça se você os deixar funcionando por muito tempo.

Ela me olha, examinando o seu trabalho, e diz uma palavra em kemyano que eu reconheço e que significa *muito bom*.

— *Obrigada* — digo, a palavra com a qual não tenho familiaridade soando desajeitada na minha boca. Os olhos cor de âmbar de Britta se iluminam.

— Ei! — exclama ela. — Olhe só você, pegando o idioma local!

— Win me mostrou o Programa de Aprendizagem de Idiomas no computador — explico. — E me pareceu um bom uso do meu tempo livre...

Britta diz algo em kemyano, rápido demais para que eu tenha condições de entender. Ela repete mais lentamente, enfatizando as pausas entre as palavras. A essência, pelo que consigo pescar, é que, sim, ela concorda que foi uma boa ideia. Então, com o mesmo tom de voz paciente que provavelmente usaria com uma criança, ela pergunta:

— *O que você acha da nossa nave?*

Faço uma busca no vocabulário que já aprendi. A língua kemyana me parece um tanto peculiar em sua gama de adjetivos.

— *Ela é bem construída e... eficiente* — arrisco. Britta vibra, então acho que não assassinei muito a pronúncia. Volto para o inglês. — O piloto deve estar orgulhoso.

Britta salta para o beliche, seu rabo de cavalo castanho saltitando. Em seguida, sua alegria murcha.

— Você vai ter que esconder isso quando encontrar alguém de fora desse grupo — diz ela. — Há uma... sanção, contra ensinar kemyano a animais de estimação terráqueos.

— Ah. — Isso não me surpreende. Deixar-nos falar a língua deles pode tornar muito óbvio o quanto somos realmente parecidos com eles.

— Você nunca aceitou o meu convite para nos visitar — diz Britta, mudando de assunto.

Não me sinto bem em mencionar que Isis me alertou que não o fizesse.

— Eu não queria incomodar.

— Eu acho que vai ser um pouco mais complicado agora que estamos no espaço kemyano. O seu trabalho na Terra era um pouco parecido com este?

— Bem... Eu ainda estava no colégio. Mas escolhi fazer todas as matérias relacionadas com matemática e ciências, e também algumas coisas extracurriculares. Eu estava pensando em cursar engenharia química.

Porque me parecia mais seguro, percebo, ao lembrar-me dessa minha decisão. Percebi que seria uma profissão que me deixaria usar a matemática e as leis naturais, sem ter que lidar com tantas mudanças como, inevitavelmente, acontecem constantemente com a atualização de campos como a eletrônica. Por muito tempo, essa foi a minha primeira prioridade: evitar a sensação de *errado* e os ataques de pânico que sempre estiveram prestes a me sobrepujar. Quando eu voltar para casa, poderei considerar outras opções, não é? O que realmente me atrai mais, em vez do que protege a minha sanidade mental.

— Entretanto, eu não li muito sobre astronomia — acrescento eu, e gesticulo para as paredes. — A que distância Kemya fica da Terra? Esta nave se desloca mais rápido do que a velocidade da luz? Como é que ela funciona?

— Usamos uma unidade para a distância que não pode ser perfeitamente traduzida, mas... essa viagem leva um pouco menos de dois mil anos-luz, creio eu, em seus termos — explica Britta. — E nossos propulsores... temos unidades baseadas em (...) — Ela diz uma palavra em kemyano, e hesita. — Eu não sei como explicar na sua língua.

— Não se preocupe — me apresso em dizer. — Eu não sei se eu seria capaz de entender, de qualquer maneira.

— Você vai entender... você apenas não foi exposta a conceitos desse nível na Terra — diz ela, como que para me tranquilizar de que as minhas deficiências são culpa do meu planeta. — Eu posso ajudá-la nisso um pouco, desde que você aprenda o básico. Este é o meu playground, aqui fora. Todo esse espaço para explorar.

Suas palavras me fazem lembrar da forma como Win fala sobre a Terra. *Tanto espaço.*

— Foi por isso que você se envolveu com o grupo? — pergunto. — Para ajudar no trabalho de encontrar um novo lar para Kemya?

— Um pouco por causa disso. Para dizer a verdade, eu não tenho certeza se estou ansiosa para viver num planeta de verdade. — Ela estremece ligeiramente e espeta a parede da cabine com um dedo. — Eu gosto das minhas paredes de proteção. Todos nós crescemos com elas, sabe? Mas eu percebi que não podemos sustentar a estação para sempre. Meus pais eram muito ativos na defesa de uma mudança para um novo mundo. Até que ambos foram... qual é mesmo a palavra? Rebaixados em suas funções. — Ela faz uma careta. — Dessa forma, ao mesmo tempo, posso ver mais da galáxia e desafiar o Conselho em nome dos meus pais.

Ela faz uma pausa e um rubor colore sua pele bronzeada.

— Sinto muito. Isso deve parecer horrível. Para você, trata-se de nos impedir de arruinar completamente o *seu* planeta. Vou ficar feliz também quando tudo isso terminar. E... quanto às coisas que eu digo... Eu não havia conversado com nenhum terráqueo até agora. Se eu disser alguma coisa idiota, não me leve a mal, ok? Eu acho ótimo você estar nos ajudando.

— Está tudo bem — respondo, comovida. Ela *está* se esforçando, é óbvio. E eu preciso de todos os aliados que conseguir.

☆ ☆ ☆

Todo mundo desembarca quando atracamos na estação menor de Kemhar, exceto eu, porque eu não deveria estar aqui, para começo de conversa. Mas nem todo mundo fica lá o tempo todo. Quando eu me canso do Programa de Aprendizagem de Idiomas e caminho para o laboratório onde trabalhei com Win no dia anterior, Jule está ao lado da tela grande, que ainda está definida para a visão do espaço exterior. Hesito, e, em seguida, forço-me a entrar.

Jule não se move, como se ele não tivesse me ouvido entrar. Mas, enquanto eu me aproximo da tela, ele aponta para a parte inferior da vista.

— Esse é o nosso destino final — diz ele, com seu sotaque americano perfeito. De certa forma, isso me faz sentir ainda mais saudades de casa nesse instante.

Eu só consigo divisar o tênue contorno em forma de diamante junto à borda curva do planeta sombrio se eu forçar a vista. A maior parte da Kemya original encontra-se obscurecida pela estação na qual estamos ancorados, uma superfície cor de asfalto, pontilhada com saliências em formato de caixa que preenchem um lado da tela. Eu me aproximo mais, descansando minhas mãos sobre o material que é muito denso para ser de plástico e, ainda assim, macio demais para ser de vidro.

— Ele ainda parece muito distante.

— Para quem nunca esteve fora de seu planeta, acho que pareceria mesmo — diz Jule. Então, ele olha para mim, com o que parece ser uma consideração estudada. Como se ele só estivesse disposto a gastar uma fração de sua energia mental em mim.

Eu me forço a encará-lo. Uma avaliação franca: ele é bastante atraente, com aqueles olhos grandes, a pele marrom-caramelo, uma constituição muscular da qual Angela ficaria tagarelando a respeito. Mas mesmo quando ele não está falando, os sinais entregam o babaca que há por baixo. A forma como o canto de sua boca se curva naquele ângulo que é mais um sorrisinho do que um sorriso de verdade. Sua postura casual enquanto o silêncio se estende, como se estivesse pouco se lixando se isso me deixa embaraçada.

— Britta fez um bom trabalho com seu novo visual — elogia ele, bem quando esse silêncio passa de estranho para excruciante. — Então. Nós vamos passar muito tempo juntos. Se algo deixá-lo irritada, eu agradeceria se me avisasse.

Ele consegue fazer o pedido parecer amigável, mesmo quando insinua que eu vou ser um incômodo. Meus dedos se enrolam na altura do quadril, sentindo falta da pulseira de contas que costumava me manter no chão durante meus ataques de pânico, a pedra de toque que perdi durante as Viagens ao passado da Terra. Minha nova pedra de toque é a imagem que conservo no fundo da minha mente: o gerador kemyano explodindo. O campo temporal que circunda a Terra se desintegrando. Meu planeta livre.

— É um pouco difícil de dizer, se não sei o quanto você vai ser irritante ou esquisito — eu respondo. — Mas eu me saí bem saltando com Win através de vários séculos e três continentes enquanto era perseguida por pessoas que queriam nos matar. Duvido que haja algo tão horrível em seu apartamento que eu não vá ser capaz de encarar.

— Isso vai depender do quanto você me acha horrível, então — ele diz com um tom de provocação. — O Darwin, bem, você não pode julgar o restante de nós com base naquele miolo mole incompetente.

Apesar dos meus melhores esforços para manter o controle, o meu sangue ferve.

— Qual é o seu problema com Win, afinal? — pergunto. — Pela forma como você o persegue, quando eu nunca o vi fazer nada contra você, quem tem "miolo mole" é você.

Jule abana a mão, afastando minhas palavras.

— Ah, eu não me importo tanto assim com ele. É que é tão fácil provocá-lo. E ele é tão... — Ele balança a cabeça. — Você deveria ter visto ele, no primeiro ano de treinamento para ser Viajante. Fazendo os comentários mais óbvios, fazendo as perguntas mais idiotas... ele tem sorte de Thlo ter percebido como ele é a favor da Terra e lhe ensinado algumas coisas antes de os instrutores o enviarem para o interrogatório.

Eu suspeito que ele está exagerando, mas provavelmente existe algo de verdadeiro nesse cenário que ele está descrevendo. Win nunca foi capaz de esconder suas emoções, mesmo comigo. O que sem dúvida tornou-o um alvo ainda mais fácil para pessoas como Jule.

— Eu admito que não é realmente culpa dele, considerando a família imprestável que ele tem — Jule continua. — Colocar o nome no filho de *Darwin*?

— O que há de errado nisso?

— É quase um clichê... escolher um personagem da Terra assim tão famoso. Eles poderiam muito bem ter carimbado na testa dele que eles são obsessivos. O pai dele está tentando ser um *pintor*, entre todas as coisas inúteis que podia escolher. É como se eles tivessem esquecido onde vivem.

Eu arqueio as sobrancelhas.

— E "Jule", é um apelido para que nome? Júlio, como o César?

— Para nenhum — responde ele. — É apenas Jule. É assim que se faz. Deixe que as pessoas achem ou não que tem alguma conotação... você guarda isso para você. A maioria das pessoas lá sabe disso.

Então a maioria das pessoas de Kemya não é apenas hipócrita egoísta e cautelosa ao extremo, mas também esnobe.

— Você não atormenta Isis — eu digo. — Ou deusas egípcias são mais aceitáveis do que cientistas britânicos?

— Isis tem sete anos a mais de serviço do que eu — justifica Jule. — Eu respeito isso mesmo que não respeite o gosto dos pais dela para nomes.

— Bem, crescer dessa forma obviamente fez algum bem a Win — eu argumento. — Quanto a sua sofisticação ajudou *você* a seguir a trilha de Jeanant? É por Win estar disposto a quebrar algumas regras que ele pensou em me pedir para participar, e nós unimos os pedaços juntos numa fração do tempo que você já tinha gasto vagando pela França revolucionária.

Jule abre a boca, mas, aparentemente, não tem nenhuma resposta sarcástica para isso. Ele faz uma pausa, e ri.

— Sabe, talvez você tenha razão quanto a isso. Ponto para você.

Ele balança a cabeça para mim, em sinal de aprovação, acompanhando o gesto com o que poderia ser um sorriso de verdade.

— Seja como for, vejo que isso vai ser interessante. — Então, ele sai andando. A porta abre e fecha com um ruído. E eu me volto para a paisagem na tela. Para a débil silhueta de um mundo construído pelo homem, no qual dentro de apenas algumas horas serei tanto uma invasora quanto uma prisioneira.

☆ ☆ ☆

Quando chegamos à estação estou em minha cabine, enfiando a minha mochila na bolsa kemyana que Britta me emprestou para disfarçá-la. Um tremor percorre a nave. Agarro a cama superior do beliche para poder me equilibrar, e a porta desliza. Mas o nome que pisca na tela não é o que eu estava esperando.

— Rápido! — Isis diz quando abro a porta, seu rosto estranhamente tenso. — Nós descobrimos que os Executores estão fazendo uma inspeção pessoal de cada nave que esteve fora de Kemya nos últimos dez dias, conforme elas chegam.

Eu enrijeço. Então, a divisão de Segurança está concentrando esforços mais rápido do que qualquer um aqui previu.

— O que vamos fazer?

— Não podemos deixar que vejam você — alerta Isis. — Venha comigo.

Enquanto ela me conduz para o corredor, Win vem correndo.

— Não temos tempo — Isis diz a ele.

— Só vai levar um segundo — garante ele, sua respiração curta, e então fala para mim: — Eu só queria te dizer, só para garantir... Se precisar de mim, quando estivermos na estação, o apartamento de minha família fica no Distrito 23 Setor 8 Apartamento 17. Você vai se lembrar disso?

23-8-17. Minha mente arquiva os números automaticamente.

— Sim — eu asseguro. — Mas... eu não poderia simplesmente aparecer do nada... sua família...

— Se você estiver em perigo, não importa — diz Win. — Eu invento uma história para eles. E vou encontrar maneiras de manter contato com você na casa de Jule.

Parece que ele quer dizer mais alguma coisa, mas Isis pigarreia e ele apenas balança a cabeça, recuando. Suas palavras ficam rodando na minha cabeça enquanto Isis me apressa pelo corredor.

Apenas uma precaução, digo a mim mesma. Com sorte, desnecessária.

Isis abre uma porta no final do corredor e gesticula para eu entrar num espaço escuro tão profundo que não consigo divisar o outro lado. Pequenas luzes brilham à nossa frente enquanto caminhamos, iluminando as silhuetas das caixas e cilindros empilhados em torno de nós. O ar ficou gelado.

— Temos uma seção especial no compartimento de carga que deve ser indetectável — diz Isis. — Já contrabandeamos equipamentos de um lado para o outro dezenas de vezes sem nenhum problema, então você vai ficar bem. Isso significa apenas que não podemos conduzi-la através da área de ancoragem do jeito que havíamos pensado. Vamos ter de levá-la num carrinho junto com a bagagem.

Isso não parece nada divertido, mas é o jeito de enganar os Executores.

— Farei o que for preciso — respondo.

Ela para no meio da sala.

— Espere aqui. — Enquanto ela se distancia apressada em meio à carga, as luzes que piscam por trás dela mal delineiam suas formas curvilíneas. Ela revira um contêiner de bordas arredondadas mais ou menos do tamanho do aquário de cento e cinquenta litros de que o pai de Evan está constantemente cuidando em seu porão. Não vejo rodas debaixo dele; no entanto, ele desliza uns dois ou três centímetros acima do piso. Quando Isis belisca um canto, a lateral se dobra para baixo.

— Desculpe — diz ela. — Você vai ter que se esconder aqui durante a inspeção, e, então, vamos levá-la através do processamento e de lá para o apartamento de Jule.

Suspiro fundo e rastejo para dentro do espaço apertado.

— Eles não vão, tipo, escanear a bagagem?

— Tenho tecnologia que pode cuidar disso, quando tivermos desembarcado — responde Isis.

Quando ela fecha a lateral novamente, há espaço suficiente apenas para os meus ombros roçarem ambos os lados da caixa. Descanso o queixo nos joelhos enquanto a caixa se desloca. O movimento para abruptamente. O mundo lá fora é silencioso.

As paredes do contêiner parecem ser bastante espessas, mas, mesmo assim, o frio se infiltra. Mesmo com os braços em torno das pernas, não consigo parar de tremer. Espero que os outros consigam se livrar dessa inspeção logo, antes que eu vire um picolé.

Os Executores não têm razão alguma para supor que alguém esteja contrabandeando um terráqueo para a estação, creio eu. Eles provavelmente estão procurando sinais de *qualquer* atividade suspeita, sabendo que os rebeldes que lhes chamaram a atenção na Terra há uma semana acabariam tendo que voltar para casa. Enquanto o disfarce de Thlo se mantiver...

E se isso não acontecer? As paredes da caixa me pressionam, inevitavelmente *reais*. Tento ignorar a sensação, focando em meus pés, aquecendo-os com uma massagem através do calçado tipo chinelo que Win me levou alguns dias atrás. Sem nenhuma decisão consciente de minha parte, minha mente começa a percorrer as potências de três.

Três vezes três é nove. Três vezes nove é vinte e sete. Três vezes vinte e sete...

Os minutos se arrastam. Vou desfiando os números tão longe quanto minhas habilidades mentais permitem, acabando de completar o sétimo ciclo e iniciando já o oitavo quando a caixa se desloca novamente. Fico tensa, não tenho certeza do que eu poderia fazer se for descoberta, mas a lateral não se abre. A caixa desliza para a frente, e vira.

Consigo ouvir algumas vozes abafadas. Minha noção de distância desapareceu; eu não sei se estamos ainda na nave ou já na área de processamento. Tremo quando alguém bate na parte superior da caixa, mas a deixam fechada. Cerro os punhos e em seguida os relaxo, volto a cerrá-los e a relaxá-los, ouvidos atentos à menor mudança externa.

Há um zumbido mecânico, seguido de um rangido agudo. Meu contêiner balança e, em seguida, estabiliza. Apoio as palmas das mãos cuidadosamente contra as laterais para me firmar, mas o restante da passagem é suave. Minha pulsação diminui, a solidez alienígena das paredes recua.

Minutos depois, a sensação de movimento para completamente. Afasto as pernas do corpo. Não consigo apreender coisa alguma do mundo exterior. Meu coração começa a acelerar novamente.

Em seguida, a lateral se abre, e Jule me espia com um sorriso irônico.

— Então, terráquea — diz ele. — Bem-vinda a Kemya.

6.

A sala principal do apartamento de Jule forma um "L" estreito, apenas ligeiramente maior do que a minha sala de estar em casa. Jule recita os vários recursos com uma espécie de ar de superioridade, como se eu devesse estar impressionada, embora tudo aquilo já estivesse ultrapassado para ele. Percebo que uma das extremidades do "L" funciona como sala de jantar e sala de estar ao mesmo tempo, com bancos aveludados acolchoados que se desdobram para baixo a partir das paredes e uma mesa que pode ampliar seu tamanho subindo do piso em várias camadas. A outra extremidade da sala consiste numa câmara de metal como o compartimento de fitness da nave e uma reluzente e imensa tela. As paredes e o piso, mesa e bancos, são em intensos tons de vermelho e ocre, quentes em vez de berrantes, produzindo assim um efeito bastante acolhedor.

Fico impressionada é com a falta de outro toque pessoal que não seja o esquema de cores. Não há enfeites nos pequenos nichos que salpicam as paredes; não há quadros em parte alguma. O lugar parece quase... vazio, em comparação com os lares na Terra. Mas, considerando o ponto de vista kemyano sobre a arte ser algo fútil, acho que não é de surpreender.

Duas portas se abrem na parede ao lado dos bancos quando Jule pressiona as minúsculas depressões em suas bordas.

— Suponho que você já saiba como os banheiros funcionam — diz ele. — E este é o segundo quarto, ou seja, o seu.

O quarto que ele me aponta com o cotovelo se parece muito com minha cabine na nave, só que pintado de amarelo e com quase o dobro de largura. Eu entendo a razão disso quando Jule dá ao leito superior do beliche um empurrão e ele afunda para baixo, enquanto o de baixo desliza para a frente, até que os dois juntos formam uma superfície quase tão grande quanto uma cama de casal.

— Você realmente precisava de um quarto de hóspedes? — não posso deixar de perguntar. Afinal, com que frequência seria preciso acomodar outras pessoas para passar a noite quando todos vivem no que é, no final das contas, uma única cidade densamente povoada?

— Todos os apartamentos têm dois quartos — responde Jule, dando de ombros. — Você consegue a versão luxuosa, se tiver condições de pagar por ela, ou a padrão. O apartamento de Isis e Britta tem praticamente a metade do espaço deste. Você deveria estar feliz por eu me deixar convencer a hospedar você.

Eu o encaro.

— A principal razão de você ter me deixado ficar aqui foi porque você sabia que Win não ia gostar.

Ele sorri.

— Isso não significa que você não deva se sentir agradecida.

Avalio o ambiente, tentando imaginar um apartamento com a metade deste tamanho. Sem o equipamento de fitness e a tela gigante, creio eu, apenas com a área flexível da copa/sala de estar. Win deve viver assim, amontoado com seus pais e o irmão. Não é de admirar que ele tenha ficado boquiaberto com a quantidade de espaço em minha casa na Terra. Pelos padrões kemyanos, ela deve ter causado nele a mesma impressão que aquelas grandes casas senhoriais dos dramas vitorianos causam em mim.

— Tem um armário — diz Jule, pressionando um recuo na parede do quarto e revelando uma pilha de roupas dobradas, numa gama variada de cores e padrões.

— Veja se encontra algo que combine com você.

— Por que... — começo a perguntar e me interrompo. Só consigo pensar em uma razão para ele manter um monte de peças de roupa sobressalentes à mão e, pela maneira como ele sorri da minha hesitação, suspeito que seus hóspedes durante a noite geralmente dormem no outro quarto, com ele.

— Eu liguei o sistema de monitoramento — ele acrescenta. — Há um sensor embutido para pessoas com crianças pequenas ou pais idosos. Ele me enviará um sinal se você mostrar sinais físicos de aflição. Então, se alguma coisa aqui desequilibrar sua constituição terráquea delicada, é só aguardar que eu mesmo virei acudi-la ou enviarei alguém aqui.

— Acho que não terei problemas — respondo. Eu realmente espero não lhe dar a satisfação de comprovar minha "delicada" constituição terráquea.

— Bem, é isso. Finalmente em casa. — Ele dá um passo para trás, para a sala de estar, revirando os ombros e deixando escapar um suspiro que soa como prazer. Fico tão perplexa com sua expressão de contentamento que simplesmente deixo escapar a pergunta:

— Você gosta daqui?

Ele arqueia as sobrancelhas para mim.

— Esta é a *minha* casa. Gosto de saber o que esperar. — Um tom grave soa vindo da tela, e uma série de caracteres kemyanos aparece nela. A mandíbula de Jule se contrai. — Mesmo que algumas vezes sejam aborrecimentos. Sinta-se à vontade. Tenho conversas para pôr em dia.

Estava tão acostumada com a fascinação de Win pela Terra que presumi que todos os rebeldes se sentiam assim também. Mas eu me lembro do nervosismo que Britta demonstrou ao falar sobre a vida no planeta. De fato, Win me falou de como a maioria dos kemyanos não contestou a insistência de seus cientistas de que eles ainda precisam reunir mais dados sobre a Terra antes que seja seguro seu povo se estabelecer em algum planeta desconhecido, porque já faz tanto tempo que é difícil para eles se imaginarem vivendo num mundo diferente deste. Porque eles se sentem confortáveis e seguros aqui. Obviamente, essa ideia afeta até mesmo os pensadores mais radicais. O desconforto de Win deve ser mais uma coisa que faz com que os outros o vejam como estranho.

Eu me enfio no "meu" quarto e a porta se fecha rapidamente atrás de mim. O ar que inalo tem a qualidade mineral semelhante ao da atmosfera do interior da nave, só que mais suave. Agora que me acostumei com o outro, ele me parece menos denso na boca.

Agitando a mão em direção a uma parede e, em seguida, à outra, sou recompensada com o flash da iluminação de um terminal de computador sendo ligado. Em kemyano, é claro, mas, analisando os caracteres, escolho o painel de controle, e, em seguida, o seletor de idiomas.

Uma vez que o defino para o inglês, dirijo-me para a minha mochila, sacando dela minhas fotografias. Eu hesito quando elas estão na minha mão. Mesmo que eu esteja oficialmente nos registros da estação, isso é apenas na condição de um animal de estimação que Jule adquiriu. Imagino que não seja normal que animais de estimação tragam seus pertences pessoais.

Forçando-me a engolir o mal-estar que tal constatação traz, abro o armário. Há espaço para guardar minha mochila atrás da pilha de roupas.

Quando estou fechando o armário, a porta do quarto se abre, deslizando no batente. Jule mete a cabeça pela abertura:

— Vou ter que dar uma saída — diz ele abruptamente. — Assunto de família. Vou mostrar para você onde fica a comida.

Sigo-o de volta até a sala principal. Seus movimentos são rápidos, o tendão em seu pescoço destacado, como se estivesse apertando a mandíbula.

— Algo errado? — atrevo-me a perguntar.

— Só o habitual caos de quando a gente chega — responde ele, mas sua risada soa forçada. Ele abre alguns compartimentos na parede, mais rasos do que o meu armário, repletos de invólucros de um material semelhante ao plástico, de vários formatos e tamanhos.

— Alguns deles exigem um pouco de trabalho. Já que você não consegue ler as instruções, atenha-se a essa prateleira por enquanto. Como as rações da nave, esses aqui não requerem preparação. Basta abrir e depois descartar a embalagem aqui. — Um último compartimento, menor, se abre para uma espécie de tubo de ventilação parecido com aquele em que perdi meu telefone celular no esconderijo kemyano na Terra. Depois que Jule o tomou de mim e o esmagou.

— Alguma pergunta? — diz ele, num tom que sugere que perguntas não seriam bem-vindas.

— Não — respondo. — Tudo bem.

— Não deixe ninguém entrar enquanto eu estiver fora, e não toque em nada que você não entenda — recomenda ele, já se encaminhando para a porta da frente.

☆ ☆ ☆

Se os dias em Kemya correspondem a vinte e cinco horas da Terra, meu corpo deve ter se ajustado rapidamente. Sinto-me surpreendentemente bem descansada quando me levanto na manhã seguinte e, quando saio do meu quarto, parece que Jule também acabou de sair do dele. Ele está sentado em um dos bancos, com uma caneca na frente dele, sobre a mesa. Um aroma de café que faria Win desmaiar enche o ar.

— Bom dia — diz ele, sem o menor traço do mau humor da véspera.

— Isso é...? Pensei que vocês não tivessem café aqui.

— Temos, quando podemos pagar por ele — esclarece Jule, agitando o líquido em sua caneca. — Ou quando fazemos uma parada na Terra e sabemos que podemos contrabandear sem risco uma ou duas embalagens para casa.

Que não é algo que *Win* possa fazer, creio. Com certeza café está além do orçamento de sua família, pelo que depreendi.

— A ingestão de bebidas terráqueas não é uma coisa indigna de você? — pergunto.

— Seu planeta faz bem algumas coisas. Meu avô Adka dizia: "Aproveite o que for bom quando encontrar, independentemente da fonte". Pelo menos foi essa a atitude dele quando me viciou nesta coisa. Quer uma caneca? Para que você não saia por aí dizendo que eu sou um sovina.

— Obrigada — respondo, surpresa. Não esperava que ele abrisse mão por mim de um pouco do seu tesouro contrabandeado. — Você provavelmente vai ficar feliz em saber que eu não curto cafeína. Mas, hum, há alguma coisa para o café da manhã que não seja a ração da nave? — Não me importa em quantos sabores diferentes esses brownies venham, a simples ideia de comer outro daqueles retângulos pastosos acaba com a minha fome.

— Claro que sim, esses são apenas os mais fáceis de armazenar. — Jule gesticula em direção aos armários. — Experimente a terceira embalagem, segunda prateleira. A redonda, amarela. Vire-a. Torça o canto superior direito, deixe descansar alguns minutos, e você terá o equivalente kemyano de ovos mexidos com queijo. Não é exatamente a mesma coisa a que você está acostumada, mas é formulado para a nutrição ideal pela manhã. — Não dá para dizer pelo tom dele se está zombando da praticidade kemyana ou se gabando.

Agora, depois que segui as suas instruções, o pacote já está aquecendo em minhas mãos.

— Obrigada — digo novamente, colocando-o sobre a mesa.

— Eu não lhe disse que cuido bem dos meus hóspedes?

Faço uma pausa, e não me privo de dizer, lançando um olhar em direção ao quarto dele:

— Eu imaginei que você estivesse falando sobre um tipo diferente de hóspede.

Jule dá de ombros, com um sorriso sugestivo.

— Isso não quer dizer que você não possa ser o tipo de hóspede que quiser.

Eu fico tensa, mas ele apenas fica sentado ali tranquilamente, bebendo seu café, como se houvesse feito um comentário totalmente inocente, que não requer resposta. Talvez para ele, talvez em Kemya, seja. Ou talvez ele esteja apenas curtindo tentar me desconcertar. Eu afundo no outro banco e abro a embalagem do meu café da manhã. A tortinha macia e saborosa se desfaz na minha boca quase do mesmo jeito como fariam os ovos mexidos de verdade. A textura é um pouco uniforme demais, e há também um ligeiro sabor químico por baixo, mas é exponencialmente melhor do que os brownies da nave.

A conversa daquela manhã parece ter definido o tom da minha estadia. Quando Jule está por perto — e ele se demorou um pouco mais naquela manhã — e, em seguida, de volta do trabalho, à noite, ele é otimista e irreverente, suas observações muitas vezes oscilando entre provocação e flerte. Mas elas não vão mais longe do que isso, e ele me concede uma medida aceitável na Terra de espaço pessoal. Ainda assim, decido esperar até que ele não esteja mais por perto antes de entrar no banheiro para tomar minha chuveirada de luz, pois não quero saber qual seria o seu comentário sobre *isso*. E continuo a ignorar tudo o que beira o flerte da parte dele, ficando na minha e mantendo distância de tudo que não for meramente cordial. Só para deixar bem claros os limites.

Quando pergunto sobre o seu trabalho, enquanto ele está se preparando para sair no dia seguinte, ele explica os turnos dos Viajantes.

— Metade do ano é passado na Terra, trabalhando *in loco*, a outra metade, em Kemya, processando os dados e planejando os projetos futuros — explica ele. — Gastaríamos muito combustível levando e trazendo as pessoas constantemente. Tenho mais dois meses em Kemya... Dois dos *nossos* meses correspondem a cerca de oitenta dias terráqueos. Claro que, antes disso, em teoria, não haverá nenhum trabalho para ser feito na Terra.

Em teoria.

— E se não estivermos prontos? — questiono. — Win deve ter uma programação assim também, certo? E Thlo? Vocês todos levaram *anos* até estarem prontos para fazer a primeira viagem.

— Porque Thlo estava começando quase do zero, e porque ela queria poder contar com o máximo de recursos possíveis antes de darmos o primeiro passo fora de Kemya. Agora é questão de darmos apenas os últimos retoques. A única coisa que vai nos atrasar é encontrar a ocasião para podermos usar as áreas de trabalho despercebidas, para as partes que não podemos fazer através de nossos terminais privados.

Ele não parece muito preocupado. No entanto, o que realmente importa para ele se a Terra continuar a ser alterada e desgastada por seu povo por mais um ano ou dois? Penso nos Viajantes e cientistas que estão na Terra agora, os efeitos de seus ajustes reverberando através do tecido do planeta, meus pais, Angela, Lisa, Evan, desaparecendo por um de seus incrementos, e meu estômago se revira. E se um desses ajustes for a mudança que romper completamente o nosso mundo? Win disse que uma coisa assim poderia acontecer, se os experimentos fossem longe demais.

Estou ansiosa para começar a trabalhar. Agora que enviei a reconstituição de minhas conversas com Jeanant para Thlo, não tenho muita coisa para ocupar o meu tempo, exceto praticar meu kemyano com a Inteligência Artificial do computador, buscar mais informações sobre o estilo de vida kemyano, e seguir minha rotina de aquecimento para o cross-country, na esperança de evitar que o meu corpo se atrofie. Eu menciono a ideia de Britta sobre o encontro com a tal de Tabzi e um dos animais de estimação dos amigos dela para que eu possa me preparar para o meu próximo papel, e Jule concorda, mas não pode agitar qualquer coisa até que eu esteja "realmente" aqui.

Naquela noite, Jule me chama até a tela gigante.

— Uma mensagem de Britta — diz ele. — Ela anexou um arquivo... para você, aparentemente. — Quando ele faz um gesto para a caixa de caracteres na tela, um vídeo aparece em seu lugar: de Win, não Britta. Jule meneia a cabeça e se afasta lentamente.

— Eu disse que encontraria um jeito — diz Win na gravação, com aquele meio-sorriso familiar, tão nítido como se ele estivesse de pé diante de mim. Sinto uma pontada no peito. Faz apenas alguns dias desde que o vi pela última vez, mas, durante a semana passada na nave, sempre tive nele a quem recorrer quando a estranheza de tudo à minha volta era demais.

— Esta mensagem precisa ser breve — ele continua. — Eu só queria mandar isso para você, essa imagem me lembrou aquela pintura na sua casa. Achei que você gostaria de vê-la. O que nós estamos trabalhando para proteger.

A imagem de Win desaparece, substituída por imagens aéreas acompanhando um rio sinuoso através de uma floresta densa. Como a floresta no parque estadual que um artista local capturou na pintura que ele mencionou. Um nó sobe na minha garganta. Por um segundo, deixo-me levar para longe desse espaço alienígena, embalada pelas lembranças do ar carregado do cheiro dos pinheiros e o som das botas de caminhada dos meus pais à minha frente.

A sucessão de imagens da filmagem termina, e a tela pisca de volta para o preto.

— Melhor assim! — diz Jule atrás de mim. — Britta programou a mensagem para autoexclusão. O mais seguro seria se ele não entrasse em contato com você de jeito nenhum, mas, se ele não consegue evitar, é muito menos suspeito ela me enviar uma mensagem, considerando que a forma como ele e eu nos damos é bem conhecida.

Tenho certeza de que Win esperava que aquelas imagens fossem reconfortantes, mas as paredes pareceram mais confinantes depois e a atmosfera, mais sintética. Após o jantar, enquanto Jule traz à tela grande um projeto que eu não consigo acompanhar, vou para o meu quarto e, finalmente, rompo a minha política contra checar os meus amigos e família lá na Terra. Vou começar por Lisa, eu decido. Se Lisa estiver bem, então, vou procurar todos os outros.

Minha busca pelo nome completo de Lisa e nosso estado traz alguns registros aleatórios e listagens e, também, um artigo de sete anos atrás, ou, dez anos depois que eu parti. Leio duas frases antes que as lágrimas comecem a borrar as palavras diante de meus olhos. Um acidente, um motorista bêbado, Lisa atropelada ao atravessar a rua com o seu filho de 4 anos de idade. O menino morto ao chegar ao hospital. Lisa em coma, com uma lesão na coluna vertebral. Bile sobe na minha garganta. Afasto a visão do artigo virando as costas para o terminal de computador. Leva uns minutos antes de eu ter certeza de que não vou vomitar.

Isso não vai acontecer. O meu retorno vai mudar as coisas. Num acidente como esse, tudo que Lisa teria que fazer é estar na rua cinco minutos antes ou depois...

No entanto, os meus ombros não vão parar de tremer. Não há garantias. Eu não vou saber se ela foi poupada desse destino até o momento chegar. Eu vou passar os próximos dez anos com ela sabendo o destino que a aguarda, e tendo que fazer de conta que não.

7.

Depois do meu encontro com o futuro de Lisa, a ideia de ficar procurando por qualquer outra pessoa traz de volta uma onda de náusea. Não é difícil de resistir.

Felizmente, Jule proporciona distração suficiente no dia seguinte, quando ele retorna do trabalho trazendo a reboque Britta e Isis.

— Se eu soubesse que fazer parte de uma rebelião significaria um fluxo constante de mulheres atraentes em meu apartamento, eu teria me comprometido antes com Thlo — ele comenta com seu tom impertinente de sempre. Isis revira os olhos e Britta apenas ri.

Britta está carregando o aparelho em formato de batom e Isis, um rolo de material plástico que ela estende sobre a mesa num fino e rígido retângulo.

— Britta disse que você está ansiosa para conhecer a nossa tecnologia — diz ela. — Pensei em ver quanto dos princípios você vai entender.

Ela mostra uma imagem como uma espécie de página de livro, diagramas, fórmulas e explicações impressas em caracteres kemyanos. Eu os estudo, e passo para outra página com o dedo, enquanto Britta examina o meu cabelo.

— Está mantendo a cor — ela comenta. — Não desbotou muito. — A tatuagem dela parece ter se transmutado desde a última vez em que a vi, as teias de aranha partindo de suas têmporas e contornando a parte de trás das orelhas, descendo até ultrapassar os lóbulos.

— Contanto que mantenha o meu disfarce — eu digo. A imagem de Kurra apontando a blaster para atirar naquele menino passa pela minha cabeça. Não houve um segundo de hesitação. Eu me forço a me concentrar no tablet, em vez disso.

— O que você acha? — Isis pergunta depois de um minuto.

— Hum... Eu consigo compreender algumas das equações — eu afirmo. Não consigo ler muitos dos caracteres, provavelmente porque o jargão técnico avançado não é prioridade no Programa de Aprendizagem de Idiomas, mas eu consigo entender bem os símbolos matemáticos em comum. — A matemática é o que mais tenho facilidade. Coisas desse tipo — aponto para um diagrama e as anotações em torno dele —, eu não reconheço nada.

Isis faz um som de zumbido.

— É compreensível. Nossos conceitos de tecnologia vão muito além dos que qualquer um tenha desenvolvido na Terra. Você precisaria ter uma boa noção sobre eles para realizar qualquer trabalho com a arma de Jeanant.

Britta gesticula para que eu me vire.

— Mas se ela sabe matemática, há outras maneiras de ela poder nos ajudar — sugere Britta. — Talvez você possa ajudar Mako com o trabalho dela, Skylar. A maior parte é só números, nada muito conceitual.

Eu olho para cima, querendo saber se Jule tem alguma ideia, mas ele desapareceu. Isis segue o meu olhar.

— Jule não é muito chegado nesse papo de tecnologia — ela comenta.

— Isso é engraçado, considerando que todo o dinheiro dele vem da tecnologia que a família desenvolveu — diz Britta. — O avô era o engenheiro-chefe do novo mecanismo que aumentou as velocidades de voo em quinze por cento. Ninguém foi capaz de fazer mais do que construir a partir desse modelo desde então.

Win falou algo a respeito quando Jule nos confrontou lá na Terra — sobre Jule viver à custa do sucesso do avô. O mesmo avô que o apresentou ao café?

— Talvez essa seja a razão de ele estar evitando isso — sugere Isis. — O histórico familiar pode ser muita pressão. Isso dá espaço para que os mais humildes entre nós consigam colocações. — Seus lábios se curvam. — Vamos ver o quanto você consegue se atualizar enquanto estamos aqui.

Algumas horas mais tarde, minha cabeça está imersa nos termos e conceitos que compreendo só ligeiramente. Não posso deixar de sentir que Isis e Britta estavam esperando um pouco mais de mim. *Eu mesma* estava esperando um pouco mais de mim. Jule ressurge enquanto elas recolhem as coisas delas, e Britta dá um puxão numa mecha do meu cabelo com aquele sorriso luminoso.

— E depois de amanhã você poderá se juntar a nós quando Thlo nos colocar para trabalhar!

Um tipo diferente de ansiedade solidifica-se nas minhas entranhas. Quando elas partem, dirijo-me a Jule.

— Eu oficialmente "chego" amanhã?

Ele assente.

— O transporte está programado para o meio-dia.

E então eu estarei registrada como bichinho de estimação, com tudo o que esse rótulo tem direito.

— Eu falei com Tabzi — Jule acrescenta. — Ela vai "pegar emprestado" um animal de estimação de um de seus amigos para que você conheça.

"Pegar emprestado" um animal de estimação. Um pouco da minha ansiedade transforma-se em frustração.

— Como é que os Viajantes conseguem justificar isso? — exijo saber. — Sair levando as pessoas assim da Terra não muda vários tipos de coisas que eles não podem controlar?

— Eles são cuidadosos — assegura Jule. — Não é qualquer terráqueo que eles pegam... Eles escolhem pessoas que estavam prestes a desaparecer de um jeito ou de outro... que se perderam na floresta ou no mar ou no deserto... então, isso não muda nada. Exceto por estar salvando a vida delas. Não que eu ache que é uma prática maravilhosa — ele acrescenta. Percebo que ele disse "eles" em vez de "nós" quando se referiu aos Viajantes.

Será que isso é realmente salvar vidas, se o restante dessas vidas eles passam como escravos anestesiados? Um desejo inquieto cresce dentro de mim. Eu estou cansada de ficar presa neste pequeno apartamento. Não corro há quase duas semanas. E mal tenho espaço para caminhar.

— Quando estiver aqui oficialmente... vou finalmente poder ver algo fora deste lugar?

— Será que a minha hospitalidade não tem sido satisfatória? — Jule pergunta com um sorriso.

— Só não estou *acostumada* com isso — eu argumento, e sua expressão se torna mais séria.

— Claro que não está — diz ele. — Vamos dar um jeito nisso. Existem lugares que podemos ir onde é provável que ninguém vá prestar muita atenção em você.

Na manhã seguinte, Jule não sai para o trabalho — acho que eles têm dias de folga até mesmo na ultraeficiente Kemya. Quando saio do meu quarto para os intervalos dos meus estudos autoimpostos, ele está na maioria das vezes examinando alguma tarefa que Thlo lhe enviou, embora uma vez eu o tenha visto assistindo uma gravação daquele esporte antigravitacional com o qual me deparei antes.

Logo depois de eu ter comido alguma coisa, ele me chama para dizer que está redirecionando uma mensagem para o meu terminal privado. É de Win, através de Britta — uma lista de links para músicas no banco de dados da Terra que ele espera que eu ache "revigorante". Eu me recosto na cama enquanto a complexa melodia e vocais rítmicos do primeiro conjunto de músicas, de um grupo da Islândia do qual nunca ouvi falar, se reproduz à minha volta. Posso ver por que ele iria gostar. Há uma sensação de espaço entre as notas, uma vastidão que me dá a impressão de que estou olhando para um oceano. O que me faz lembrar de quando eu combinava as férias de primavera com Angela, Lisa e Evan. A saudade de casa aperta o meu peito, e eu me sento para tentar o próximo link.

Jule abre a porta quando estou chegando no terminal.

— Ah! — exclama ele com uma leve careta quando eu desligo o som. — É *por isso* que você não conseguia me ouvir. — Ele espia a mensagem. — Win te mandou isso? Já era de esperar.

— É, não estou surpresa que ele tenha um gosto melhor para música do que você — eu respondo.

— Seu erro é presumir que eu perderia meu tempo tendo um gosto para música, qualquer que seja — retruca ele com um sorriso, mas o insulto soa um pouco sem entusiasmo. — Venha. Está na hora de ir.

Eu o sigo até a porta.

— Ir pra onde?

— O centro de fitness me pareceu um lugar discreto para um encontro — diz ele, e alonga os braços. — É hora de um treino melhor do que uma academia em casa pode oferecer.

Eu não saberia, já que ele não ofereceu um tutorial e eu não pedi por um.

— Você não deve falar quando estivermos nos corredores a menos que seja para me responder — ele continua. — A segurança só faz a vigilância do público em geral, mas é melhor não arriscar que alguém pegue o clipe errado.

Certo. Porque há Executores lá fora — Kurra poderia ter inclusive retornado para a estação. Um formigamento familiar percorre meus dedos: saudade da minha pulseira.

— Pronta? — pergunta Jule. Por um instante, sou levada de volta à minha primeira viagem no 3T de Win, quando ele abriu as abas para o coliseu romano em meio a um passado de dois mil anos antes.

Se eu consegui lidar com isso, posso lidar com o que quer que Kemya esteja reservando para mim.

— Claro! — digo, apesar do tremor que se agita através do meu corpo.

Três vezes três é nove. Três vezes nove é vinte e sete...

O corredor para o qual saímos é tão estreito que quase roço meus braços nos de Jule ficando ao lado dele. Eu os cruzo sobre o peito enquanto caminhamos. O piso e o teto perolados emitem um brilho fraco, como se eles fossem translúcidos, embora eu não possa distinguir nem mesmo as sombras em sua superfície brilhante. Tenho que resistir ao impulso de examiná-los em busca dos aparelhos de gravação que Jule mencionou. A ideia de Kurra estar vigiando intensifica ainda mais a sensação de sufocamento.

Não há som algum senão das suaves passadas dos nossos pés enquanto o corredor faz uma leve curva para a direita. Ele se estende para uma nebulosa vastidão cinzenta à nossa frente até onde minha vista alcança — e atrás, quando eu olho para trás — de uma forma que dá a sensação de estar caminhando por entre nuvens. Essa impressão é quebrada somente pelos contornos das portas dos apartamentos e um nicho raso para o qual Jule me encaminha. Ele pressiona o polegar num painel ali e digita um comando.

Uma estrutura oblonga e branca que me lembra um teleférico surge por detrás de um conjunto de portas duplas claras. Um homem de meia-idade sai, e eu fico tensa. Mas ele apenas cumprimenta Jule com a cabeça e segue em frente, passando por nós até o corredor.

Apenas alguns instantes depois que o "teleférico" se afasta, outro chega, agora vazio. Jule faz um gesto para que eu entre nele. O interior é tão espartano quanto qualquer outro lugar kemyano que tenho visto até agora, com bancos estreitos que se dobram para baixo em cada extremidade e um poste brilhante que parece flutuar no meio daquele transportador. Pelo menos ele permite que haja um pouco de espaço entre mim e Jule. O transportador produz um gemido quando começa a subir.

— Se você conhece as pessoas certas para comprar um código delas, pode chamar um serviço de transporte interno privado — comenta Jule. — Assim você não tem que compartilhar com estranhos... ou ter a sua viagem gravada. É um dos benefícios de se hospedar com um cara que tem um monte de créditos extras em seu nome.

— Tem certeza de que não existe vigilância aqui? — eu pergunto baixinho.

— Absoluta — ele garante. — Teve um diretor da divisão de Segurança séculos atrás que solicitou isso, mas foi chutado do escritório sumariamente. Quase não há crimes por aqui para que as pessoas tenham que lidar com um estado policial.

Eu rememoro os diagramas dos layouts da estação que examinei — a construção principal em formato de disco, com seus anéis de corredores e apartamentos entremeados com linhas cintilantes.

— Estes... transportadores percorrem toda a estação?

— Todos os setores pares possuem uma parada, e todos os setores de trabalho também. — Jule dá um tapinha na parede. — Não é capa de revista, mas você já deve ter notado que por aqui valorizamos mais o conteúdo do que o estilo.

— Capa de revista? — repito com diversão. — Você curte mesmo uma gíria americana, não é?

— Não apenas americana — corrige ele. — Você devia me ouvir falar hindi e russo. — Sua voz assume uma pronúncia britânica que é um pouco mais autêntica do que a de Win, carregada do sotaque kemyano. — Até mesmo as diferentes formas de inglês, se quer saber.

— Exibido.

— Tudo que é bonito é feito pra se mostrar — diz ele, revelando rapidamente os dentes enquanto sua voz retorna àquele tom ao qual estou acostumada.

— Pensei que fosse brega ostentar qualquer coisa relacionada à Terra.

Ele descarta a minha objeção com um aceno.

— Isso é uma habilidade. Um Viajante tem que se misturar da forma mais eficaz possível. Nunca se sabe quando vai aparecer uma situação em que seja preciso dizer alguma coisa. A maioria das pessoas aprende apenas o suficiente para assistir aos programas de entretenimento que desejam. Acho que, se você vai fazer alguma coisa, que faça direito.

Ele diz isso naquele tom casual, mas afasta o olhar de mim depois, sua expressão quase solene. Enquanto o transportador se desloca por passagens secundárias, eu o estudo. Passei mais tempo em ambientes fechados com ele do que com qualquer outra pessoa além da minha família imediata e dos amigos mais próximos, e tenho cada vez menos certeza se tenho alguma ideia de quem ele realmente é.

Estou, *de fato*, começando a pensar que ele é mais do que apenas um babaca qualquer.

O transportador diminui de velocidade, lembrando-me do papel que eu preciso assumir.

— E se alguém tentar falar comigo lá fora?

— Fique quieta por enquanto... aja como se estivesse em choque — Jule sugere. — É provável que ninguém vá nos incomodar, mas, se incomodarem, posso sempre dizer que você está "abalada". Você, teoricamente, acaba de chegar aqui.

Eu inspiro lentamente, e expiro. O transportador desliza até parar por completo.

Jule me conduz para baixo até outro corredor tão estreito quanto aquele do qual saímos, e nos leva em direção a uma porta transparente. Uma menina mais ou menos da minha idade — bonita, com ondas moldadas no cabelo castanho avermelhado que emoldura o rosto em formato de coração — se lança para a frente quando nós entramos, sorrindo e estendendo a mão em um ângulo decidido. Levo um momento para perceber que ela a está oferecendo a mim. Eu lhe dou a mão com cuidado e aperto a dela brevemente.

Atrás dela, mais além, fileiras de cilindros metálicos duas vezes mais largos do que aqueles no apartamento de Jule preenchem a sala. Um grande grupo de kemyanos está amontoado ao longo da parede onde a luz brilha estranhamente, levantando e abaixando os braços. Num dos cantos, há uma pequena câmara com janelas onde posso ver várias crianças praticando movimentos antigravitacionais. Uma música calma soa à nossa volta num ritmo que imagino ser energizante.

É muito mais impessoal e organizado do que a academia de ginástica da mamãe lá no meu planeta, cercada por bicicletas e aparelhos de remo e estações de musculação, e barulhenta com o ruído de alavancas e rodas e as conversas dos clientes. Eu me pergunto se ela ainda está trabalhando como *personal trainer*, dezessete anos depois, e engulo a onda de dor.

— Nós estamos aqui — indica Tabzi, falando baixo. — Eu consegui a sala particular. — Ela praticamente vai saltitando enquanto nos conduz a uma porta embutida na parede mais próxima. Assim que a porta se fecha atrás de nós, isolando o burburinho de atividade do outro lado, ela gira nos calcanhares. — Estou tão feliz por ter conseguido te conhecer... Skylar? É incrível. Tem tantas coisas que eu gostaria de perguntar. A Terra é tão fascinante. Mas os terráqueos que eu conheci...

O meu olhar já se fixou na figura em pé dentro da sala apertada, que comporta duas das engenhocas cilíndricas e uma estreita área no piso iluminada com aquela luz oscilante. A mulher, que imagino ter quase 30 anos, encara-nos vagamente. Seu cabelo escuro é trançado em *dreadlocks* que lhe caem sobre os ombros, e ela está usando no corpo atlético um vestido vivamente estampado, que mais parece uma fantasia de Halloween chamada "Princesa tribal" do que qualquer outra coisa que eu imagine que um terráqueo de verdade já usou. Há uma frouxidão em sua mandíbula, uma expressão distante em seus olhos, como se aquele corpo não estivesse totalmente habitado.

Ela sacode a cabeça para mim e Jule, dizendo algo que soa como uma saudação. Tabzi diz algumas palavras para ela que eu presumo ser no mesmo idioma, e se vira para nós.

— Esta é Yenee — apresenta ela. — Ela não fala inglês. Mas você ainda pode observá-la. O... implante, ele a deixa... relaxada. — Ela toca o interior de seu próprio pulso.

Implante — para a droga da qual Thlo falou. Yenee sorri sonhadora para nós, e um nó confrange o meu peito. Talvez sua vida na Terra não fosse a melhor do mundo, talvez ela tenha dado um jeito de acabar à beira da morte antes que algum Viajante a capturasse... mas devia ser mais vida do que eu vejo agora. Não me admira que os kemyanos possam andar por aí com bichinhos de estimação terráqueos sem ver o quanto eles são humanos.

Quero expressar minha compaixão, mas eu não sei o que poderia dizer mesmo se falasse a língua dela.

— Muito prazer — eu me forço a dizer. Tabzi se apressa a traduzir, e Yenee continua a sorrir. Ela diz alguma coisa e balança a cabeça para mim novamente.

— Ela está feliz em conhecer você também — diz Tabzi. — E ela quer saber se você vai... se exercitar com a gente.

— Claro! — eu confirmo, o meu próprio sorriso cada vez mais rígido. Não posso deixar de acrescentar: — Você gosta daqui? — Eu deixo a pergunta propositalmente ambígua. Será que ela sente alguma coisa, qualquer que seja, sobre a situação à qual foi forçada?

Quando Tabzi repete as minhas palavras para Yenee, ela responde o que eu posso ouvir como afirmativo.

— Faz ela se sentir bem — Tabzi traduz. — Ela fica feliz em compartilhar com uma nova amiguinha.

Uma "amiguinha"? Fico me perguntando quão exata é essa tradução.

— Deve ser bastante diferente dos exercícios que ela costumava praticar na Terra — comento, e Tabzi ri.

— Acho que sim. Ela não fala muito sobre isso. Mesmo quando eu tento falar com ela sobre o lugar de onde ela veio, nem sempre... faz sentido. Suas lembranças não são muito claras. Ela está aqui com a família já há oito anos.

Tabzi sorri radiantemente de novo, como se se orgulhasse de ter produzido toda essa declaração. Pelas suas hesitações, acho que o inglês também não é o forte dela.

— É melhor ouvir de alguém que viveu lá em vez de... gravações e relatórios — Tabzi continua. — Você vem de um século próximo ao atual?

— Do século atual — eu respondo, afastando rapidamente o olhar de Yenee.

— Você comia alcaçuz? — Tabzi pergunta. — O pai do meu amigo trouxe alguns uma vez. Não tem nenhuma guloseima aqui parecida com aquilo. E... Jule vestiu você com roupas kemyanas. — Ela toca com os dedos a manga da minha camisa, como se eu fosse um brinquedo novinho em folha que ela está tentando descobrir como brincar. — O que você usa na Terra? Você ainda tem? Eu adoraria ver...

Eu tenho que resistir ao impulso de me afastar bruscamente. Acho que essa é a primeira fase do meu treinamento como animal de estimação. Tabzi pode saber que eu não sou um, mas ela obviamente não faz ideia de como se relacionar com um terráqueo que seja qualquer outra coisa.

— Eu, hã... — eu começo, e Jule intervém.

— É melhor usarmos o equipamento enquanto estamos aqui, ou alguém pode perceber e ficar desconfiado — diz ele.

— Sim, sim — Tabzi concorda. Ela olha para Yenee — o velho brinquedo que já deu o que tinha que dar — e dá uma instrução. Yenee se move para a área com a luz trêmula, sem pestanejar. Nós três vamos atrás.

Não é apenas a luz que está tremendo. O ar ali oscila em minha pele, fazendo os músculos se contraírem dos pés à cabeça. Jule levanta os braços acima da cabeça e, em seguida, abaixa-os novamente, da mesma forma que as pessoas lá fora.

— É bom fazer um aquecimento apropriado — diz ele.

— Isso é muito diferente das suas... academias de ginástica? Na Terra? — Tabzi pergunta para mim.

— Sim — eu respondo. Pra começo de conversa, nós não deixamos uma tecnologia estranha fazer o aquecimento por nós.

— O que vocês fazem lá? Você tem um trabalho, ou escola?

— As duas coisas — eu digo, forçando um tom amigável. — Geralmente estou na escola, mas eu também instruo... ensino... um menino que tem dificuldade com a matemática.

— Ele não aprende na escola? — ela quer saber, parecendo confusa.

— Bem, tem um monte de crianças na classe, e o professor não tem tempo para ajudar aqueles que estão encontrando dificuldades com a matéria... — Eu perco a linha do raciocínio com sua expressão cada vez mais perplexa. Quando você tem programas como o de Aprendizagem de Idiomas, a ideia de alguém precisar de ajuda extra de outro ser humano deve ser praticamente inconcebível.

— Vocês... — ela começa de novo, e desta vez eu a interrompo.

— Desculpe — digo. — Acho que eu deveria me concentrar em observar Yenee por um tempo.

— Ah. Sim, claro. Para que você possa fingir. Eu adoro isso. É como os espiões nos filmes — ela tagarela, mas felizmente continua seu aquecimento em silêncio, embora eu a perceba lançando olhares furtivos para mim regularmente. Enquanto eu faço a mesma coisa com Yenee.

Estudar a mulher dessa forma me causa uma sensação de náusea pela qual eu não posso culpar o ar vibrante. Odeio ver outra pessoa nesse estado, e, ainda assim, eu a estou usando. Mas tenho que fazer isso. Se eu conseguir passar por isso, se pudermos acertar as coisas na Terra, talvez haja alguma forma de mandar de volta para casa todos os terráqueos que estão aqui.

Tento imitar a frouxidão de seu rosto, deixando meus olhos saírem de foco. A ligeira hesitação em seus movimentos, braços para cima, braços para baixo, como se seu corpo ficasse um pouco atrás de suas intenções. Eu não estou certa de quanto tempo se passou antes de Jule anunciar:

— Estou pronto. Você quer tentar um exercício ao estilo kemyano, Skylar?

Eu olho para os cilindros. Estou *morrendo de vontade* de sair desta luz que não deixa meus músculos em paz.

— Por que não?

Ele digita algo num painel de controle antes de gesticular para que eu prossiga.

— Ajustei para a configuração mais baixa — diz ele. — Para o tempo mais curto. Apenas o acompanhe, nada de resistência. "Sem esforço, não há resultados" é a lógica da Terra.

— Tudo bem. — Entro na câmara com crescente apreensão. A entrada se fecha deslizando, deixando-me em um espaço em que quase posso tocar as paredes cinza-chumbo com os braços estendidos. Algo faz um clique acima da minha cabeça.

E então o aparelho inicia.

O ar vibra como na área de aquecimento, mas rapidamente se eleva para um tom mais intenso. Minha coragem vai para as cucuias. As paredes cintilam — azul, vermelho, amarelo — e meus membros se movimentam por vontade própria.

Um ganido escapa de mim enquanto meus braços balançam, despertos e se movimentando. Eles vão em direção às minhas laterais e voltam, enquanto meus pés produzem passos de várias formas seguindo um estranho padrão. Eu tento fazer força para mantê-los imóveis e uma pontada de dor dispara através dos meus joelhos e cotovelos. Lágrimas se formam nos cantos dos meus olhos, mais pelo choque do que por qualquer outra coisa.

Nada de resistência, advertiu Jule. *Apenas acompanhe*. Eu deixo prosseguir o máximo que consigo, mas meus dentes rangem à medida que o meu corpo continua a se mover com as vibrações no ar, como se eu fosse um fantoche preso a milhares de minúsculos fios. Uma fina camada de suor irrompe na minha testa e é instantaneamente desintegrado por um sopro de ar frio. Estou me exercitando, conforme o prometido. Mas não há nada do alívio que me traria uma boa corrida.

É dessa maneira que todos os kemyanos ficam em forma? Como eles conseguem aguentar isso?

Meu queixo já está doendo quando as luzes finalmente diminuem. Eu esfrego os olhos quando a porta se abre deslizando. Yenee está aguardando do outro lado.

— É a nossa vez! — Tabzi anuncia, enquanto Jule emerge de seu cilindro. Ele também deve ter ajustado o dele para a versão mais curta, para se certificar de que terminaria ao mesmo tempo que eu.

Eu vacilo sobre os pés.

— Ok — digo, enquanto Tabzi e Yenee escorregam para dentro dos cilindros. — Eu estou pronta para ir embora agora.

Jule me analisa. Espero que meus olhos não estejam vermelhos.

— Não é a sua praia?

— Eu não sei como isso pode ser a praia de alguém! — rosno. Não tenho certeza se estou falando apenas sobre o exercício. Porque também estou pensando em Yenee, passando por aqueles movimentos da mesma forma como passará por toda a sua existência aqui, com toda a sua resistência extirpada pelo entorpecimento.

Ele não se deixa abalar pela minha raiva.

— É muito mais equilibrado do que qualquer sistema de exercícios da Terra — diz ele, impassível. — Mas consigo entender que é preciso se acostumar primeiro antes de poder apreciá-lo. Você nunca mais precisa fazer isso novamente. Mas... temos que relaxar um pouco. Você vai gostar ainda menos do que sentirá amanhã se não relaxar um pouco.

Sua tranquilidade diminui um pouco a minha ira. Suspeito que é melhor eu confiar nele a respeito disso. Então, fico com ele na área onde nós nos aquecemos, onde o tremor no ar agora parece mais suave do que perturbador. A queima dos músculos bem trabalhados começou a se fazer sentir através do meu corpo, mas minha lembrança da máquina elimina todo o prazer da sensação.

Quando Tabzi e Yenee saem, Jule não me faz pedir novamente para ir embora.

— Eu acho que temos de ir agora — diz ele para Tabzi. Ela gira em direção a mim.

— Nós mal conversamos! Eu estou tão curiosa. Quero ouvir sobre a sua casa, suas roupas... Você dirige? Carros! Bem. — Ela parece se recompor. — Nós vamos nos ver outra vez. Estou ansiosa por isso.

— Obrigada — eu digo, não sendo capaz de retribuir o sentimento.

Ela faz uma pausa, e então acrescenta, com uma voz mais baixa que me faz sentir culpada pelo quanto quero me afastar dela:

— Win me contou como você se juntou a nós... ele diz que você é muito corajosa. Eu acho que isso deve ser verdade.

— Obrigada — agradeço novamente. Tabzi dá um tapinha no ombro de Yenee e faz um comentário, e Yenee oferece seu mecânico aceno de cabeça e algumas palavras de despedida. Minha culpa se esvai. — Obrigada — digo a Yenee mais enfaticamente.

Jule me apressa para a sala pública.

— Desculpe — ele murmura próximo à minha orelha. — Eu não sabia que Tabzi iria se descontrolar assim desse jeito.

Antes que eu possa decidir se é seguro responder, uma voz chama pelo nome de Jule. Ele enrijece.

Um rapaz desengonçado com pele escura como ébano trota na nossa direção saindo de perto da porta.

— *Eu nunca pensei que veria você num (...) neste setor* — diz ele. Eu teria ficado mais satisfeita por ter entendido tudo menos uma palavra de seu kemyano se não fossem por seus olhos castanho-claros olhando fixamente para mim. — *Quem é essa?*

Minhas costas ficam rígidas. Eu me toco da situação. Se esse cara conhece Jule, Jule tem que dizer a ele que eu sou um animal de estimação — e eu tenho que agir como um. Volto a pensar em Yenee, ignorando as batidas fortes do meu coração. Frouxa, distante, hesitante. Eu deixo o meu olhar se perder na distância, meus braços soltos.

— ... *sem tempo de conversar* — Jule está dizendo. O outro cara assente, seu olhar ainda fixo em mim. Eu me forço a sorrir — Yenee sorriu, quando ela nos conheceu — e, em seguida, Jule está me empurrando em direção ao corredor.

Posso sentir o cara me observando até a porta deslizar, fechando-se entre nós.

8.

No final daquela tarde, Jule enfia a cabeça através da porta do meu quarto.

— Belo trabalho que você fez com a reconstituição de Jeanant — elogia.

Desvio os olhos do que estou lendo.

— O quê?

— Thlo repassou a gravação para todos os outros — ele diz, e faz uma pausa. — Mas não diretamente para você, é claro, porque ela já estava enviando a mensagem para este apartamento. Venha aqui.

A grande tela da sala principal mostra uma imagem do rosto plácido de Thlo. Jule modifica ligeiramente vários caracteres perto da parte inferior da imagem — um código para proteger o conteúdo da real mensagem, suponho. Eu me abraço, de repente, me perguntando como os meus comentários para o estimado líder do grupo devem ter parecido tolos para eles.

A minha cena recriada a partir do Louvre aparece na tela, enquanto Jule dá uns passos atrás: a calorosa polidez inicial de Jeanant, sua postura desafiadora quando suspeitou que eu era uma Executora, sua fuga rápida. Então, estamos nas cavernas perto do rio Bach Dang. Há uma tremelicação, e o vídeo fabricado corta para o momento em que Jeanant me perguntou por que fui mandada para me encontrar com ele. O vídeo salta novamente, pulando talvez uns dez segundos.

— Farei tudo ao meu alcance para garantir que eu não cometa um segundo erro.

A tensão em meus braços diminui quando começo a entender: Thlo não se limitou a codificar e enviar os meus esforços. Ela também editou o vídeo. Editou as perguntas que ele fez sobre mim, a admiração que deixou transparecer. Sua culpa sobre como as ações de seu povo afetaram a mim e o restante da Terra, por tanto tempo.

Na parte final, perto do Forte Miami, Jeanant se desloca através da floresta para me encontrar com aquele sorriso deslumbrante. Em seguida, percebo que o seu tropeço foi editado, bem como a maior parte de nossa discussão sobre por que ele não vai entregar as últimas peças da arma. Thlo deixou apenas fragmentos:

— Tudo segue o mesmo plano. Eu tenho que segui-lo, Skylar. Por Kemya. Pela Terra. Eu não vou desapontá-la.

Eu franzo a testa. Ela deve ter preferido esconder o lado mais frágil dele, os temores que o assombravam. Ela esperava que os outros encontrassem inspiração em sua força, em sua crença no que o grupo poderia fazer.

Mas eles deveriam saber. Eles deveriam saber como essa necessidade kemyana de cautela acabou por se virar contra ele próprio no final.

E o quanto ele estava disposto a sacrificar por eles e pela Terra. Thlo também cortou a parte em que Jeanant admitia que ele sabia desde o início que estava em uma missão suicida. A cena de sua morte salta de sua investida para a arma direto para a sua silhueta contorcida e o rosto enegrecido, como se ele tivesse tentado lutar e os Executores o houvessem detido. Como se ele não houvesse pretendido justamente esse resultado quando estendeu a mão para a blaster.

A gravação é interrompida, desaparece, e volta à mensagem de Thlo. Eu continuo de pé ali. O movimento é dela agora. Se é assim que ela quer apresentá-lo...

— Ele era um cara e tanto — admira-se Jule.

— Sim. — Isso é o que é mais importante. A maior parte do grupo nunca se encontrou com Jeanant em pessoa. Vê-lo como seu líder inabalável vai ajudá-los a permanecerem dedicados à sua missão, que é o que mais importa para *mim*, não é?

Eu me pergunto o que Win achou disso, no entanto. Eu contei a ele o que realmente aconteceu. Ele me levou a Jeanant, afinal de contas, e eu não pude deixar de pensar que ele, ao menos, deveria ficar sabendo da história completa.

— Meu pai o odiava — Jule continua, num tom divertido. —Provavelmente, por ciúme. Meu avô costumava comentar a tamanha perda que havia sido o desaparecimento de Jeanant, todo o bom trabalho que ele teria feito. Pelo menos, isso é o que eu me lembro. Poucos meses depois, todo mundo parou de falar sobre ele. Alguma parte do que ele tentou fazer deve ter vazado.

— Os Executores não anunciaram? — pergunto.

— Não temos certeza de quanto da verdade eles descobriram — explica Jule. — E o que eles sabiam, devem ter compartilhado com o conselho de Viagens à Terra, e, talvez, com o Conselho geral também, mas quanto aos cidadãos comuns... eles não gostariam de criar problemas ao incentivar as pessoas a se perguntarem por que alguém arriscaria a própria vida em uma missão como essa, e que talvez ele tivesse um bom motivo para isso.

Quando nos sentamos para jantar, ocorre-me que a primeira missão que Thlo me deu agora está completamente terminada. A outra, mais reservada... Eu não tenho visto a maior parte do grupo para poder observar sinais preocupantes.

— Quando nos reunimos com os outros de novo? — pergunto. — Agora que eu posso sair...

— Já está combinado — diz Jule. — Thlo convocou uma reunião para depois de amanhã, pela manhã.

Fico mais animada. Só mais um dia.

Jule arqueia uma sobrancelha.

— Ansiosa para voltar a se encontrar com *Dar*win?

— Ansiosa para libertar o meu planeta — respondo. — Mas sim, isso também. Ora, por acaso é política de Kemya não gostar de rever os amigos?

— Quanto *a mim*, só estou ansioso para não ter que aguentar os cinco minutos que gasto todos os dias para tranquilizá-lo de que não estou zoando você.

Eu posso imaginar como Win deve estar preocupado, já que faço ideia do quanto Jule provavelmente deve parecer "tranquilizador" quando se dirige a ele.

— Sabe que eu vou dizer a ele que você tem sido razoavelmente atencioso? — digo. — E que não está mais me atormentando.

— Ah, não! — objeta Jule, com um brilho cintilando em seus olhos. — Isso é apenas um tipo diferente de tormento. O que eu tenho que fazer para subir de "razoavelmente atencioso" para "incrivelmente charmoso"?

Nesse ponto, a única coisa razoável a fazer é jogar a embalagem do meu jantar nele.

Estou me levantando da mesa quando a tela zune. Jule relanceia a vista para o nome e vai atender a "chamada" em seu quarto. Quando aparece na porta do meu quarto alguns minutos mais tarde, ele não fala nada por um momento. Esfrega a mão contra o cabelo espetado que começa a apontar no couro cabeludo raspado, e depois suspira.

— Eu achei que isso poderia acontecer.

— O quê? — pergunto, com a pulsação disparada.

— O cara que encontramos no centro de fitness — diz Jule. — Amad. Claro que ele saiu contando para todo mundo que eu secretamente encomendei um animal de estimação. Portanto, agora os meus amigos querem vir conhecê-la.

Fico tão aliviada por não ser um problema com os Executores que levo alguns segundos para assimilar o que ele realmente disse. Não estou certa de poder bancar o animal de estimação na frente de um monte de gente. A soma total de minha prática foi de cerca de dois minutos.

— Agora? — pergunto.

— Quando eu disser que eles podem vir. Mas vão ficar me enchendo até eu convidá-los. E quanto mais eu evitá-los, mais estranho vai parecer.

Eles já estão me perguntando por que eu tenho estado tão "ocupado" nos últimos dias a ponto de não deixar ninguém passar por aqui.

Eu suspiro. Não quero levantar suspeitas sobre Jule. Esta é a única responsabilidade que eu tenho agora, desempenhar o meu papel, me misturar. Se não posso lidar com isso, talvez Thlo devesse me dopar com essa droga.

— Vai ser muito ruim? Quero dizer, se eles são seus *amigos*...

A boca de Jule se contorce.

— Você sabe o que a maioria dos kemyanos pensa sobre a Terra. Mesmo as pessoas que em relação a outras coisas são legais podem ser um tanto... incivilizadas quanto a isso. Especialmente quando no meio delas há um ou dois que não são tão legais e adoram fazer babaquices. Eu não escolhi todos os meus amigos. Alguns deles são bagagem familiar.

— Ah, entendo.

— Não que eles vão *machucar* você nem nada disso... nós temos muito respeito pela propriedade particular aqui, mas eles vão falar. Parte disso você conseguirá ignorar, já que não será capaz mesmo de compreendê-los, mas praticamente todo mundo sabe pelo menos um pouco de inglês, que eles vão querer experimentar com você.

Eu vou entender mais do que ele imagina, depois de tanto estudar kemyano. Eu não contei isso para Jule, pois gosto de ter uma habilidade extra como um ás na manga... e revelar isso agora só iria fazer com que ele ficasse ainda mais preocupado. Se eu mereço estar aqui, posso lidar com isso.

— Eu vou sorrir e suportar tudo — falo. — É melhor eu adquirir alguma prática com kemyanos comuns antes de me deparar com um Executor, certo? Na Terra, nem sempre somos perfeitamente gentis uns com os outros o tempo todo. — Eu sobrevivi aos olhares e provocações por três anos de escola primária antes de ter meus ataques de pânico sob controle.

— Você tem certeza? — pergunta Jule.

— Sim — confirmo, com mais ousadia do que sinto. — Deixe que venham.

Seus lábios se curvam com a sugestão de um sorriso.

— Vou dizer a eles que podem dar uma passada aqui amanhã.

☆ ☆ ☆

Na noite seguinte, Jule me traz, não sei de onde, os jeans e o suéter que eu estava usando quando saí de casa. Ele parece mais nervoso do que eu. Fica zanzando pelo apartamento, brincando com um painel perto da porta e abrindo e fechando os armários.

— Vai ser melhor se você estiver em seu quarto quando eles chegarem aqui — recomenda. — Me dá um tempo para acalmar todo mundo, está bem?

— E se eles perguntarem o que eu fiquei fazendo durante o dia todo? — pergunto, com um lampejo de incerteza.

Ele pensa um instante.

— Você chegou há muito pouco tempo para eu já tê-la enviado em missões fora do apartamento. Você pode dizer que assistiu coisas da Terra, enquanto eu estive no trabalho e, sei lá, que eu te ensinei como operar as embalagens de alimentos.

Como se eu realmente fosse um cachorro, deixado com algo para distraí-lo enquanto seu dono está fora, e treinado para ser útil enquanto ele estiver aqui.

No meu quarto, sentada no beliche, o espaço começa a me parecer muito opressivo. Fico olhando para as mãos, e o piso além delas parece muito sólido, muito *real*. O colchão debaixo de mim é mais real do que todo o meu corpo. Fecho os olhos. *Três vezes três é nove. Três vezes nove é vinte e sete.*

O sentimento recua, mas deixa meu estômago embrulhado.

Eu ainda estou com os olhos fechados, não multiplicando, mas concentrada na entrada e saída do ar em meus pulmões, quando o tom melancólico da campainha de Jule soa. Meus ombros se enrijecem.

Jule responde com uma saudação abafada, soando muito mais jovial do que quando estava falando comigo. A voz que responde diz algo sobre quanto tempo faz que não se veem e, em seguida, torna-se baixa demais para que eu consiga entender alguma coisa. A campainha soa outra vez, e de novo. Eu aperto a borda do colchão. Entorpecida, lembro a mim mesma. Eu não me sinto tão nervosa. Eu não sinto nada.

Neste instante em particular, eu gostaria que fosse verdade.

A batida na porta do quarto me faz saltar da cama.

— Venha para fora — diz Jule, com uma leve ansiedade sob o seu tom irônico habitual. Ele acena para mim, sustentando o meu olhar com uma firmeza tranquilizadora. Eu me forço a sair para a sala principal.

Os amigos de Jule estão reunidos na sala de estar, alguns sentados nos bancos dobráveis e outros ao redor da mesa, que foi elevada em seu nível mais baixo e encontra-se repleta de latas de uma bebida que exala um cheiro apimentado e ácido no ar. Minha mente avalia a cena automaticamente enquanto eles olham para mim: oito pessoas no total, seis caras e duas garotas, todos regulando em idade com Jule, com 20 e poucos anos. Como a maioria dos kemyanos que conheci, o tom da pele deles é um pouco escuro, variando de âmbar ao bronze e os cabelos, do castanho ao preto, exceto o cara de pele cor de ébano do centro de fitness — Amad — e um outro, cujo rosto bronzeado é encimado por mechas cor de areia.

— Esta é Skylar — diz Jule, postado a meio caminho entre mim e eles.

Relembro meu encontro com Yenee no dia anterior, a maneira como ela nos cumprimentou.

— Oi? — arrisco.

— *Não muito alerta* — um dos caras diz em kemyano, mas alguns dos outros sorriem. Um cara musculoso sentado com as pernas esticadas para fora do banco me dá um sorriso cheio de dentes que, de certa forma, não me parece nem um pouco amigável.

— *Eu aprovo* — diz ele a Jule, e a garota empoleirada atrás dele puxa o seu cabelo escuro.

— Hain — diz ela suplicante. Ele dá uma risadinha.

O cara de cabelo cor de areia faz um comentário que eu só consigo entender parcialmente: alguma coisa como não achar que Jule era do tipo de gastar o seu dinheiro dessa forma.

— *Eu consegui uma barganha* — diz Jule. — *A pessoa que a comprou antes mudou de ideia.*

— *Se eu tivesse um desses, iria querer algo mais* (...) — diz Amad, cuja última palavra eu não entendi. O cara sentado ao lado dele balança a cabeça, estudando-me como se eu fosse um carro novo que Jule tivesse comprado.

— *Cabelo amarelo é melhor* — diz ele. — *Ou vermelho.*

— *Eu escolheria um* (...) — a outra garota diz, completando a frase com algo que eu acho que se traduz como "mais *vintage*". — Este parece moderno demais.

Deixo os meus olhos segui-los enquanto falam, mantendo minha expressão o mais inerte possível, medindo cada respiração.

— *E calada* — diz o cara que se queixou sobre a minha atenção, e eu me pergunto se eu deveria estar participando mais. Jule fala.

— *Ela chegou ontem. Ainda está se ajustando.*

Hain se inclina para a frente, com o sorriso que está parecendo cada vez mais malicioso.

— Conte-nos sobre você, querida. Onde eles foram buscá-la?

— Terra — respondo, e todos riem. Meu rosto queima. Entorpecida, volto a lembrar-me. — Estados Unidos.

— *Definitivamente, século XXI* — a garota que me classificou como moderna decreta. Ela se vira. — *Sabe... no ano passado consegui um do...*

— Você tem alguma habilidade? — Hain pergunta, agitando as sobrancelhas. — Canta? Dança? Faz acrobacias?

— Eu... Não, nada disso — respondo.

Ele lança uma olhada para Jule.

— *Posso imaginar que utilidade você está dando a ela, então* — ele diz, fazendo um beicinho exagerado e mandando beijos pelo ar. Os outros riem de novo, um pouco mais constrangidos. Meu rosto esquenta ainda mais. A garota ao lado de Hain parece estar me observando com especial curiosidade. Encubro meu rubor ocasionado pelo comentário que eu não deveria ter entendido ajeitando a minha franja, lutando para manter a mão firme.

É normal para os kemyanos dar essa "utilidade" para os seus animais de estimação? Lembro-me de repente da hesitação de Isis, quando ela estava explicando os papéis que os animais de estimação desempenham. Então, quer dizer que todos os amigos de Jule pensam...

Jule revira os olhos e diz alguma coisa tipo o que passa pela cabeça de Hain não tem nada a ver com ele e fica feliz que seja assim, e as risadas que se seguem são menos contidas. Hain ajeita-se no banco e dá um tapinha no local agora vago ao lado dele.

— Terráquea — diz ele. — Venha sentar-se aqui.

Minhas pernas se rebelam contra a ideia de obedecer ao seu comando, mas eu não posso demonstrar que me importo tanto. Então, acomodo-me no banco, deixando uma cuidadosa distância entre mim e Hain. O cara de cabelo cor de areia menciona algum grande jogo que está para acontecer — eu acho que ele diz o nome daquele esporte antigravitacional que Jule tem assistido — e os outros entram em uma discussão sobre quem provavelmente ganhará. A garota ao lado de Hain estica o braço por trás dele para passar a mão no meu cabelo, tão abruptamente que eu não consigo conter um estremecimento.

— Estou só olhando — ela murmura para mim, enrolando uma mecha em seu dedo e, em seguida, soltando-a. Jule está debatendo os méritos de algum jogador ou time com um dos outros caras, mas ele vem mais para perto de mim. Sua proximidade me acalma só um pouquinho. Hain juntou-se à conversa, mas ele me observa de soslaio de vez em quando, com um sorrisinho oblíquo.

Uma nova rodada de bebidas apimentadas passa em torno da mesa, e o comportamento de todos torna-se mais alterado: algo naquela bebida deve estar deixando-os embriagados. E eles encontram uma nova maneira de eu diverti-los. No meio de uma conversa acalorada sobre política, um dos rapazes se vira para mim e pergunta:

— O que você acha do Procedimento Carmit? — Seu sorriso pateta quando eu só fico olhando para ele sem dizer nada sugere que a minha ignorância é hilariante.

Os outros são rápidos para pegar o jogo. Cada nova virada na conversa, alguém tem que pedir a minha opinião, com uma rodada de risos quando eu admito, com meu estômago apertando cada vez mais, que eu não tenho a menor ideia. Algumas vezes eles perguntam em kemyano, por isso, tenho de fingir completa alienação, e as risadas dobram de volume.

— *Vocês acham que ela gostaria de experimentar (...)?* — diz Amad, abrindo uma nova lata. Quando os outros o estimulam, ele a empurra para mim.

— Experimente! — a garota ao lado de Hain insiste.

Eu enrolo os dedos ao redor da lata, que é mais quente do que eu esperava. O líquido que posso ver através da abertura quadrada parece espesso e vermelho, e nem remotamente atraente. Jule continua rondando nas proximidades, mas não protesta, então, acho que é perfeitamente seguro. Ergo a lata até a boca como se estivesse tomando um grande gole, permitindo que apenas um pouquinho da bebida passe através dos meus lábios. A bebida chia na minha língua. Eu estremeço, engolindo-a, e há mais risos ao redor.

— *Ei, Jule* — diz Hain, inclinando-se o suficiente para esbarrar no meu ombro —, o que você acha de emprestar seu bichinho de estimação a um amigo?

Jule sorri de volta de forma bastante casual, mas eu noto a discreta contração de sua mandíbula.

— *Eu não confiaria em você para cuidar do meu (...)* — diz ele, mas a palavra que eu não entendo faz o restante do grupo gargalhar.

— *Ah, eu cuidaria bem dela* — retruca Hain, seu olhar passeando sobre mim. Tenho que cerrar os punhos para me impedir de empurrá-lo para longe.

A resposta a isso é mais gemidos do que risos. Quando se acalmam, um cara na extremidade da mesa, cujos olhos cor de avelã se arregalaram de repente, diz, num tom de voz cauteloso:

— *Será que você emprestaria para alguém de confiança?*

A pergunta é muito mais despretensiosa do que a de Hain, e ainda assim ela me provoca um calafrio, coisa que a de Hain não fizera. Talvez porque me parece que esse cara está falando totalmente a sério. Olho para a lata na minha frente, forçando a minha expressão a relaxar.

— *Mas que bando de amigos gananciosos!* — diz Jule. — *Eu estou com ela há apenas um dia.*

— *E já parece muito afeiçoado* — comenta Hain. — *Você vai (...)?* — A última parte da pergunta é uma palavra que soa vagamente como o termo para *decadência*, mas de uma forma que eu não tinha ouvido antes. A garota ao lado de Hain soca o braço dele, mas Jule apenas sacode a cabeça.

— *Não tanto que eu não vá* (...) — diz ele com tranquilidade, e seja lá o que for com que termina a frase, ele consegue fazer Hain calar a boca. A conversa se desvia de mim.

Eu tomo outro gole da lata, para ocupar minhas mãos com alguma coisa. O calor queima a minha garganta e forma uma poça de coragem em minhas entranhas. Eu não preciso apenas me sentar ali e ficar ouvindo. Yenee não estava totalmente fora do ar. Uma terráquea dopada ainda pode fazer algumas perguntas ela própria, esquadrinhando o inimigo. Foram exatamente pessoas desse tipo que permitiram numa boa que a Terra permanecesse aprisionada por tanto tempo.

Na próxima vez em que há uma calmaria, eu testo as águas.

— Como vocês todos se tornaram amigos de Jule?

Eles piscam perplexos para mim. Em seguida, a garota ao lado de Hain sorri.

— Nós fomos para a escola juntos. Ele trocava bons lanches por... como se chama? Ajuda nos "deveres de casa".

— Eu morava a quatro apartamentos de distância da família dele — diz Amad.

— Colegas de setor e de escola — Cabelos Cor de Areia esclarece.

— A mãe dele e a minha são primas — diz Hain com um sorriso. — Ele não tinha escolha.

Pelo olhar no rosto de Jule, suspeito que isso é mais preciso do que Hain imagina.

Dois outros caras aparentemente conheceram Jule praticando o esporte sobre o qual estavam conversando antes, e os demais na escola. Há um tom debochado em suas respostas, como se achassem minha tentativa de me impor cômica. Eu busco cuidadosamente outras perguntas úteis que não me façam parecer demasiadamente consciente.

— Tudo é sempre aqui dentro — digo, mantendo minha voz monótona. Jule está me observando. Tenho que confiar que ele irá intervir se eu for longe demais. — Não é como a Terra. Vocês nunca têm vontade de sair?

"Vocês nunca questionam a maneira de fazer as coisas?", tenho vontade de acrescentar. Ou o que vocês fazem com pessoas como eu?

— Nós saímos — diz Hain. — Vou levá-la para um passeio em meu veículo espacial. Temos toda a galáxia lá fora.

— É melhor assim — a garota ao lado dele diz, como se estivesse tentando me tranquilizar. — Tudo é monitorado e seguro. A Terra é tão... bagunçada. — Ela faz uma careta. — Você vai gostar mais daqui em breve.

Será que ela acredita seriamente nisso? Acho que consigo esconder minha total incredulidade, no entanto algo deve ter transparecido no meu rosto, porque Cabelo Cor de Areia observa:

— Podemos conseguir um planeta para nós, algum dia. Mas não há sentido nisso até que estejamos totalmente prontos. Nós temos tudo que precisamos aqui.

Ele fala como se acreditasse nisso realmente. Se é assim que a maioria dos kemyanos pensa, não é de admirar que Thlo e os outros tenham que trabalhar disfarçados para perseguir seus objetivos.

— E se alguma coisa quebrar? — pergunto, imaginando se eles sabem alguma coisa sobre o desgaste da estação que tanto preocupava Jeanant.

— Nós podemos consertar qualquer coisa — declara Amad, erguendo a bebida como se estivesse brindando. — E a tecnologia está sempre se aprimorando.

Jule se aproxima de Cabelo Cor de Areia e murmura algo para ele. Então, ele entra no banheiro. Imediatamente, Amad se inclina sobre a mesa.

— *Devemos contar a ele?* — diz, dirigindo a pergunta principalmente para Hain e a garota ao lado dele. — *Sobre as peças?*

— *Peças?* — indaga o cara de olhos cor de avelã.

Um dos outros responde:

— *O tio de Amad conseguiu algumas peças de naves, de alta tecnologia, mas descartadas, e (...)* — Uma palavra que não conheço. — *O melhor que se pode obter por fora.*

— *Nós vamos iluminar nossas naves de diversão* — diz Amad, o que não faz sentido para mim totalmente. Deve ser alguma gíria que eu não estou pegando.

— Deixe Jule fora dessa — diz Hain. — Sobra mais para nós. Ele já tem muito.

Com essas últimas palavras, ele se vira para mim, correndo um dedo pelo meu braço, do ombro ao pulso. Eu recuo, quase deslizando para fora do banco.

— Não! — Eu disparo antes de ter tempo para decidir se isso é uma reação razoável para um animal de estimação. Hain fica me olhando boquiaberto. Preciso de todo o meu autocontrole para não tremer visivelmente da maneira como estou tremendo por dentro. Os outros ficam em silêncio. Hain levanta a outra mão, e, em seguida, Jule retorna.

Hain deixa cair o braço. A garota ao lado dele ri nervosamente. Jule olha em volta da mesa, erguendo uma sobrancelha.

— O que eu perdi? — pergunta ele, e seu olhar se detém em mim por apenas um segundo. Ele perguntou em inglês para que eu pudesse responder se precisasse, percebo, com uma onda de gratidão. Entretanto, suspeito que colocar Hain em apuros não vai melhorar a situação.

— *Apenas apreciando a sua aquisição um pouco mais* — diz Hain. — *Talvez seja melhor verificar a... dosagem, ela está um pouco tensa.* — Ele gira para encarar a garota. — *Então, quando é que (...) vai começar?*

Eu engulo mais um pouco do líquido apimentado, e me arrependo imediatamente. Minha cabeça gira. A lata me parece sólida demais em minhas mãos, como se meus dedos fossem afundar nela. Eu a coloco sobre a mesa e dobro as mãos sobre o colo. Idiota. Preciso me manter atenta.

A conversa passa para algo sobre o trabalho da mãe de Olhos de Avelã no conselho de... negócios? Está difícil de me concentrar. Conselhos são importantes. Tenho que prestar atenção. Mas estou perdendo muitas palavras.

Pelo canto dos olhos, percebo Jule fazendo um discreto movimento com o cotovelo. Um instante depois, Cabelo Cor de Areia esfrega os olhos.

— *Acho que é melhor quem não quiser (...) com o chefe amanhã já ir andando* — diz ele.

Há alguns suspiros e murmúrios de concordância. O grupo se dirige para a porta. Quando Jule a fecha atrás do último deles, caio sentada de volta no banco. Minha cabeça desaba automaticamente em minhas mãos.

Sinto como se tivesse sido arrastada por uma coleira e um enforcador a noite toda.

Jule murmura algo que parece incluir alguns palavrões kemyanos. Ao ouvir a raiva em sua voz, uma fúria que eu não sabia que tinha em mim percorre todo o meu corpo. Aperto as mãos sobre a mesa, sufocando as lágrimas e os grunhidos de protesto que borbulham na minha garganta.

— Eles são uns idiotas — diz Jule. — São todos uns idiotas acéfalos. Eu gostaria de chutar Hain de uma escotilha da estação. Quando me afastei, ele tentou qualquer coisa...?

Não consigo falar, apenas nego com a cabeça. Não quero admitir como fiquei assustada naquele momento, antes de Jule retornar.

— Eu não vou trazê-lo aqui novamente — diz Jule. — Alguns dos outros eu seria forçado a receber, mas posso encontrar desculpas para mantê-lo de fora.

— Obrigada — eu consigo dizer, odiando o tremor que se infiltra na minha voz. Esfrego a testa, como se talvez pudesse apagar toda aquela experiência da minha mente.

Jule faz uma pausa. Então, hesitante, ele se aproxima de mim. Coloca a mão na curva do meu ombro, de forma tão leve que acho que ele espera que eu me afaste. Mas o contato suave envia uma onda de alívio através de mim. Eu não sinto um toque reconfortante desde... Win, talvez, naquele momento no laboratório da nave, antes que ele se afastasse de mim.

Eu me inclino para Jule, aceitando o seu gesto. Ele permanece lá, imóvel, presente e sem exigir nada. A raiva dentro de mim escoa para fora no calor de seus dedos, nos círculos suaves que seu polegar começa a traçar sobre o osso do meu ombro.

Em seguida, ele chega um pouco perto demais do local que Hain havia tocado, e todos aqueles comentários voltam à minha mente. O que os amigos de Jule provavelmente presumiram está acontecendo agora mesmo: Jule me tocando de uma maneira completamente diferente...

Eu endireito o corpo com um suspiro agudo. Jule deixa a mão pender.

— Se você quiser — oferece ele —, posso trazer alguma coisa para você comer.

— Está bem — consinto. Não me lembro quanto do nosso jantar mais cedo eu consegui engolir.

Ele pega dois pacotes, deslizando um sobre a mesa para mim, e senta-se em seu lugar de sempre, perpendicular ao meu. Quando ergo a vista para ele, a preocupação é evidente em seus olhos escuros.

— Você vai ficar bem? — ele pergunta.

— Sim — respondo, com uma pontada de culpa pelos muitos pensamentos duros que tive sobre ele ao longo da semana que passou.

— Eles falaram umas coisas escondido de você — eu acrescento, como uma retribuição de gentileza. — Sobre algumas peças especiais de naves que Amad está recebendo por intermédio de seu tio. Acho que eles vão usá-las em suas próprias naves... Hain disse que eles não precisavam contar a você.

Jule pisca atônito para mim.

— Eles disseram tudo isso em inglês?

— Não. Eu, ah, Win me mostrou o Programa de Aprendizagem de Idiomas na rede. Venho estudando kemyano desde a partida da Terra.

— Então você — Jule deixa cair a cabeça em suas palmas com uma risada estrangulada. — Quanto você compreende?

— Não muito — respondo, para evitar entrar na questão... dos comentários mais questionáveis. — Há um monte de palavras que eu ainda não sei, e quando as pessoas falam rápido eu tenho mais dificuldade para acompanhar.

— Mas você entende o suficiente para pegar a conversa sobre o mercado negro — observa ele. — Isso é impressionante. Ainda mais impressionante que você tenha feito isso sem dar bandeira.

— Eu disse que me sairia bem.

— De fato, você se saiu — diz ele, levantando os olhos para encontrar os meus. — Thlo não tinha nada com que se preocupar. *Eu* não tinha nada com que me preocupar. Você é realmente especial.

Por um segundo, acho que ele vai se aproximar de mim novamente. Por um segundo, eu quero mais do que qualquer coisa voltar a sentir aquele toque suave.

Meu rosto enrubesce e forço meu olhar para baixo, brincando com o meu jantar. Não importa o que qualquer um especule, *essa* é a última razão pela qual estou aqui.

9.

Embora eu já tivesse saído do apartamento antes, me bateu um nervosismo quando Jule e eu saímos cedo na manhã seguinte para nos reunirmos com o restante do grupo.

— É seguro para todos nós ficarmos juntos? — eu pergunto enquanto o transportador interno particular nos leva.

— Mako encontra lacunas periódicas quando uma sala de trabalho não é reservada, e Britta faz com que pareça que um pequeno grupo industrial que ela reuniu a reservou — explica Jule. — Isis tem uma técnica que nos "apaga" das imagens de vigilância por volta dos horários de reunião, para não sermos vistos. Temos alguém monitorando o tempo todo as frequências dos Executores, para que possamos cair fora se parecer que eles estão se dirigindo para lá. E nós raramente nos encontramos todos no mesmo lugar. Isis, Britta e Emmer vão estar lá embaixo no setor de tecnologia, testando alguns dos sistemas da arma. Tomamos todas as precauções possíveis, não se preocupe.

Eu acompanho os movimentos do transportador com o meu diagrama mental da estação: dos circuitos residenciais próximos à borda externa até os círculos internos mais densos das áreas industriais e de negócios. Quando o transportador para, Jule verifica o corredor lá fora e me conduz para a esquerda. O aposento para o qual nos evadimos é um aglomerado de espaços interligados minúsculos, o primeiro com três painéis de controle de computador espremidos contra uma parede e duas fileiras de pequenos monitores na parede oposta. Thlo e Mako estão em pé perto da tela, conversando. Tabzi está sentada em um dos painéis de controle. Win, que está bem ao lado da porta, sorri para mim enquanto Jule caminha vagarosamente até Thlo e Mako.

— Quanto tempo! — diz Win em tom de desculpa. — Você está se acostumando com tudo por aqui?

— Algumas partes são mais fáceis do que outras — eu admito, mas já comecei a relaxar em sua presença. — Eu estou me virando. — Aponto com a cabeça na direção de Jule. — Qualquer coisa que ele tenha dito, é apenas para te provocar, sabe como é.

— Eu já imaginava — Win reconhece, um sorriso fazendo sua boca arquear. — Só espero que ele não esteja provocando muito *você*. Teria sido mais fácil se você tivesse ficado na casa de Isis e Britta.

— Só que aí não teria como eu vir para uma reunião como esta — eu o lembro.

— Claro! — ele concorda. — Não, essa parte é boa.

Eu registro a apreensão nos músculos do seu rosto, a rigidez na maneira como ele fica em pé — aquela tensão que eu vislumbrei em nossa jornada até aqui.

— Eu gostei das mensagens que você enviou — digo. — Obrigada. Uma daquelas bandas, a de Taiwan, as músicas deles são...

— Músicas? — Tabzi exclama ansiosamente, girando na nossa direção. Eu não tinha percebido que ela estava ouvindo. — Você trouxe música?

— Win mandou... — eu começo, e me interrompo em resposta ao endurecimento abrupto de sua expressão. Os outros já estavam encarando. Lembro-me dos comentários afrontosos de Jule. Ter um gosto por música da Terra talvez não seja algo que qualquer um aqui exceto eu — e Tabzi? — consideraria uma virtude.

Sou salva de ter que reformular a minha resposta quando Thlo surge para se juntar a nós. Tabzi gira de volta em direção ao seu painel de controle, e Win fica com a postura mais ereta.

— *Vamos dar início* — comanda Thlo, seu olhar pousando primeiro nele. — *Eu gostaria que você fizesse uma varredura nos registros de* (...) — O restante tem a ver com falar e *"palavras importantes"*.

— Eu estive pensando — diz Win rapidamente quando ela termina, e respira fundo antes de continuar: — Pode ser mais útil eu verificar as comunicações dos Executores das últimas duas semanas. Para ver o que eles estão dizendo sobre as nossas recentes... atividades na Terra. Já que eu sou o mais apto a reconhecer o que eles querem dizer se estiverem falando em código, como uma das duas pessoas mais familiarizadas com essas atividades. — Ele me lança outro leve sorriso.

Thlo hesita. Eu meio que espero que ela diga a ele para se limitar a fazer o que lhe foi dito, mas, um instante depois, ela balança a cabeça concordando.

— É uma ideia muito inteligente — reconhece ela, combinando sua mudança na atitude com o uso do inglês. — Aqui, deixe-me dar um acesso maior a você. Mas, lembre-se, nós ainda precisaremos cuidar dos outros registros depois.

— É claro! — ele concorda, abrindo um sorriso por apenas um segundo. Não posso deixar eu mesma de sorrir. Já era hora de ela decidir que é uma coisa boa quando ele toma iniciativa.

Quando Thlo inclina-se sobre o painel de controle que Win ficará usando, Tabzi indica para mim o outro que está à sua direita.

— Eu acho que você vai ficar me ajudando com o... trabalho de monitoramento — esclarece ela. — É isso que ganhamos por sermos as novatas!

— Ok — respondo, relembrando a explicação de Jule sobre as precauções de segurança do grupo. — Isso é para garantir que os Executores não estão vindo em nossa direção?

— Ah, sim. Eu posso vigiar sozinha ambas as áreas, aqui e... lá embaixo, no setor de tecnologia. Mas em duas é mais fácil. — Seus dedos passeiam pelos dados à sua frente, e a tela acima do meu painel de controle começa a tremeluzir. Surgem três caixas, atualizadas periodicamente com cadeias de caracteres.

— Oh! — Tabzi acrescenta. — Claro. — Sem pedir licença, ela se inclina e tecla algo em meu painel de controle. Os caracteres se transformam em palavras em inglês e números. Registros de setores e distritos e outros números dos quais eu não sei o significado, em sua maioria breves relatórios indicando coisas como "tudo em ordem".

— Estamos no 2-29-7 — diz Tabzi. — Basta dizer alguma coisa, se você vir qualquer... atividade do 27 até o 31. Se eles vierem direto para o 29 sem que consigamos detectar, um alarme irá soar. Mas é melhor perceber antes.

Posso lidar com isso. Somente um par de linhas novas surgiu até agora, nada que esteja em qualquer lugar perto de nós. Eu estendo a mão para reorganizar as caixas de uma forma que eu acho mais fácil de acompanhar, e uma contração errante no meu dedo vira uma para o lado. Ainda não dominei por completo o controle por gestos. Sou preenchida por um forte desejo pelo meu laptop lá em casa — um forte desejo, na verdade, de ter por aqui um equipamentozinho que seja com uma interface que eu possa tocar de forma normal.

— Muito melhor do que os seus computadores na Terra, não é? — comenta Tabzi. — Será que você vai sentir falta de algumas coisas quando voltar?

Eu reprimo uma risada.

— Aqueles em casa com os quais estou acostumada — digo.

— É interessante que vocês tenham tantos tipos diferentes. Aqui nós mantemos tudo do mesmo tipo, o melhor tipo. Que tipo você usa em casa?

Será que ela quer entrar em uma discussão sobre Mac *versus* PC?

— Hum...

Antes que eu tenha de responder, Thlo entra no meu campo de visão.

— Skylar — diz ela —, podemos conversar?

— Claro! — respondo, pulando do assento. O rosto de Tabzi desmorona, mas ela ajusta sua tela para recuperar os dados que tinha passado para a minha.

Thlo me leva para o corredor estreito do lado de fora da sala principal.

— Tem alguma coisa para relatar? — ela murmura.

Minhas observações sobre o grupo. Eu engulo em seco.

— Bem, eu só vi Jule, Isis, Britta e Tabzi desde que chegamos aqui — digo. — E Win, só agora. — O que posso dizer a ela? — Win parece um pouco tenso, mas eu acho que é só porque ele não gosta de ficar na estação. Eu sei que ele preferia estar trabalhando nessa missão do que em qualquer outra coisa. Tabzi é... talvez um pouco excessivamente curiosa a respeito da Terra. Hum, todos os demais têm sido bons, até onde posso dizer. Eu vou continuar de olho.

— Ótimo! — Thlo avalia, e eu sinto que ela está prestes a me despachar de volta para o trabalho de monitoramento que a própria Tabzi admitiu que poderia fazer sozinha. Essa é mesmo a única razão pela qual ela me queria aqui — para que eu pudesse dar uma rápida olhada nas pessoas e dar o meu parecer?

Win teve a coragem de sugerir uma tarefa alternativa. E eu tenho uma ideia que Britta me deu, afinal de contas.

— Britta sugeriu que eu talvez possa ajudar Mako com os dados de agendamento e de suprimentos — digo. — Eu sou boa com números... se você achar que vai ser útil...?

Exibo a minha melhor expressão de inteligente e responsável. Thlo inclina a cabeça.

— Talvez — ela considera. — Seria interessante pelo menos ver como você se sai. Venha aqui.

Como eu me saio. Isso parece meio ameaçador.

Ela me conduz através de uma porta automática na outra extremidade do corredor, para um aposento ainda menor com espaço suficiente apenas para dois painéis de controle de costas um para o outro. Por um momento, a presença sólida das paredes se fecha em torno de mim. Eu respiro profundamente, focando-me em Mako sentada em frente a um dos painéis de controle. Seus olhos escuros se estreitam para a tela. O cabelo cor de caramelo está arrumado para trás, no que parece ser uma versão mais complexa de uma trança da Terra. Dois tons de azul acinzentado alternam-se em listras através de suas roupas.

Thlo diz algo para Mako em kemyano tão rápido que eu só consigo compreender umas duas palavras e meu nome. Mako franze o cenho, mas se levanta com um comentário de concordância.

— Dê o seu melhor — Thlo diz para mim quando se vira para ir embora. Não tenho dúvida de que Mako irá relatar para ela até que ponto eu "me saí bem".

— O que posso fazer? — pergunto rapidamente.

— Neste momento, estou localizando fontes para o último dos suprimentos que precisaremos... pegar emprestado para a nossa viagem — Mako diz categoricamente. — Sente-se. Eu já comecei.

Quando eu me sento em frente ao seu painel de controle, ela se inclina sobre o meu ombro.

— Lista de seções — orienta ela, selecionando parte da interface brilhante. — Passe por uma de cada vez. Pegue o programa para calcular a média e desvio-padrão ali. Aqui, você define um parâmetro de cinco por cento do segundo desvio-padrão acima da média. Execute-o com os dados, e anote o número da lista aqui de qualquer um que esteja destacado. Entendeu?

Seus dedos se moveram tão rápido que eu não tenho certeza se me lembro de tudo que ela instruiu.

— Vou fazer uma tentativa — respondo.

— Quaisquer erros que você cometer, eu simplesmente terei que refazer tudo de novo — ela adverte.

— Está bem — digo, com mais confiança do que realmente sinto.

Ela toma o outro assento, tão próximo que nossas costas se tocariam se eu me inclinasse para trás alguns centímetros, e eu fico encarando a minha tela flutuante. Lista de seções... é essa aqui... não, essa outra. É mais fácil começar pelo topo. Eu reconheço o ícone que ela disse ser usado para os cálculos, mas os números surgem todos em kemyano, mesmo depois de eu ter configurado o terminal para exibir em inglês. Eu não conheço os caracteres o suficiente para descobrir como executar a operação correta. Eu hesito e, então, chamo Mako de volta.

— Isso é por causa de um acréscimo meu, separado da rede — Mako explica secamente quando eu exponho o problema. — Olha, você seleciona aqui, e aqui, e aqui, e a média aparece aqui, o desvio padrão aqui. Tudo bem?

Concordo com a cabeça, meu rosto está quente. Ela permanece ali, observando-me enquanto eu sigo suas instruções. Quando os números aparecem, eu somo e divido na minha cabeça sem me permitir adivinhações, e abro o campo onde ela disse para inserir os parâmetros. Mako não emite som algum, então eu acho que não fiz nenhuma besteira. Duas listagens piscam com mais brilho, e eu arrasto seus números para a lista.

Mako aguarda enquanto eu executo o procedimento mais algumas vezes. A cada um, minha mão fica mais estável. O fluxo de números oferece um tipo de segurança que eu não sentia desde que Win apareceu pela primeira vez na minha vida há quase três semanas. Eu não sei exatamente para que serve essa lista, mas estou criando um conjunto de dados concreto para que os outros possam usar. Um passo tangível para voltar para casa e consertar as coisas.

Por fim, Mako emite um sucinto som de aprovação.

— Jeanant confiou em você — diz ela.

— Sim — eu confirmo, amedrontada. — Acho que ele confiou. — Não o suficiente para me deixar tentar salvá-lo, mas o bastante para me envolver em sua missão.

Ela toca meu ombro, de leve, como se ela achasse que a aura dele pudesse ter sido transferida para mim e agora será transferida para ela.

— Não é a mesma coisa, não tê-lo aqui — ela continua. — Mas acho que é melhor você do que se ele não tivesse enviado ninguém.

— Eu... Obrigada — digo. Vindo dela, é um grande elogio.

Ela retorna para o outro painel, e eu mergulho no trabalho. Quando chego ao fim da lista, Mako me passa outro conjunto para analisar, e quando eu termino esse ela me direciona para o corredor.

— Não há tempo suficiente para eu te mostrar os próximos passos — esclarece ela. — Eu poderia te enviar algumas amostras para você praticar na casa de Jule, assim você pode fazer mais da próxima vez.

— Sim, por favor — eu peço. Sorrio para ela, embora ela esteja me lançando a mesma expressão cética de antes, e vou embora.

Estou quase chegando na porta que leva ao primeiro aposento quando escuto vozes alteradas vindo do outro lado.

— *Só nós dois, toda noite* — Jule está dizendo em um tom arrogante. — *Você deve fazer alguma ideia do que um homem e uma mulher (...).*

— *Você acha que eu não a conheço?* — Win interrompe. — *Ela prefere beijar um (...) do que um (...) como você.*

Jule bufa.

— *Está achando que* você *a conhece? Eu estou morando com ela há seis dias. Pense em toda a (...). Eu já deveria saber que você não poderia.*

Ah, pelo amor de Deus. Com os dentes cerrados, eu me apresso para entrar. A porta se abre deslizando para me receber bem no instante em que Win está declarando em alto e bom som:

— *Mantenha suas mãos (...) longe dela. Eu a encontrei. Ela é minha.* — E de repente eu já não sei com qual deles estou mais furiosa.

Jule está relaxado num dos assentos do painel de controle, de frente para Win. Não há sinal de Thlo e Tabzi, o que não me surpreende. Imagino que os garotos não começariam uma discussão desse tipo na frente de outras pessoas. Já é ruim o suficiente que eles estejam fazendo isso em particular.

Ambos disfarçam quando eu entro. Win trata de calar a boca, um rubor subindo por seu pescoço. Jule apenas cruza os braços, todo casual, mas eu noto sua mandíbula contraída.

— Qual é o problema de vocês? — esbravejo, e falo no meu kemyano hesitante, para enfatizar o quanto eu entendi. Estendo a minha mão para Jule. — *Você não sabe de nada. Você provavelmente não saberia de nada mesmo se morássemos no mesmo apartamento há seis anos. E quanto a você* — eu me viro para Win —, *eu não sou um* objeto *que você encontrou. Eu não pertenço a ninguém.*

Há muito mais coisas que eu quero dizer e não sei as palavras para descrever.

— Você é tão ruim quanto aqueles idiotas que você chama de amigos — digo para Jule, escorregando de volta para o inglês. E, para Win: — Você realmente ainda me vê como uma espécie de... *lembrancinha* que você adquiriu em uma loja de turistas? — Eu pensei que nós tivéssemos passado disso há muito tempo. Meus olhos ardem.

O rubor tomou conta do rosto de Win.

— Skylar — diz ele, com uma voz estrangulada.

Antes que ele possa continuar, um bipe fraco corta o ar. Ele recua, e Jule gira rapidamente. Uma mensagem pisca na tela do painel de controle de Win. Ele deve ter ficado encarregado do monitoramento de Tabzi.

— O setor de tecnologia — indica Win. — Não tinha aparecido nada nos registros de comunicação; alguém simplesmente surgiu do nada.

Jule se inclina por cima dele para golpear o monitor. As telas na parede tremeluzem, mostrando imagens de vídeo de vários corredores. Win se levanta, olhando para elas.

— O que está acontecendo? — eu pergunto, minha mágoa e raiva momentaneamente engolidas pelo medo.

— Alguém que o sistema acha que é um Executor passou perto de onde Isis e os outros estão trabalhando — responde Jule. Ele arrasta para cima uma das outras telas do painel de controle. — Temos que dizer a eles para fugirem.

— Espere! — diz Win. — Talvez não seja preciso interrompê-los. Eu ainda não estou vendo ninguém... pode ser que alguém tenha passado ali por perto e já tenha ido embora novamente.

— Por que arriscar? — Jule argumenta. — E se...

— Ali! — exclamo, apontando para a tela no canto inferior esquerdo, onde um suave movimento chamou minha atenção. Duas figuras altas, uma delgada e outra musculosa, entram em cena, dirigindo-se para o corredor. Nós só conseguimos ver as suas costas, mas reconheço os cintos que eles estão usando, são como o de Kurra. A postura de Win enrijece.

A porta se abre com um assobio e Mako entra correndo.

— *São os...?* — ela começa, e Win gesticula para a tela. Os Executores acabaram de sumir de vista, e estão entrando novamente em foco na próxima tela.

— *Diga a Isis para sair de lá* — Mako ordena, com os olhos arregalados.

— *Já estou fazendo isso* — assegura Jule. O rosto de Emmer tinha aparecido em seu monitor. — *Executores* — Jule o adverte com uma contração de sua mão. — *Vocês têm que sair daí, agora.*

Isis cutuca Emmer para tirá-lo do caminho.

— *Eles estão muito próximos?*

Olho para as telas enquanto Jule responde. Os Executores marcharam para a terceira. O cara delgado faz um movimento em direção a uma porta e sua parceira, mais pesada, sacode a cabeça, caminhando sem hesitar.

Meu coração dispara. Isis pode estar com as placas de circuito de Jeanant. Se os Executores confiscarem essas, nós vamos ter que começar do zero.

Win se aproxima.

— Eles têm pelo menos um minuto. Nós os avisamos a tempo.

Mas eu posso ouvir a voz preocupada de Isis cortar a dele.

— *Estamos bem no meio de um (...). Temos que apagar todos os dados. Eles vão ver (...).*

Mako tira Jule da frente.

— *Deixa isso pra lá* — ordena ela. — *Remover o equipamento e vocês daí é o mais importante.*

Sua ordem vem carregada de superioridade e, portanto, um peso, que Jule obviamente não tinha. Isis balança a cabeça. A imagem some da tela.

Os Executores chegaram à quinta tela, na fileira superior agora.

— Também precisamos sair daqui, para o caso de perceberem a conexão com esta sala — previne Mako. — *Onde está Thlo?*

— *Ela teve que cuidar da (...)* — Jule responde.

— *Está bem. Todos pra fora! Tenho certeza de que Thlo vai entrar em contato com mais informações quando puder.*

Win agarra a minha mão.

— Eu sinto muito — diz ele. Levo alguns segundos para me lembrar do que ele está se desculpando, e naqueles segundos Mako já o enxotou porta afora.

— E Tabzi? — ela pergunta a Jule.

— *Ela foi embora* — Jule responde. — *Recebeu uma ligação que tinha de atender... algo relacionado à família, acho. Vamos* — ele acrescenta para mim.

Não há nada que eu possa fazer a não ser ir atrás dele.

10.

— Eles vão ficar bem — diz Jule, quando estamos de volta ao seu apartamento. — Isis, Britta e Emmer tiveram muitas advertências.

— Isis pareceu preocupada com os dados que estavam usando — digo, escorando-me contra a parede.

— Isso não pode ser um problema tão grande assim — retruca Jule. — E seja o que for, vamos resolver.

— O que aconteceria se os Executores os apanhassem, ou a qualquer um do restante de vocês?

— Isso depende de quanto eles descobrissem do que fizemos — responde Jule. — Se eles soubessem que estamos envolvidos em atividades não autorizadas na Terra... nós seríamos presos temporariamente e, em seguida, colocados sob "medicação" para moderar o nosso comportamento. Teríamos nossos créditos confiscados, transferidos para um dos trabalhos mais baixos, ou... — Ele dá de ombros para o que quer que esse último pensamento fosse. — Mas isso não vai acontecer. Existem dezenas de camadas entre cada um de nós e as provas de tudo que já fizemos. Thlo vem fazendo isso há mais de vinte anos; ela sabe como cuidar das coisas.

Certo, com toda a influência que ela tem no conselho. Mas da forma como Jule esfrega a testa, acho que ele está mais preocupado do que deixa transparecer. Ser dopado como um animal de estimação, enviado para o trabalho servil... Então, ele boceja. Ok, talvez ele esteja apenas cansado. *Acordamos* bem cedo para aquela reunião, e ele ainda tem um dia inteiro de trabalho pela frente.

A ideia de sono e cama, e as outras razões que levam alguém a não obter o suficiente do primeiro nesta última, traz de volta a conversa que ouvi sem querer, com uma pontada de náusea.

— Será que você realmente precisava dizer aquelas coisas para Win? — pergunto.

Jule baixa os olhos com uma careta. É o primeiro sinal de culpa que eu vejo desde que irrompi na sala, e de alguma forma isso reacende a minha raiva. Lá, na frente de Win, ele simplesmente *tinha* que fingir que não se importava, que meus sentimentos não significavam nada. Como se admitir que ele fez uma bobagem por menor que fosse seria perder, e o que poderia ser pior do que isso?

— Eu fui longe demais — ele admite.

— Você não deveria ter ido a lugar nenhum! — rosno. — Você gosta de provocá-lo. Isso me incomoda, mas eu percebo que você vai continuar a fazer isso de qualquer maneira. Você só não tem que *me* arrastar para isso, assim...

— Eu não disse nada que ele já não estivesse pensando — diz Jule. — Você deveria tê-lo ouvido... eu tentei ser amigável, avisar que você tinha ido embora com Thlo quando ele percebeu que você se foi, e ele ficou naquela de "Nem mesmo fale sobre ela". Eu deveria simplesmente aceitar isso?

Eu o fulmino com os olhos. Preciso ver a confirmação no vídeo antes de acreditar que seu conceito de "amigável" combina com a minha definição da palavra, de qualquer forma.

— Ele deveria saber — Jule continua, erguendo as mãos para o ar. — Se você e eu estivéssemos tendo qualquer coisa remotamente íntima, eu não estaria brincando sobre isso. Eu não saio por aí fofocando sobre os meus assuntos particulares e de outras pessoas para todo mundo ouvir. Eu nunca fiz isso. Se Win prestasse atenção em quem eu sou e não apenas nas coisas das quais ele se ressente sobre a minha família, ele saberia que não havia nenhuma verdade nisso. Ele estava sendo um idiota.

— Diz o cara que começou uma discussão que não precisava acontecer, para começo de conversa?

Jule abre a boca e fecha-a novamente.

— Bem — diz ele, depois de um momento —, isso pode ter sido um pouco idiota também.

— Vocês dois, obviamente, só... ficam se provocando — digo. — Não importa. Eu não estava exatamente feliz com ele também, no caso de você não ter percebido. Nós deveríamos estar trabalhando nessa missão juntos. Eu gostaria de pensar que libertar meu *planeta* é mais importante do que picuinhas.

Assim que essa frase final irrompeu de minha boca, minha raiva atenua. Era isso. O que mais me chateava por baixo disso tudo. Estou me matando de trabalhar tentando concluir essa missão, que não diz respeito apenas ao meu planeta, mas a melhorar a vida de todos aqui, e não era para eles perderem tempo discutindo sobre a coisa mais idiota possível. Talvez eu não devesse ter esperado muito de Jule, mas eu pensava que tanto a Terra como Kemya importassem demais para *Win* para que ele se deixasse distrair por uma provocação.

Mas também, eu nunca pensei que iria ouvi-lo dizer o que ele disse. *Ela é minha*. Talvez ele quisesse dizer na verdade algo como *Ela é minha amiga*, e as suas palavras foram distorcidas no calor da discussão. Ou talvez uma parte dele não me veja apenas como uma curiosidade que ele trouxe para casa. Como parece ser o caso de todo mundo aqui.

Um calor sobe por trás dos meus olhos, ameaçando transformar-se em lágrimas. Eu os esfrego, esperando que Jule tome isso como fadiga.

Quando levanto a cabeça, ele parece assustado. Ele dá alguns passos em minha direção, e depois para, seus olhos castanho-escuros sustentando o meu olhar.

— Você tem razão — reconhece ele. — Sinto muito.

— Você acha que pode conseguir deixar essas coisas de lado? — pergunto. — A provocação, as discussões... pelo menos até que tudo isso esteja terminado?

— Você precisa perguntar?

— Você não tem sido exatamente um modelo de autocontrole nessa área.

Ele faz uma careta.

— Certo. — Então, ele levanta a mão, com a palma virada para mim, como uma testemunha jurando no tribunal. — Vou manter minhas observações espertinhas para mim mesmo enquanto durar essa missão. Pelo menos, as observações espertinhas relacionadas a Win. — Ele acrescenta o juramento que ouvi Win usar na Terra, apesar de agora eu não precisar de uma tradução: — *Por meu coração, por Kemya.*

Por mais que eu odeie admitir isso, o sorriso hesitante que ele me oferece enquanto deixa a mão pender envia uma centelha de calor através de mim. Mas eu não consigo devolvê-lo. Há muito mais coisas me preocupando.

— Tudo bem — digo, suspirando fundo. — Você tem certeza de que Isis e Britta estão bem?

— Elas estão bem — responde Jule, mas ele não está olhando para mim. — Eu deveria estar chegando para o meu turno no departamento de Viagem à Terra logo mais — continua ele abruptamente. — É melhor eu ir andando, ou as pessoas erradas poderão imaginar coisas.

Ele se dirige para a porta, deixando-me presa neste espaço fechado com nenhuma ideia do que está acontecendo fora de suas paredes. Depois que ele se vai, eu me forço a ir para o meu quarto. Estou cansada, mas preocupada demais para considerar a ideia de tentar colocar em dia o sono atrasado.

Quanto tempo vai demorar para Isis se apresentar a Thlo? Para Thlo entrar em contato com o restante de nós?

Eu abro o armário e tiro minhas duas fotos de dentro da mochila. Família e amigos. As bordas já estão vincadas, as superfícies brilhantes curvas das duas últimas semanas de manuseio. Mas o carinho no rosto dos meus pais e o sorriso de meus amigos ainda estão reluzentes. Ver Lisa me ocasiona uma pontada desconfortável. Eu nem sei se ela ainda está viva agora lá na Terra.

O que só torna ainda mais importante eu aguentar aqui firme, para que eu possa voltar para o mundo ao qual pertenço e redefinir todas aquelas vidas para o que elas deveriam ser.

☆ ☆ ☆

O grupo se reúne dois dias depois, em um horário ainda mais cedo, e todos, exceto Thlo e Pavel, que devem estar encaixados em melhores horários de sono/trabalho, estão piscando, exaustos. Um alívio me invade ao avistar Britta, que me lança um sorriso quando entro, e Isis, inclinada sobre a mesa diante de Mako, em discussão, e mesmo Emmer, com seu cabelo castanho-escuro despenteado e sua silhueta alta recurvada sobre um dos bancos, cujo olhar pousa sobre mim por um momento e, em seguida, desvia-se rapidamente para longe. Thlo informara no dia anterior que os três haviam conseguido sair de forma segura, mas me sinto melhor tendo a prova diante de meus olhos.

No espaço apertado em volta da mesa, apenas dois bancos estão vazios, entre Win e Pavel. Win encontra meus olhos, um tanto sem jeito. Mas eu não estou interessada em testar a promessa recente de Jule, fazendo os dois sentarem-se ao lado um do outro. Então, tomo o assento ao lado de Win, sorrindo automaticamente para encobrir meu próprio embaraço.

— Sinto muito sobre o outro dia — diz ele em voz baixa. — O que você ouviu, eu não quis dizer do jeito que pareceu. A culpa é minha, por me deixar levar pela raiva.

Há um tom ensaiado no pedido de desculpas que o faz parecer mais formal do que pessoal. Quando eu hesito, buscando às cegas uma resposta, uma imagem flutuante se forma no meio da mesa. Thlo bate as palmas para chamar a atenção de todos. Ela inclina a cabeça em direção à imagem à medida que vai ficando cada vez mais nítido o rosto de um homem de cerca de 30 anos, com cabelos claros como palha penteados para trás partindo de uma pele cor de oliva.

— Obrigado por se juntar a nós, Odgan — agradece ela, enquanto as conversas murmuradas ao redor da mesa se dissipam. Seu olhar se derrama sobre o restante de nós. — Eu vou direto ao ponto. Todo mundo aqui está consciente da perturbação de nossas atividades no dia de anteontem. Felizmente, nenhum de nós foi diretamente comprometido. No entanto, nós enfrentamos um revés considerável.

Meu estômago se embrulha com a palavra *revés*, mas ao mesmo tempo eu noto que ela está falando em inglês. Será que ela acha que existe algum acréscimo que eu possa oferecer?

Thlo acena na direção de Isis, que sacode para trás seus cachos tingidos de vermelho.

— Nós estávamos executando uma simulação do raio principal, para confirmar a densidade exata e curvatura necessária nas seções de seu invólucro — explica ela. — É necessária uma certa quantidade de configuração, e nós não tivemos tempo de apagar todos os vestígios antes de sairmos. Os Executores obviamente descobriram alguns.

— Eles parecem ter determinado que alguém está planejando um uso ilícito para o *kolzo* — Mako assume. — A rede está mostrando contenções em toda a transferência do material, e verificações em todos os pedidos. E nós ainda não reunimos o suficiente para o nosso objetivo.

Kolzo. O combustível especial que precisamos para alimentar o raio da arma. Aquilo que perdemos quando Jeanant foi morto. Se há um registro daqueles Executores do passado confiscando isso do seu corpo, talvez eles não precisem de muito para ligar os pontos.

— Como vamos conseguir o restante? — pergunta Win.

Pavel franze o cenho para ele.

— *Vamos com calma* — diz ele, obviamente mais confortável falando kemyano. — *Ainda estamos averiguando se a Segurança descobriu outra informação significativa.*

— *Você acha que eles poderiam rastrear o kolzo até chegar a nós?* — pergunta Emmer, sua mandíbula contraindo-se.

— Não temos nenhuma razão para acreditar que qualquer um de nós esteja em risco imediato — assegura Thlo com firmeza. — Mas isso significa, sim, que atualmente é impossível para nós reunir o que precisamos pelos métodos habituais. Eu vou considerar estratégias alternativas. Enquanto isso, aconselho a todos vocês que sejam extremamente cuidadosos para não mencionar *kolzo*, mesmo que de passagem, em qualquer lugar em que suas conversas poderiam ser gravadas.

Estratégias alternativas. Quanto isso vai atrasar a missão?

— Todos nós devemos estar cientes de uma segunda questão com a divisão de Segurança — acrescenta Isis enquanto eu ainda estou processando essa primeira preocupação. — Pavel ouviu falarem sobre investigações de pessoas que estiveram fora de Kemya recentemente, e as comunicações que Britta tem sido capaz de acessar confirmam que Kurra, que estava nos perseguindo na Terra, retornou, está em Kemya e está tentando procurar o nosso grupo aqui.

— É só se lembrar que ela não sabe nada — Britta se manifesta. — Se alguém vier falar com vocês, atenham-se à história de fachada que ficaremos bem.

Sinto um calafrio. Se Kurra cruzar o caminho comigo, eu não acho que nenhuma história de fachada vai dar conta. Cara a cara... eu me lembro daqueles olhos gélidos fixos nos meus quando ela me ameaçou lá na Terra. Ela me reconheceria apesar da minha aparência disfarçada.

— A razão final para eu querer reunir todos vocês — conclui Thlo —, é para lembrá-los de que não perdemos nada de essencial. Nós ainda estamos aqui, e nós ainda somos tão poderosos quanto Jeanant prometeu que seríamos. Estejam orgulhosos disso.

Ela faz um gesto dispensando a todos. Quando todo mundo se levanta, Isis se espreme passando pelos outros para se aproximar de mim.

— Eu preciso falar com Skylar — diz para Jule. — Eu me certificarei de que ela retorne para o seu apartamento.

Ele hesita um pouco, e, em seguida, assente. Quando ele sai com os outros, Isis gesticula para mim para que eu volte a me sentar. Win demora-se para se aproximar de Thlo. Ele diz algo a ela em voz baixa, mas ela parece interrompê-lo e mandá-lo para fora. Eu tento trocar um olhar com ele, mas seus olhos passam num átimo pelos meus, sua expressão séria inabalável. Thlo troca um olhar com Isis que eu não consigo ler, e ela própria vai embora.

— Eu vou ser breve — diz Isis, seu tom tão urgente que a minha atenção volta-se rapidamente para ela. — Acho que você precisa saber — ela continua. — Por causa da sua condição aqui, e como ela pode ser precária. Britta e eu suspeitamos que alguém dentro do grupo vazou informações sobre quando nós estaríamos no setor de tecnologia.

— O quê? — eu digo. — Para os Executores?

— Exatamente — ela confirma carrancuda. — Nós duas vasculhamos as redes. Britta pode se infiltrar em quase todos os canais mais seguros. Não há nenhuma razão que possamos encontrar para que esses dois Executores tenham ido patrulhar aquelas salas naquele momento. E aconteceram alguns incidentes antes da viagem para a Terra... Coisas menores que esperávamos que fossem apenas infelizes coincidências, mas que estão começando a parecer improváveis.

Minha mente retorna para aquele momento terrível na sala de trabalho enquanto eu observava os Executores seguindo em direção ao setor onde ela e Britta estavam trabalhando.

— Eu vi — digo, com um arrepio renovado —, quando estávamos assistindo às imagens da vigilância e os Executores estavam indo na sua direção... um disse algo para a outra, como se estivesse sugerindo que eles verificassem uma sala, e a outra dispensou a ideia e continuou em frente. Como se ela soubesse de um lugar específico que eles precisavam investigar.

— Como se não fosse simplesmente uma patrulha aleatória.

Os olhos de Isis se arregalam.

— Então é ainda mais provável que eles tenham informação privilegiada. Veja, nós mencionamos isso apenas para Thlo, e ela não está convencida. Ela queria todos aqui hoje para que ela e nós duas pudéssemos prestar atenção em reações incomuns. Não posso dizer que vi algo conclusivo... Não temos certeza de que podemos confiar até mesmo em Emmer, embora ele parecesse tão apavorado quanto nós.

Thlo não está convencida? Meu peito aperta. Acho que ela está dando mais atenção ao problema do que Isis se dá conta. Seu pedido para que eu relatasse qualquer tensão no restante do grupo faz muito mais sentido agora. Ela já deve ter se perguntado, observando se existem indícios de traição. Ela me passou mais responsabilidade do que eu tinha conhecimento.

Foi por isso que ela conduziu esta reunião em inglês, eu poderia apostar — assim eu poderia entender tudo. Assim *eu teria* uma chance de detectar um traidor. Emmer parecia desconfortável, no entanto, por que não estaria, quando quase foi pego?

— Você realmente acha que alguém iria entregar o restante do grupo? — pergunto. É algo difícil de entrar na minha cabeça. Um dos rostos em torno da mesa à minha volta hoje tentou nos sabotar. Tentou fazer com que Isis e Britta fossem capturadas. Talvez mais do que isso.

Isis suspira.

— Eu não quero pensar nisso. Mas a política kemyana... As coisas são complicadas. E as circunstâncias das pessoas podem mudar. Talvez tenha sido um acidente, um comentário errado ouvido pela pessoa errada. De agora em diante, nós estaremos limitando o acesso às informações mais importantes, para tornar mais difícil que qualquer coisa essencial seja repassada. Eu queria lhe contar isso para que você seja especialmente cautelosa. Se alguém lhe pedir para fazer algo que você não tem certeza se faz parte do plano geral, você pode chamar Britta ou a mim para confirmar.

— Claro! — digo. Eu realmente não posso confiar em ninguém exceto em Thlo, Isis e Britta, acho. Win? Jule?

Isis está certa a respeito de uma coisa: a pessoa mais vulnerável nessa equação sou eu.

— Se eles querem meter o grupo em apuros — indago —, por que já não teriam apontado para mim? Se eles me interrogassem, não demoraria muito para os Executores perceberem que vocês me trouxeram aqui ilegalmente.

— Eu não sei — responde Isis. — Espero que seja porque, se a sabotagem é proposital, quem quer que esteja entregando o grupo ainda se preocupa bastante com pelo menos um de nós e por isso não quer que todos sejamos presos, apenas pretende causar reveses suficientes até que tenhamos que desistir. Ou pode ser que essa pessoa apenas não tenha certeza do quanto *ela* pode confiar que a Segurança também não vá entregá-la caso revele demais. Apenas... mantenha a calma, e os olhos abertos. Faremos tudo o que pudermos para protegê-la.

— Tudo bem — digo. Como se eu tivesse alguma outra opção.

11.

Jule sai para trabalhar logo após Isis me acompanhar até o apartamento, então encontro-me presa lá sozinha como um coelho em uma gaiola. Após uma hora mais ou menos às voltas com a minha atual lição do idioma kemyano, me atiro nos exercícios de aquecimento de cross-country e corro para trás e para a frente na sala principal por um tempo, tentando consumir minha energia nervosa. Chego mesmo a considerar usar o cilindro de exercício pessoal de Jule, mas a lembrança que tenho daquele lá do centro de fitness me demove da ideia.

Minha inquietação persiste. Neste exato minuto, alguém poderia estar revelando aos Executores quem eu realmente sou, onde me encontrar, e não haveria nenhum meio de detê-los. Realmente não há qualquer lugar na estação para onde eu poderia escapar. Nenhuma chance de um julgamento razoável. Terráqueos não têm direitos aqui; isso já ficou muito claro para mim.

Sento-me em um banco, e a superfície acolchoada abaixo de mim começa a me parecer sólida demais contra o meu corpo muito frágil. Forço-me a respirar fundo, contando as leves ondulações no piso marrom avermelhado.

Não importa o que mais esteja acontecendo com ele, não posso acreditar que Win se voltaria contra a missão pela qual ele tanto se arriscou apenas algumas semanas atrás. E eu vi como Jule estava ansioso para tirar Isis e os outros. Mako e Pavel estão com Thlo há "séculos"... mas Isis tem razão, as circunstâncias podem mudar. Nenhum deles parecia totalmente feliz por eu ter me envolvido. Também tem sido difícil sacar Emmer. E Tabzi... Tabzi não tem se mostrado nada além de alegre, mas, por outro lado, ela saiu pouco antes de aqueles Executores aparecerem. E ela é tão nova junto à causa que Thlo não achou prudente levá-la na expedição para a Terra.

Ou pode não ser ninguém. Como Isis disse, pode ter sido simplesmente um comentário descuidado que foi ouvido pela pessoa errada.

Estou morrendo de vontade de esmiuçar a questão um pouco mais, mas não tenho ninguém com quem conversar. Fico tentando imaginar como Angela, totalmente otimista, responderia ao dilema; ou mamãe, com sua zelosa determinação, mas essa situação está tão além de qualquer coisa que *as duas* pudessem um dia imaginar, que isso só me deixa com saudades de casa. Enquanto estou aqui presa, eu não posso sequer ajudar da forma como Thlo queria, observando.

Ou talvez eu possa. Vou para o meu terminal de computador.

Não há muito na rede sobre ninguém do grupo: Thlo provavelmente encorajou-os a serem discretos. Encontro uma gravação de Tabzi com sua mãe, uma mulher elegante que parece ser importante, a julgar pelo modo como a câmera foca nela e seus companheiros durante vários minutos em alguma cerimônia oficial. Há um prêmio por produtividade no departamento de gestão de recursos de alguns anos para trás, para uma Mako que presumo ser a mesma que eu conheço. Uma lista de pontuações numa competição de simulação de corrida na qual um Emmer obteve altos resultados. Nada que me dê qualquer pista.

Jule não voltou no que me parece ser a hora do jantar. Eu me distraio examinando todas as embalagens em seus armários, testando quanto das instruções consigo ler. Só encontro dificuldade com relação a uns poucos caracteres, mas isso não faz com que me sinta particularmente realizada. Fico imaginando Kurra fechando algemas em torno dos pulsos de Jule, como se a polícia kemyana usasse equipamentos assim tão primitivos, ou caminhando pelo corredor em direção a este apartamento com a blaster na mão.

Por fim, escolho uma refeição qualquer e a engulo, sem saboreá-la. As luzes do teto diminuem de intensidade, seguindo a programação para o dia e noite determinada por Jule, e eu não me dou ao trabalho de alterá-la.

Jule só dá as caras quando estou me preparando para ir dormir. Saio e me posto ao lado da porta do meu quarto, aliviada.

— Desculpe ficar fora tanto tempo — diz ele, parecendo cansado. — O trabalho demorou mais do que eu esperava.

— Está tudo bem? — pergunto.

Ele dá de ombros.

— Até onde sei, sim.

"Pergunta idiota", eu penso, enquanto me deito no beliche. Nada está bem. Nada vai estar remotamente bem até que eu esteja de volta à Terra, onde o ar se desloca por vontade própria e a luz muda com o sol, em vez de ser determinada por instruções computadorizadas. Onde há janelas para deixar ambos entrarem.

De alguma forma, consigo cochilar, mas essas imagens me seguem em meus sonhos. Estou caindo através das janelas, em direção ao céu. O sol desaparece. A escuridão se fecha em torno de mim, envolvendo-me como um gélido cobertor cada vez mais apertado...

Acordo no escuro do quarto com o coração disparado. Um suor frio irrompe sobre a minha pele. Sinto o beliche muito duro debaixo de mim, as paredes muito próximas. Reais *demais*. Sou um pedaço de tecido frágil, prestes a ser esmagado. Não há saída.

Minha respiração torna-se ofegante. Eu me atrapalho com os controles do computador, minha mão trêmula trazendo uma visão do céu lá fora. O céu negro e frio manchado com estrelas de constelações completamente diferentes das que eu conheço. A visão do espaço infinito tem o efeito oposto ao que eu esperava. Toda aquela imensidão pronta para me engolir inteira. Afasto aquela imagem e me enrosco como uma bola no beliche, com a testa pressionada contra os joelhos. *Três vezes três é nove. Três vezes nove é vinte e sete. Três vezes vinte e sete é oitenta e um*. Meus pensamentos se fragmentam em torno dos números. Não consigo me concentrar neles. Sinto um grito estrangulado na garganta prestes a sair.

Nada está bem, tudo está errado, e nunca houve um lugar a que eu pertencesse menos do que aqui. Este mundo está tentando me sufocar.

Eu registro uma leve mudança no ar... a porta se abriu... mas eu não abro os olhos.

— Skylar? — a voz de Jule me chega, carregada de sono e preocupação. — Você está bem? Você está doente?

Eu me viro para balançar a cabeça. Não, eu não estou bem. Não, eu não estou doente.

— Eu só estou... pensando demais — forço-me a dizer, o que é a melhor explicação que minha mente confusa pode oferecer.

Eu estremeço e percebo que ele está ao meu lado, agachado perto do beliche, com a mão na minha têmpora e, em seguida, sobre o meu ombro. Um aperto suave.

— Ouça o que eu digo, está bem? — diz ele. — Você está aqui por uma razão. Você está aqui para proteger o seu planeta.

Eu rio roucamente.

— Grande trabalho eu fiz até agora.

— Você encontrou os pedaços da arma de Jeanant. Você nos mostrou seus últimos momentos. Você ajudou a encontrar materiais que podemos vasculhar.

Seu polegar desliza para trás e para frente sobre o meu ombro, seguindo o ritmo de sua voz. Suas palavras penetram lentamente a neblina frenética na minha cabeça.

— Você vai ver a arma construída, e irá para casa com a gente, e tudo vai ficar do jeito que você se lembra — Jule continua. — E então você poderá esquecer este maldito lugar para sempre.

A risada que me sacode dessa vez me parece mais real. Engulo forte, de repente ciente das raias frescas de lágrimas que secam em meu rosto.

— Céu azul — murmura Jule. — Sol brilhante. Sua casa. Sua cidade. Ela ainda está lá. A apenas alguns dias de distância através da galáxia.

Eu não tenho certeza do que mais ele diz. Por um tempo, tudo o que registro é a subida e a descida de sua voz, e a lembrança de meu lar. À medida que o meu pânico cede, a exaustão toma o seu lugar, e eu mergulho no sono.

☆ ☆ ☆

Na próxima vez que acordo, estou deitada de lado sobre o braço, como um travesseiro. Há uma pressão confortável em meu cotovelo e na testa.

Abro os olhos devagar. Jule ainda está aqui. As luzes da sala estão começando a brilhar com a versão amanhecer da estação espacial, revelando-o encostado na borda da cama, com o rosto um pouco além minha linha de visão. Ele deve ter dormido sentado ao meu lado, apaziguando o meu pânico. Acho que a pressão que sinto é sua mandíbula descansando contra a minha testa. Sua mão está em concha em volta do meu cotovelo, segurando-me firme.

Aparentemente, ele vai para a cama sem camisa. Seu peito musculoso sobe e desce contra a lateral do beliche, todo liso, exceto por uma trilha rala de cabelo escuro em seu esterno. Vendo isso, sinto o desejo de traçar os contornos daqueles músculos, para conhecer a sensação da pele ali. Ou me aconchegar mais perto dele, me envolver no calor de sua proteção enquanto volto a dormir. Mas então me lembro de ontem à noite, de como eu estava desequilibrada, e tudo que quero fazer é me distanciar dele.

A mão que estava no meu cotovelo se ergue para afastar uma mecha de cabelo do meu rosto, e eu percebo que ele já não está mais dormindo.

Minha pulsação se altera. Estou com medo de me mexer. Receio que meu coração vá explodir se eu não fizer isso.

Inclino a cabeça em direção a ele enquanto sua mão cai para o beliche. Ele desliza um pouco para trás, no entanto ainda tão perto que posso perceber as nuances de seus olhos escuros, raias acobreadas que eu nunca havia percebido antes em meio ao castanho mais intenso. Há muita coisa que eu não havia notado, concluo vagamente. Ele se aproxima para acariciar o meu rosto, e uma onda de inequívoco desejo me invade.

Não sei quem se move primeiro — talvez os dois ao mesmo tempo, um perfeito alinhamento de propósitos aleatórios, mas os lábios dele se entreabrem como se estivesse prestes a falar, e não sai som algum, e, então, já não há espaço para palavras, porque aqueles lábios estão roçando os meus. O formigamento que a *realidade* dele me provoca vai se alastrando em ondas através de mim, de uma forma muito mais agradável do que os tremores que me sacudiam a noite passada. Fazendo-me sentir muito mais *real* também.

Passo a mão sobre o seu cabelo crespo aparado rente, puxando-o para mais perto, e ele me beija com mais intensidade. Seu braço desliza em torno de minhas costas, provocando arrepios quentes através do tecido fino da minha camisa. Eu vou para trás, instintivamente abrindo espaço para ele no beliche, e ele me acompanha. Sua boca deixa a minha para brincar no contorno da minha mandíbula. Seus dedos escorregam para baixo, encontrando a nesga de pele nua na minha cintura onde minha camisa se soltou, e, de repente, isso tudo passa dos limites, sinto-o *real* demais. Meus pulmões se comprimem e minhas mãos se fecham contra o seu pescoço. O restante do meu corpo deve ter se retesado também, porque Jule congela, e, em seguida, começa a recuar.

— Não — consigo dizer. — Não vá. — Inclino a minha cabeça contra o seu ombro, respirando fundo o ar filtrado e frio, e expelindo-o, até que a sensação de queda livre desaparece. Jule não se move.

— Eu estou bem — asseguro, em voz baixa. Ele balança a cabeça concordando e se afasta, já virando-se para a porta ao se pôr de pé.

— Vou preparar o café da manhã — comunica ele. A dureza em sua voz me atinge. Ele acha que eu sou louca. Como ele poderia pensar qualquer outra coisa?

Quando a porta se fecha, pressiono as palmas das mãos contra o rosto. Minha cabeça ainda está grogue de sono. Meus lábios estão sensíveis. Nem eu mesma sei com o que estou chateada. Eu gostaria que não tivéssemos começado ou que não tivéssemos parado? Ou talvez apenas que não tivéssemos parado desse jeito?

Eu nunca desejei tanto telefonar para Angela como agora, ouvir sua voz alegre me dizendo o que diabos eu deveria fazer, ou, pelo menos, me tranquilizando ao dizer que não me comportei como uma perfeita maluca. Mas Angela está a milhares de anos-luz de distância. Só o que tenho sou eu. Forço-me a me levantar.

Talvez eu consiga pensar com mais clareza depois de comer um pouco. Não posso simplesmente me esconder aqui até Jule sair. Tenho certeza de que Angela iria me dizer que isso pareceria ainda pior.

Eu passo os dedos pelo cabelo e olho para as minhas roupas amarrotadas, mas não há nada que ele já não tenha visto.

Esse pensamento me faz refletir. Ontem à noite eu acordei em pânico, e ele veio. Ele veio, mesmo que eu não tivesse produzido som algum, até onde me lembro.

O sensor de monitoramento. Sua explicação, no meu primeiro dia aqui, volta à minha lembrança. Ele deve ter captado o batimento alterado de meu coração, minha respiração irregular, todos os sintomas de um ataque de pânico que pode parecer sofrimento físico. É bom saber que o sensor funciona como o previsto?

Entretanto, isso não explica como ele percebeu a maneira como poderia me ajudar.

Saio do quarto devagar. Jule está de pé perto dos armários, a mesa já levantada, a embalagem laranja quadrada cujo conteúdo lembra vagamente o gosto de salsichas envoltas em torradas com manteiga, se as salsichas fossem sem gordura e as torradas feitas de papelão, aquecendo diante de meu lugar habitual à mesa. Acho que ele percebeu que esse é o meu café da manhã favorito, em termos kemyanos.

Ele vestiu uma camisa. Eu meio que queria que ele não o tivesse feito, e, em seguida, censuro-me por desejar isso.

— Como você sabia? — pergunto, tão logo ele se vira. — Ontem à noite. Que eu estava... — Surtando. Desmoronando. Não existem quaisquer palavras para isso que eu queira usar. — Você não estava perplexo. Sabia exatamente o que dizer.

Jule esfrega a parte de trás do pescoço.

— Win nos contou como a sua sensibilidade para as mudanças funciona e como elas, e as Viagens, podem afetá-la. Eu estava lá quando ele explicou para Isis e Britta como ajudá-la se você tivesse uma... reação. Que você precisa se concentrar em algo concreto, algo que interessa a você. E é bastante óbvio o que você acha mais importante.

Proteger a Terra. Voltar para casa. Sinto uma pontada de dor em meu peito. Digo "Jule", mas não sei mais o que falar a partir daí.

— Sinto muito — diz ele, erguendo os olhos para encontrar os meus. — Eu me deixei levar pelo momento. Você já está lidando com um monte de coisas, e eu não deveria ter suposto... eu não deveria ter agido... Não foi certo. Eu sei que há algumas ideias estranhas na Terra acerca... de caras forçarem a barra para conseguirem o que querem sempre que têm oportunidade, mas por aqui não costumamos enganar ninguém para termos intimidade. Não há nenhum *sentido* nisso a menos que ambas as pessoas estejam gostando do que está acontecendo, completamente.

Eu me lembro de Hain. Do cara assustador com olhos cor de avelã.

— Exceto com animais de estimação.

Jule estremece.

— Isso é tecnicamente ilegal. Mas, sim, todo mundo sabe que acontece... há idiotas em qualquer planeta. Mas você não é um animal de estimação. Eu *não teria* um animal de estimação. Eu jamais pensei em você desse jeito, nem por um segundo, está bem?

É até um pouquinho de maldade da minha parte, mas, à medida que a tensão deixa o meu corpo, a preocupação dele me parece um tanto divertida. Eu pensei que ele estivesse chateado com a maneira como eu interrompi o... seja lá o que foi aquilo... ou desconfortável com a minha leve insanidade, mas ele está apenas chateado consigo mesmo. A forma como ele acha que está se comportando mal, sendo um mau representante da conduta romântica kemyana. Está claro que Jule acha que tudo o que aconteceu foi culpa dele.

Perceber o humor na situação me dá uma onda de confiança.

— Eu não estou totalmente certa do que eu quero — digo —, por isso... isso não é um convite. Mas, hum, eu *estava* curtindo bastante o que estava rolando entre nós até os últimos cinco segundos mais ou menos. Foi um pouco demais para mim. Já faz um tempo. — Já faz um tempo desde que beijei alguém decentemente. Não posso dizer que já rolei em uma cama com um cara. O único namoro pra valer que tive, há alguns anos atrás, não durou tempo suficiente para avançarmos para a fase horizontal. Mas Jule não precisa saber disso.

Jule me encara pensativo por um instante, e um vestígio daquele sorrisinho arrogante habitual anima os seus lábios.

— Fico feliz em ouvir isso — diz ele, de modo a deixar aberto à interpretação a que parte ele está se referindo. Conhecendo-o, talvez tudo. Parece um bom momento para me sentar e apreciar o meu café da manhã.

Ele se instala no banco, tomando o seu café. Quando ele deposita a caneca na mesa, sua expressão está séria novamente.

— Foi por causa do que aconteceu no outro dia? — pergunta ele. — O que a deixou tão chateada? Suponho que era sobre isso o que Isis queria falar com você, que alguém do grupo se transformou em traidor.

— Ela comentou com você? — pergunto. Isis não mencionou que ele fazia parte de seu círculo de confiança.

Ele abana a cabeça.

— Thlo.

Bem, provavelmente é o julgamento de Thlo que mais importa. Concordo com a cabeça, sentindo-me aliviada de um pequeno peso. Ele está incluído nisso; não preciso guardar segredo.

— Não é um pensamento agradável, não é?

— Não — ele concorda. — Pelo menos, saímos ilesos.

— Vai ser mais difícil de obter o *kolzo* agora.

Ele faz um gesto de desdém, de tal forma que concluo que é fácil para ele, já que não é ele quem está encalhado numa galáxia distante de casa.

— Nós vamos encontrar uma outra maneira.

— Você acha que eles fizeram isso de propósito? — pergunto. — Isis disse que a informação poderia ter saído por acidente.

— Tudo é possível. Nós teríamos que verificar todas as conversas que todo mundo teve nos últimos dias para descobrirmos.

— Acho que seria difícil alguém não perceber o que estava entregando — observo. Especialmente quando todo mundo está acostumado a ser tão cuidadoso. Então, eu paro.

Houve um momento, apenas alguns dias atrás, quando eu estava sentada quase neste mesmo local, e os amigos de Jule tiveram uma conversa na minha frente que eles nunca esperavam que ele soubesse. A coisa toda sobre peças de naves e o tio de Amad. Nunca lhes ocorreu que a terráquea no meio deles pudesse entender.

A maioria do grupo rebelde ainda não sabe que eu tenho estudado kemyano. E ninguém fora do grupo tem qualquer motivo para suspeitar que um terráqueo poderia entender a sua conversa. Se essa pessoa continuar vazando informações, há uma chance de que alguém, em algum lugar, mencione isso em um espaço público. Eu só preciso descobrir como estar lá para ouvi-lo quando fizer isso.

12.

Estou remoendo essa ideia em minha mente quando a campainha de Jule toca. Ele enrijece em reação ao nome que pisca na tela.

— Vá para o seu quarto — diz Jule rapidamente, em voz baixa. — Coloque suas roupas da Terra. Eu acho que você vai ter que bancar o animal de estimação novamente.

Seria um de seus amigos dando uma passada lá? A urgência em seu tom me impede de parar para perguntar. Eu corro para o meu quarto e desenterro meus jeans e o suéter do armário. Ainda não tive a oportunidade de tomar um banho. O eco dos lábios de Jule persiste em meu maxilar, assim como sua mão na lateral da minha cintura. Um rubor se espalha sobre a minha pele. Ninguém poderia saber que estávamos fazendo exatamente o que Hain insinuou só de olhar para mim. Só que eu sei.

Droga, droga, droga. Eu falei a verdade para ele quando disse que gostei. Mas eu estou *morando* com ele — as coisas poderiam ficar sérias num piscar de olhos. Elas quase ficaram sérias. E em pouco tempo, espero, eu estarei voltando para o meu planeta, para nunca mais vê-lo de novo. Este não é um bom momento para começarmos a — como foi mesmo que ele colocou? — "ter intimidade".

— Skylar? — Jule me chama do lado de fora. Eu me preparo, assumindo aquela expressão entorpecida, e abro a porta. E minhas preocupações anteriores de repente parecem muito banais.

Eu conheço o homem que está em pé atrás de Jule. Olhei para aqueles olhos cor de vinho por um segundo em um armazém abandonado na minha cidade, antes de Win interceptar o tiro que ele estava prestes a dar, e nos levar para longe. Ele é um dos Executores que estavam trabalhando com Kurra.

Com o coração acelerado, eu abaixo rápido a cabeça com uma timidez simulada, deixando o cabelo esconder parte do meu rosto. Na Terra, tive uma visão muito melhor dele do que ele de mim. A transformação que Britta fez em mim provavelmente não enganaria Kurra, que teve toda uma conversa comigo, mas esse cara — por favor, que isso seja suficiente.

O olhar dele pesa sobre mim. Eu não quero correr o risco de cruzar os olhos com ele mais uma vez. Em vez disso, eu olho para Jule.

— O que está acontecendo? — pergunto de forma letárgica.

— Esse homem queria dar uma olhada em você — diz Jule. — Ele é uma espécie de policial.

Ele não poderia saber que eu já vi esse cara antes, sei muito bem qual é o trabalho dele. Isis disse que Kurra estava investigando as pessoas que haviam estado fora do planeta. Mas isso aconteceu somente ontem — eu não sabia que iria nos afetar tão rápido. Kurra está obviamente determinada a compensar o mais rápido possível seu fracasso na Terra.

— Olá — eu me forço a falar, olhando para o Executor através dos meus cílios, para não ter que levantar completamente a cabeça. Sua expressão parece de desinteresse. Estou indo bem, então? Eu engulo a secura na boca e me atrevo a acrescentar, mantendo meu tom vago: — Um policial? Tem alguma coisa errada?

O Executor franze o cenho para mim, mas ignora a pergunta, virando-se para Jule.

— *Quando ela chegou?*

— *Seis dias atrás* — responde Jule. — *Com o mais recente carregamento.*

O Executor emite um som de concordância e digita algo no aparelho do tamanho da sua palma que está segurando.

— *Vocês dois devem se sentar* — ele pede. — *Eu terei algumas perguntas para ela depois que eu tiver conversado com você.*

Jule gesticula para mim, indicando que é para eu me sentar nos bancos como se eu realmente não tivesse condições de entender. Fico contente com a facilidade que ele tem para encenar o nosso teatrinho. Eu entrelaço as mãos sobre o colo quando me sento, para impedi-las de tremer.

— *Isso é apenas uma (...) necessária...* — explica o Executor, continuando a falar algumas palavras que eu não consigo traduzir, e algo sobre estar fora de Kemya. Ele permanece em pé, descansando uma mão sobre o tampo da mesa. — *Qual foi o motivo da sua viagem na (...)?*

Jule dá uma breve explicação coalhada de jargões desconhecidos, fornecendo mais detalhes quando o Executor o interrompe com perguntas. Fico ali sentada me portando de modo abobalhado, como se tudo fosse apenas um blá-blá-blá sem sentido para mim, como se meu coração não estivesse ameaçando saltar para fora do peito. Para me distrair, examino discretamente o homem.

Seu discurso permanece respeitosamente formal; ele se dirige a Jule com o equivalente kemyano de "senhor Adka", com um pronome de tratamento ligeiramente alterado que o Programa de Aprendizagem de Idiomas me informou ser reservado para os cidadãos de "*status* superior", embora esse mesmo programa não tenha me dito com base em que esse *status* é determinado. Talvez se deva à riqueza da família de Jule — ou então aos desenvolvimentos tecnológicos alcançados graças a um parente, de acordo com o que Isis mencionou.

Até mesmo a postura do homem é de deferência, e ele pede desculpas duas vezes enquanto continua seu questionamento. Mas à medida que a minha ansiedade vai diminuindo, vendo que ele mal parece interessado em mim, eu percebo alguns tiques sutis que indicam contradições. A inclinação dos lábios, como se ele estivesse contendo um sorrisinho desdenhoso. A pausa logo após interromper Jule no meio de uma frase, como se ele se deleitasse em ser indelicado quando lhe é permitido.

Minha atenção também se volta rapidamente para as palavras do Executor quando uma sugestão desse desdém manifesta-se também em sua voz.

— *Como seus pais se sentem em relação a isso?* — ele está perguntando.

Jule ri, mas sua mandíbula está tensa.

— *Eles estão satisfeitos que eu esteja me mantendo ocupado* — responde ele, ou algo nesse sentido.

— *Imagino que sim* — o Executor murmura. — *Tenho certeza de que eles estão (...) dada a condição do seu avô.*

Os olhos de Jule se estreitam. Como se sentisse que ultrapassou os limites, o homem inclina a cabeça, sua voz mudando para seu tom mais respeitoso.

— *Obrigado pela ajuda. A situação está como eu já esperava. Sou obrigado a conversar com todos.* — Seu olhar desliza para mim pela primeira vez desde que Jule me apresentou. — *Agora sou obrigado a conversar com a terráquea. A sós, se você permitir.*

Meus dedos se espremem uns contra os outros. Talvez ele tenha me reconhecido e estivesse apenas fingindo...

Não, se ele soubesse quem eu era, não teria passado por toda essa palhaçada. Ele teria me arrastado para fora dali na hora. Se existe uma coisa que eu aprecio na eficiência kemyana, é que eles não são propensos a perder tempo.

Ainda assim, a última coisa que eu quero é ser deixada sozinha com esse cara. Mas Jule dificilmente poderia recusar sem levantar outras questões.

— *Certamente* — ele autoriza, levantando-se. — *Fico lá fora por alguns minutos?*

— *Seria o ideal* — o Executor concorda.

Jule toca meu braço num gesto que provavelmente pareceria indicar posse para quem está vendo, disfarçando um aperto reconfortante.

— *Você vai conversar um pouco com o policial, ok?* — diz ele. — *Você pode responder qualquer coisa que ele perguntar.*

Eu olho para ele com uma falsa expressão de confusão enquanto tento ler qualquer mensagem que ele possa estar querendo me passar. Mas, se há alguma coisa em seus olhos, é apenas preocupação.

— Tudo bem — digo.

Quando Jule sai, o Executor desliza para o banco diagonal aproximando-se de mim — o lugar onde Jule geralmente se senta.

— Isso será rápido — assegura ele bruscamente em um inglês empolado. — Eu vou fazer algumas perguntas, você responde, e então terminamos.

— Tudo bem — eu repito. Minha pulsação se reduziu a um martelar abafado atrás dos meus ouvidos.

— Depois que você foi levada da Terra — começa ele —, quando estava a caminho de conhecer Jule, você se lembra de alguém conversando com você no seu próprio idioma? Agindo como um amigo, talvez?

Ele acha que os rebeldes poderiam ter pegado uma carona em uma nave de carga? Eu simulo uma expressão de perplexidade.

— Eu quase não vi ninguém. Eu dormi muito, e eles me trouxeram comida.

— E desde que você está aqui, ninguém além de Jule tentou falar com você?

Permito-me mostrar uma sugestão do meu desconforto. Eu não deveria ser totalmente desprovida de emoções.

— Os amigos dele vieram aqui. Eles me fizeram perguntas sobre a Terra.

O olhar do Executor fica aguçado.

— Que tipo de perguntas?

— De que lugar eu era, o que eu fazia lá. Eles pareciam achar que eu era engraçada. Eu não entendo por quê.

— Você não gostou deles.

— Eu não sei. Na maior parte do tempo eles me ignoraram. — Ele parece estar comprando a minha história. Beleza. À medida que meus nervos se acalmam, ocorre-me que há algumas perguntas que eu gostaria de fazer a ele. O que exatamente Kurra espera descobrir com essas entrevistas. Quanto eles já sabem. Como eles souberam. — Sobre o que você queria saber, que alguém poderia ter dito?

— Qualquer coisa amigável — o Executor sugere. — Talvez dizendo que iriam ajudá-la.

Eu meneio debilmente minha cabeça.

— Não, nada desse tipo.

Ele concorda com a cabeça.

— E Jule, o que ele disse a você sobre a Terra?

Eu rememoro a explicação que Jule me deu sobre como os animais de estimação são escolhidos.

— Ele disse que eu teria morrido se as pessoas daqui não tivessem me levado. É como se ele tivesse salvado a minha vida. — Faço uma pausa, e arrisco: — Por que você está procurando pessoas que seriam amigáveis? Não é como os policiais fazem na Terra.

Por um segundo, acho que exagerei. O Executor me encara em silêncio. Eu tento parecer o mais obtusa possível, deixando o meu olhar vagar para longe dele e voltar.

— Há pessoas que agem de forma amigável, mas estão mentindo — diz ele, depois de um momento, em um tom paternalista. — Nós capturamos as pessoas que machucam o restante de nós, como todos os policiais fazem.

— Alguém poderia tentar me machucar?

— Tenho certeza de que o seu dono vai cuidar de você — garante o Executor, levantando-se com um sorriso rígido que faz o meu nervosismo retornar. — E estamos perto de pegar esses criminosos. Às vezes, eles resolvem machucar uns aos outros também.

☆ ☆ ☆

As palavras do Executor ainda estão me assombrando quando Thlo convoca outra reunião. *Às vezes, eles resolvem machucar uns aos outros também.*

Jule contou aos outros sobre as entrevistas. Em meio aos diversos projetos industriais, comerciais e de pesquisa que teriam deixado as pessoas fora de Kemya durante o período em questão, parece que não existe nenhuma razão para o nosso grupo se destacar. Mas os corredores estreitos da estação parecem estar ainda mais opressivos agora. Kurra está procurando ativamente por nós. E o colega dela apenas confirmou que um de nós está deliberadamente ajudando-os a fazer isso.

Então, eu não fico surpresa ao me deparar com a sala de trabalho na qual entramos relativamente vazia. Isis está acompanhando Thlo para uma sala adjacente. E Win está sentado em um dos dois painéis de controle, observando um conjunto familiar de transmissões.

Eu me sento em um banquinho ao lado dele.

— Trabalho de monitoramento?

— Alguém tem que fazer — ele responde com um sorriso torto. — E com as reuniões bem menores de agora em diante...

— É mais seguro assim — eu afirmo.

— Mais seguro e mais devagar.

— Você está sempre com tanta pressa — comenta brandamente Jule de onde ele aguarda Thlo retornar, do lado de dentro da porta. — Não podemos ficar correndo pra lá e pra cá como você fez lá na Terra.

— Eu só não quero que a gente... — Win se detém com um movimento de cabeça. — Deixa pra lá.

Ele mergulha num silêncio estranhamente sombrio. De repente eu me pergunto se os Executores deram uma passada no apartamento *dele*. Como eles teriam tratado a ele e sua família, se demonstraram desprezo até mesmo para com Jule.

— Aconteceu alguma coisa? — pergunto. — Você está bem?

— Eu estou bem — ele diz, de uma maneira que não parece nada bem.

Algumas semanas atrás, eu o teria sondado, provocado, para extrair dele o problema. Agora, depois de nossas últimas conversas, eu não sei como isso seria recebido. Então, ele olha para mim, e sua expressão estoica se desvanece.

— Não é nada — garante ele, mas desta vez Win fala como se nem mesmo ele acreditasse nisso.

— Win...

Seu olhar aponta na direção de Jule, que se virou para atravessar a porta para a outra sala, aparentemente cansado de esperar. Win e eu somos deixados sozinhos. Win alisa os cabelos com os dedos e franze a testa encarando seu painel, baixando a voz mesmo que não haja ninguém para ouvir.

— Meus pais... Eles fazem parte de um... "clube"... Estão fazendo sua petição periódica para ter arte colocada nas áreas públicas pela estação.

Mas é tudo tão... Eu não sei. Alguns dos colegas do meu irmão mais novo têm pegado no pé dele por causa disso, atrapalhando o seu trabalho.
— Ele faz um gesto de desprezo. — Nada muito diferente da vida a que estou habituado.

Tenho a sensação de que há algo mais aí.

— Não seria uma coisa tão ruim ter um pouco mais de decoração neste lugar — eu comento.

— Eu não acho que seja — reafirma Win. — Mas a solicitação vai ser negada, como aconteceu na primeira meia dúzia de vezes que eles tentaram. E eu estou começando a perceber... Pela forma como eles falam sobre isso... Eu não sei mais se eles realmente *respeitam* qualquer coisa relacionada à Terra, ou estão apenas usando-a para entretenimento, assim como as pessoas fazem com suas festas estúpidas e suas tendências de moda...

Da mesma forma que ele falou sobre observar a história dos terrestres, quando Viajamos pela primeira vez para o passado juntos. Antes que tudo fosse por água abaixo, como os habitantes do planeta que ele cobiça eram reais.

— ...e animais de estimação. — Win me encara novamente. — E eu estou aqui falando sobre isso sem nem perguntar como você está. Ouvi dizer que um Executor esteve lá.

— Ele falou mais com Jule — digo. Rememorar aquela manhã me faz lembrar outras coisas que aconteceram pouco antes, e minhas bochechas coram. Eu nem sequer conversei com Jule a respeito da nossa... intimidade, desde então. Não há espaço suficiente no apartamento para caber um elefante inteiro, mas certamente um porco-espinho invisível tem marcado presença na sala.

A lembrança torna-se desconfortável com os olhos azuis escuros de Win fixos em mim. Menos de uma semana atrás eu estava gritando que não tinha rolado nada com Jule. Não tinha sido uma mentira naquele momento, mas agora me parece. E, por mais que Win tenha se aberto para mim, eu não posso recorrer a ele para pedir conselhos amorosos kemyanos.

Mas temos preocupações mais importantes. *Às vezes, eles resolvem machucar uns aos outros também.*

— Até que ponto você conhece todos no grupo? — eu pergunto abruptamente.

— Bem, eu vi Thlo e Jule regularmente durante o treinamento de Viajante, e Pavel estava sempre por ali, já que ele também é um Viajante — conta Win. — Todos nós conversamos muito quando estávamos nos preparando para a Viagem à Terra, é claro, mas principalmente sobre a missão.

— E todos pareciam totalmente dedicados a ela?

— Sim. Por quê? Você está tendo problema com alguém?

Eu deveria contar a ele. Mas se Isis não o deixou por dentro... É o segredo dela, e de Thlo. Fico de boca fechada.

— Vai, fala — diz Jule, e eu tomo um susto. Eu não o tinha ouvido voltar. Ele aponta o queixo em direção a Win de onde está, em pé ao lado da porta aberta. — Você confia nele — ele continua, seu olhar tão inescrutável que parece até que vem tendo aulas com Thlo. — Pelo que ouvi, você deveria falar. Isis vai entender.

Fico olhando para ele. É a coisa mais gentil que já o ouvi dizer sobre Win. Talvez ele realmente tenha repensado suas opiniões desde a nossa discussão.

— Entender o quê? — Win quer saber, olhando de um para o outro. — O que está acontecendo?

Eu inspiro profundamente, e conto sobre as suspeitas que Isis compartilhou comigo, o comentário feito pelo Executor — tudo, exceto a incumbência secreta que Thlo me deu, da qual ninguém sabe, exceto nós duas. Quando eu termino, Win está trincando os dentes de raiva.

— Nunca teria passado pela minha cabeça que alguém do grupo não estivesse comprometido com a causa — diz ele. — Não consigo imaginar... — Ele faz uma pausa. Não há o que imaginar. A traição já aconteceu.

Então ele endireita os ombros, com uma determinação que naquele momento me lembra Jeanant.

— Isso não muda nada, na verdade. Você e eu conseguimos passar para trás os Executores durante vários dias na Terra. Nós vamos dar um jeito nisso e deter quem quer que seja, antes que eles nos prejudiquem mais.

Sua confiança não dissipa completamente os meus receios, mas me estabiliza.

— Vamos, sim — aprovo, esperando que ele esteja certo.

Thlo e Isis então surgem, e Isis me faz um sinal para que eu a siga. Win retorna ao seu trabalho, não sem antes me lançar um rápido sorriso que me passa a sensação de que o cara que eu achava que conhecia estava de volta.

— Agora nós vamos mesmo colocar você para trabalhar — Isis declara, enquanto nós nos espremmos na sala ao lado, que possui apenas um único painel de controle e um par de telas que preenchem as paredes estreitas em ambos os lados.

— Como? — pergunto.

Isis liga a tela do painel.

— Dada a situação — explica ela —, Thlo acha, e eu concordo, que é melhor limitar o quanto de nossos planos compartilhamos com todo o grupo. Nós temos uma opção óbvia para coletar o resto do combustível *kolzo*, mas vai ser difícil. Precisamos de pessoas qualificadas para prestar apoio. Sabemos que podemos confiar em você, e eu acho que você consegue dar conta disso.

O visor oscila para mostrar uma complexa rede de linhas interconectadas que se movimentam aleatoriamente enquanto eu assisto.

— Isso parece com um dos gráficos de navegação que Britta estava usando na nave.

Isis concorda com a cabeça.

— E é. Como todas as lojas de *kolzo* na estação estão sendo rigorosamente monitoradas, nós estamos indo para fora da estação, colher direto da fonte. É um dos materiais que nós... acho que você poderia dizer "extraímos" do planeta de Kemya. Então, vamos extrair um pouco por conta própria.

Isso parece difícil.

— Como vamos fazer isso sem que ninguém perceba? A extração não é demorada?

— É... e não é — responde Isis com uma torção dos lábios. — Logo que os primeiros kemyanos que tinham escapado para cá perceberam que nós ainda precisaríamos de recursos do planeta morto, eles instalaram uma série de campos temporais localizados nas áreas mais valiosas. Dentro desses campos, nós podemos saltar para o passado e colocar a cadeia de reações em movimento, e depois saltar para um ponto no futuro para extrair esses recursos imediatamente. A parte arriscada é *chegar* ao planeta. Nós estamos na borda exterior da órbita, portanto, não é uma viagem longa, mas existe muito monitoramento daqui até lá.

— É aí que você entra. Nós vamos ter que usar uma navezinha menor, um jetpod, e eles não possuem sistemas de navegação completos... Precisam de assistência da mesma forma que as espaçonaves da Terra dependem de um centro de controle. Teremos um plano com base nos registros disponíveis, e eu ficarei atenta para fazer ajustes à medida que novas variáveis forem surgindo, mas é melhor ter um segundo par de olhos. Os seus parecem aguçados. O que você acha?

Ela saberia dizer melhor do que eu se essa é uma tarefa da qual posso dar conta.

— Darei o melhor de mim — respondo.

— Excelente. Vou te dar um resumo sobre como usar a interface de navegação, e vamos tentar esquematizar para que Britta vá à casa de Jule para te passar um tutorial mais detalhado nos próximos dias. Você pode aprender muito diretamente do programa, depois que já souber o básico.

As linhas tremeluzem na tela. Já consigo distinguir alguns padrões em seus movimentos, paralelas e interações. Eu dou conta disso. Posso ser apenas uma retaguarda, mas eles me confiaram essa responsabilidade acima de qualquer outra pessoa.

— Só um aviso: nós passaremos a nos comunicar menos frequentemente — acrescenta Isis. — Pavel interceptou mais informações sobre os planos de Kurra... Ela obteve permissão para monitorar as transmissões particulares, tanto as que são feitas como as que são recebidas, de todas as pessoas que estão sendo entrevistadas. Temos conseguido codificar nossas mensagens, mas qualquer código pode ser decifrado se for identificado. Por isso, vamos transmitir apenas as informações mais importantes. Nada de receber mensagens de Win.

— Ah. — Um sentimento de perda me atravessa, mas Win não entrou em contato comigo dessa forma desde a primeira reunião, quando as coisas ficaram estranhas entre nós. Talvez um pouco de distanciamento vá me ajudar a perceber melhor os diferentes lados dele que estou enxergando. — Entendo.

— Muito bem. — Isis se curva ao meu lado. — Ao trabalho.

Ela me explica as características essenciais da interface, até que eu possa distinguir entre os três tipos de varreduras do sensor, e entre eles e os outros objetos próximos da atmosfera do planeta, e prever os seus próximos movimentos. Meu foco automaticamente se aguça enquanto trabalhamos, um hábito moldado por aqueles anos de prática em absorver todos os detalhes à minha volta.

— Você tem talento — Isis diz quando terminamos, e eu não consigo deixar de sorrir com o elogio. É bom conseguir extrair outro tipo de coisa dos meus hábitos mentais estranhos além de ataques de pânico. — Como tem sido fazer o papel de "animal de estimação"? — ela pergunta quando nos dirigimos para a porta. — Está conseguindo lidar bem com isso?

— Não é exatamente divertido, mas acho que estou pegando o jeito. — Sua pergunta me lembra da inspiração que tive mais cedo. — Na verdade, eu pensei em outra maneira de poder ajudar.

— Explique.

Conto a ela sobre os comentários que ouvi dos amigos de Jule.

— Pensei que, se existir alguma maneira de podermos dar um jeito para que eu fique próxima de pessoas na divisão de Segurança, acho, ou qualquer outra pessoa que possa estar envolvida com o rastreamento de um grupo como o nosso, elas poderiam comentar coisas que deveriam ser secretas mesmo quando eu estiver por perto, já que sou "apenas" um animal de estimação. Sobre o que elas sabem ou por meio de quem elas descobriram. Ou como elas estão planejando tentar nos capturar.

Isis faz um som de aprovação.

— Gostei disso! Nós teríamos que consultar Thlo, e pensar um pouco sobre como poderíamos posicionar você melhor. As famílias ricas, membros do conselho e outras pessoas que são respeitadas, fazem "coquetéis" regularmente para confraternizarem longe dos escritórios, e pelo que eu entendo ocorrem muitas conversas de negócios. Algumas pessoas importantes da Segurança devem participar dessas conversas. E, nas últimas décadas, tornou-se uma tendência "alugar" animais de estimação para trabalhar como serviçais.

— Isso parece perfeito.

— Claro que, para reunir informações de forma eficiente, você precisa saber em quem prestar atenção. Não sei se gosto da ideia de você fazer esse tipo de pesquisa no apartamento de Jule. Kurra poderia estar observando todos os tipos de atividade da rede... — O rosto dela se ilumina: — Já sei! Você deveria ir à comemoração do Dia da Unificação... é daqui a alguns dias, e todas as pessoas importantes vão estar lá. E você poderá ver que existe um lado mais agradável de Kemya.

— Dia da Unificação?

— É um feriado histórico — explica ela. — Ninguém vai achar estranho se Jule a levar com ele. Vocês dois encontram Britta e eu lá, e nós a apresentaremos aos "notáveis" de Kemya.

13.

Três dias depois, adentro o que Jule chama de arena e paro subitamente, completamente pasma. Como empaquei, Jule é obrigado a parar atrás de mim, enquanto olho para a multidão que enche as arquibancadas sem assentos e dispostas em camadas que circundam uma enorme plataforma brilhante, sob o teto abobadado entrecortado pelos suportes da estrutura e salpicado por centenas de luzes, no *espaço*, pelo menos tão grande como um estádio de beisebol do meu planeta. O local parecia mesmo grande nos mapas da estação, mas depois de tantos dias de cômodos apertados e corredores estreitos, eu não estava preparada para as suas impressionantes dimensões. Aperto a grade fria ao meu lado e fico parada ali, inspirando fundo e expirando, até que o impacto diminua.

— É um lugar e tanto, não é? — diz Jule, com um sorriso. — Vamos, nós podemos ter uma visão melhor do que essa.

Ele me conduz por uma rampa monumental. Kemyanos de todas as idades passam apressados por nós, gesticulando entre si e absortos na conversa. Muitos têm fios cintilantes entremeados nos cabelos ou amarrados em torno do pescoço.

— Toda a população da estação está aqui? — cochicho para Jule, enquanto passamos por um casal de meia-idade, com dois filhos jovens.

— Que nada — responde ele. — Este lugar só comporta um quarto de nós. Eles repetem o grande evento quatro vezes para que todos possam vir, e depois há celebrações menores em cada ala.

— Como eles justificam manter um lugar desse tamanho apenas para as festividades?

— Ele também é utilizado em apresentações e esportes — Jule explica —, e quando nada disso está acontecendo, pode ser seccionado em áreas menores para experimentos especializados e trabalhos tecnológicos. Este é o melhor espaço interno para fazer qualquer coisa antigravidade.

Será porque fica no meio da estação?

— Aliás, como vocês mantêm a gravidade aqui? — Escolho perguntar sobre um dos muitos enigmas que não tenho sido capaz de responder sozinha, em meio ao verdadeiro emaranhado deles que envolve o meu cérebro de mera terráquea.

— Bem, os campos *gulmar* precisam ser sincronizados corretamente com a rotação da estação, e isso basicamente resolve tudo.

— Ah, tá... — ironizo. — E o que exatamente são campos *gulmar*?

— Eles usam o, ah... — Ele faz uma careta. — Nós aprendemos o básico na escola, mas essa não é a minha área. E eu já teria dificuldade de explicar em kemyano, imagina no seu idioma.

De fato, Isis mencionou a antipatia de Jule por "papo científico".

— Tudo bem. Deixa pra lá. Como é que vamos encontrar Isis e Britta?

— Eu não sou boa companhia? — diz Jule, afetando mágoa. Um grupo de adolescentes passa por nós empurrando. Eu tropeço na direção de Jule, recebendo um lembrete perfeito de por que eu prefiro não ficar sozinha com ele. Ele me estabiliza segurando meu ombro. Por um segundo, nossos corpos são pressionados até ficar tão próximos quanto estávamos no meu quarto na outra manhã. Em seguida, ele deixa a mão pender e eu continuo caminhando, e nós dois fingimos que nada aconteceu. É quase tão estranho como todos aqueles momentos aleatórios em seu apartamento, quando nossos olhares se encontram e se prendem por um segundo a mais, ou ele se interrompe no meio de uma de suas observações galantes e se recompõe. Ou seja, uma situação muito desconcertante e estranha.

— Jule! — uma voz grita. Hain abre caminho na base do empurra-empurra através da multidão e vem ao nosso encontro, trazendo a reboque a garota que estava sentada ao lado dele, na outra noite, e Amad. Eu me ponho de lado, a fim de colocar Jule entre mim e seus amigos. Isso não impede Hain de ficar me olhando de alto a baixo.

— *Não quis deixá-la fora de vista?* — ele provoca, arqueando as sobrancelhas.

— *Estou curioso para ver como ela vai reagir* — Jule responde sem se alterar.

Eu me pergunto: o que há para "reagir"? Olho para a plateia do Dia da Unificação. Parece que as pessoas que se dizem kemyanas agora não são representativas de todas as pessoas que viviam no planeta Kemya. Seus antepassados eram da mais poderosa república — a única república que tinha uma estação espacial em órbita quando o desastre aconteceu — e esta república foi oficialmente formada neste dia há um tempão, quando o país em seu centro "convenceu" seus quatro vizinhos ao redor a se juntarem a ele. Tenho a impressão, lendo nas entrelinhas sobre o quanto aquelas pessoas eram tecnologicamente avançadas, que foi o tipo de situação "ou dá ou desce". Junte-se a nós ou vocês já eram. Mas eu acho que foi há tanto tempo que toda a gente está feliz por lembrar disso de uma forma mais positiva.

— *Onde você está indo?* — Hain pergunta, e eu reprimo uma pontada de preocupação. Jule e os outros não terão condições de falar comigo adequadamente com os amigos de Jule rondando. Nós vamos ter que tomar muito cuidado.

— *Eu marquei de me encontrar com Yori* — responde Jule, e quem quer que seja Yori, é obviamente alguém que Hain não está ansioso para ver. Ele franze o nariz.

— *Boa sorte com isso. Você vai à festa de hoje à noite?*

— *Claro!*

Hain me dá uma piscadela, que finjo estar demasiado grogue para perceber, e os três saem fora, em meio à agitação.

— Graças a Deus! — murmuro, quando eles já não podem ouvir.

— Graças a Kemya. Ah! — Jule levanta a mão, e eu avisto o cabelo carmesim de Isis em meio à multidão à nossa frente, algumas camadas abaixo. Ela acena de volta.

— Parece que vamos "furar" com Yori.

Eu e Jule nos apressamos o restante do caminho até onde Isis e Britta estão de pé, esmagadas perto da mureta translúcida que corre ao longo da borda da camada. Uma lufada de ar frio sobe do chão me causando um arrepio. Acho que o controle de temperatura deve ser importante quando você tem mais de vinte mil pessoas lotando um espaço.

Britta está usando um daqueles fios cintilantes como uma coroa na cabeça. De perto, consigo distinguir entrelaçados no fio cinco diferentes tons de cinzento metálico e marrom. Simbolizando os cinco países unidos?

— O que você está achando? — pergunta ela, batendo o cotovelo contra o meu.

Eu olho em volta de mim novamente. Por um segundo, cada pedacinho terráqueo meu se sente atordoado.

— É... grande.

Ela ri.

— Você está ficando muito acostumada com o modo de vida kemyano. — O tom de voz dela baixa e ela se inclina para perto do meu ouvido, para que os espectadores em torno de nós não tenham chance de entreouvir nada por acaso. — Dê uma olhada no palco. A maioria das pessoas que você vai querer conhecer está lá.

Apoiando-me contra a mureta, posso espiar por cima das cabeças da massa de pessoas nas duas últimas camadas que nos separam da plataforma no centro da arena. Lá embaixo, avisto um círculo interno diretamente em torno da plataforma, pontilhado com banquinhos para acomodar os espectadores dali. Assentos na primeira fila.

— Aquele homem magro, com o cabelo grisalho — diz Britta, apontando com o queixo em direção a uma figura de pé ao lado do palco —, é Shakam Mol-Rilly Nakalya, o atual... Eu acho que você diria "prefeito" de Kemya. Eleito há dois anos. Ele é informado automaticamente de qualquer atividade não autorizada que chega ao conhecimento dos Executores. A mulher grandalhona de verde ao lado dele faz parte do conselho da Saúde, não muito útil para você. Mas o cara baixo ao lado dela é Elt Madrin-Tomas Pirfi, o chefe do Conselho de Segurança. E aquela mulher ao lado dele...

Eu a reconheço da minha pesquisa anterior.

— É a mãe de Tabzi.

Britta confirma com a cabeça.

— Ela não está em nenhum conselho, mas traz muita credibilidade a qualquer causa que abrace, por isso, eles gostam de mantê-la por perto.

— Por que Tabzi não está com ela?

— Ela provavelmente prefere comemorar com os amigos, em vez desses caretas.

Faz muito sentido.

Isis mergulha a cabeça em nossa direção.

— Do lado esquerdo da plataforma, tem um pessoal do conselho de Viagens à Terra — acrescenta ela. — Junto com Nakalya e a divisão de Segurança, são eles que têm a maior influência sobre a política aqui. Os Executores reportarão a eles a investigação, uma vez que a maioria das atividades que estão investigando aconteceu na Terra.

— São eles que convencem a todos de que os experimentos na Terra precisam continuar — concluo, e Isis balança a cabeça, assentindo. — Por que as pessoas dão tanta bola para o que eles dizem? Se o povo kemyano realmente pensasse na questão, certamente chegaria à conclusão de que, após todo esse tempo, não restou nada realmente útil para aprenderem com o meu planeta, não é mesmo?

— É a maneira como eles se apresentam — diz Jule, do meu outro lado. — São eles que nos têm "protegido" há tanto tempo, garantindo que não tomemos quaisquer decisões precipitadas e que teremos resolvido todos os possíveis problemas antes de chegar a hora de finalmente seguirmos em frente. A voz da sabedoria... — Ele diz isso com uma pontinha de sarcasmo. — Os Viajantes são apenas uma parte da sua jurisdição, eles recrutam a maioria dos melhores cientistas para trabalhar nas experiências e melhorar a tecnologia de Viagem também. Ninguém vê qualquer razão para duvidar deles.

— As pessoas não querem pensar que nossos líderes poderiam ser seduzidos pelo egoísmo — observa Britta. — Eles deveriam ser o melhor de nós. E todo mundo já tem mesmo medo de seguir em frente sem estar bem preparado o suficiente para enfrentar o perigo.

— É realmente por isso que eles ainda estão brincando com a Terra? — pergunto. — Por egoísmo? Porque eles não querem abrir mão das "férias" na Terra a partir do momento que todos se mudarem para outro lugar? — Win me explicou dessa maneira, mas eu ainda tenho dificuldade em aceitar isso.

— Não é tão simples assim — diz Jule. — As pessoas da divisão de Viagens à Terra, no Conselho, todos elas cresceram do mesmo jeito que nós, ouvindo o quanto é importante evitar riscos, o quanto precisamos dos dados que recebemos da Terra para nos certificar de não cometer outro erro e estragar tudo em um lugar novo. Pela forma como eles falam, tenho certeza de que pelo menos alguns deles acreditam nisso sinceramente. E quem iria querer ser o primeiro a se levantar e dizer "Estamos prontos", e, então, ter que assumir a culpa se ficar evidente depois que não estamos? Embora realmente exista o egoísmo... — Ele dá de ombros. — Para alguns dos Viajantes, talvez seja mesmo como umas "férias". Mas eu diria que a razão disso, em grande parte, é que há um monte de gente que focou toda a sua aprendizagem em um determinado campo, e depois que os experimentos pararem, esse campo dificilmente continuará relevante, que dirá influente. Nós vamos continuar a usar os campos temporais em uma escala menor, é claro, mas nada na escala que usamos na Terra. Quase todos na divisão de Viagens à Terra terão que encontrar uma nova vocação. Saber disso deve afetar as decisões que as pessoas tomam.

Será que podemos realmente ter certeza de que as pessoas não irão simplesmente fazer campanha para colocar um novo campo temporal sobre a Terra, então? Meu medo deve ter transparecido no meu rosto, porque Isis dá um tapinha rápido no meu ombro.

— É sempre mais fácil manter tudo igual do que dar uma guinada em uma nova direção — diz ela. — Física básica. Mas nós não lhes daremos escolha. Ah, veja! A mulher com quem Thlo está falando lá embaixo é a chefe do conselho de Viagens à Terra. Milades Niko-Shen Silmeru.

Eu localizo a pequena, porém vigorosa silhueta de Thlo ao lado de uma mulher imponente, com um daqueles fios cintilantes enrolado em torno do braço. Que estranho ver a nossa líder rebelde no meio de pessoas que aparentemente detêm tanto poder, mesmo que eu saiba que ela trabalha com eles. Deve ser horrível ter que esconder o enorme segredo que ela esconde.

Abro a boca para falar, e um cotovelo me bate por trás.

— *Não há mais espaço aqui* — diz Jule a quem quer que fosse que estava se aproximando, o que me faz lembrar de como essa conversa pareceria suspeita.

— Quantos conselhos existem? — pergunto, baixando a voz cuidadosamente.

Britta conta-os calmamente com um toque de seus dedos contra o corrimão.

— Tecnologia, Viagens à Terra, Indústria, Saúde, Fazenda, Educação, Segurança.

— E os chefes de todos os conselhos secundários, juntamente com Nakalya, compõem o Conselho primário — acrescenta Isis. — Os conselhos secundários podem tomar decisões dentro de áreas de especialização de suas divisões, mas são os chefes que aconselham e levam propostas mais amplas para o prefeito, e é aí que as decisões mais importantes são tomadas.

Meu olhar bate em alguém com uma postura largada bem familiar na extremidade da camada mais próxima do círculo interno.

— Aquele ali é Pavel?

Britta estica o pescoço para ver.

— É. Ele conseguiu um lugar de primeira!

Perto o suficiente para falar com os membros do conselho se quisesse. Minha pele se arrepia. Há tantas pessoas para desconfiar.

— Ok — digo. — Quem mais eu deveria conhecer?

Deixo minha mente absorver os rostos que eles apontam, catalogando características e maneirismos que, espero, irão refrescar a minha memória se eu os vir novamente. Mais uma maneira como a minha atenção hiperativa aos detalhes pode nos ajudar. Isis acaba de apontar mais dois membros do Conselho de Segurança quando Nakalya, o "prefeito", entra num elevador invisível que o ergue ao nível do palco. Algumas outras figuras em torno da plataforma seguem o exemplo, em intervalos.

Quando eles se reúnem no meio do palco, Jule fica tenso.

— Kurra foi a Executora que você viu na Terra? — pergunta ele.

Sinto um frio na barriga.

— Sim. Nós... nos falamos. Ela está...

— Há vários Executores patrulhando o corredor para se certificarem de que ninguém saia da linha — diz ele. — Ela está algumas camadas acima. Mas parece que vai passar por aqui.

Preciso fazer um esforço para olhar lá para cima. Perto da rampa, mais ou menos uns quinze metros acima de nós, o rosto gélido de Kurra e o seu cabelo louro platinado destacam-se no meio das figuras mais escuras em torno dela. Ela não está olhando para nós, apenas examina a multidão, mas está plantada firmemente na descida da rampa. Minha pulsação dispara, minhas mãos apertam o corrimão. Fecho os olhos, lembrando-me dela mirando a blaster em minha direção. A mistura de sons e corpos me pressiona de todos os lados.

— Da rampa, ela não consegue ver você direito, e ela provavelmente não virá direto para o público a menos que haja algum tumulto — garante Isis, mas sua testa está franzida. Não estamos tão longe assim da rampa.

— Vamos sair daqui e ficar mais afastados — Jule rapidamente sugere.

Britta puxa uma mecha do meu cabelo.

— Vou visitá-la amanhã e dar outro retoque no seu cabelo, e também uma lição de navegação — diz ela.

Corro atrás de Jule, enquanto ele se espreme para passar entre os espectadores comprimidos contra a mureta da camada. Cada empurrão e cotovelada me causa uma penetrante sensação de *realidade*, e me dá uma tremedeira. Eu me forço a continuar em frente, um pé depois do outro, desejando que o pânico recue.

Nem chegamos a alcançar a rampa oposta quando um som de trombeta ressoa lá do alto. O vozerio da multidão se cala. Todo mundo tenta chegar mais perto, esmagando-nos contra a mureta. Jule agarra meu braço como que para se assegurar de que não vai me perder.

Olho para trás, para o lugar de onde viemos. A patrulha de Kurra chegou quase ao nosso nível. Giro a cabeça ao redor, espiando atrás de mim. Abrimos uma distância maior e interpusemos mais rostos entre mim e ela. Agora, eu só tenho que evitar olhar na direção dela.

Com o início da celebração, não é tão difícil me concentrar em outro ponto. Espirais de luz cintilante cruzam o ar acima do palco nos mesmos tons dos fios entrelaçados que tantas pessoas estão usando. As espirais se enroscam entre si até formar um círculo fechado, e, em seguida, caem em cascata sobre as oito figuras no palco como uma chuva de faíscas. O som de fanfarra se eleva, estridente e triunfante.

— *Kemyanos* — o prefeito diz, sua voz amplificada artificialmente ressoando estrondosamente sobre nós —, *estamos juntos agora para nos lembrar do momento em que nos reunimos pela primeira vez como um só povo, uma só força. Que o Conselho ouça o seu louvor!*

A multidão exulta, tantas vozes se misturando que eu não consigo distinguir uma única palavra. O barulho ecoa pela cúpula e volta para nós. Mesmo que eu não tenha nenhum desejo de louvar Kemya, a celebração desperta uma torrente de emoção em mim. Preciso recuperar o fôlego em meio àquela onda de intenso júbilo.

A mulher à esquerda do prefeito, Silmeru, a chefe do conselho de Viagens à Terra, discursa quando a comemoração arrefece um pouco.

— *Lembremo-nos da força daqueles que vieram antes de nós. Sua diligência, sua racionalidade, sua prudência e benevolência. As qualidades que todos os bons kemyanos compartilham até hoje!*

Outro rugido se levanta em torno de nós, mas, desta vez, não me deixo levar. Benevolência? Eu só vi o oposto sendo mostrado ao povo da Terra: as pessoas que enviaram para lá e que agora são tratadas como ratos de laboratório. E onde está a sua benevolência para com as famílias como a de Win? Não consigo nem imaginar como ele deve se sentir, ouvindo isso todos os anos.

Cada membro do Conselho tem a sua vez de falar, acumulando mais e mais banalidades sobre seus antepassados kemyanos e sobre o próprio planeta Kemya. Embora ninguém mencione o acidente que obrigou todas essas pessoas a abandonar o seu precioso planeta, eu consigo pescar uma nota subjacente de advertência. Todos fazem alguma menção à cautela ou a estarem preparados, à paciência ou restrição. Lembrando a todos como é importante não romper o *status quo*, não desafiar a "sabedoria" de seus líderes. É sempre mais fácil *manter tudo igual do que dar uma guinada em uma nova direção*, como Isis disse, e aquelas pessoas estão reforçando essa inércia.

Em seguida, os membros do Conselho deslocam-se para as bordas da plataforma. Cinco homens e mulheres em trajes que ecoam as cores entrelaçadas da festividade surgem no palco. Nos alto-falantes irrompe uma melodia rápida, e os cinco começam a dançar.

A dança não se parece com nada que eu já tenha visto na Terra. Cada movimento é nítido e preciso, mas também poderoso, com batidas dos pés e golpes dos braços, e corridas repentinas. As vestimentas dos dançarinos se desenrolam enquanto eles se movem, arrastando fitas em cada uma das cores, que serpenteiam entre si e se separam, reunindo-se outra vez, cada vez mais perto, a cada pico da música. Faíscas lampejam do tecido e espiralam pelo ar, deixando-o carregado em torno de nós com um aroma picante.

Sinto um nó na garganta. É lindo. Sou obrigada a reconhecer isso, objetivamente, embora embrulhe o meu estômago. É uma celebração da unificação na qual não há lugar algum nem para mim nem para qualquer pessoa com quem eu me importo na Terra. Angela iria ficar maravilhada com a imaginação, Lisa adoraria saltar no palco e participar, e, no entanto, aquelas pessoas nunca as julgariam dignas de testemunhar isso. Isis sugeriu que estar aqui me mostraria um lado positivo de Kemya, mas tudo isso só está conseguindo fazer com que eu me sinta ainda mais uma pária.

A multidão está irrequieta atrás de nós, todos os espectadores ansiosos por ter uma visão melhor. Alguém empurra Jule contra mim. Ele se apoia com uma mão contra a mureta, o outro braço me circundando. Eu me reteso automaticamente. Mas, na verdade, a sensação é boa, aquele sólido calor contra as minhas costas. E a noção de que ele, pelo menos, vê a hipocrisia dessa celebração, também.

Eu respiro fundo e relaxo encostada nele. Por que eu me preocupo tanto ao pensar onde essa centelha de atração pode dar? Isso é o que é. Eu posso continuar gastando toda essa energia lutando contra isso, ou posso simplesmente aceitar que ela seja tão legítima quanto qualquer outra emoção e apenas senti-la.

Se Jule percebeu ou não a diferença, não sei. Mas ele continua mantendo o braço lá, seus dedos pressionando delicadamente as minhas costelas, enquanto as luzes lá no palco diminuem.

Quando a iluminação é reduzida, avisto a forma pálida de Kurra perto da borda do círculo interno. Ela gira, e eu me viro rapidamente, escondendo o rosto. O prefeito faz seu discurso final, mas eu não estou concentrada o suficiente para traduzir suas palavras.

— Nós vamos embora num instante — murmura Jule para mim. — Ela não viu você.

Há um último rugido de comemoração da multidão, e, então, todos saem em direção às rampas e até as saídas. Fico perto de Jule enquanto estamos sendo levados pela enxurrada de gente, e o aperto em meu peito vai diminuindo a cada passo que me distancio de Kurra.

Fora da arena abobadada, a multidão se dispersa em várias direções, enveredando pela rede apertada de corredores rumo aos seus apartamentos ou aos transportadores internos que irão levá-los até lá. Nós nos espremos em uma fila para pegar um transportador. Eles chegam num ritmo constante, levando consigo grupos de dez de cada vez. Fico ao lado de Jule silenciosamente, desempenhando o meu papel de animal de estimação, no caso de passar alguém que o conheça.

Há apenas mais uma leva de espectadores para embarcar antes de chegar a nossa vez, um grupo de pré-adolescentes conversando entre risadas, quando um homem alto e de ombros largos, e uma mulher com constituição física semelhante furam a fila para se aproximar de nós.

— Jule — chama o homem, com uma voz suave muito parecida com a do próprio Jule.

Eu não fico nem um pouco surpresa quando Jule inclina a cabeça e diz "*pai*". Ele cumprimenta a mulher com um "*tia Mar*".

Sua tia me inspeciona com olhos de pálpebras pesadas, o espaço entre nós tão exíguo que eu chego a sentir o sopro de seu suspiro exasperado.

— *Então é isto* — diz ela.

Levo um momento para perceber que "isto" se refere a mim. Jule mantém uma indiferença controlada em sua expressão, mas ele roça a mão contra a minha disfarçadamente.

— *Esta é Skylar* — apresenta ele.

— Oi — eu digo, com o que espero ser o embotamento adequado.

Ambos me ignoram.

— *Um monte de dinheiro jogado fora* — repreende o pai de Jule. — *Você não vai querer virar um perdulário agora, vai?*

— *Está dentro do meu orçamento* — Jule afirma categoricamente. — *Preciso mesmo ouvir sermão?*

— *Eu nunca entendi esse modismo de trazer essas criaturas e meter dentro de casa* — sua tia comenta.

Lembro a mim mesma que preciso fingir que não entendo uma só palavra do que estão dizendo. Entorpecida.

— *Coisas de jovens* — o pai de Jule zomba.

O grupo à frente de nós embarca no próximo transportador, e Jule digita em seu pedido um veículo particular.

— *De que outra forma você anda desperdiçando os seus créditos por aí?* — pergunta o pai dele.

— *Essa é a minha única extravagância recente* — responde Jule. — *Talvez você devesse estar mais preocupado com as suas.*

Eles trocam olhares furiosos, e o pai bufa.

— *Às vezes eu nem acredito que fui eu quem criou você. Espero que você possa, pelo menos, parar e conversar um pouquinho.*

— Ah — diz Jule, como se ele estivesse esperando por isso. O nosso transporte chega. — Skylar, você sabe o caminho para o meu apartamento. Estarei lá em breve.

— *Isso é realmente sensato?* — sua tia diz, enquanto eu entro no veículo sozinha. Em seguida, a porta se fecha e eu começo a me afastar. Largo o corpo contra a parede.

Bem, posso perceber por que ele não estava com a mínima pressa em convidar sua família para me conhecer.

Quando o transportador para, eu me apresso pelo corredor até o apartamento. Menos de dez minutos depois de eu chegar, a porta se abre novamente e Jule entra em casa. Eu fecho o armário que abri tentando decidir se estava com fome suficiente para encarar o conteúdo de qualquer embalagem daquelas. Jule se senta em seu banco habitual, faz a mesa subir, e apoia os braços sobre ela, com a cabeça baixa.

— Uma grande família feliz? — atrevo-me a dizer, e ele bufa.

— O que você acha?

Ele deixa as mãos penderem sobre a mesa. Sinto o impulso de segurá-las, mas me controlo.

Por quê? Por mais frustrante que eu o tenha achado algumas vezes, estaria mentindo se dissesse que meu coração não se condói um pouco ao vê-lo tão infeliz. De alguma forma, ele fez por merecer essa minha compaixão.

Então, eu me sento e coloco a mão sobre a dele. Seu olhar se desvia para mim, assustado. Em seguida, ele vira a própria mão para cima, para que as duas se encontrem. Seu polegar traça uma linha suave sobre os nós dos meus dedos, para a frente e para trás, enviando um arrepio não particularmente suave sobre a minha pele. Droga.

Mas como foi que Jule colocou as coisas antes? *Se você for fazer algo, faça direito.*

— É bobagem continuar fingindo que nada aconteceu — digo.

Ele sorri.

— É. Eu... — Seu sorriso vacila. — Eu não sei como fazer isso — ele admite, contemplando nossas mãos unidas. — Isso não é como... com as pessoas aqui... Eu não posso sair "cortejando" do jeito que eu faria se isso fosse uma situação normal.

Cortejando. A formalidade da palavra me dá vontade de rir, mas também provoca uma pontada de ciúme ao imaginá-lo cortejando outras, garotas kemyanas... todas aquelas "convidadas" que ele insinuou que costumava ter.

Deixo isso pra lá. A coisa toda só funcionaria se eu levar na boa o fato de que isso só poderia ser algo temporário, como ambos sabemos que vai ser.

— Eu vou embora em breve — observo. — Vou voltar pra casa. Assim espero.

— Isso não importa — diz Jule. — *Carpe diem* e coisa e tal. É melhor passarmos poucos momentos agradáveis do que nada. — Suas sobrancelhas arqueiam, mas ele ainda não olha para cima. — Estou falando de sua posição aqui. Suas opções. São muito poucas. Você foi praticamente forçada a morar comigo. Você não tem a mesma... autonomia que uma kemyana teria.

Eu respiro fundo. A conversa parece delicada, como uma bolha de sabão que poderia estourar se eu disser a palavra errada. Eu nunca conversei tão francamente com um cara sobre sentimentos. Desejos.

— Devo presumir pelo que você está dizendo que você gostaria de me "cortejar"? — pergunto.

O sorriso reaparece, e desta vez Jule me encara.

— Pode apostar.

— Então... Acho que você deveria fazer o que parece normal para você, e ver no que dá, e acredito que eu possa me cuidar, como aliás tenho feito até agora. — Eu engulo forte para fazer passar a sensação de estrangulamento na minha garganta. — Eu aviso se você estiver indo longe demais. Sei que você vai ouvir.

— Você confia em mim, não é? — diz ele, naquele tom irreverente tão familiar, mas sua mão aperta a minha.

— Sim — respondo. — Eu confio. — É estranho que isso pareça surpreendê-lo, ser digno de confiança. Então, penso na fragilidade do respeito que o Executor lhe mostrou no outro dia, a maneira como seu pai e tia falaram com ele agora há pouco. Há uma explicação simples.

Ele não está acostumado a isso.

14.

O terminal de computador no meu quarto não pode fornecer uma simulação totalmente exata dos controles de navegação para o voo de Britta ao planeta que está por vir, então ela e Isis me "pegaram emprestada" dois dias depois para praticar em um painel de controle apropriado no setor de tecnologia, enquanto elas realizavam alguns testes finais nos sistemas de armas de Jeanant. Thlo está esperando por nós na sala compacta quando chegamos.

— Eu gostaria de conversar com a nossa colega terráquea por um instante — diz ela, e Isis assente. Ela e Britta se afastam para trás da parede transparente deslizante que bloqueia metade da sala que está repleta de fileiras de pequenas telas e painéis de controle. Eu caminho com Thlo para o canto oposto.

— Você se divertiu na nossa comemoração do Dia da Unificação? — ela comenta.

— Sim — concordo, apesar de "divertir" não ser exatamente o termo que eu usaria.

— Alguma observação sobre lá ou qualquer outro lugar?

O que foi que vi que poderia ser de utilidade? Pude oferecer tão pouco até agora...

— Eu notei que na cerimônia Pavel estava em pé perto da área dos conselhos, sozinho — relato. — E Tabzi não estava com a mãe, se é que isso tem alguma importância. Jule teve uma discussão com o pai depois, mas parecia ser sobre ele pensar que Jule não deveria ter gastado dinheiro... hum... me comprando. — Faço uma pausa. — E Mako disse que ia me enviar alguns tutoriais para o trabalho de inventário, mas nunca mandou. Ela deve ter acabado se distraindo... ela mencionou isso pouco antes dos Executores surgirem no setor de tecnologia naquele dia.

A lembrança me faz olhar para a porta. Mas eu sei que em outra sala em algum lugar acima de nós um dos outros está monitorando os canais de Segurança.

Só espero que não seja a pessoa que nos traiu da última vez.

— Hmmm — Thlo considera, seu olhar se desviando de mim por um segundo. — Bem, isso poderia ser alguma coisa. E você está pensando em participar de um dos coquetéis das pessoas influentes?

— Contanto que você não ache que isso ofereça um risco muito grande. Jule está de olho nos que acontecerão em breve. — Volto a me lembrar de quando Isis me contou pela primeira vez sobre o traidor, sobre Thlo ter dúvidas quanto a isso. — Agora você tem certeza de que foi sabotagem?

— Sim. Consegui descobrir algumas coisas por meio do conselho de Viagens à Terra. — Os lábios de Thlo franzem. — Parece que seja lá quem for que estivesse querendo expor nossas operações passou adiante a informação para um funcionário da minha divisão, que a levou diretamente para o diretor.

— Silmeru — digo, lembrando-me da mulher imponente com quem Thlo estava conversando na celebração.

— Ela está sendo bastante cuidadosa com relação à sua fonte, que, aparentemente, está com medo de ser implicada como fazendo parte do nosso grupo, e fez acordos com Silmeru para manter a sua identidade em sigilo — Thlo continua. — Mas ele ou ela tem sinalizado que mais informações estarão por vir.

— Você tem certeza de que essa pessoa *não é* o verdadeiro traidor, que está apenas fingindo ser um... intermediário? — pergunto.

— Eu deduzi que Silmeru falou com a fonte dela enquanto estávamos na Terra — diz Thlo. — Todos os membros do nosso grupo que trabalham para as Viagens no Tempo estavam conosco naquele período.

Acho que faz sentido para um traidor colocar o máximo de pessoas entre ele e os Executores, se Isis tiver mesmo razão e ele estiver passando informações em quantidades limitadas para evitar que ele próprio seja processado, ou para proteger pessoas que ele ainda considera amigos.

— É melhor não se focar nos detalhes — Thlo acrescenta. — Suas impressões podem ser mais úteis se não forem filtradas por suposições precipitadas. Continue a me relatar qualquer coisa que pareça incomum.

Ela me deixa sem dizer mais nada, partindo para conversar com Isis e Britta na área fechada da sala. Nenhum som penetra pela parede transparente. Isis começa demonstrando algo com figuras brilhantes projetadas dos painéis lá dentro, e Britta sai para se juntar a mim.

— Pronta para começar a trabalhar? — pergunta ela, estalando os nós dos dedos e apontando o cotovelo em direção ao pequeno painel perto da porta.

Dentro de alguns minutos, estarei enviando leituras e redirecionamentos para uma nave espacial em miniatura voando rumo à superfície do planeta. Ainda bem que a forma triangular no monitor ainda não é a nave de verdade. Apesar da minha prática anterior, já fui detectada pelas linhas de sensores quatro vezes.

— Não se preocupe — diz Britta. — Isis também estará vigiando. É que é muito mais fácil cobrir tudo com dois pares de olhos.

Há muitas variáveis nos cenários que ela está configurando, sensores da estação e dos satélites nas proximidades, outras naves que aparecem nos cantos da tela, fragmentos de lixo espacial em órbita...

— Esta é a versão superdifícil, certo? — eu pergunto. — A viagem em si não deve ser assim tão ruim?

— Espero que não! — diz Britta com uma risada. — Nós estamos tentando deixá-la preparada para qualquer coisa. — Ela se inclina. — Os parâmetros que você está usando estão descartando os cálculos. Certifique-se de ajustar a margem de erro quando a velocidade aumentar.

— Ah. Claro que sim. — Começo outra vez, ajustando os valores nas caixas ao longo da parte superior da tela com mais cuidado enquanto prossigo. Aplicando uma rápida explosão de propulsão ali. Depois desviando para a direita. Suspiro aliviada enquanto a nave simulada finalmente desce até o ponto demarcado na superfície do planeta. Uma execução bem-sucedida concluída.

— Muito bem! — elogia Britta e, em seguida: — E o... Jule?

Minhas bochechas queimam.

— Eu... — começo a dizer, e me vejo envergonhada.

Ela sorri.

— Ah-há! Eu bem que senti um clima, vendo vocês dois no Dia da Unificação.

— Na verdade, não tem nada acontecendo — protesto. Jule não fez nenhum movimento no sentido de "cortejar" ainda, e tocar nesse assunto foi o máximo de pressão que consigo colocar sem me sentir desconfortável. — Sério.

— Claro! — diz Britta, ainda sorrindo. — Existem pessoas muito piores neste lugar, Skylar. Quero dizer, ele não faz o *meu* tipo, mas você não pode acusá-lo de não ser inteligente ou aplicado, e conversar com ele pode até ser agradável quando ele não deixa aquele seu ego enorme se intrometer.

— Bem, fico contente de ter a sua aprovação — digo, levantando uma sobrancelha para ela, mas não posso deixar de sorrir também.

— Se você já terminou de fofocar — diz Isis, emergindo por trás da divisão e cutucando Britta —, acho que encontramos uma maneira de fazer uma pequena atualização no sistema de orientação. Nós só precisamos de alguns dos (...) — ela muda para o kemyano com uma palavra que eu não conheço, um termo que não deve ser facilmente traduzido. — *Você recebeu o banco de dados de suprimentos de Mako?*

— *Recebi* — confirma Britta. — *Posso ir pegá-lo. Precisamos de mais alguma coisa?*

— *Seria bom ter o (...) e a (...) à mão. Obrigada.*

— Vocês não estão atualizando as informações para Mako? — pergunto, enquanto Britta vai embora.

A boca de Isis se torce.

— Estamos mantendo o máximo possível entre nós mesmas e Thlo. Isso significa que temos de avançar mais lentamente, mas como não sabemos quem está vazando as informações...

— Vocês têm que ser cautelosos — completo. O refrão kemyano padrão. Verdadeiro, neste caso. Mas o pensamento sobre quanto tempo mais vamos ter de esperar antes de retornar para a Terra, antes de eu ver meus pais, Angela, Lisa, e Evan pessoalmente, em vez de apenas em fotografias, deixa meus nervos à flor da pele.

Sigo em direção à área fechada, descansando as mãos na parede transparente. Thlo deve ter ido embora enquanto eu estava trabalhando na simulação. As imagens projetadas têm pouco significado para mim, embora algumas delas se assemelhem às placas de circuito que Win e eu recuperamos dos esconderijos de Jeanant na Terra. Isis volta para dentro, fazendo um gesto para a porta para que ela permaneça aberta. Observo seus dedos dançarem através das imagens. Ela tem um daqueles tablets flexíveis afixado à parede, que mostra um diagrama com notas feitas cuidadosamente à mão ao longo das margens. Parece-me familiar.

— Essas são as plantas de Jeanant? — pergunto, apontando para elas com o queixo.

Isis olha para cima.

— Isso mesmo.

Os planos para a arma de Jeanant. A chave para destruir o gerador de campo temporal, segundo todos que estão aqui.

— Por que ele teve todo esse trabalho? — eu me pego perguntando. — O que há de errado com as armas que vocês já têm?

— O problema não são as armas, mas a dificuldade com o gerador de campo temporal — esclarece Isis. — Os cientistas que trabalham com as Viagens à Terra precisaram mantê-lo funcionando por milhares de anos... protegido dos raios solares e de meteoritos. Ele tem três fontes de energia para compensar a falha de qualquer uma delas, e um grosso escudo protetor em torno da coisa toda que eles estão constantemente reparando e aperfeiçoando.

— E a arma dele dá conta disso tudo?

— Pelo que sei — conta Isis —, tentar destruir todo o gerador com uma grande explosão exigiria uma quantidade extraordinária de potência... e provavelmente destruiria o satélite de pesquisa próximo e todo mundo dentro dele também, o que não queremos. Então, Jeanant focou na velocidade e na energia concentrada. Se perfurarmos as proteções externas no ponto certo rápido o suficiente, podemos disparar contra todas as três fontes de energia e destruí-las. Por sorte, ele conseguiu obter uma cópia das plantas do próprio gerador, por isso sabemos exatamente onde mirar. É uma coisa boa você ter conseguido encontrar as placas de circuito de orientação e do processador. Os materiais que ele usou, para o tipo de sensibilidade que ele precisava... ele deve ter levado anos para recolhê-los sem ser notado.

E tudo isso porque os kemyanos teimosamente se prendem aos seus experimentos na Terra e ao seu medo dos perigos que podem aguardá-los em outro lugar.

— Estamos perto de terminar? — pergunto.

— Os testes e aperfeiçoamentos que eu estou fazendo hoje são os últimos — diz Isis. — Nós poderíamos partir amanhã, se tivéssemos o *kolzo*... e uma nave para nos levar. Jeanant projetou a arma de modo que a maior parte da construção em si possa ser feita enquanto estivermos num espaço não monitorado na Viagem para a Terra.

— Ele realmente pensou em tudo.

— Sim — Isis concorda. — Eu gostaria de ter conseguido conversar com ele sobre o seu trabalho. Eu adoraria saber de onde ele tirou um pouco de sua inspiração.

— Você nunca o conheceu...

Ela balança a cabeça, fazendo seus cachinhos sacudirem.

— Eu ainda estava no primeiro grau quando ele partiu. Mas ele deu uma palestra sobre alguma nova tecnologia que ajudou a projetar, alguns anos antes disso. Eu sabia que queria fazer esse trabalho já naquela época.

E eu sabia também, assim que ele começou a falar, que eu o queria como professor. Eu odeio o que este lugar fez com ele.

— O que você quer dizer? — pergunto, surpresa com a súbita veemência em sua voz.

— Todo o trabalho técnico que fazemos, mais da metade dele atende às demandas das Viagens à Terra — explica ela com uma repuxada do ombro. — 3Ts melhores, sistemas de monitoramento mais apurados, naves de abastecimento mais velozes para transportar registros e materiais daqui pra lá e de lá pra cá. Para um programa que nós provavelmente deveríamos ter interrompido séculos atrás. Eu olho para os projetos dele, e posso ver todas as outras coisas que ele poderia ter criado para tornar a vida aqui mais eficiente ou para nos preparar melhor para um novo lar. Mas ele não sentia que poderia buscar por isso até que o programa de Viagens fosse interrompido.

— Pra você é a mesma coisa? — pergunto.

Ela dá de ombros.

— Eu tive oportunidade de ajudar com pequenos projetos na estação. Eu não podia reclamar. Mas trabalhando com os planos dele, ver como ele foi longe... É difícil não ficar frustrada.

Ela olha para um elegante aparelho preso ao seu antebraço, e sua testa se franze.

— Britta já deveria ter voltado a esta altura.

Sinto um nó no estômago.

— Você acha que ela está bem?

— Vou checar.

Ela vai até o painel de controle que eu estava usando e fecha o simulador de navegação. Antes que ela possa fazer qualquer outra coisa, Britta irrompe na sala, com um olhar transtornado.

— Eles encontraram! — diz ela.

— Quem? — Isis quer saber. — Encontraram o quê?

Britta desanda a falar num kemyano rápido demais para que eu consiga acompanhar. Isis lhe faz algumas perguntas, que ela responde no mesmo tom frenético.

— O que está acontecendo? — eu interrompo quando já não consigo aguentar por mais tempo.

— Os materiais que Mako encobriu ou que foram coletados estão espalhados pelas áreas de armazenamento, em qualquer lugar em que ela encontrou espaços pequenos e não utilizados — conta Isis. — Um desses lugares foi descoberto. A maior parte dos materiais que tínhamos armazenado lá foi levada. E quem quer que tenha levado deixou um sinal de alerta que era para ser acionado quando alguém viesse atrás do que sobrou. Felizmente, Britta percebeu que algo estava errado antes que ela o disparasse. Mas nós temos que cuidar disso, e verificar os outros suprimentos para ver se eles ainda estão seguros.

— Eu já fui aos outros dois sobre os quais conversamos — diz Britta. — Aqueles estavam normais. Eu acho. Você tem que verificá-los de novo... Você sabe melhor do que eu que tipo de tecnologia procurar.

Isis se vira para mim.

— Eu vou te colocar no transportador interno de volta para o apartamento de Jule.

— Se houver alguma coisa que eu possa fazer aqui mesmo... — ofereço.

— Ficaria difícil explicar por que estou zanzando pelas áreas de armazenamento com o animal de estimação de outra pessoa.

— Tudo bem — concordo, cruzando os braços para esconder como meus punhos estavam cerrados. Eu continuo sendo tão impotente aqui...

— Tenha cuidado.

☆ ☆ ☆

— Eu preciso fazer mais — falo no momento em que Jule volta do trabalho naquela noite.

Ele pisca para mim quando a porta se fecha deslizando atrás dele.

— Como é?

— Temos que descobrir quem está passando as informações para Silmeru e os Executores sobre o que estamos fazendo — eu digo, andando de um lado para o outro da sala. — E bem rápido, antes que eles arruínem toda a missão. O que aconteceu com aqueles "coquetéis" que você estava pesquisando?

Jule se aproxima, colocando embaixo do braço a caixa que está carregando.

— Isso é por causa do problema de abastecimento? Você sabe que Isis verificou, e foi apenas naquele lugar. O que nós perdemos, tínhamos mais desses mesmos materiais em outros lugares. Thlo insistiu em ter extras de tudo armazenados, só para garantir. Estamos bem.

Eu não sabia. Isis devia ter relatado isso para o restante do grupo antes das reuniões cessarem completamente. Mas eu não ouvi, porque ninguém me ligou para dizer. Porque eles continuam não me enxergando como um membro pleno.

— Não interessa. Isso mostra que, quem quer que seja, ainda está tentando nos minar. Eu *não posso* deixar essa pessoa estragar tudo, Jule.

Eu me pergunto se ele compreende o quanto isso significa para mim. Se algum deles sente isso da mesma forma que eu. Para eles, trata-se de prevenir um desastre indeterminado se os sistemas da estação se desgastarem, tem a ver com encontrar um novo lar que é difícil para eles até mesmo imaginar, e deter a injustiça de como seu povo tem tratado a Terra é apenas um benefício extra. Para mim, é a segurança imediata de todo o meu planeta, já que cada mudança causa mais desgaste, aumenta o caos ambiental, e poderia significar a dizimação de milhões de pessoas num piscar de olhos. Eles sonham com algo grande e novo; eu só quero proteger o pouco que nós na Terra ainda temos. O meu céu azul, o meu sol brilhante. Meus amigos e minha família. O único lar que eu vou ter.

Um lar que talvez eu nunca mais veja novamente se o traidor tiver sucesso.

— Eu andei olhando as solicitações por serviçais terráqueos — Jule informa depois de uma pausa. — Estão "contratando" para alguns deles. Deve ser melhor escolhermos só um, para começar, para não parecer que estou ansioso demais para te enviar.

— Ok — concordo. — Então me mande para qualquer um que pareça que contará com a maioria do pessoal das divisões de Segurança e de

Viagens à Terra. — Meus pensamentos viajam de volta para o Dia da Unificação. Kurra rondando a arena. — Sobre esses coquetéis... os Executores geralmente participam deles?

— Mais os superiores do que o pessoal de baixo — explica Jule. — Eu não acho que seja provável. Mas se você não quer correr o risco...

Deixo de lado esse receio.

— Não, eu tenho que tentar fazer isso.

— Vou ver o que consigo descobrir, e providenciar isso amanhã — diz ele. — Contanto que você tenha certeza de que pode lidar com isso.

— Você acha que eu não posso?

— Eu sei que você pode. — Ele sorri, e algo dentro de mim relaxa. — Enquanto isso — diz ele, caminhando até a mesa para fazê-la subir e depositar sua caixa sobre ela —, você parece estar precisando de uma distração. O que acha de experimentar um jogo kemyano? Eu vou te ensinar.

Fito a caixa.

— Um jogo?

— Um tradicional divertimento kemyano de estratégia e determinação — diz Jule com uma voz de comercial de TV e, em seguida, em seu tom normal: — Ele ajuda a manter a mente alerta e aprimorar as habilidades de resolução de problemas. Aposto que até mesmo os membros do conselho jogam de vez em quando.

— Certo — digo secamente, deslizando para o banco. — Porque vocês kemyanos não podem fazer *nada* que seja divertido a menos que possam explicá-lo com algum propósito prático.

— Ah, mas existem algumas coisas... — brinca Jule, seu sorriso tornando-se sugestivo.

— É mesmo? — digo. Nós não vamos pular direto para *isso*. Mas tenho que admitir que a minha curiosidade foi atiçada pelo jogo. Além do mais, uma folga cairia bem. — Pena que você mencionou o jogo antes. Como nós jogamos?

Ele se senta ao meu lado, mas de frente para mim, e abre a caixa. O tabuleiro que se desdobra, uma folha fina que se assemelha a um tecido até que ele a estende sobre a mesa e ela endurece, é coberto com uma dúzia de fileiras de quadrados. Jule me entrega um copo cheio de pequenos discos de um material semelhante ao plástico e pega um para ele próprio. O meu cintila com um brilho prateado, enquanto o dele possui um lustre num tom meio granada-escuro.

— Presumo que você já conheça o xadrez — diz ele. — Já ouviu falar de um jogo de tabuleiro chinês chamado *wéiqí*... ou Go, em japonês? — Balanço a cabeça afirmativamente. — Bem, você vai entender. *Rata* é meio que uma mistura dos dois, com alguma complexidade extra para tornar as coisas mais interessantes.

Ele levanta um de seus discos.

— A cada rodada você tem que escolher entre posicionar uma ficha em qualquer espaço ainda não ocupado no tabuleiro, mover uma ficha sua que já está no tabuleiro ou "fazer um upgrade" numa de suas fichas para um nível superior. Quanto maior o nível, melhor é a flexibilidade de movimentos. É como se você estivesse mudando de um peão para uma torre e da torre para uma rainha. Eu vou explicar isso conforme jogamos.

Quando ele posiciona a ficha no tabuleiro, o caractere que significa "um" brilha em sua superfície. Eu apanho uma de minhas fichas.

— Então, qual é o objetivo? — pergunto. — Como é que se ganha?

— Oficialmente — explica ele —, você ganha cobrindo mais do tabuleiro com a sua cor do que o seu oponente com a dele. Coloque sua ficha aqui. — Ele indica o quadrado ao lado da ficha dele. Eu posiciono a minha ali, observando um outro "um" se iluminar, e ele imediatamente coloca uma segunda ficha carmesim do outro lado dela. Um tom avermelhado brota na minha ficha, deixando-a com a mesma aparência da ficha dele.

— Ei! — exclamo.

— É uma demonstração — afirma ele. — Se você conseguir cercar uma ou mais fichas do seu oponente em uma fileira, e os níveis de suas fichas circundantes forem maiores do que aquelas que você cercou, você pode conquistá-las. A sua era do primeiro nível, e as minhas duas também eram do primeiro, e uma mais uma combinadas valem mais do que uma sozinha. Se a sua ficha tivesse sido de segundo, terceiro ou quarto nível, ou se eu tivesse cercado duas ou mais fichas de primeiro nível, eu não as conseguiria conquistar. Entendeu?

— Acho que sim. Parece simples. — Estendo a mão para pegar de volta a minha ficha, e ele solta um grunhido de protesto.

— Vamos continuar jogando — determina ele. — A menos que você já queira desistir...

— Não — respondo. — Mas isso não foi um começo de verdade. Você *me fez* desistir da minha ficha.

Ele dá de ombros, com um sorriso descontraído que espalha um calor sobre a minha pele embora eu lhe devolva uma careta.

— Considere essa sua primeira verdadeira lição.

— Tudo bem. — Eu o chuto por baixo da mesa, e ele bloqueia a minha perna, seu tornozelo pressionado contra o meu. Ficamos nos encarando por um momento. Meus batimentos cardíacos se intensificam. Tenho certeza de que há outro jogo rolando ali que envolve muito mais do que fichinhas.

Bem, isso só o torna um desafio ainda maior.

Arrasto minha perna de volta e posiciono outra ficha, longe das três dele que estão no tabuleiro. Ele move uma. Eu deposito outra. Ele desliza o polegar sobre uma para "fazer um upgrade" nela, e a superfície se expande para formar uma cúpula baixa. E assim continuamos. Ele explica os movimentos de cada nível conforme eles vão surgindo. Quando dou um jeito de conquistar duas de suas fichas, ele logo as reconquista de volta, bem como um monte das minhas algumas rodadas depois.

Nós já preenchemos quase um terço do tabuleiro quando compreendo o suficiente para perceber que comecei com uma estratégia completamente errada, tentando reunir minhas forças em uma seção enquanto ele está organizando bolsões de poder ao redor. Desconfio que já estou ferrada. Mas ainda há muito espaço para cobrir.

Acabei de me convencer de que estou pegando o jeito da coisa, recuperando terreno, quando Jule desliza uma ficha de terceiro nível num movimento que eu tinha esquecido que era válido, e conquista um punhado de minhas peças-chave de uma só vez. Um lamento de desânimo brota da minha garganta.

— Quer desistir agora? — ele pergunta.

— Nem a pau — resmungo.

— Sabe — diz ele —, não tem que ter vergonha disso. Desistir quando você pode ver que está vencida é considerado uma excelente estratégia. Significa que você pode começar logo outro jogo e que dessa vez você pode ganhar. A maioria das partidas de *Rata* termina muito antes de o tabuleiro ficar cheio.

— Bem, você nunca jogou antes contra um terráqueo — respondo. — Nós vamos até o fim.

Ele ri.

— Como quiser. — E muitos minutos depois, jogando em meio a um jantar consumido às pressas, o tabuleiro é engolido pelo vermelho-granada. Eu solto um gemido, afundando de volta no banco.

— É a minha primeira tentativa — relembro. — Não pense que eu costumo dar mole assim.

— Claro que não — diz Jule, e então reconhece: — Não foi totalmente justo. Quer tentar novamente?

Não tem como eu me sair *pior* do que nessa tentativa. Eu me endireito, e ele se debruça sobre a mesa com ímpeto. Seu joelho se choca com o meu enquanto ele varre as fichas para fora do tabuleiro, as que eram minhas metamorfoseando-se de volta à sua cor original prateada enquanto deixam sua superfície. Olho para ele, mas Jule não dá nenhuma indicação de que o contato foi proposital. Só que, enquanto ele acaba de separar as cores, o joelho dele volta a se inclinar contra o meu, e permanece lá. Um calor confortável.

— Isso é uma tentativa barata de me distrair? — pergunto.

— Está funcionando? — ele responde inocentemente. — Eu poderia ir mais longe. — Ele descansa a mão no banco para que apenas roce minha coxa. Eu arqueio uma sobrancelha para ele.

— Sedução com um jogo de tabuleiro. Agora eu estou começando a me perguntar como você conseguiu trazer ao menos uma "hóspede" que seja antes de mim.

Ele joga a cabeça para trás enquanto ri disso, e a visão de seus dentes revelados na gargalhada, o prazer em sua expressão quando ele olha para mim de novo, mexem com meu coração de uma forma que seu toque não conseguiu.

— Talvez eu apenas tenha achado que seria divertido — diz ele, retornando ao meu comentário anterior e posicionando sua primeira ficha.

"Sedução" seria a palavra certa, eu me dou conta enquanto nós jogamos. No jogo em si: as manobras em torno um do outro, o cerco lento, o reconhecimento de vulnerabilidades. Eu levo mais tempo pensando nos meus movimentos, planejando as cadeias de reação que eu posso criar. E na maneira como Jule está jogando. De alguma forma seu braço continua se esfregando no meu. Meu cabelo avoluma-se sobre o meu rosto enquanto me concentro, e ele prende os fios atrás da minha orelha com uma leve carícia. Eu me vejo inclinando-me mais para perto dele como um convite.

Não, não vou me render assim tão facilmente. Volto a minha atenção para o jogo.

— Quem te ensinou a jogar? — pergunto. Estou tendo dificuldades em imaginar Jule sentando-se com o pai que eu conheci outro dia, ocupando-se com uma batalha de estratégias.

— Meu avô Adka — confessa ele. Uma sombra cruza seu rosto. — Ele costumava dizer: "Se conseguir dominar *Rata*, você consegue dominar o mundo".

— Bem, então acho que é uma boa coisa eu estar aprendendo a jogá-lo — falo, mas essa leviandade de repente parece inapropriada. — Ele *costumava* dizer? — O Executor que nos entrevistou mencionou alguma coisa sobre a "condição" do avô de Jule. Eu não sei muito a respeito da expectativa de vida kemyana, mas com o seu nível de tecnologia, eu esperava que eles vivessem mais do que a média dos terráqueos.

— Ele ficou um pouco... — Jule hesita. — Na Terra, vocês chamariam isso de "senil". Eu não sei se está exatamente correto. Ele apenas não está mais totalmente ali.

— Ah — eu digo, desejando não ter tocado no assunto. — Sinto muito.

— Ainda existem algumas coisas que até mesmo nós não podemos consertar ou explicar — lamenta Jule. — Esse tipo de coisa acontece.

— Um sorriso renasce em seu rosto quando ele captura três das minhas fichas. — E isso também.

Agora é a minha vez de rir.

— Não tão rápido. — Eu arrasto uma ficha que havia guardado para este momento, e cinco das dele brilham na cor prateada.

Eu conquisto mais um par com o movimento seguinte, e mais algumas pouco depois disso, e de alguma forma eu me pego olhando para um tabuleiro que está metade coberto e quase dois terços cor de prata. Jule o analisa.

— Você venceu — diz ele finalmente. — Eu reconheço.

— O quê? — eu me surpreendo. — Não. Você deve ter me deixado vencer.

— Não — ele insiste. — Eu não sou tão generoso. Você aprende rápido.

Ele sorri para mim com uma admiração tão franca que o calor de seu joelho ainda descansando contra o meu se espalha por todo o meu corpo. Então ele bate na mesa, enviando-a para o chão com o tabuleiro ainda estendido sobre ela.

— Eu vou te beijar agora — diz ele.

Eu não sei o que deu em mim: se foi a satisfação proporcionada pela vitória, a energia reprimida por ficar confinada no apartamento durante tanto tempo, o desejo que eu posso ver em seu rosto que está em sintonia com o que vem se acumulando dentro de mim... Talvez tudo isso combinado.

— Não, não vai não — eu barro. E no instante em que a incerteza lampeja em sua expressão, eu me movimento para a frente, agarro o seu queixo com a mão em forma de concha, e o beijo.

Os braços de Jule deslizam em torno de mim, e eu acabo indo parar meio que no colo dele. O que é bom, porque torna mais fácil continuar beijando. Eu passo os meus braços por trás de seu pescoço, posicionada um pouco acima dele. Ligeiramente no controle. Ele me puxa para mais perto, seus dedos se enredando no meu cabelo, com uma urgência que eu não esperava na forma como a sua boca encontra a minha. E então eu me sinto mais poderosa do que jamais estive desde que pisei nessa estação espacial.

Não me interessa quanto tempo temos, quanto tempo isso pode durar. Neste momento, isso é exatamente do que eu também preciso.

15.

O vestido de festa que Jule me traz é rígido em torno do corpete, mas a saia é armada com uma anágua de crinolina, e oferece resistência, parecendo uma mola, quando eu o penduro no cabide. Entretanto, esta é a primeira vez que um cara me compra uma peça de roupa, então, acho que não deveria reclamar.

— Eu tenho que usar isso? — não posso deixar de perguntar.

— Nessas festas, todo o "sentido" de ter terráqueos servindo é o exotismo — explica Jule. — Eles querem que você pareça com um estereótipo de sua época aproximada. Esse vestido é para ser uma réplica de um vestido de baile de formatura da década de 1950.

— Então, estou representando os meus avós — digo, levantando o vestido pelos ombros. Bem, ele definitivamente vai transmitir uma inofensiva vibração de fofura.

— Vai estar perto disso o suficiente para que os convidados apreciem o esforço. — Jule se inclina para mais perto, arrastando o dedo nas minhas costas, e sua voz diminui de uma forma que provoca um arrepio agradável após seu toque. — Eu poderia ajudá-la a entrar nele.

— Obrigada, mas não. Eu devo estar lá, tipo, em meia hora, certo?

— Como quiser — diz Jule, com um sorriso desarmado, e eu carrego o vestido para o meu quarto sozinha.

Não tenho certeza do quanto ele levou a sério aquele convite. Rolaram uns beijos nos últimos dias. E mais do que beijos. Meu rosto enrubesce com a lembrança, enquanto dispo as minhas roupas e luto para entrar no vestido. Eu impus certos limites... senti que precisava fazer isso, vivendo sob *o mesmo teto*. Ele não esteve neste quarto desde aquela primeira manhã, nem eu no dele. Sempre nos mantivemos vestidos. Nós nunca chegamos a um ponto em que seria um problema se acontecesse de a campainha tocar.

É difícil imaginar que ele não gostaria de ir mais longe. Mas eu nunca tive nada tão intenso assim. Nunca fui capaz de relaxar o suficiente. Nunca me senti suficientemente normal. Acho que a razão pela qual o meu único "relacionamento" durou dois meses foi porque o cara não se importava comigo o bastante para perceber meus tiques... e foi por isso que só durou os dois meses que eu levei para perceber isso.

Lisa estaria muito animada com esse meu avanço. Puxando as minhas mãos, insistindo nos "Detalhes, detalhes!", com aquele brilho malicioso nos olhos. Ela sempre ficou mais à vontade com rapazes, e ela vem incentivando a mim e a Angela para que encontremos alguém, desde que ela e Evan começaram a namorar há um ano.

Ou melhor, ela vinha. Não tenho ideia de como ela está agora, sequer se continua viva, sete anos após o acidente sobre o qual eu li. Meus dedos se enrolam no tecido do vestido, e eu me forço a esticá-los, alisando a saia.

Estou feliz só de viver isso com Jule, sem tornar as coisas mais sérias. Eu me sentiria esquisita em perguntar, mas tenho quase certeza, pelo jeito que ele fala, que Jule também está contente de manter isso assim mesmo como está. Afinal de contas, assim que nossa missão estiver concluída, eu vou voltar para o meu verdadeiro planeta, para a minha verdadeira época, e nunca mais vou vê-lo novamente.

Quando saio do quarto, Jule está me esperando perto da porta.

— Bem, a cor combina com você — diz ele, estudando o tecido de um azul vivo. Ele estende a mão quando eu me aproximo, oferecendo-me uma corrente fina de pulso, feita em metal kemyano. A placa plana presa nela está impressa com vários caracteres, os que representam sons em vez de palavras, e cuja pronúncia forma o nome dele.

— Não gosto da ideia de não poder ficar lá com você — diz ele. — Eu sei que isto é estranho e não representa de forma alguma a maneira como eu realmente a vejo, mas... se alguém perturbar você é só mostrar isso que saberão que você supostamente é minha propriedade. E há um indicador aqui... — Ele me mostra um pequeno botão no lado da placa. — Se você pressioná-lo por alguns segundos, receberei um sinal e saberei que você está em apuros, e conseguirei encontrá-la onde quer que esteja. Está bem?

Pego a pulseira, balançando-a em meus dedos. É mais leve do que eu esperava, como quase tudo fabricado em Kemya. Eu estaria usando o nome dele, como uma coleira de cachorro.

— Não quero que você a use quando estiver aqui, ou trabalhando com os outros membros do grupo — explica Jule. — Isso é só... se você sair do apartamento sozinha, por favor, use-a se puder. Você viu como as pessoas podem se comportar quando se trata de terráqueos.

Ele parece sinceramente preocupado. Saber que ele não acha isso nem um pouco divertido, que é só pela minha segurança, ameniza a minha repulsa.

— Claro! — digo. Quando eu deslizo a pulseira pela minha mão, ela se expande rapidamente para se ajustar aos nós dos dedos antes de se encaixar ao redor do meu pulso. Desloco a placa de modo a ficar do lado interno de meu pulso, onde as pessoas não ficarão vendo constantemente o nome dele em mim.

A suavidade sedosa do metal alienígena me faz lembrar das contas de vidro da minha velha pulseira, a que meu irmão Noam fez para mim, que me mantinha segura de um modo diferente. A salvo dos ataques de pânico, de ser esmagada pela minha percepção das alterações sofridas pelo meu planeta.

Se tudo correr bem, essa festa vai me deixar a um passo de acabar com essas alterações para todos na Terra.

— Ok — digo. — Vamos lá.

A viagem no transportador interno é breve, apenas um pequeno salto para cima e para a direita. Contorço as mãos me preparando para as horas que tenho pela frente, enfrentando dezenas de estranhos sem nenhum apoio. O veículo começa a diminuir a velocidade quando Jule dá uns passos em direção a mim, desliza o braço por trás de minhas costas, e se inclina para me beijar, tão rapidamente que eu mal estou preparada. Meu suspiro de surpresa é perdido na suave, porém insistente pressão de seus lábios. Eu correspondo ao beijo, sem ter certeza se ele está buscando ou oferecendo conforto, ou simplesmente aproveitando o momento de surpresa, sem maiores preocupações. Em seguida, o veículo para e nós descemos.

— Vamos? — pergunta Jule, estendendo o braço dobrado com um sorriso. Eu o aceito, meneando a cabeça para ele, mas sorrindo também. Já não tenho certeza se as vibrações em meu peito se devem a ele ou ao meu nervosismo sobre a noite que tenho pela frente.

A mulher que abre a porta para a sala de eventos está trajando um vestido que lembra vagamente um quimono, embora justo e sem costura, sem desperdício de tecido, no estilo kemyano habitual. Deve ser ela quem me "contratou" para a noite, ou, melhor dizendo, me alugou. Minha garganta se aperta enquanto ela me inspeciona, mas eu mantenho o meu ar embotado.

— *Conforme o combinado* — diz ela para Jule. — *Ela será bem cuidada.*

Os dedos de Jule roçam as minhas costas.

— Comporte-se — diz ele, com um tom de provocação na voz, mas com os olhos sérios. Em seguida, ele vai embora. A anfitriã já está me conduzindo para dentro.

— Inglês é melhor para você? — ela pergunta, e eu presumo que foi por ter notado que Jule o usou comigo.

Concordo com a cabeça, não confiando em mim o bastante para falar. O salão em que entramos parece enorme, as paredes em frente a mim e à minha esquerda tão distantes que não consigo divisá-las na fraca iluminação... ou talvez isso seja um efeito especial, projetado para dar a impressão de que o limitado espaço real disponível é maior. Alguns grupos de homens e mulheres já estão reunidos em torno das mesas brilhantes em forma de diamante que pairam na altura da cintura, e eu acho que as figuras distantes são, na verdade, reflexos.

O restante da iluminação do salão provém do espaço exterior, uma faixa de escuridão estendida através do teto, na qual brilham incontáveis estrelas.

Eu não sei dizer se elas são reais ou ilusórias. Independentemente disso, é difícil não olhar.

— Nós vamos começar em breve — diz a anfitriã. Ela me leva a uma porta à direita. — Espere aqui. Eu a instruo quando estivermos prontos.

Ela fecha a porta atrás de mim, e eu me vejo em um cômodo apenas um tantinho maior do que o meu próprio no apartamento de Jule. Quatro outros já estão sentados nos bancos que formam um "L" ao longo das paredes. Uma mulher, no que parece ser um quimono de verdade, com o rosto pintado como uma gueixa, e um homem de meia-idade com uma toga romana, ambos tão atordoados que presumo que estejam dopados com tranquilizantes kemyanos. Os outros dois, um homem mais velho vestindo apenas uma tanga e listras de tinta, e uma garota da minha idade com uma túnica com capuz solto, parecem mais conscientes. Animais de estimação que foram trazidos para cá jovens o suficiente para que pudessem ter se ajustado sem as drogas?

— Oi — digo, hesitante. A menina sorri timidamente, e o homem mais velho diz algo que soa como uma saudação em um idioma que eu não reconheço. Os outros dois inclinam a cabeça.

— Como foi que vocês vieram parar aqui? — atrevo-me a perguntar, e obtenho olhares vazios de volta. Ok, então eu sou a única que fala inglês entre os terráqueos desta noite. Parece que a nossa anfitriã teve como objetivo representar uma variedade de nações, bem como eras.

Eu ajeito o meu vestido balofo quando me sento, tentando não ocupar mais do que o meu quinhão do aposento. Meus esforços são em vão, porque me parece que apenas alguns instantes depois de eu me sentar, a anfitriã entra apressada. Ela nos faz levantar e caminhar para outra porta, para o que parece ser a seção exterior de uma área de cozinha. Bandejas de material semelhante a vidro repletas de copos brilhantes e pequenas porções de comida estão sendo depositados sobre um bufê entre esse espaço e a área de preparação do outro lado. A anfitriã aponta para as bandejas e recita uma série de instruções em quatro outros idiomas antes de passar para o inglês.

— Você pega um prato e sai — diz ela. — Caminhe pela sala, lentamente, e se vierem até você, pare, para que possam pegar o que desejarem.

Se quiserem falar com você, por favor, responda. Quando a sua bandeja estiver vazia, volte e busque outra.

Bastante simples. Cada um dos meus companheiros já pegou uma bandeja. Pego uma coberta com o que parecem ser camarões de verdade sobre uma versão menor e mais fina do pão de forma padrão kemyano em tons de laranja e verde, e sigo os outros até a sala principal.

No curto espaço de tempo desde que entrei, o ambiente encheu. Algumas pessoas permanecem em torno das mesas, enquanto outros perambulam entre elas, fazendo uma pausa para se cumprimentarem ou trocarem elogios e amabilidades. Eu pesco trechos de conversa enquanto circulo. O conteúdo kemyano dessas conversas é bastante parecido com o que eu ouviria na Terra: comentários leves sobre o trabalho, a família, a mais recente competição esportiva.

Mantendo o rosto inexpressivo, deixo os meus olhos vagarem enquanto ando, prestando atenção nas pessoas que reconheço. Avisto um cara que acho que estava no grupo do conselho de Viagens à Terra no Dia da Unificação, mas, quando me aproximo um pouco mais, tudo que consigo ouvir da conversa em torno de sua mesa tem a ver com opções de iluminação de apartamentos. Minha primeira bandeja está quase vazia quando escuto a palavra kemyana para *Terra*, ao espremer meu vestido por entre dois grupos que conversam. Com o coração aos pulos, contorno a mesa, com o olhar vago, mas os ouvidos atentos.

— *Você acha que eles realmente iriam em frente com isso?* — a voz de um homem pergunta, quase cochichando. Dou uma olhadela furtiva nele e em seus companheiros, mas não reconheço nenhum deles.

A mulher ao lado dele pega a coisa com aspecto de camarão da minha bandeja.

— *Seria chocante* — diz ela —, *mas eu entendo* — ela abaixa a voz ainda mais quando um par de jovens risonhos se aproxima de mim, e eu me obrigo a sorrir para eles, esforçando-me para ouvir —, *como é com a Terra*.

Como é o quê? Ir em frente com o quê? Fico morrendo de vontade de perguntar, mas aí eu estaria entregando que havia escutado e entendido o que eles estavam dizendo. Observo a anfitriã vindo na minha direção. Planejando circular e voltar depois, forço-me a seguir em frente.

Não chego a ir muito longe, porque um homem de rosto corado se posta diante de mim e faz um comentário que não é nem em kemyano nem em inglês.

— O quê? — pergunto, tentando parecer confusa em vez de irritada.

— Ah, americana! — exclama ele, e puxa a minha saia. — Bonito vestido. Trouxe de casa?

Ele gargalha sem me dar a chance de responder, porque é claro que é um absurdo. Animais de estimação não conseguem trazer todas as suas roupas. Eu cerro os dentes por trás do meu sorriso.

— Não — respondo, o que só faz com que ele ria mais alto. Ele me dá umas palmadinhas na cabeça. Em seguida, uma mulher vem até ele com um olhar de desaprovação e o puxa para longe. Fico agradecida pelo segundo que leva para a voz dela chegar até mim:

— *Ninguém vai ficar impressionado se você gastar o seu tempo brincando com lixo.*

Alguém arrebata a última coisa de camarão da minha bandeja, então, vou para a cozinha. Assim que volto para a sala principal, desta vez com uma rodada de bebidas fumegantes, olho para o grupo que estava falando sobre desenvolvimentos chocantes na Terra. Eles devem ter trocado de lugar; eu os perdi na multidão. Passeio por entre ela, esperando dar de cara com eles.

Os convidados estão se soltando: desta vez, recebo várias provocações ou comentários francamente debochados numa variedade de línguas, e uma garota me para e exige saber o ano exato a que pertenço para que ela possa obter de mim informações privilegiadas sobre algum programa de TV no qual ela está viciada. Outros estão conversando sobre assuntos mais sérios.

— *Eles a trouxeram ao centro médico ontem, mas eu não vejo nenhum progresso* — uma mulher diz a seu amigo enquanto eles vêm até mim para pegar bebidas.

— *Isso faz você pensar, quando acontece algo que eles não podem curar* — o amigo observa. — *Talvez seja um erro no (...) que eles não querem admitir.*

Enquanto os dois se afastam, localizo novamente o pessoal da conversa sobre a Terra. Passeio na direção deles, mas, pelo que consigo ouvir da conversa atual, eles passaram para um novo tema, um debate sobre algum problema financeiro que envolve um monte de termos que eu não entendo. Hesito por um momento, desejando que houvesse alguma maneira de poder empurrá-los de volta para o assunto que eu quero, e um deles acena para uma mulher que eu conheço. A mãe de Tabzi. Ela vem ao encontro dele, toda sorridente, perguntando por um dos filhos do homem.

Outro rosto conhecido atravessa o meu campo de visão, e meu olhar abobalhado se perde no vazio. Sorte grande! É a mulher que estava conversando com Thlo na cerimônia, a chefe da divisão de Viagens à Terra, Milades Silmeru. Ela está caminhando para cumprimentar um homem idoso que não me lembro de ter visto antes. Saio à deriva em direção a eles, de orelhas em pé. Ela está comentando sobre um jantar que tiveram juntos. Mas quem sabe o que mais ela poderá dizer se eu ficar perto dela...

— Ei! Ei, terráquea! — Uma mão agita-se na frente do meu rosto, e eu vacilo, quase perdendo a pressão das minhas mãos na bandeja. O cara que queria minha atenção não parece notar. — Venha aqui — diz ele, agarrando o meu braço. Corro atrás dele, sabendo que eu não posso fazer nada a não ser terminar com isso o mais rápido possível. Ele me puxa para o meio de um círculo de rostos ávidos.

— Você pode resolver uma discussão — diz ele, parecendo imensamente satisfeito consigo próprio.

— Espere — um de seus amigos corta, olhando para mim. — Há quanto tempo você deixou a Terra?

Deixei, como se eu tivesse uma escolha quanto a isso.

— Foi apenas algumas semanas atrás — balbucio lentamente, como se estivesse lerda por causa da droga.

— *Perfeito!* — o primeiro cara diz para os outros. — Eu sabia que não tinha visto essa nessas festas antes. — Depois, dirigindo-se a mim: — Então, enquanto você estava na Terra, a quantos desastres ambientais você sobreviveu?

É fácil para mim lançar-lhe um olhar perdido, porque eu realmente estou confusa.

— Desastres?

O grupo cai na risada.

— Terremotos, inundações, tornados... como vocês os chamam?... furacões — diz uma jovem mulher. — Seca. Deslizamentos de terra. Todos aqueles... problemas planetários.

— Pelo que o Conselho diz, em qualquer lugar na Terra, algo acontece pelo menos algumas vezes por ano — o primeiro cara interrompe. — Mas *eu* acho que não pode ser tanto assim. Alguém da sua idade, você deve ter passado talvez por uns dez ou doze?

— Eu... não — respondo. É sério que eles acham que todo mundo na Terra está passando por terremotos e furacões quase mensalmente? — Eu ouvi falar de... desastres, mas não aconteceu nenhum onde eu moro.

O cara franze o cenho.

— Nem um?

— *Ela é muito (...) para lembrar* — seu amigo diz com um suspiro.

— Mas...

— Esquece — diz a mulher. — *O que importa? Qualquer desastre é mais do que temos aqui.*

Eles se afastam sem sequer dizerem um obrigado. Eu fico olhando para eles. Com todos esses cientistas observando a Terra, ninguém poderia realmente achar que o planeta é instável *a esse ponto*.

Ninguém que teve acesso a todas as filmagens e mídia. O que está disponível na rede pública é, de certa forma, limitado.

Isso satisfaria um grupo que quisesse manter os cargos e a influência que têm, e quem obteve sua influência convencendo a todos que o que eles fazem é essencial, para dar a impressão de que a vida planetária é incrivelmente insegura e imprevisível, não é? Eu estou começando a suspeitar que Jule foi muito generoso com seus superiores da Viagem à Terra quando sugeriu que eles podem não perceber que estão limitando Kemya desnecessariamente.

Esse pensamento me lembra da minha meta anterior. Eu parto em busca de Silmeru, passando pela mulher terráquea vestindo o quimono. Ela me lança um sorriso vago. Que tipo de perguntas as pessoas têm feito a ela?

Eu me pergunto o quanto as drogas a deixaram entorpecida, e me sinto enojada. As duas únicas possibilidades são: não o suficiente ou demais.

Eu esvaziei minha terceira bandeja e acabo de sair com a minha quarta quando dou um jeito de cruzar com Silmeru novamente. Ela está em pé junto à parede, um pouco afastada da multidão, em uma conversa intensa com uma mulher que acho que também vi no círculo interno no Dia da Unificação. Eu serpenteio em direção a elas. Ela olha em volta, mas seu olhar mal me registra.

— *Eu não entendo por que a Terra teria tanta importância para eles* — a outra mulher sussurra.

Silmeru murmura uma frase que eu não consigo traduzir. Ela fica em silêncio enquanto um bando de homens visivelmente embriagados se aproxima de mim para pegar da minha bandeja.

— *Eu não sei se sinto mais pena dela ou dos pais dela* — um deles fala para os outros. — *Você ouviu, eles depositaram todas as suas forças no irmão mais novo dela, por causa de um erro que ela cometeu quando criança. Mas você vê o que ela fez a si mesma desde então, e você tem que se perguntar... que erros uma criança como aquela poderia ter cometido.*

— *Passar de filha de ex-prefeito a Executora?* — a resposta vem com um tom de desgosto.

Uma Executora... aqui?

— *E basta olhar para ela* — diz o primeiro homem. — *Qualquer que seja a razão para ela ter insistido em vir, eles não deveriam ter deixado.*

Eu me viro, e meu coração para. Kurra está se esgueirando entre a multidão, sua pele pálida como gelo e cabelos brilhando sob a luz das estrelas. Eu giro de volta antes que ela possa olhar na minha direção. O espaço que parecia tão grande de repente tornou-se muito pequeno.

Vou acabar esbarrando nela aqui. Preciso ir embora.

Mas, quando os homens saem perambulando, Silmeru se inclina para perto de sua amiga, dizendo algo baixo demais para que eu consiga ouvir. Elas estavam falando sobre os rebeldes, provavelmente. Thlo disse que Silmeru é a única que sabe com quem o nosso traidor tem falado. Eu não posso sair quando estou tão perto.

Dou uma espiada na direção de Kurra. O homem disse que ela insistiu em vir, mas ela parece estar examinando os convidados de forma aleatória. A rota sinuosa que ela está seguindo não deve chegar perto de mim, ainda não. Engulo em seco, e dou um passo em direção a Silmeru para oferecer a ela e sua interlocutora uma bebida.

— *Eles não vão conseguir o que querem* — Silmeru continua como se eu não estivesse ali, enquanto sua amiga pega uma das xícaras. — *Vamos nos certificar disso.*

— *Seria mais fácil se (...)* — sua amiga sugere, seguido de uma frase que só posso dizer que tem algo a ver com ganância. Então, para meu espanto, elas começam a passear para longe, indo em direção a Kurra. Eu olho ao redor. Ela está de frente para a direção oposta. Se eu mantiver Silmeru entre mim e ela, e minha cabeça abaixada...

Eu continuo a segui-las disfarçadamente, perdendo algumas frases da conversa antes que consiga estar perto o suficiente para ouvir suas vozes novamente.

— *Mesmo que leve um tempo* — diz Silmeru —, *nós vamos conseguir tudo que precisamos. Só espero que ele não esteja muito instável, com toda a (...)*

A última palavra eu não conheço, algo como *chamari*. Seja o que for, Silmeru franze o nariz quando diz isso. Interessante. Eu me inclino para a frente, e vislumbro uma figura pálida logo atrás deles.

Kurra está vindo nesta direção. Eu me desvio, com o coração aos pulos, esperando que ela não tenha visto o meu rosto.

— *Eu nem quero pensar nisso* — a amiga de Silmeru diz enquanto elas continuam andando. Não me atrevo a segui-las mais. Eu precisaria olhar em volta para verificar onde Kurra está. No entanto, se fizer isso, poderia dar de cara com ela.

Meu batimento cardíaco disparou, deixando-me atordoada. Se pelo menos eu tivesse um momento para organizar meus pensamentos... Eu me espremo entre duas mesas, o mais rápido que posso sem deixar de lado o meu papel de dopada. A bandeja ainda está meio cheia, mas adentro a área da cozinha, pensando que talvez eu possa me esconder lá tempo suficiente para me recompor.

A anfitriã está de pé perto do bufê, examinando as novas bandejas. Ela olha para a minha, e franze a testa.

— Por que você está aqui? — ela quer saber. — Acabe com essa aí antes.

Minha língua tropeça:

— Eu, hum, eu não me sinto muito bem. — Faço uma cara que, espero, expresse doença de forma convincente. Eu não posso voltar para o salão, não de imediato, nervosa como estou.

Sua carranca se intensifica.

— O quê? Você está...

Eu me dobro um pouco, deixando a bandeja balançar, como se mal conseguisse controlar a vontade de vomitar. Ela salta para a frente a fim de arrebatar as bebidas de mim.

— *Oh*, não, *você não vai servir assim* — ela murmura para si mesma. — *Inferiores*. E, então, para mim: — Fique longe da comida!

Ela olha ao redor, e retorce a boca.

— Eu não vou deixar você fazer uma bagunça aqui. Seu proprietário terá que levá-la de volta mais cedo, e ter um corte em sua taxa. Venha, rápido.

Ela me empurra de volta para a festa antes de eu ter a chance de me preparar. Lá está Kurra, destacada do grupo, virada de perfil para nós. Fico olhando para o chão, apertando a mão sobre o estômago — que agora está realmente embrulhado —, o que faz com que a anfitriã me conduza ainda mais rápido em direção à porta. Por um segundo, acho que ouvi o som de botas atrás de nós.

Em seguida, a anfitriã arrasta-me para o corredor. Ela corre até a parada do transportador. Ninguém nos segue até o lado de fora. A mão dela desliza rapidamente sobre o painel de comando. Assim que o veículo chega, ela me empurra para dentro. Só então eu começo a protestar... eu praticamente não ouvi coisa alguma. Quem sabe Silmeru teria falado mais. Talvez, se eu tivesse esperado, evitado Kurra e voltado quando ela estivesse mais distante...

Mas é tarde demais. Eu desmorono contra a parede do transportador enquanto o veículo me leva para longe.

16.

A mandíbula de Jule se contrai quando eu lhe conto por que voltei mais cedo.

— Você deveria ter me avisado — ele me repreende.

— Ah, claro! Porque você chegar *causando* não teria chamado *nem um pouco* de atenção.

— Eu poderia ter inventado uma história — diz ele com petulância, mas seu tom não combina com sua expressão. — Você sabe que não importa, não é? Se você estiver em apuros...

— Se eu realmente estiver em apuros, vou usar a pulseira — eu digo, antes de ele terminar.

Estou desapontada com a pouca informação que fui capaz de reunir, mas os próximos dias estão cheios o suficiente para me distrair. A excursão até a superfície do planeta para coletar o *kolzo* foi programada para o fim desta semana, e eu dediquei dezenas de horas no simulador de navegação para me preparar. Britta deu uma passada aqui para retocar o meu disfarce e verificar o meu progresso, e me aprovou. Mas ainda sinto uma grande apreensão enquanto Jule e eu nos apressamos para a sala de controle que

Thlo conseguiu providenciar rapidamente. Depende de Isis e de mim a garantia de que Britta e Odgan retornem em segurança em seu pequeno jetpod com o último dos materiais de que necessitamos.

A sala de controle é apenas ligeiramente maior do que as outras salas de trabalho que utilizamos, abarrotada com uma longa mesa que se estende por quase todo o espaço. Indicadores e legendas brilham em sua superfície, e um par de telas flutuantes já tremeluz no ar acima dela. As paredes estão iluminadas com telas: quatro pequenas nas laterais, e uma ampla em frente ao painel de controle que mostra somente um nevoeiro cinza em constante movimento. Thlo está diante dele, conversando com Win. Isis, que está sentada na extremidade da mesa, gira em seu banco quando nós entramos.

Win balança a cabeça para mim enquanto sorri com uma saudação. Parece que se passaram eras desde a última vez que falei com ele. Sorrio de volta, mas não sei o que dizer. Depois de passar tanto tempo com Jule e Isis e Britta, eu me dou conta, ele está começando a parecer um estranho para mim. Essa percepção, em contraste com a lembrança de como eu me senti próxima a ele nos nossos últimos momentos na Terra, provoca uma dor dentro de mim. Será que ele resolveu suas preocupações a respeito de seus pais? E o irmão, está se saindo bem?

Não há tempo para perguntar. Thlo contorna a mesa.

— Tem um minuto? — ela me diz, de uma forma que não é, de fato, uma pergunta.

Como eu não ouvi nada de grande valor na outra noite, Jule e eu não violamos a proibição sobre comunicações não essenciais para relatar minhas observações para ela. Assim que estamos um pouco afastadas dos outros, eu reporto os poucos fragmentos que realmente captei: o grupo conversando sobre a Terra, a mãe de Tabzi, Silmeru.

— Eu gostaria de ter mais a dizer pra você — eu concluo. — Mas Jule está planejando me mandar para outro coquetel, e...

Thlo me interrompe com um movimento de mão, seu olhar em outro lugar.

— Nós vamos dar um tempo nessa iniciativa, por enquanto — declara ela. — Nas atuais circunstâncias, não vale a pena o risco. Você deve ficar longe de qualquer indivíduo de fora do nosso grupo.

— Mas... — começo, perplexa.

— Eu decidi — ela interrompe, com voz firme, os olhos impenetráveis voltando a pousar em mim. — Mas eu queria perguntar sobre outra coisa.

— Tudo bem — respondo, sufocando a minha frustração. O único sentido de eu comparecer nas festas era mudar as *circunstâncias atuais*, identificar o traidor e eliminar o risco. Mas suponho que, se a parte de hoje da missão der certo, em breve isso não importará mais.

— Tenho continuado a estudar a sua reconstituição de Jeanant — diz ela. — Eu fiquei me perguntando... Qual foi a sua impressão sobre o estado mental dele durante suas conversas?

— O estado mental dele?

— Ele lhe pareceu pensar com clareza ou estar mais... desorientado?

Fazendo uma retrospectiva, pensando naqueles momentos com Jeanant, posso ver por que ela está perguntando isso.

— Ele estava exausto e fisicamente debilitado — respondo. — Tenho certeza de que isso afetou um pouco o seu julgamento. Mas ele ainda tinha foco. Nunca pareceu parar de pensar em seguir o seu plano tão cuidadosamente quanto possível para acertar as coisas na Terra.

— Na Terra — Thlo repete.

— Você viu como ele falou. Ele ficava tão incomodado de ter sido a primeira pessoa a tentar colocar um fim nas Viagens e os danos que isso estava nos causando, acho que ele se preocupava quase tanto em compensar isso quanto se preocupava com o que sua missão significaria para Kemya.

— Sim — ela diz.

— Mesmo no final — continuo —, ele sabia exatamente o que estava fazendo. Ele sabia que a sua chance de escapar era mínima, e que a morte era a única maneira de ter certeza de que ele não comprometeria o restante da missão.

— Sim — Thlo me corta. Seu olhar se afastou novamente, sua boca apertada. — Obrigada — acrescenta ela, embora eu não tenha a menor ideia de como o que eu lhe disse possa ser útil. — É melhor você se preparar.

Isis gesticula para que eu tome o assento ao lado dela. O painel está iluminado, com um conjunto de padrões e caracteres que agora são completamente familiares para mim. O pequeno triângulo do jetpod de Britta encontra-se parado sobre a linha curva que simboliza a estação.

— Tudo parece estar como deveria — Isis me tranquiliza. — Tudo segue conforme o planejado.

Meus pensamentos escorregam de volta para o traidor.

— Somos as únicas pessoas que sabem disso?

Ela meneia a cabeça.

— Infelizmente, para pormos em prática uma manobra tão grande, precisávamos de um pouco de ajuda extra. Odgan, obviamente, porque ele é o único que está familiarizado com o equipamento de mineração... mas seria quase impossível para ele vazar informações, estando separado da estação aqui como ele normalmente está. E nós evitamos envolver Mako o máximo que pudemos, mas organizar tudo não teria sido praticável sem o conhecimento dela. Demos a ela o mínimo possível de detalhes. Tenho monitorado os movimentos e comunicações dela e dos outros, e não vi nada preocupante.

Mako provavelmente é inteligente o suficiente para descobrir algumas coisas, no entanto. E o traidor pode já ter percebido que estamos suspeitando, e encontrou maneiras de perguntar sobre os nossos planos sem que Isis descobrisse.

— Estamos de olho nos canais dos Executores também — diz ela. — Se alguém os está notificando, se eles tomarem algum tipo de atitude, vamos saber.

Apesar disso, noto uma pontinha de preocupação em sua voz. Eu engulo em seco, descansando minhas mãos sobre a superfície fria da mesa. Eu duvido que haja alguma maneira perfeitamente segura de prosseguirmos com a missão. E não seria eu a desejar que eles adiassem tudo.

— Quando é que vamos começar? — pergunto.

Ela verifica o seu monitor.

— Dentro de dois minutos a contar de agora.

Eu observo o meu próprio. Britta e Odgan estão lá embaixo, prestes a mergulhar no vácuo do espaço naquela navezinha que mais parece uma casca de noz. Parece tão frágil!

Isis faz um sinal para Thlo, que bate palmas.

— Vamos começar — comanda Thlo. — Todos os olhos onde eles precisam estar.

Isis se volta para o seu monitor e diz, usando o codinome de Britta:

— *Tudo bem, Stell, nós estamos prontos.*

— *Na escuta, Shep* — a voz de Britta responde. — *Estamos prontos aqui também.*

Isis faz uma pausa, seguindo o fluxo de números.

— *Três, dois, um... Manda ver!*

O triângulo no meu monitor tremelica e se arrasta para a frente, adentrando o labirinto de linhas de sensores e trajetórias de satélite. Quando a nave deixa o arco da estação para trás, a tela nebulosa na parede à nossa frente clareia, revelando a vista que Britta e Odgan devem estar vendo agora. Uma borda de céu estrelado, a curva de uma imensa esfera iluminada pelo sol abaixo. Nuvens matizadas de escarlate e roxo amontoam-se e redemoinham sobre a sua superfície, oferecendo pequenos vislumbres de terra acastanhada abaixo.

Ali está ele. O planeta Kemya.

Percebo que estou embasbacada, e me forço a voltar os olhos para o meu monitor. A pequena nave passou pela primeira faixa de sensores, seguindo o caminho que Britta e Isis haviam traçado previamente. Os números parecem estar exatamente como deveriam. Britta e Odgan só precisam chegar àquele ponto próximo ao canto superior direito, às margens do principal oceano do planeta, e, então, estarão dentro do campo temporal industrial de lá, onde eles podem saltar para trás e começar a mineração de *kolzo*. Eles vão estar mais seguros dentro do campo temporal, capazes de saltar para outra hora, ou mesmo outro dia, se tiverem problemas — Britta planejou vários pontos de fuga para o caso de precisarem. E quando eles retornarem para nós terão se passado apenas alguns segundos.

— *O sensor 362 está ampliando a varredura* — diz Isis. — *Stell, ajuste cinco graus.*

— *Feito.*

A nave altera o seu curso original, evitando por pouco uma varredura que notei um segundo depois de Isis. Não rápido o bastante. Examino todas as linhas, os dados que piscam e se alteram freneticamente. Por um instante, minha visão embaça. Respiro fundo. Preciso me manter calma e alerta.

Uma oscilação na borda da tela me chama a atenção.

— Há algo em 12-7-3-9 — digo rapidamente, antes mesmo de ter certeza do que é.

— *Stell, espere* — diz Isis através do comunicador. Ela toca sua seção da mesa. — Outra nave está atravessando o seu espaço... Um cargueiro. — Ela volta a falar kemyano usando uma série de termos técnicos, mas consigo sacar que ela está orientando a pequena nave a recuar para mais perto da estação, onde suas emissões vão se misturar.

— Boa, garota! — ela me cumprimenta quando termina. — Se você não tivesse visto isso imediatamente, eles poderiam ter "avistado" a nave antes que pudéssemos trazê-los de volta.

Eu não consigo me sentir bem com isso.

— Aquele cargueiro não deveria estar passando agora, não é?

— Não — diz Isis. — Deve ter sido uma mudança de última hora.

Uma gigantesca silhueta em formato de seta, de aparência um tanto desgastada, está cruzando a tela principal. Thlo franze a testa para o cargueiro.

— Eles não podem contornar? — Win pergunta lá de onde está, parado de pé diante de uma das telas laterais.

— É muito difícil evitar os sensores de uma nave tão grande, juntamente com os da estação — diz Thlo. — Vamos esperar até que ela esteja totalmente fora do caminho.

— Está se deslocando muito devagar — comenta Jule. O tom angustiado em sua voz me faz olhar para trás. Ele está observando a tela grande do local onde está sentado, no final da mesa, com o corpo tenso.

— Essa espera vai mandar para o ralo nossos cálculos anteriores — diz Isis. — Vamos ter de ficar de olho nas leituras ainda com mais atenção.

Eu concordo, tentando bloquear o martelar das batidas do meu coração. Jule está certo — o cargueiro está se movendo incrivelmente devagar. Os minutos vão passando enquanto ele se arrasta pela tela. Thlo caminha pra lá e pra cá algumas vezes até forçar-se a ficar parada. O restante de nós fica a postos em nossas posições.

Por fim, a cauda da nave se arrasta para fora da linha de visão. Isis consulta seu monitor.

— Nada nos canais de comunicação ou registros? — ela pergunta.

— Nada — responde Win, e Jule balança a cabeça.

Isis dá sinal verde para Britta continuar, e o pequeno triângulo desliza para a frente novamente. Eu percebo uma mudança nos sensores, assim como Isis também percebe, e solicita uma mudança de rumo. O céu estrelado desaparece na tela, a imagem se inclinando como se estivéssemos caindo com Britta e Odgan nas nuvens ondulantes.

Nós realizamos outro ajuste na metade do caminho, e os fazemos ajustar a sua velocidade à medida que se aproximam do local de destino. Fora isso, a barra está limpa. Minha pulsação está quase começando a se regularizar quando uma nova forma pisca no canto do meu monitor. Isis solta uma exclamação de temor.

— O que é isso? — eu pergunto.

— Um transportador de Executores — adverte ela, enquanto uma faixa de luz estende-se de seu símbolo até a aeronave. — Eles identificaram a nave. *Stell, aguarde. Os Executores estão rastreando vocês agora.*

Sinto o estômago se revirar.

— É possível que estejam apenas mapeando — Win sugere, mas seu rosto está tenso. — Não vejo nenhum alerta da Segurança.

A voz de Britta irrompe no alto-falante:

— *Eles nos abordaram. Querem os nossos códigos de autorização.*

Isis pragueja em voz baixa.

— *Vocês dois vão ter que dar o fora daí. Vamos perder a nave.*

— *Eu tenho que apagar as informações do trajeto* — Britta responde. — *Eles vão saber...*

Thlo tinha marchado para o lado de Isis.

— *Stell, você limpa a memória. Ven, transmita essa informação para a nave dos Executores. Isso deve mantê-los ocupados durante o minuto que vocês irão precisar.* — Olhando para um aparelho do tamanho de sua palma da mão, ela começa a recitar uma série de números e sílabas.

A mão de Jule dispara para o monitor.

— O compartimento de Viagem que Mako configurou está pronto quando eles estiverem.

— Preparem-se para o salto de emergência — Isis instrui.

— Só me deixe... — diz Britta, e sua voz baixa para uma série de murmúrios. Thlo continua com a leitura de dados. Eu me inclino contra a mesa, minha garganta apertada. O que será que os Executores farão se perceberem que a nave não está autorizada?

Tudo o que consigo ver na tela grande é a imagem congelada das mesmas nuvens vermelhas e roxas. A aeronave estava tão perto! Poderia ter sido uma questão de segundos, e então eles teriam saltado para outro tempo e não teria havido nada para os Executores detectarem.

No meu monitor, a nave dos Executores está chegando cada vez mais perto da de Britta. Eu observo os caracteres tremelicantes em volta, os números aumentando e diminuindo enquanto os sensores continuam a varredura...

Uma leitura ao lado da nave dos Executores aumenta repentinamente, triplicando.

— Isis! — grito, apontando para a tela enquanto uma faísca ilumina a ponta do símbolo. — Os Executores...

Os ombros de Isis se retesam.

— Stell, Ven, caiam fora daí agora mesmo. Ou eles pegarão vocês.

Há um crepitar através do alto-falante, mas nenhuma resposta. Em seguida, a faísca se expande em nossos monitores, uma onda de luz varrendo o espaço vazio e engolindo a pequena nave. A imagem do planeta na tela grande pisca e desaparece. Thlo para de falar, seus lábios apertados formando uma linha reta. Jule golpeia os controles.

— Duas chegadas no compartimento de Viagem — diz ele, exalando um suspiro de alívio.

Isis se levanta num salto para se juntar a ele.

— Stell? — diz ela com a mão sobre a tela. — Ven? Relatório. Vocês dois estão bem?

Levanto-me, alternando o olhar entre eles dois e meu próprio monitor. A nave dos Executores se aproximou da de Britta.

— O que eles fizeram com o jetpod? — pergunto.

— Aquilo foi um... raio de choque — explica Win, quando os outros não respondem. — Desativa toda a tecnologia a bordo de uma nave, e deixa quem estiver lá dentro inconsciente por uma ou duas horas. Mas eles saíram.

Uma imagem pisca no monitor de Jule: o rosto do homem que participou de nossa reunião por videoconferência. Odgan. Seu cabelo claro está despenteado e sua boca, retorcida.

— *Conseguimos escapar* — diz ele. — *Mas Stell saltou um pouco atrasada. O raio a atingiu no meio do transporte... eu não sei o que fazer. Alguém precisa descer aqui. Ela não parece nada bem.*

17.

— Ela ainda está respirando — diz Thlo. Depois de uma corrida até o minúsculo compartimento de Viagem para recolher Britta e Odgan, estamos agrupados na sala principal do apartamento de Isis e Britta, para o qual felizmente elas se mudaram de volta alguns dias atrás. Britta está caída no chão, a palidez azulada em sua pele geralmente marrom rosada fazendo com que a tatuagem ao longo da linha de seu cabelo pareçam fios apodrecidos. Seus olhos não se abriram uma vez sequer. Ela não emitiu som algum.

Isis anda de um lado para outro, as mãos pendentes se contorcendo.

— *O que aconteceu?* — ela exige saber de Odgan, enquanto Jule apanha uma caixa em um compartimento próximo da porta e a entrega a Thlo.

— *Cubra-a* — ordena Thlo, abrindo a tampa com um estalo. — *Precisamos aquecê-la.*

Win pega um pequeno tecido quadrado da caixa e o desdobra para formar um fino cobertor. Eu o ajudo a estendê-lo sobre o corpo de Britta, cobrindo-a do pescoço aos pés. Não parece muito quente, mas um leve calor se infiltra em meus dedos no ponto onde o estou segurando.

— ...*eu pensei que havíamos saltado ao mesmo tempo* — Odgan está dizendo enquanto Thlo apanha um tubo com um líquido laranja. — *Mas a onda de choque deve tê-la atingido justo quando ela estava (...) e afetou o (...). É tudo que eu sei.*

Thlo derrama o material laranja dentro da boca flácida de Britta, e eu me sento sobre os calcanhares, sentindo-me terrivelmente impotente. Nunca tive de lidar com uma situação tão séria como essa lá em casa, mas quando Angela bateu a bicicleta e quebrou o tornozelo, e minha mãe cortou o polegar com a faca de descascar legumes, eu tive *alguma* ideia do que fazer. Sabia a quem pedir ajuda, aquelas etapas básicas de emergência a seguir. Mas isso é apenas o meu mero conhecimento da Terra, nem se compara com a tecnologia kemyana. Aqui nem sei por onde começar. Eles devem ter *alguma coisa* que possa ajudá-la.

Jule entrega a Thlo um disco com aspecto de vidro que tirou da caixa, e ela o desliza sob o decote da camisa de Britta, até a altura do coração. O disco começa a brilhar suavemente através do tecido. Britta ainda não se mexeu.

— Tem algum... hospital, ou algo assim? — pergunto, pensando na poltrona "médica" do esconderijo na Terra, que curou Win quase num passe de mágica após os Executores o ferirem.

— Não podemos levá-la a nenhum dos centros médicos oficiais — responde Jule, aparentando ele próprio estar preocupado. — Os Executores devem saber que alguém saltou da nave. Se ela der entrada necessitando de tratamento para um ferimento totalmente inexplicável... Ela estaria marcada, eles iriam descobrir.

— Ela está estável — assegura Thlo, inclinando-se para trás. Ela desliza a mão pela testa, as linhas delicadas em torno dos olhos e da boca duas vezes mais profundas do que eu me lembrava menos de uma hora atrás. — Não constatei nenhum dano permanente. Eu acho que, se a mantivermos confortável, ela vai se recuperar por conta própria.

— Você acha? — Isis repete. Ela deixa escapar um ruído estrangulado. — Quem quer que tenha feito isso, quem quer que tenha dado a dica a eles... eu juro que vou enxotá-lo para fora da estação quando descobrir quem foi.

— Mako? — Win sugere.

— A menos que ela tenha falado com um dos outros — eu digo.

— Ou... — Odgan estremece. — Eu trombei com Pavel quando cheguei na estação. Eu não *disse* nada a ele, mas ele pode ter suspeitado...

— Quando soubermos que ela está bem, vou verificar os dados das comunicações — informou Isis. Mas eu não posso deixar de pensar em como os Executores surgiram sem qualquer um dos avisos com os quais o grupo estava contando antes. Se eles conseguiram manter seus movimentos fora dos registros acessíveis, por que nosso traidor também não poderia fazer isso?

Mako, Pavel, Tabzi e Emmer estavam todos se movimentando livremente enquanto estávamos ocupados. Poderia ter sido qualquer um deles.

— Eu não entendo — digo. Como alguém poderia... — Como eles poderiam não se importar se Britta ou Odgan *morresse*? Minhas pernas vacilam quando eu me levanto. Win olha para mim, parecendo tão abalado quanto eu me sinto. Ele segura o meu ombro e eu me inclino instintivamente para ele.

— Isso não é hora de ficar flertando, *Darwin* — adverte Jule. Eu fico tensa, mas Win não me solta. Ele me dá um aperto reconfortante.

— Estamos todos chateados, caso você não tenha notado, Jule — diz ele. Jule abre a boca para contestar, mas se detém, baixando os olhos.

— Eu sei — diz ele asperamente. — Eu também estou. — Acho que isso é o mais próximo que pode oferecer de um pedido de desculpas.

A última coisa que quero agora é instigar a rivalidade entre eles. Eu me agacho novamente ao lado de Britta. Isis sentou-se junto à cabeça dela, balançando um pouco enquanto acaricia o cabelo da namorada. Eu busco pelas palavras de conforto certas para oferecer, mas não vem nada. Minha garganta está estrangulada com a emoção.

— Será que temos o suficiente? — Win diz de repente.

— Do quê? — pergunto.

— De *kolzo* — diz ele, seu olhar direcionado a Isis. — Já temos um pouco, não é? Daria pra gente usar a arma com o que temos, Isis?

Ela o encara, meio em transe.

— Eu... Sim. Acho que com o que temos dá para alimentar três tiros. Mas não tenho certeza. E nós poderíamos precisar de mais de três.

— Você é especialista nisso — afirma Win. — Esteve estudando os esquemas de Jeanant. Você poderia descobrir como melhorar a eficiência, aumentar sua amplitude, não poderia? E estivemos treinando bastante, então, sabemos que conseguimos fazer isso com três disparos. Nós poderíamos partir, agora, antes que haja qualquer outra possibilidade de sabotagem... Britta não vai ficar pior na nave do que aqui... Nós seis poderíamos dar conta do que temos que fazer lá na Terra.

Ele parece tão seguro que eu começo a acreditar. Nós poderíamos. Partir correndo agora antes que o traidor tenha tempo de descobrir o nosso próximo passo. Concluir a missão. Isis disse que tínhamos tudo mais de que precisamos.

Ela franze a testa, como se estivesse refletindo sobre a ideia, mas antes que possa dizer alguma coisa, Thlo intervém:

— Não — ela diz. — Teremos somente uma oportunidade. Precisamos estar devidamente preparados. Não podemos correr o risco de desperdiçar essa oportunidade por medo.

— Não é... — Win começa, e ela faz um gesto rápido com a mão.

— Nós não vamos partir até que tenhamos tudo que Jeanant acreditava que precisávamos — esclarece ela, em um tom que acaba com toda a discussão.

Odgan lhe pergunta algo que a faz virar para o lado, e Win murcha, esfregando o rosto como se estivesse tentando esconder sua reação à recusa dela. Isis se inclina de novo sobre Britta, verificando o disco brilhante. Jule vasculha em silêncio o kit de primeiros-socorros, com uma expressão sombria. Atrás de mim, a voz baixa de Thlo tornou-se carregada de frustração. Olho para ela e Odgan, bem quando se torna alta o suficiente para que algumas de suas palavras alcancem meus ouvidos.

— *Era ela quem eu deveria ter enviado. Ela é a mais dispensável.*

No mesmo instante, ela olha para mim. Eu a encaro de volta, a compreensão sendo assimilada. Ela está falando de mim.

Dispensável.

Os olhos de Thlo se estreitam. Ela não esperava que eu ouvisse, ou talvez que eu entendesse. Minha pulsação acelera. Não tenho certeza se quero que ela saiba que eu entendi.

— Tem mais alguma coisa que podemos fazer por ela? — pergunto, como se não tivesse ouvido.

— Você não — diz ela bruscamente. — Isis e eu assumimos a partir de agora. Todos os outros devem retornar aos seus apartamentos.

Eu me viro para o rosto cor de cera e quase sem vida de Britta. Que, segundo Thlo, deveria ter sido o meu.

Talvez ela esteja certa. Eles precisam de Britta mais do que de mim. Quem aqui é mais dispensável do que eu? Droga, se eu morresse, eles teriam uma coisa a menos com que se preocupar que os Executores descobrissem.

Mas eu não esperava que Thlo pensasse dessa maneira. O que Jeanant me disse, ao que me parece agora anos atrás, vem à minha lembrança. *Ela nem sempre foi tão mente aberta como as pessoas da Terra merecem.*

Meus olhos começam a arder. E daí se ela me vê como inferior aos outros? Por que não deveria fazê-lo? Eu estive tão absorta em pensamentos sobre o meu planeta, meu lar, e todas as coisas na minha vida que eu quero consertar, que talvez não tenha me dedicado da maneira que poderia. Nem encontrado todos os modos com que poderia ajudar. Para provar que eles estavam certos em me trazer.

Jeanant deu a sua vida por esta causa, por um planeta que nem ao menos era o dele. Britta quase fez o mesmo. Tudo o que importa para mim — apagar a dor de meus pais, salvar Lisa, recuperar a minha própria vida — é muito pouco em comparação a libertar todo o planeta. Se eu não estiver disposta a correr os mesmos riscos, a morrer pela Terra se preciso for, então, eu não mereço estar aqui.

☆ ☆ ☆

Na manhã seguinte, espero cerca de uma hora depois de Jule sair para o trabalho, e, então, também saio. Meu plano não é uma maravilha de elaboração — duvido que sobreviveria ao escrutínio de Jeanant —, mas eu preciso fazer alguma coisa. Para ter mais a oferecer a Thlo. Para compensar a imagem do rosto cadavérico de Britta, que não sai da minha mente.

Thlo deixou claro que ela não aprova que eu saia de casa sozinha, e nem sei se os outros pensam o mesmo. Talvez Win entendesse. Mas eu os tenho deixado me instruir, orientar, estabelecer as regras para minhas ações desde que cheguei aqui, e isso não trouxe muito resultado. Eu preciso me esforçar ainda mais.

Não estou sendo inconsequente. A pulseira de Jule é um peso leve, mas reconfortante em volta do meu pulso. Se alguém perguntar, vou dizer que estou fazendo um serviço para o meu "dono".

Enquanto caminho pelos corredores estreitos, ninguém presta atenção em mim. Afinal de contas, em trajes kemyanos, eu aparento ser apenas mais uma kemyana. A maior diferença entre mim e eles agora é que não tenho uma sequência no polegar registrada para chamar o transporte interno.

Encontrei os endereços dos nossos mais prováveis traidores na rede, antes de sair. Como Mako é a que mora mais baixo, no Distrito 42, estou começando por ela. Uns dois setores adiante do apartamento de Jule, há um nicho com uma escada em espiral estreita que me permite descer dos distritos 80 até os 40. Então, apresso-me através dos setores até o de Mako, acompanhando as passadas vigorosas dos kemyanos que cruzo.

Não espero encontrá-la. Na verdade, estou esperando justamente que isso não aconteça. Só quero ficar por ali, escutando as conversas, e talvez eu dê a sorte de me deparar com um amigo, um parente, até mesmo um conhecido que possa mencioná-la: um comportamento estranho dela, comentários que ela tenha feito. Qualquer coisa.

Os corredores aqui embaixo têm uma atmosfera um pouco diferente, como se as luzes fossem mais mortiças, as paredes limpas com menos frequência. O sabor mineral no ar é mais forte, quase ácido. Entre os setores, atravesso portas para as áreas comuns: centros de fitness, salas de recreação, áreas de refeições, instalações de educação. Não me detenho em nenhuma e só paro quando alcanço o setor de Mako. Lá, eu diminuo o ritmo de minhas passadas, mantendo os ouvidos atentos quando passo ao longo do corredor de seu apartamento. Dois homens passam, indo na direção oposta, mas eles não estão falando um com o outro. Hesito por uns instantes perto dos últimos apartamentos, o silêncio fazendo minha pele comichar. Então, dou uma espiada no salão com jeito de refeitório, um pouco além do vão arqueado que divide os setores.

Jule mencionou que a maioria das pessoas come em lugares como este, porque é mais fácil e menos caro do que manter uma despensa particular em casa. Decido entrar, observando o conjunto de fileiras de mesas lotadas, o cheiro picante flutuando no ar, o burburinho de dezenas de pessoas conversando enquanto comem. Alguns moradores passam por mim esbarrando de leve, deslizando seus polegares sobre um painel do lado de dentro da porta e se dirigindo para o balcão do bufê, onde bandejas se materializam com um zumbido, trazendo o que parece ser uma espécie de sopa servida numa tigela cheia de uma coisa parecida com pão. Acho que a desvantagem de comer no refeitório é que você fica preso ao que eles estão servindo naquele dia. Eu me pergunto se é melhor do que o material embalado. Mas duvido que o meu polegar vá me trazer uma bandeja, e eu não tenho certeza se quero saber o que vai acontecer se eu tentar.

Mais pessoas estão passando em torno de mim. Apurando os ouvidos, aproximo-me um tantinho mais das mesas, onde os frequentadores do refeitório encontram-se amontoados ombro a ombro e quase costas com costas. As vozes se misturam, e não escuto nenhum nome que eu reconheça. Estou começando a receber alguns olhares estranhos. Obviamente, não é normal ficar parado num local como este. Saio dali e continuo caminhando.

Perambulo pelo setor de Mako de novo, mas não há nenhum lugar em que eu possa parar sem chamar atenção parecendo deslocada. Então, dirijo-me ao próximo nível de distritos, onde tanto Pavel como Emmer moram, em setores não muito distantes um do outro.

Bem ao lado da saída da escada, duas mulheres e um homem abriram um grande painel na parede e estão mexendo num circuito eletrônico. Eu me aproximo deles, tentando entender o que conversam baixinho, e uma das mulheres ergue a vista para mim.

— *Cai fora* — diz ela, sem rodeios. — *Apenas trabalho de rotina.*

O salão no setor de Pavel está vazio quando chego lá. Circulo pelo centro de fitness local, fingindo estar procurando alguém, mas os kemyanos agrupados na área de aquecimento/relaxamento executam seus movimentos quase em silêncio. Ninguém diz coisa alguma útil.

Quando saio, bato os olhos em uma figura corpulenta caminhando pelo corredor, e meu estômago se contorce. É uma Executora que vi na filmagem de vigilância na vez em que Isis, Britta e Emmer quase foram apanhados. Eu gelo pelo instante que levo para me dar conta de que, naquela ocasião, ela não *me* viu. Forçando-me a seguir em frente, passo por ela com o que, espero, seja um aceno respeitoso da minha cabeça. Ela passa os olhos por mim, mas não para.

Eu poderia esbarrar em Kurra aqui fora, percebo. E não teria para onde correr, nenhum grupo de pessoas no qual eu pudesse me misturar.

Mas quais são as chances? Estou quase terminando com a rota que planejei.

A minha sensação de fracasso se mistura com a fadiga, enquanto atravesso o setor de Emmer e depois subo os quatro andares até o nível de Tabzi. A família dela está quase no topo, e deve ser ainda mais rica do que a de Jule.

O corredor no qual desemboco sugere isso. O teto perolado brilha, o ar é quase natural. O refeitório que espio é menor do que os dos níveis abaixo, mas com um espaço de circulação entre as mesas maior, embora a comida nos pratos das pessoas pareça ser a mesma. Eu me deparo com um tipo diferente de restaurante, uma sala escura onde alguns garotos pré-adolescentes discutem com entusiasmo sobre o jogo brilhante que está sobre o tampo de mesa flutuante entre eles, e uma dupla de mulheres de meia-idade está conversando sobre varetas que soltam fumaça como incenso. Não parece provável que alguma dessas pessoas faça parte do círculo social de Tabzi, por isso, saio de lá.

Estou quase no setor dela, quando uma porta se abre adiante de mim, e uma voz melodiosa e familiar me chega através da abertura. Congelo. Eu queria encontrar amigos da Tabzi, não a própria Tabzi. Se ela me vir, terei que me desculpar e ir embora.

Dou meia-volta, correndo para uma das portas dos apartamentos como se estivesse esperando para entrar. Tabzi está saindo do aposento, na sequência de um coro de palavras de despedida em kemyano. Não acho que ela vá me reconhecer por trás. Fico esperando, com a respiração presa, que o som dos passos dela vá diminuindo na direção oposta.

Dou uma espiada por cima do ombro, observando-a desaparecer depois da curva no corredor, e, em seguida, caminho até o aposento que ela acaba de deixar. O que será que ela estava fazendo ali? Ela não parecia arrasada com o fato de uma colega ter sido gravemente ferida, mas, também, acho que ela pode não saber sobre Britta ainda.

A frase sobre a porta tem algo a ver com roupas. Faço menção de entrar, como se tivesse todo o direito de estar lá, e a porta desliza para abrir, revelando uma espécie bizarra de boutique.

Vários painéis de controle encontram-se espalhados por ali, todos mais altos do que eu e cerca de duas vezes mais largos, com telas prateadas que lhes tomam toda a frente. Atrás deles, há roupas penduradas em araras. A parede ao fundo, oposta à entrada, é forrada do piso ao teto com prateleiras embutidas, que giram com um leve murmúrio quando a adolescente ao pé delas pressiona um controle. Ela e as duas garotas que a acompanham estão examinando as novas fileiras de mercadoria que expuseram, enquanto algumas outras se revezam em um painel de controle próximo. Quando elas passam na frente da tela, ela muda para mostrá-las vestidas com uma roupa diferente da que estão trajando.

Tudo isso, pelo tanto que tenho visto em Kemya, não é de causar surpresa. O que é estranho são as próprias roupas. As garotas do painel de controle estão "experimentando" vestidos tipo quimono, no mesmo estilo daquele que a anfitriã da festa da outra noite usava. Quando eu me abaixo atrás de um painel, dou de cara com uma prateleira de camisas, calças e saias que lembram vagamente vestimentas de camponeses franceses. Outra prateleira abriga tecidos bordados com contas, que me fazem lembrar umas fotos que vi de festas tradicionais da Índia. Mas tudo, é claro, com o corte justo kemyano e em tecido flexível e resistente, sem cores muito vivas, nem padrões muito ousados.

O que foi mesmo que Jule disse um tempo atrás, sobre a maneira de usar as coisas da Terra? Manter a inspiração, mas adaptar para o jeito próprio de Kemya? Aparentemente, isso se aplica à moda também. Com certeza, flertando com estilos da Terra, mas "melhorando-os" para serem dignos dos kemyanos.

— *Você acha que ela realmente tem um (...) para terminar?* — uma das garotas pergunta. Eu me aproximo mais, permanecendo escondida atrás das prateleiras. Ela deve estar falando de Tabzi.

— *Pode ser aquele rapaz* — uma segunda comenta. — *Aquele com quem a pegamos falando no Dia da Unificação.*

— *Espero que não* — uma terceira interfere, com um som de desgosto. — *Ela poderia arrumar coisa muito melhor. Francamente, que tipo de (...) colocam em seu filho o nome de* Darwin?

Tabzi estava com Win no Dia da Unificação? Bem, não que ele não possa falar ou fazer o que quiser com quem bem entender. Não que *eu* mesma não tenha feito isso.

— *Sim, ele não está à altura dela* — concorda a primeira. — *Mas talvez ela esteja apenas se divertindo, mantendo a coisa em segredo porque sabe que não vai durar.*

— *De jeito nenhum* — a quarta garota diz, afastando-se do painel. — *Você sabe como os pais dela são a respeito de qualquer coisa semelhante à Terra. Eles nem mesmo a deixam comprar roupas aqui! Ela não se atreveria a andar por aí na companhia de um (...).*

— *Tem razão* — a segunda menina diz, e elas descambam para uma conversa sobre uma festa que outra amiga vai dar.

Toco o traje à minha frente sem nem ao menos prestar atenção a ele de verdade. Então, quer dizer que os pais de Tabzi são estritamente anti-Terra? E suas amigas acham que ela lhes obedece. De qualquer forma, Tabzi deve ser uma atriz melhor do que eu teria imaginado. Ou ela está enganando seus amigos e família ao fazê-los pensar que ela é uma kemyana devotada enquanto ajuda a Terra escondido... ou ela está enganando Thlo e os outros, fazendo-os pensar que ela quer ajudar a Terra, quando, na verdade, está tentando nos prejudicar.

Depois de vários minutos, a conversa ainda não voltou para Tabzi. Uma das garotas começa a olhar na minha direção. Tomo isso como minha deixa para sair da butique e ir para o corredor.

Havia mais uma coisa que reparei no mapa e que achei que deveria investigar. Uma seção tão grande como cinco setores juntos, que tinha uma legenda dizendo algo sobre estudos sobre a Terra. Não fica muito longe daqui. Estou curiosa para saber para que eles estão usando esse espaço, quando têm todo o nosso planeta para estudar diretamente. Talvez seja o tipo de lugar onde as pessoas possam discutir planos sobre a Terra.

Acabo de chegar a uma grande entrada de porta dupla quando umas duas dezenas de crianças que não podem ter mais do que 6 ou 7 anos desembarcam de um dos veículos de transporte interno, escoltadas por dois adultos. Os adultos as conduzem em direção à entrada. Uma turma de estudantes numa excursão? Eu me apresso para alcançá-los. Eles podem ser o meu tíquete de entrada.

A mulher na liderança pressiona o polegar em um local perto da fenda entre as portas, e elas se abrem. Eu entro no meio das crianças, deixando que a turma toda passe à minha frente, quando já estou lá dentro.

Os adultos, que eu presumo serem os professores, fazem as crianças se calarem e as organizam em filas na estreita antessala que adentramos, que exibe uma projeção em 3D do meu planeta, com pequenos pontos de luz escolhendo cenas de diferentes países e épocas enquanto ele gira.

— *Uma pergunta de cada vez* — a mulher lembra aos alunos. — *Prestem atenção às diferenças nas exposições. Vamos falar sobre as alterações quando voltarmos para a escola.*

Exposições. Isso é uma espécie de museu, então? Eu entro depois deles na sala seguinte.

Esta é mais comprida, uma sala de teto baixo, com um dos lados envidraçado, proporcionando uma vista para um compartimento tão profundo que não consigo ver a parede de trás, porém, quando eu o examino mais atentamente, a estranha indefinição à distância me faz pensar se não é um efeito óptico de expansão do espaço, semelhante àquele no salão de festas estrelado. A cena que estamos olhando é parecida com a Terra: terra avermelhada pontilhada com arbustos e algumas árvores mirradas, um penhasco construído perto da parede esquerda com um par de aberturas de cavernas. Uma criatura semelhante a um veado atravessa o terreno irregular. Um zoológico?

— *Ei!* — uma das crianças diz, batendo no vidro com a palma da mão. — *Onde eles estão?*

— *Karac!* — a professora o repreende, enquanto ela o puxa de volta. — *Eles não podem ouvi-lo através do (...). Não seria autêntico se eles soubessem que estamos aqui.*

— *Talvez eles estejam nas cavernas* — uma menina diz, e o outro professor concorda com a cabeça.

— *Bem pensado. Podemos olhar lá dentro.*

Ele corre o dedo escolhendo um dos displays brilhantes ao longo da parte inferior da vitrine, e ela se expande vários metros. Forma-se uma imagem de vídeo sobre ela: um espaço sombrio, iluminado por um fogo baixo em um buraco no chão rochoso, e cinco figuras sentadas em torno dele. Cinco figuras humanas: uma mulher velha, um casal que parece estar na casa dos 20 anos, e duas crianças pequenas, que riscam o chão com pequenas pedra. Todos eles estão vestindo roupas toscas, feitas de peles de animais.

Que beleza. Isso deve ter sido filmado na Terra, milhares de anos antes da minha época. Uma forma de fingir que as crianças podem ver o planeta e sua história em primeira mão. Parece-me um desperdício de um monte de espaço só para isso, mas, obviamente, os kemyanos têm prioridades estranhas.

O que se torna evidente quando a professora fala novamente.

— *Este é o tipo de vida ao qual as pessoas recorrem quando têm muito pouca tecnologia e compreensão. É triste, mas é inevitável.*

— *Mas como as pessoas podem não entender tecnologia?* — Karac pergunta, e a professora sorri com indulgência.

— *Quando se vive num planeta, pode não haver (...). Muita coisa está fora de controle. O foco é a sobrevivência, o que deixa pouco (...) para outras coisas. É por isso que os cientistas do departamento de Viagens à Terra estudam a Terra* e consideram tudo o que poderia acontecer, de modo que estejamos no controle quando chegar a hora de mudarmos para outro planeta.

— Eu não quero morar num lugar assim! — exclama outro menino, com os olhos arregalados.

— Não é hora ainda — a professora o tranquiliza. — *Nós só iremos quando soubermos tudo o que precisamos, e então será perfeitamente seguro.*

— E a gente vai saber fazer casas e coisas muito melhor do que os terráqueos! — a menina que falou antes exclama, e recebe um tapinha no ombro. Eu tremo por dentro. Então, os ensinamentos sobre o cuidado e os perigos da vida planetária começam cedo, junto com aqueles sobre a inferioridade dos terráqueos. É como se os professores acreditassem tanto quanto as crianças naquilo com que os estão doutrinando.

As crianças murmuram quando os professores apontam uma ferramenta que a velha está usando, a estrutura da fogueira, e outros detalhes que me escapam. Não me parece que eu possa encontrar alguma coisa que vá ajudar a nossa missão aqui. Mas eu sigo a turma pelo corredor até a sala ao lado, relutante em desistir.

O ambiente na próxima "exposição" parece mais bem elaborado do que o anterior. As árvores à direita de seu nicho foram podadas em formas definidas, e têm frutas esverdeadas penduradas em seus ramos. Ao lado do bosque, veem-se várias casinhas construídas com tijolos de barro. Há uma espécie de plataforma feita do mesmo material para além deles, nas profundezas do espaço. Eu me aproximo do vidro para ver melhor, e meu coração para.

Alguém está se movendo sobre ela. Alguém com forma humana, com uma túnica branca empoeirada, caminhando em direção aos prédios.

Quando ele se aproxima, uma mulher em trajes semelhantes sai de uma das casas, carregando uma cesta trançada. Ela acena para ele, e os dois começam uma conversa que os alto-falantes amplificam para o corredor. Não é uma língua que eu reconheça.

Fico olhando paralisada. Talvez eles sejam apenas... projeções, como a imagem da Terra da antessala.

— *Eles são quase como nós!* — uma das crianças grita.

— *Não tanto quanto você pensa* — o professor responde. — *Olhe com cuidado. Nossos cientistas escolheram os melhores indivíduos que puderam encontrar, e criaram uma (...) sua área natural tanto quanto possível, para que pudéssemos ver o comportamento terráqueo real com nossos próprios olhos.*

Meu estômago embrulha e eu me viro para sair, andando em direção à porta. Eu não posso assistir mais. Acho que poderia vomitar.

Essas são pessoas reais, terráqueos reais. Sequestrados e levados para longe e enjaulados ali como...

Como animais num zoológico. Meu primeiro pensamento, quando vi as exposições. Fechados numa versão em miniatura dos nossos aquários de peixinhos dourados na Terra, para serem observados com espanto pelas crianças e serem motivo de riso, para serem usados como uma *lição* de quanto somos degradados, e por que é necessário manter o nosso planeta sob o controle de Kemya...

Quando atravesso trôpega o primeiro corredor, o homem do cenário das cavernas saiu e está parado diante do penhasco. Eu aperto o passo, tentando não olhar para ele. Tentando não imaginar o que *ele* deve pensar, preso naquela réplica de sua casa com fronteiras estranhas que ele nunca encontrou antes.

Irrompo na antessala com o globo terrestre e saio para o corredor do lado de fora. O ar no zoológico me pareceu muito sufocante, mas agora percebo que era apenas eu, meus pulmões comprimidos, minha garganta contraída. Estou tremendo.

— *Você está bem?* — alguém pergunta.

Eu me ajeito na posição vertical, o mais ereta e firme que me é possível no momento. Um jovem está me olhando, a meio caminho entre a preocupação e a curiosidade.

Se eu responder em kemyano, ele pode perceber o meu sotaque.

Concordo com a cabeça vigorosamente, com o melhor sorriso que consigo. Ele não parece totalmente convencido, mas segue em frente. Preciso de todas as minhas forças para não desabar contra a parede. Toda vez que eu começo a concatenar meus pensamentos, minha mente retorna para o casal de túnica atrás do vidro. Para as vozes em kemyano. *Eles são quase como nós! Não tanto quanto você pensa.* E meu estômago se agita ainda mais.

Cambaleio até a parada do transportador interno e pressiono o polegar contra o botão de chamada, mesmo sabendo que nada vai acontecer. E nada acontece. Minhas pernas oscilam quando um novo calafrio atravessa o meu corpo. Eu não acho que tenha condições de refazer andando todo o caminho de volta até o apartamento de Jule, não assim como estou.

Hesito, e, em seguida, procuro o botão na minha pulseira.

18.

— O que você estava fazendo lá? — Jule exige saber assim que entramos em seu apartamento. — O que você estava fazendo *fora* daqui?

Ele apareceu na parada do transportador o que pareceram horas depois de eu tê-lo chamado, mas suspeito que foram na verdade somente uns dez ou quinze minutos. Ele deve ter dado uma escapada do trabalho para vir, mas ainda estou muito abalada com o que acabei de presenciar para me preocupar com isso.

— Eu estava tentando descobrir mais sobre quem está vazando nossos planos. Pensei que num lugar todo dedicado a estudos sobre a Terra eu poderia ouvir pessoas falando algo de útil... Eu não sabia o que era. Como poderia saber?

Eu me afundo num dos bancos. Jule pega uma lata de um armário e a abre em cima da mesa na minha frente. O borrifo que sai de sua abertura está mais para frio do que para quente, com uma fragrância mentolada que me lembra a coisa que eu bebi enquanto estava Viajando na Terra com Win, que acalmava os nervos além de matar a sede. Mas eu realmente não quero ser acalmada. Haveria algo de errado comigo se eu não estivesse tão perturbada.

— Quantos terráqueos eles mantêm nessas "exposições"? — eu pergunto, quase não querendo saber a resposta.

— Eles não são maltratados — garante Jule. — Ninguém os machuca... Eles nem sequer sabem que as pessoas estão assistindo. Os curadores dão para eles tudo o que tinham na Terra.

Eu olho perplexa para ele:

— Exceto um *mundo* inteiro para viverem livremente. Mais do que apenas algumas pessoas com quem conversar por toda a vida. A chance de escolher onde vivem e com quem convivem. De ter uma existência sem que cada movimento que eles façam seja observado e registrado e se transforme numa lição de casa para os filhos das pessoas que os abduziram. "Não são maltratados", Jule?

Ele faz uma careta.

— O que quero dizer é... todos eles são pessoas que teriam mesmo morrido. É melhor do que nenhuma vida, não é?

— Você realmente acha isso? — Meu estômago está começando a se revirar novamente, e desta vez não tem nada a ver com a lembrança do zoológico. — *Você* preferiria viver numa jaula com as pessoas olhando pra você e te estudando do que morrer da forma que deveria?

— Não é... — ele começa a dizer, mas para.

— Não é o quê? Não é a mesma coisa? Por quê?... Porque eles são terráqueos e não kemyanos? — Apenas sombras de vidas, poeira do chão. Nada realmente importante.

— Não foi isso que eu quis dizer — ele se corrige, mas pela mudança em seu tom de voz, tenho certeza absoluta de que foi isso que ele quase disse.

— Então me explique! — eu desafio. — Explique como as exposições, os bichinhos de estimação... como qualquer uma dessas coisas podem ser remotamente boas. Eles também são seres humanos, Jule. Assim como eu. Ou será que somente somos levados em consideração quando estamos dispostos a dar uns amassos com você?

Eu digo isso para atormentá-lo, da mesma forma que está me atormentando o fato de eu acreditar que ele me via de igual para igual. Mas quando ele se encolhe, a minha satisfação dura apenas alguns segundos. Jule apanha a lata que eu não toquei e toma um gole longo e lento. Então ele olha para baixo, para a mesa, seus olhos escuros insondáveis.

— Não — diz ele. — Eu sei como é horrível. Sei que eles estão todos... Mas existe uma diferença entre saber, como uma informação na sua cabeça, e *conhecer*, ter todo um histórico envolvido. Eu conheço *você*, Skylar; eu não poderia estar próximo de você e pensar... Mas isso é só com você. Eu não tenho isso com nenhum outro terráqueo.

Ele se senta, deixando um espaço cauteloso entre nós.

— Eu cresci com isso — ele continua. — Desde o dia em que nasci, todos à minha volta conversam e agem como se os terráqueos fossem inferiores a nós. Como se o que fazemos com eles fosse perfeitamente normal. Eu não posso passar uma borracha em tudo isso de uma hora para outra, ou em um dia ou em um ano... Essa droga está tão arraigada na minha cabeça que eu nem faço ideia de onde ela começa. Todo mundo é assim... Isis, Britta, Thlo... Duvido que até mesmo Jeanant tenha conseguido se livrar disso por completo.

Lembro-me do comentário de Thlo: *dispensável*. Jeanant recusando-se a considerar a minha adaptação ao seu plano. Jule provavelmente está certo. Isso não é nem um pouco reconfortante.

— Então, é assim, eu tenho que aceitar isso? — questiono.

— Eu só quero que você saiba que estou tentando — assegura ele. — E que eu não sou tão babaca a ponto de não saber quando o que estou dizendo é uma babaquice. Sinto muito. Você está chateada, e eu tinha que ir e... — Ele faz um gesto súbito com uma mão.

Eu vejo, no remorso em seu rosto, o cara que me acalmou quando eu estava entrando numa espiral de pânico. O cara que me disse que não queria nada de mim a menos que eu quisesse também. O cara que insistiu que eu aceitasse essa pulseira, para que ele viesse me socorrer se eu precisasse dele... o que, por sinal, ele fez. Engulo em seco.

Talvez não haja nenhum de nós sem facetas das quais tenhamos vergonha. Quantas ideias distorcidas eu não tenho sobre outras pessoas, outras culturas e países lá na Terra, por causa do lugar onde eu cresci e da forma como eu cresci?

Não quero discutir. Quero apenas apagar da minha cabeça as imagens dessa última hora.

Eu me aproximo um pouco e me encosto no ombro de Jule. Seu braço me envolve, o polegar roçando a curva do meu cotovelo.

— Eu sinto muito — ele repete.

— Eu sei. — Faço uma pausa. — Não é só o que eles estão fazendo conosco, Jule. Eles... as pessoas do departamento de Viagens à Terra, acho, e quem mais está envolvido... estão *mentindo* para todos vocês. Ensinando a todos que viver num planeta é arriscado, que a preparação para isso é muito difícil... Eles precisam saber que não é *assim* tão perigoso.

— Sim — ele concorda. — Um pouco de paranoia para ajudar a manter o programa em andamento. Como eu disse antes, acho que alguns deles acreditam que estão fazendo o que é melhor para todos, e é assim que eles justificam os... exageros.

— E você disse que para alguns deles tem a ver com manter seus cargos, sobre continuar sendo as autoridades que todo mundo respeita... Por que as pessoas fazem coisas tão horríveis só para ter um pouquinho mais de poder?

Sua mão para de me acarinhar.

— Eu não sei — diz ele. — Mas nós, o nosso grupo, temos tentado refutar as mensagens que o Conselho passa o máximo que conseguimos. Essa tem sido uma das minhas tarefas, encontrar filmagens e mídia que mostrem as coisas boas — positivas — da Terra e organizá-las nos pontos de mais destaque da rede. Thlo acredita que isso vai fazer diferença.

A lembrança de todas essas paisagens e atividades e *sentimentos* "positivos" que deixei para trás me assola com a saudade de casa. A brisa soprando no meu cabelo, o frescor no ar depois de um pé d'água passageiro, a batida rítmica do meu coração reverberando em minhas articulações quando corro pelo parque.

— Sabe, tem tanta coisa boa lá... Não vou dizer que é perfeito, mas... eu sinto muita falta de lá.

— Claro que sente. — Jule me abraça mais forte. Então, um indício da descontração habitual retorna à sua voz. — E só para ficar claro, eu continuaria achando que você é um ser humano excepcional mesmo se eu nunca tivesse te dado uns amassos. Ou se eu nunca mais te desse uns amassos comigo novamente. Isso não influi de maneira nenhuma na opinião que tenho a seu respeito.

— Bem, acho que é bom saber disso — resmungo.

— Eu não estou dizendo que ficaria *transbordando de felicidade* com a situação — acrescenta ele, mas ao mesmo tempo entrelaça seus dedos nos meus, como se para neutralizar a piada.

— Tem certeza que as pessoas daqui vão realmente deixar a Terra em paz assim que desativarmos o campo temporal? — eu questiono, colocando em palavras a preocupação que tem se acumulado dentro de mim ao longo dos últimos dias. — O departamento de Viagens à Terra não vai simplesmente convencer a todos de que precisam criar um novo gerador e fazer mais experimentos?

— Não vamos deixá-los fazer isso — Jule diz com firmeza. — Vai ser muito mais fácil protestar contra a construção de um novo campo do que dar continuidade ao atual. Os recursos que teriam de ser gastos para consertar o gerador ou construir um novo daquele tamanho, o intervalo de tempo limitado que isso nos daria uma vez que toda a história que o atual cobre estará fora de nosso alcance... E irmos assim tão longe levará as pessoas a prestarem atenção, a pensarem realmente sobre isso... Nós estaríamos numa posição perfeita para pressionar por uma mudança. Thlo cobriu todas as possibilidades. Eu não acho que há alguma coisa que ela não faria para tornar a missão da Jeanant bem-sucedida.

Acredito nisso. Não é uma garantia, mas é o mais perto que eu posso imaginar de chegar a uma. Suspiro fundo.

— Todas aquelas pessoas no... zoológico. Você acha que há alguma maneira de levá-las de volta para a Terra?

Eu realmente não espero que Jule diga que sim, mas ele faz uma pausa, como se realmente estivesse considerando.

— Não — ele reconhece. — Mesmo se fossem um ou dois, para soltá-los e colocá-los numa nave sem desarmar nenhum alarme... Provavelmente não conseguiríamos tirá-los da estação.

Até eu posso ver que não vale a pena o risco. Fecho os olhos. Então, tudo o que posso fazer é me certificar de que nenhum outro terráqueo nunca mais acabe naquele lugar.

☆ ☆ ☆

Não há muito mais que eu possa pensar em fazer, dentro dos limites da minha situação precária. Passo a maior parte do dia seguinte imersa no Programa de Aprendizagem de Idiomas, determinada a me certificar de que, se eu sair de novo, possa entender o máximo possível — e talvez até mesmo escapar pela tangente dizendo algumas coisas, caso seja confrontada. Para me distrair, eu acho, Jule me desafia para uma série de partidas de *Rata*, que culminam com duas vitórias para cada um de nós e um tipo diferente de distração. Há uma contenção em seus primeiros beijos que me faz lembrar da minha alfinetada sobre dar uns amassos em terráqueos. Algo assim é tão pouco característico dele que qualquer escrúpulo que ainda me perturbasse se desfaz.

— Eu estou bem com isso, juro — digo, minha mão em seu rosto. — Eu quero isso.

Uma tensão que eu só vagamente havia registrado desmancha-se em seus ombros.

— Ainda bem — ele retruca, com um sorriso mais típico. — Porque eu também quero.

Mas quando Isis surge na manhã seguinte com um familiar aparelhinho em forma de batom, minhas preocupações com relação a Britta tomam a dianteira.

— Hora do retoque do seu disfarce — diz ela, com um sorriso que não chega a seus olhos.

— Como está Britta? — eu me obrigo a perguntar, com medo da resposta, enquanto nos sentamos no meu beliche.

— Está melhor — responde Isis, correndo o tubinho sobre o meu cabelo. — Parece que Thlo estava certa: o disparo não causou nenhum dano permanente. Mas ela ainda está abalada. Debilitada fisicamente, e confusa quando tenta pensar muito sobre qualquer coisa.

Eu não consigo ver o rosto de Isis, mas ela parece tanto otimista quanto cansada.

— Não houve nenhum problema... no trabalho dela, ou com a família dela...?

Os cachos de Isis farfalham enquanto ela balança a cabeça.

— Ela está conseguindo fingir bem o suficiente para falar com eles através da rede, e como não era incomum que alguns dias ela trabalhasse de casa, elaborando cálculos de curso e esse tipo de coisa, enquanto ninguém vier visitá-la inesperadamente, acho que vamos ficar bem.

Imagino Britta sentada naquele minúsculo apartamento, aturdida e fraca. *Abalada.*

— Sinto muito — eu digo, com aquela sensação de sufocamento que ressuscitou na minha garganta.

Isis me cutuca para que eu me vire. Presumo que ela tenha a intenção de refazer o tom da minha pele, mas quando eu a encaro, ela segura meus braços, seus olhos firmes nos meus.

— Está se desculpando pelo quê?

— Se eu tivesse visto antes que os Executores estavam prestes a dar aquele disparo e te avisasse mais rápido, Britta teria saído antes que eles atingissem a nave — eu admito.

— Não seja ridícula — censura Isis. — Você a *salvou*. Talvez a todos nós. Você reparou neles antes que eu... Se não tivesse feito isso, ela poderia ter sido atingida num momento do salto ainda pior... Isso a teria matado. Ou eles poderiam nem ter tido tempo de saltar. Se eles tivessem sido levados sob custódia...

Lembro-me da maneira como Jeanant falou sobre os interrogatórios dos Executores. *Ninguém é forte o suficiente para resistir eternamente.* Ainda tenho a sensação de que falhei com eles. Eu nem sequer fui capaz de fazer valer a minha decisão de realizar mais pelo grupo.

— Você descobriu alguma coisa nos registros de comunicação sobre quem vazou os nossos planos? — pergunto.

— Nada definitivo. Ninguém contatou Mako pela rede, mas pela filmagem do corredor eu consegui descobrir que Pavel foi até o apartamento dela naquele dia, e Tabzi pode tê-la visto no trabalho. Então, qualquer um deles poderia ter descoberto algo dela. Eu não encontrei evidências de nenhum deles ter entrado em contato com alguém do departamento de Viagens à Terra... embora, é claro, Pavel trabalhe lá, então seria fácil para ele. Nós não dissemos a nenhum deles o que aconteceu com Britta, e ninguém parecia surpreso por não termos mencionado quaisquer problemas... Eu não sei o que pensar.

— Se tudo que tiver a ver com o traidor passou pelo departamento de Viagens à Terra — digo enquanto ela começa a trabalhar em minhas sardas, suas palavras me dando uma nova ideia —, existe alguma forma de você conseguir que eu tenha acesso aos arquivos deles? Talvez eu note um padrão que Thlo e os outros não tenham notado. — Essa tem sido a única vantagem real que eu tenho oferecido a eles: a minha sensibilidade aos detalhes. As pessoas do grupo de rebeldes que trabalham para o departamento de Viagens à Terra podem não ter prestado muita atenção a algo, deixado passar alguma coisa.

Isis meneia a cabeça lentamente.

— Eu não consigo fazê-la acessar tudo... Algumas seções de sua rede privada possuem bloqueios que até mesmo Britta não consegue burlar... Mas poderíamos infiltrá-la em alguns. A questão é como... Eu acho que poderia trazer para você um terminal portátil com o qual possa trabalhar temporariamente, para garantir que a atividade não seja rastreada aqui se for notada.

— Ótimo! — Faço uma pausa. — Mas você poderia... não mencionar isso a Thlo? Acho que ela tem ficado decepcionada com o pouco de informação que descobri até agora. Eu prefiro que ela não fique esperando nada.

— E não estou totalmente certa de que ela não iria baixar minha bola antes mesmo de eu tentar. Como diria papai, "é melhor implorar por perdão do que pedir permissão".

— Tenho certeza de que ela não está desapontada — garante Isis. — Ela só tem muita coisa na cabeça. Mas não vejo razão alguma para incomodá-la com isso. Pronto, acabei.

Ela lança o comando do espelho no terminal de computador. Vou em direção a ele, olhando para um rosto que não parece ser o meu. Cabelo cortado e escuro, pele bronzeada, sardas apagadas. Sobrancelhas curvadas com um arco mais nítido. Eu me forço um sorriso, vendo os músculos ao redor dos meus lábios se retesarem. Minha boca ainda parece a mesma. Eu ainda tenho aquela pequena saliência embaixo nariz. Meus olhos são do mesmo tom de castanho. Ou eles também estão diferentes? Tristes por todas as coisas que eu vi e descobri nas últimas semanas...

Não sei se meus pais me reconheceriam. Nem meus amigos. Minha garganta se aperta novamente. Mas eu já não era a mesma garota que eles conheciam depois da minha jornada com Win. Já naquele momento eu tinha segredos suficientes para construir um muro de três metros entre nós. Agora eu só estou carregando mais. O que significa que nunca mais será a mesma coisa. Mesmo se eu conseguir voltar para aquela vida, ela nunca será a vida que eu realmente teria.

Eu olho para longe, tentando esconder a dor que Isis poderia supor ser insatisfação com o seu trabalho de retoque. Não posso deixar que esses pensamentos me atinjam. Entretanto, por mais que eu tenha mudado, ainda me importo da mesma forma com as pessoas que deixei para trás. Eu dei esse salto para protegê-los da interferência dos kemyanos e dos danos que a acompanham, para libertar a todos na Terra, e vou até o fim.

— Nós só precisamos daquele restinho de *kolzo* e então Thlo concordará que devemos partir? — confirmo.

— É isso mesmo — diz Isis. — Temos uma nave pronta agora. E nós até finalizamos os detalhes para o nosso novo planeta, aquele que Thlo irá usar em sua proposta quando regressar. Então, está tudo em ordem. Só precisamos de outra chance de obter aquele combustível.

Outra chance sem que o traidor entre em nosso caminho.

19.

Isis me deixa com um daqueles tablets na manhã seguinte, e passo a maior parte do dia vasculhando a rede privada do departamento de Viagens à Terra. Nenhum dos nomes no diretório de funcionários me salta à vista. Eu me deparo com uma coleção do que parecem ser pedidos do público em geral: sugestões de possíveis alterações na Terra, as demandas por mais de um tipo de mídia e coisas do gênero. É reconfortante ver alguns kemyanos falando contra as alterações na história recente da Terra. *Parece que muitos terráqueos iriam morrer se isso acontecesse. Não existe uma maneira mais segura de testar a teoria?* E: *Alterações semelhantes têm sido feitas nos últimos dez anos. Eu não acho que os dados de mais uma valeriam os efeitos negativos sobre o planeta.*

Então, isso significa que existem pessoas para quem Thlo e os outros podem apelar para ter apoio uma vez que o campo temporal for destruído.

Muito menos reconfortantes são os pedidos de informação da divisão de Segurança que encontro. Vários dos mais recentes contêm o nome de Kurra. Parece que ela está entrevistando todos os funcionários do departamento de Viagens à Terra agora: dadas as interferências causadas por mim e

Win na Terra, acho que é fácil deduzir que *alguém* com acesso à tecnologia de Viajante deva ter ajudado.

Silmeru aparece por toda a rede, o que não é de surpreender, visto que ela comanda o departamento. Entretanto, nada que eu vasculhe parece particularmente significativo: nenhuma associação regular com algum empregado em particular, nenhuma mudança súbita de decisão. Então, enquanto estou olhando os horários e reservas para as próximas semanas, uma linha me chama a atenção. Noto uma hora de atraso a cada noite, quando pouco trabalho é normalmente agendado, porque passa uma equipe de manutenção. Mas daqui a quatro dias, contando a partir de hoje, uma das salas de reunião está reservada bem naquela hora. Enquanto a maioria das reservas inclui uma lista de participantes, essa tem apenas um nome no registro: Silmeru.

Com quem ela se reuniria a ponto de manter tanto segredo — e em um horário tão estranho? Eu tenho que descobrir. Se tem alguma relação com a sua fonte, eu preciso *estar* lá, seja como for, para ouvir o que dizem. Eles vão mencionar alguma coisa que vai fazer as peças se encaixarem, estou certa disso.

O que significa que eu preciso da ajuda de alguém com acesso interno.

Com certeza não vou pedir a Pavel. Já posso ouvir Thlo tentando me convencer do contrário, muito embora seus métodos ainda não nos tenham fornecido a resposta. E Jule... Não acho uma boa ideia, lembrando-me da nossa discussão sobre o zoológico de terráqueos. Ele pode insistir em checar ele mesmo, sem mim. Mas e se surgir alguma coisa cujo significado somente eu conseguiria compreender? Não posso continuar deixando que outras pessoas assumam todos os riscos por mim.

Então, só sobra Win. Win, que estava disposto a quebrar as regras de Viajante na Terra quando percebeu que eu poderia ajudá-lo. Win, que foi o único que questionou os nossos planos depois do que aconteceu com Britta. Nós realizamos tanta coisa juntos antes, só nós dois! É quase como se fosse destinado a ser desse jeito.

☆ ☆ ☆

Isis me disse que tinha incorporado um canal codificado na interface do tablet para que eu pudesse contatá-la em caso de emergência. Eu escrevo a explicação mais curta que consigo, bloqueio-a do jeito que ela me ensinou, e a insiro em uma mensagem para Isis, suplicando-lhe para que repasse para Win, que eu bloqueio também. A resposta que ela envia é ainda mais curta: OK. Não saberei se Win concordou até eu chegar lá.

Planejo dizer a Jule que quero visitar Britta e, depois, assim que ele me colocasse no transportador interno, eu alteraria a rota; porém, antes de colocar o meu plano em prática, ele comenta que irá se encontrar com os amigos naquela noite.

— Eles estão começando a fazer muitas perguntas sobre como eu estou passando meu tempo — explica ele, em tom de desculpa.

— Tudo bem — respondo, meio sem jeito com relação à mentira que eu já não preciso mais contar. — Entendi.

Então eu vou a pé, descendo alguns níveis, dos setores residenciais até as áreas industriais e de negócios mais próximas do núcleo da estação. Quando finalmente chego à entrada do departamento de Viagens à Terra, com o pequeno globo holográfico pairando sobre a porta, minha boca está seca e minha pulsação, acelerada. Win não está lá.

Desacelero, retardando minhas passadas até a entrada. Alguns funcionários saem e caminham a passos largos na direção oposta, tendo terminado o dia, presumo. O departamento deve estar praticamente vazio para a hora da manutenção. A reunião que eu quero pegar começa em quinze minutos.

Faço uma curva no corredor, verifico se não há ninguém vigiando, e, em seguida, viro-me e casualmente caminho de volta. Acabo de passar a entrada novamente quando Win emerge da parada do transportador. Sou varrida por uma onda de alívio tão rapidamente quanto seu rosto se ilumina de expectativa ao me ver.

Como é que eu me deixei pensar que não o conhecia? Esse é exatamente o mesmo cara que ficou correndo comigo pra lá e pra cá lá na Terra, enfrentando as blasters dos Executares e a raiva de Thlo para seguir a trilha de Jeanant.

Ele olha em volta e pressiona o polegar em um painel na entrada. Nós deslizamos pelo corredor do outro lado em silêncio. Um zumbido de aparelhos me diz que alguém ainda está trabalhando atrás de uma das portas alinhadas nas paredes. Win abre outra, mais além, e gesticula para que eu entre.

Estamos sozinhos na sala, que possui uma grande mesa rodeada de banquetas e uma tela numa parede.

— Esta é a sala que Silmeru reservou — diz Win, em voz baixa, mas ansioso. Ele dá um tapinha na bolsa em sua cintura. — Peguei emprestado da área de equipamentos esta tarde um dispositivo de monitoramento. Eu só preciso plantá-lo, e aí nós poderemos ver e ouvir de um dos painéis de controle ao lado.

— Perfeito! — exclamo, entusiasmada.

— Você sabe que não precisa ficar aqui — ele lembra, enquanto examina as paredes. — Se houver alguma coisa específica que você esteja procurando, você pode simplesmente me dizer. Não há razão alguma para se arriscar também.

— Há sim. Eu não entendi tudo o que ouvi ela falar antes. Eu poderia fazer conexões, com base no que eles disserem ou fizerem, sobre as quais eu não poderia te dizer antes do tempo.

Espero tensa por uma discussão, mas Win apenas concorda.

— Eu não posso competir com o seu olho para os detalhes — reconhece ele. — Ele foi fundamental para nós na Terra.

É por isso que eu precisava *dele* para isso. Ele é o único que viu o quanto eu posso ser útil. Talvez também o único que tem uma chance de compreender o quanto essa missão significa para mim.

Esse pensamento se mistura com a lembrança da minha discussão com Jule.

— Eu esbarrei com o "zoológico" dos Estudos da Terra outro dia — eu me vejo falando enquanto Win se aproxima da parede oposta.

Ele olha para mim.

— E como é que você está?

— Eu fiquei muito perturbada. Eu ainda estou. É que... Não há nada que possamos fazer, não é mesmo?

— Eu odeio aquele lugar. — Ele baixa o olhar. — Essa tem sido a coisa mais difícil, estar de volta. Antes, eu me sentia mal por eles, eu tinha a noção de que não era certo, mas agora, cada vez que ouço as pessoas falarem sobre as exposições, os animais de estimação... todas essas pessoas exatamente como você, e todo mundo os vê como... — Com um som áspero, ele não completa o pensamento.

— Sim — eu digo em voz baixa.

Ele pega uma tira de material flexível de sua bolsa.

— Eu gostaria que houvesse algo que pudéssemos fazer por eles — ele acrescenta. — Eu gostaria que estivéssemos fazendo *mais*, e ponto final.

— É que tem tanta coisa, com os Executores vigiando, e agora esse traidor...

— Eu sei — diz ele. — Eu sei que temos que ter cuidado. Eu sei que os outros pensam que eu não me importo o suficiente com os riscos. Às vezes eu sinto que eles estão certos, que eu sou muito... impaciente, ou inconsequente. — Ele hesita. — Então, às vezes me pergunto se não é o contrário. Você disse que até mesmo Jeanant, no final, ficou obcecado em ser cuidadoso. Talvez eu não seja impaciente o bastante. Talvez eu pudesse estar lutando muito mais por nós, pela Terra... por você, e eu não consiga ver isso por estar vivendo neste lugar há tanto tempo.

Ele me lança um meio sorriso que me corta o coração. Abro a boca, mas de repente tenho medo de que, se eu tentar falar, sairão lágrimas no lugar de palavras. Engulo em seco, e me controlo para dizer:

— Você está aqui agora. Isso já conta.

— Esperemos que sim — diz ele, com uma leveza que soa como se ele estivesse tentando deixar de lado a seriedade com a qual falou um momento atrás. Deve ter sido difícil para ele admitir tudo isso. De repente me ocorre que, da mesma forma que ele é a única pessoa aqui que eu tenho alguma esperança que entenda como me sinto sobre a Terra, eu posso ser uma das poucas pessoas com as quais ele jamais foi capaz de compartilhar seus verdadeiros sentimentos. Em que medida Win tem precisado de *mim*?

Enquanto ele pressiona a tira de monitoramento contra a parede, eu espio atrás de uma porta no canto. Uma luz se acende quando eu me inclino, revelando um armário de armazenamento com prateleiras embutidas com pilhas de 3Ts, tablets enrolados e outros aparelhos.

— Pronto — comunica Win, e eu saio dali de dentro. A faixa, que parecia cinza em suas mãos, misturou-se com a parede bege de maneira tão perfeita que eu mal posso vê-la mesmo a um ou dois metros de distância. Qualquer um sentado à mesa não deve notar nada. Há um pontinho preto no meio, mas que pode passar por um pequeno amassado ou um grão de poeira.

— Podemos ajustar o ângulo pelo painel de controle — Win está dizendo, indicando para mim a porta externa para que possamos ir para a sala ao lado, quando um leve zunido ressoa. Ele recua, contendo uma imprecação. Antes de eu ter tempo para pensar, ele está me puxando para dentro do armário. Os meus ombros colidem contra uma das prateleiras.

— O que... — eu começo a perguntar, e ele tapa com rapidez a minha boca com a mão.

— Desculpe — ele sussurra. — Eles vão ouvir. Chegaram cedo... As portas da sala de reunião emitem um aviso quando alguém está prestes a entrar, de modo que, se uma sessão está em andamento e a intrusão é indesejada, as pessoas lá dentro podem sinalizar que o momento é inoportuno sem chegarem a ser abertamente interrompidas. Mas, se tivéssemos feito isso, quem quer que estivesse lá fora saberia que tem alguém aqui, e que não deveria estar.

Um burburinho fraco de vozes penetra pela porta do armário. Nada que eu possa compreender. Win descobre cuidadosamente a minha boca, baixando a mão.

— Já era o monitoramento — murmuro, incapaz de reprimir a minha decepção. Estamos presos praticamente na mesma sala que Silmeru e não fazemos ideia do que ela está fazendo lá fora.

— Talvez não. Vamos ver se conseguimos trabalhar com o que temos. — Win perscruta as prateleiras. Ele apanha um dos tablets e o liga, dá uma fuçada nele, e deve ter descoberto que ele não atende às suas necessidades, porque o devolve e procura por outro.

— Você não acha que eles vão precisar de algo que está aqui dentro, não é? — pergunto com um calafrio. Win poderia inventar uma desculpa para nós se estivéssemos em uma sala de trabalho comum, mas escondidos no armário?

— Se precisarem, vou dar um jeito de explicar isso — afirma Win, mas sua voz está tensa. — Eles reservaram para apenas meia hora, então, seja lá o que estiverem fazendo, não deve ser nada muito complicado.

Eu transfiro meu peso de pé para pé, não muito certa do que quero mais: que a reunião termine logo, para que possamos escapar, ou que eles atrasem para que não percamos nada importante antes de Win encontrar um tablet que irá acessar o monitor. O murmúrio lá fora virou uma conversa constante.

Win vasculha entre vários outros tablets, seus movimentos cada vez mais urgentes.

— A-há! — exclama ele finalmente. — Este aqui deve ter a programação para acessar pelo menos algumas das funções... Aqui vamos nós. — Ele dá um passo ao meu lado, segurando o tablet para que eu possa assistir também. Sua outra mão repousa nas minhas costas do mesmo jeito que ele fazia para me firmar durante os saltos em seu 3T, então, por um momento, não tenho certeza se ele próprio se dá conta de que fez isso. Eu me lembro de Jule, no outro dia no apartamento de Britta, zangando-se quando Win estendeu a mão para me confortar. Mas Jule não viu a forma como Win se afastou de mim no laboratório da nave, naquele momento em que pensei que ele poderia me beijar.

Nenhum constrangimento acompanha a lembrança desta vez. Só estou feliz que, mesmo se as minhas inclinações românticas fugazes foram frustradas, eu ainda posso contar com Win em questões mais importantes.

A vista do monitor mostra apenas metade da mesa e três pessoas sentadas lá, embora eu possa distinguir o topo de mais algumas cabeças na parte inferior da tela. Minha respiração fica presa na garganta. Silmeru está posicionada na ponta da mesa. À sua esquerda, está Thlo.

— O que Thlo está fazendo aqui? — pergunto, enquanto Win mexe no tablet. Eu não reconheço a única outra pessoa cujo rosto posso ver, o homem à direita de Silmeru.

— Isso deve ter algo a ver com assuntos de conselho — tranquiliza Win.

— Apesar de que, aquele cara... Eu não acho que ele está no departamento de Viagens à Terra. Não me parece familiar. — Ele faz uma careta. — Posso configurar isso para receber as filmagens, mas não para controlar o monitor. Acho que é o melhor que vamos conseguir.

Seus dedos tamborilam na superfície lisa mais uma vez, e as vozes vêm e vão. Ele ajusta o volume alto o suficiente somente para que nós dois possamos ouvir.

— *... pelos diagramas, vocês verão exatamente o que eu estou propondo* — Thlo está dizendo. — *Seria rápido e eficiente.*

As outras pessoas estão olhando alguma coisa em telas pequenas que flutuam acima da mesa, mas do nosso ângulo eu não consigo identificar nada a não ser uma confusão de linhas.

— *É extremo* — acrescenta alguém fora da linha de visão. — *O que faz você acreditar que isso seja necessário, Ibtep?*

Ibtep. O sobrenome que eu vi piscar na minha tela quando Thlo veio falar comigo na nave: seu verdadeiro nome.

— *Eu só estou recomendando essa medida no caso de um cenário extremo* — diz Thlo. — *É claro que vamos fazer tudo que está ao nosso alcance para impedir essas pessoas. Mas você tem que reconhecer quais poderiam ser as consequências se eles tiverem sucesso. Muitos dos (...) que temos encorajado podem agir contra nós. A maioria dos cidadãos é (...) aos resultados da Terra. Nós aqui podemos ter concordado que, se o campo temporal fosse desativado, seria hora de avaliar outras possibilidades, mas iria requerer muito esforço desviar a atenção do público.*

O campo temporal desativado — quando diz "essas pessoas" ela está se referindo a nós. A ela. Eu arqueio minhas sobrancelhas para Win. Nós já sabíamos que Thlo teve que fingir ser contra os rebeldes para os seus colegas. Soa como se ela já os tivesse convencido de que o melhor curso de ação, se tivermos sucesso, é seguir em frente. O que ela está tentando arranjar agora? Será que isso vai nos ajudar a conseguir o *kolzo*?

— *Seria importante mantermos clara autoridade* — declara Silmeru, embora esteja franzindo a testa.

— *Isso não vai acontecer* — diz outra voz, fora do campo de visão. — *Estamos recebendo informações diretas sobre seus planos. Em breve, vamos detê-los completamente.*

— *É provável* — concorda o homem à direita de Silmeru. — *Mas devemos estar preparados para todas as possibilidades. Num caso como este, é fato que as pessoas podem se concentrar mais na Terra do que nas nossas necessidades. Elas podem até querer (...) lá. Mas eu não tenho certeza se essa é a abordagem correta.*

— *Como eu disse antes* — Silmeru explica —, *minha fonte não foi capaz de (...) quaisquer detalhes sobre quem passou para ele a informação, o que torna impossível pressionar por mais. Não temos total controle sobre a situação.*

Sim, sua fonte. Eu me inclino mais para perto. Parece que ela ainda mantém o nome dele em segredo.

— *E se o pior acontecer* — diz Thlo, aproveitando a deixa —, *esta seria a maneira perfeita de colocar Kemya nos eixos. Ao definir um novo rumo com o mesmo processo que (...) nós aqui.*

Há um murmúrio em torno da mesa como se eles tivessem gostado da analogia que eu não consegui captar totalmente.

— Você sabe do que ela está falando? — sussurro para Win.

— Eles estão preocupados por terem encorajado as pessoas a se concentrarem tanto na Terra, que se o campo temporal for desativado, um monte de kemyanos estará disposto a reconsiderar o que realmente é melhor para Kemya. Que elas possam até mesmo ser levadas a se unir aos terráqueos e se estabelecer por lá em vez de em algum lugar desconhecido. Mas eu não sei de que "processo" Thlo está falando. Se pudéssemos ver aquele diagrama...

Só que não podemos. Alguma coisa no jeito como ela está falando, a forma como os outros estão respondendo, me deixa inquieta. Meus nervos tremem de um modo que desconfortavelmente ecoa as sensações de *errado* que costumavam me afetar. Mas talvez a intensidade da conversa seja apenas porque essas pessoas têm contado com a Terra como uma forma de se manterem no poder por tanto tempo.

— *Se chegar a isso, você poderia providenciar rapidamente a construção e o transporte?* — Silmeru pergunta para o homem ao seu lado, que inclina a cabeça.

— *E você poderia ajudar a apresentar a ideia para o prefeito e para o restante do Conselho* — Thlo sugere a alguém que não podemos ver.

— *Se eu concordar que isso é necessário* — essa pessoa responde secamente.

— *Todos nós vamos considerar isso* — Silmeru fala para Thlo. — *Vamos manter a proposta entre nós até chegar a hora em que deveremos tomar uma decisão final.*

— *Eu agradeço por disponibilizar seu tempo para ouvir* — diz Thlo.

Seu olhar passeia pela sala, e para por um momento no monitor, como se ela estivesse olhando diretamente para nós. Meu coração congela. Então seus olhos vagueiam em outra direção.

Todo mundo se levanta para sair. Espio as três figuras que emergem do fundo da sala enquanto elas se dirigem para a porta, mas só consigo pegar breves vislumbres de seus perfis. Eu acho que um deles é o homem que Britta identificou como o chefe da segurança. Thlo fica ali, mexendo em algo em sua tela. Silmeru faz uma pausa, toca seu ombro, e diz algo baixo demais para que possamos ouvir. Ela vai embora. Quando a porta se fecha atrás dela, Thlo levanta a cabeça.

Eu enrijeço quando ela caminha direto para o monitor. Ela olha para ele — para nós. Então estende a mão para ele e a imagem é cortada.

Win murmura alguma coisa e desliga o tablet. Antes que ele possa devolver o aparelho à sua prateleira, a porta do armário se abre. Thlo cruza os braços, seus olhos se estreitando ainda mais quando seu olhar desliza de Win para mim.

— E então — ela diz, num tom que exige uma explicação.

— Nós não sabíamos que você estaria aqui — explica-se Win rapidamente, dando um passo à frente para se aproximar dela. — Vimos que Silmeru tinha uma reunião agendada em um horário incomum, com mais ninguém listado... Nós pensamos que ela iria se encontrar com a fonte dela, e poderíamos descobrir quem está nos traindo.

— *Nós?* — Thlo repete. Não sei dizer o quanto ela está brava... ou se está realmente brava. — Em relação a você, eu não estou completamente surpresa. Por que foi necessário envolvê-la?

— A ideia foi minha — intervenho. Não vou deixar Win assumir a culpa. — Eu pensei que talvez fosse testemunhar algo que nos levaria até o traidor.

— Eu disse para você ficar na sua — repreende ela, voltando sua atenção para mim.

— Você disse que eu não deveria mais tentar os coquetéis... — Eu paro quando sua boca endurece. Ok, ela definitivamente está brava.

— Considere isso como uma ordem final agora — adverte ela.

Eu não tenho nada a perder, então.

— O que você estava propondo para eles? — pergunto. — Sobre o que foi essa reunião?

— Será que podemos ver... — Win olha além dela, em direção à mesa, onde os monitores se apagaram.

Thlo dispensa as perguntas com um gesto breve de sua mão.

— Esse é o final da missão para mim — diz ela. — Vou resolver os nossos problemas remanescentes depois que o gerador for desativado... Isso é tudo o que você precisa saber. — Ela faz uma pausa. — Mas parece que não estivemos mantendo você ocupada o suficiente, Skylar. Acho que tenho um novo trabalho para você.

20.

A voz digitalizada emite uma instrução, e eu deslizo a mão sobre o mecanismo de comando, movendo cuidadosamente a tela de visualização do simulador do jetpod para a direita. A imagem treme. Pelo jeito, eu forcei demais, em direção a um aglomerado de detritos em órbita que não percebi a tempo. Ops.

Eu me atiro de volta no meu beliche enquanto o terminal de computador retorna para o início da simulação. É o terceiro de uma série que Thlo fez Isis trazer para mim. Uma série destinada a me preparar para o trabalho que ela tem em mente: ser copiloto de um jetpod de verdade quando realizarmos a nossa segunda expedição até o planeta na próxima semana.

Essa ideia, de me aventurar do lado de fora da estação naquela navezinha minúscula cercada pelo gélido vazio do espaço, me causa calafrios. Com o programa de navegação, eu estava apenas olhando, relatando, e não fazendo as manobras físicas eu mesma. Esse trabalho é muito mais perigoso.

Suspeito que seja exatamente por isso que Thlo o atribuiu a mim. Para que, se o traidor nos delatar novamente, se formos apanhados e algo der errado, o grupo perderá a mim em vez de alguém mais importante. Ela disfarçou isso com uma conversa sobre como eu assimilei rápido as outras habilidades relacionadas à tecnologia, mas as palavras que ela usou quando estávamos reunidos em torno do corpo inerte de Britta ainda me acompanham. Eu sou dispensável. Talvez ainda mais, em sua opinião, agora que ela sabe que eu estava disposta a continuar com as minhas investigações sem o conhecimento dela.

Bem, se eu conseguir desempenhar o meu papel e ainda sair viva para contar a história, isso pode provar que não sou tão dispensável no fim das contas. Para ela e também para mim.

Estou a meio caminho da minha sexta tentativa do nível três quando Jule bate na minha porta. Eu me sobressalto, e a espaçonave sai navegando em direção a um satélite. Eu não tinha percebido que ele tinha chegado em casa. Meu estômago resmunga, confirmando que está bem na hora do jantar.

Eu gesticulo para a porta e ela se abre, revelando Jule postado casualmente do lado de fora.

— E aí? — diz ele. — Como você está indo?

— Pronta para fazer uma pausa aqui e comer — eu respondo, levantando-me e me alongando. O olhar de Jule percorre as curvas do meu corpo com uma satisfação que faz a minha pele formigar. Mas o sorriso que ele me lança é estranhamente tímido.

— Você lembra que estava falando outro dia sobre sentir falta de casa? — diz ele.

— Sim.

— Bem... Achei que eu poderia ajudar com isso.

Dou alguns passos para a sala principal, e minhas pernas param. A grande mesa está completamente elevada, e repleta de comida: comida que não vem em pacotes ou é feita de alguma substância não identificável. Tem... tem uma *maçã*. E uma laranja, e uma pera. Dois pedaços de queijo, um amarelo, e o outro branco com veias azuis. Um recipiente contendo três ovos. Um punhado de cenouras. Uma caixa de granola. Uma caixinha de leite. Um pacote de miojo e uma tijela de molho à marinara. Manteiga de amendoim e biscoitos. Uma barra de chocolate meio-amargo.

Quase não consigo acreditar no que meus olhos estão vendo. Mas é real. Eu posso sentir o cheiro, dos queijos, das frutas. Minha boca se enche de saliva. Meus pés vacilam.

— Eu esperei até o transporte de cargas seguinte da Terra chegar, então tudo está o mais fresco possível — conta Jule. — E eu não tinha certeza do que você gosta, então peguei coisas que eu não me importo de comer. Qualquer coisa que você não quiser, eu pego pra mim.

Ele está usando aquele tom indiferente dele, aquele que sempre acaba usando não importa sobre o que estejamos falando, como se não fosse grande coisa. Mas eu sei que é. Se o alimento da Terra fosse fácil de obter, ele estaria bebendo cinco xícaras de café por dia. Essa variedade toda — deve ter custado uma fortuna.

Para trazer um pedacinho do meu lar para mim.

Lágrimas repentinas turvam os meus olhos. Minha mão tateia o ar em busca da dele, e nossos dedos se entrelaçam. Neste instante, desejo nunca mais soltá-los. Não tenho certeza se ele entendeu o meu gesto, mas deve ter entendido sim, muito melhor do que posso imaginar.

A timidez que pensei ter visto antes desapareceu. Jule me direciona para a mesa, com um brilho travesso estampado nos olhos.

— Então, vamos começar pelo quê? Eu posso até cozinhar! É uma das minhas muitas habilidades.

— Que você pratica com muita frequência, né? — consigo dizer brincando, apesar do nó de emoção em minha garganta. Eu não o vi preparar nada exceto café e abrir os pacotes de refeições prontas nas semanas que estou morando aqui. — Hum, acho que vou começar pelo básico. — Pego o queijo amarelo e a caixa de biscoitos, e me jogo ruidosamente no banco.

— Então eu fico com um dos ovos — ele diz, pegando rapidamente a embalagem de isopor. — Você vai se arrepender por duvidar de mim.

Nas primeiras duas mordidas só consigo me concentrar no queijo macio desmanchando nas pontas dos dedos, na mastigação barulhenta dos biscoitos entre meus dentes, minha boca inundada pelo sabor granuloso, salgado e cremoso que os alimentos kemyanos não conseguem imitar. Eu quase tinha me esquecido como a comida pode ser boa quando não é apenas um monte de nutrientes sintetizados junto com aromatizantes artificiais.

Jule vira para baixo um painel na parede sob os armários, manuseia um controle na lateral, e então parte o ovo. Ele começa a chiar no instante em que atinge o painel. Eu observo como ele o cutuca com uma ferramenta que se assemelha a uma espátula estreita, e uma dorzinha estranha se infiltra em meu peito.

Talvez isso não fosse uma grande coisa para ele, de fato. Por tudo o que ouvi, ele tem muitos créditos para sair esbanjando. Poderia ser apenas mais uma forma de encantar a garota com quem ele está às voltas no momento. Exigindo dele tanto esforço quanto respirar.

Preciso me lembrar disso. Porque a sensação que me atravessa enquanto ele me lança aquele sorriso atrevido não é apenas de um joguinho de sedução, uma ficada rápida para passar o tempo. É o típico sentimento de quando alguém se apaixona.

☆ ☆ ☆

Várias horas depois, acordo com o som abafado da campainha e a impressão de que ela penetrou em meus sonhos mais de uma vez. Eu bocejo, minha cabeça enevoada. As luzes estão muito fracas para que já seja de manhã.

Os Executores, penso eu, e meu corpo fica rígido. Fico imóvel, escutando. Jule deve ter despertado no outro quarto, porque, alguns segundos depois, o som é interrompido.

— Aí está você! — grita uma voz vagamente familiar. — *Eu disse pra você que Jule seria o cara certo pra isso.*

Escuto risos atrás da porta do meu quarto. Eu me sento, analisando se prefiro ficar escondida aqui sem saber o que está acontecendo lá fora ou sair e me meter no meio daquilo. A incerteza começa a me corroer. Dou uma alisada nas minhas roupas amarrotadas e entro na sala principal.

Hain, a garota que presumo que seja namorada dele, o cara sinistro de olhos cor de avelã e um outro cara que estava aqui na outra noite se acomodam no apartamento de Jule.

— *Ei, é a terráquea!* — festeja Hain, erguendo a lata que está segurando. — *Ela também pode participar.*

Eles estão sorrindo de uma forma desorientada que me faz imaginar o que estavam fazendo antes de aparecerem por aqui. Pelas suas roupas, seria uma festa à fantasia? Estão todos usando modelitos de culturas da Terra — não as versões adaptadas pelo kemyanos que as amigas de Tabzi estavam vestindo, mas cópias espalhafatosas como o meu "vestido de baile", que parecem ter sido feitas apenas por diversão. Hain está usando camurça e contas como um nativo-americano; Olhos Avelã veste um traje elisabetano, com túnica e collant; a garota, um vestido vaporoso; e o outro cara, um poncho de cores vivas. Olhos Avelã está segurando uma corda de plástico com várias latas dependuradas nela, e Hain carrega uma bolsa de tecido na mão.

Jule está piscando os olhos apertados para aquele excesso de gente como se ainda não estivesse completamente acordado.

— Do que vocês estão falando? — ele resmunga.

— *Nós esbarramos com Misoni em Tekala* — a garota diz, e ri.

— *Ela tinha coisa da boa* — acrescenta Hain, encompridando a palavra "boa". — *E ela estava (...). Eu ganhei.*

A palavra que ele disse e eu não conheço soa como *chamari*. Ela me lembra alguma coisa. Eu já ouvi isso antes...

— *Dá para pelo menos umas dez doses* — Hain continua. — *Nós só precisamos de um lugar para (...). Você nos fornece o espaço, e isso vai pagar pela sua parte.*

Jule apanha a bolsa da mão dele e a abre, parecendo cético. Não consigo enxergar o conteúdo de onde estou, mas, seja lá o que for, ele sacode a cabeça.

— Nem a pau — opõe-se ele, e alterna para kemyano como se ele não tivesse certeza de que o entenderão de outra forma. — *Vocês já estão muito (...). Vocês não devem usar esse negócio a menos que tenham certeza de que estão fazendo isso direito.*

— *Você está sóbrio* — choraminga Olhos Avelã. — *Você pode medir as doses.*

— Até parece que eu vou colocar a vida de vocês nas minhas mãos — esbraveja Jule. — E vocês fazem ideia de como eu ficaria em apuros se esse troço fosse encontrado no meu apartamento?

Hain faz um gesto de desprezo com a mão.

— Como se você não pudesse subornar os Executores quantas vezes quisesse. Me devolve, então. Nós vamos procurar um amigo de verdade para compartilhar com ele.

Jule puxa subitamente a bolsa para longe do alcance dele.

— Não acho que seja uma boa ideia. Durmam um pouco, recomponham-se. Você pode voltar amanhã para pegar de volta.

Hain fala um palavrão para ele e avança alguns passos em sua direção com os olhos faiscando. Eu me aproximo deles, momentaneamente demovida da ideia de tentar localizar aquela palavra. Não sei de quanta valia eu seria numa briga, mas não vou ficar de braços cruzados só observando se eles forem partir pra cima de Jule.

Jule fecha a cara e estufa o peito, enfatizando seus quase dez centímetros a mais que Hain, e Hain recua.

— Tá certo, tá certo — ele resmunga. — Mas vou checar para ter certeza de que você não surrupiou nenhum!

Com a atenção voltada para Hain, eu não tinha notado a garota me estudando.

— Seu animal de estimação parece (...) esta noite — comenta ela.

Minha pulsação sai do compasso. Eu me esqueci de continuar com o meu papel. Faço meus ombros desabarem enquanto ela caminha na minha direção, deixando meu olhar se perder entre os outros e depois voltar para ela. Seus próprios olhos estão vidrados. Mas eu estava obviamente me comportando de forma estranha o suficiente para ela notar, mesmo em seu estado de embriaguez.

— Você está aborrecida, terráquea? — ela pergunta em um inglês cantado.

Eu pisco perplexa para ela, desejando que minha voz fique neutra.

— Eu não sei o que está acontecendo.

— Seu dono só está sendo um (...) — ela diz uma palavra em kemyano que pode ser traduzida aproximadamente por *desmancha-prazeres*. Mas ela continua me encarando, como se estivesse esperando que minha fachada se desfizesse. Procuro falar alguma coisa para distraí-la:

— Seu vestido é muito bonito.

Ela olha para o vestido e ri.

— Não me admira que *você* ache isso. — Sua curiosidade diminui, e ela olha para Hain. — *Jule não é divertido. Vamos cair fora daqui.*

— *Com prazer* — Hain diz com azedume. Os quatro saem aos tropeços para o corredor. Jule insere um comando no painel ao lado da porta, e pressiona a mão contra a testa com um suspiro.

— Ninguém vai nos importunar pelo resto da noite a menos que seja uma emergência — afirma ele.

Suspiro profundamente, a tensão que eu estava lutando tanto para ocultar deixando o meu corpo.

— O que foi aquilo? — pergunto. — Aquelas roupas... — Eu riria se não tivesse me causado arrepios o fato de vê-los brincarem de se fantasiar com as culturas do meu planeta.

— É essa coisa — diz Jule. — Uma coisa estúpida. Eles pensam que estão sendo irônicos, mas estão sendo apenas idiotas.

— É para isso que serve esse lugar, Tekala?

— Na verdade, não — explica Jule. — Eles provavelmente estavam jogando conversa fora em outro lugar, beberam demais das bebidas erradas, e então apareceram por lá sem pensar em como estavam parecendo idiotas. Tekala é mais... É mais ou menos entre o que você chamaria de um barzinho e uma casa noturna na Terra.

Minha mente rememora aquela palavra que era familiar e ao mesmo tempo não.

— Hain disse algo sobre... alguém fazendo *chamari* lá?

— O Programa de Aprendizagem de Idiomas ainda não te ensinou sobre atividades ilícitas? — diz Jule com um meio sorriso. — É um jogo de azar. Um dos muitos passatempos não totalmente aprovados que rolam nesses clubes. Se você conhece as pessoas certas com quem tratar, pode ter uma conexão com as operações do mercado negro, esse troço... — Ele balança a bolsa na mão.

Jogos de azar. Quem teria conversado sobre jogos de azar? Eu vasculho minha memória, mas meu despertar súbito deixou minha mente enevoada.

— Isso é algum tipo de droga? — aponto para a bolsa. — Eu não imaginava que os kemyanos estavam nessa de ficar chapados. — Até mesmo aquela bebida alcoólica estranha não parece deixá-los nem de longe bêbados.

— Teoricamente, não — diz Jule. — E, como eu disse, ninguém de fato *aprova*. Mas, na prática... As pessoas podem ficar doidonas quando tudo o que se tem é uma cidade fechada e o vazio do espaço sideral em torno para navegar. Às vezes, eles não procuram sua diversão das formas mais respeitáveis. Mas esse negócio é o pior de todos.

— Isso poderia fazer mal a eles?

— É essencialmente uma neurotoxina — explica ele com uma careta. — Muito cuidadosamente refinada, é claro, mas mesmo assim... Você entra numa viagem longa e intensa aqui dentro. — Ele bate na cabeça. — E enquanto isso paralisa o seu corpo daqui pra baixo. Tome uma dose muito grande, ou mais de uma muito próxima uma da outra, e seu sistema nervoso ficará com danos permanentes. Eu nunca experimentei. Não vale a pena o risco.

Ele vai até a abertura que eu lembrei ser a rampa de lixo, se abaixa e para. Em seguida, xinga Hain. Ele se endireita, e em vez disso empurra para o lado alguns dos pacotes num de seus armários para revelar um painel de dados que eu nunca tinha notado antes.

— Isso equivale a um mês de créditos para ele — diz ele. — Provavelmente, nem vai lembrar de ter dado isso para mim, pelo estado em que estava, mas vai ficar fulo da vida se lembrar e descobrir que eu joguei fora.

— E seria uma pena vê-lo decepcionado.

Jule ri.

— Você não tem que passar o resto da sua vida aguentando o cara.

Ele diz isso, mas uma parte dele obviamente se importa. Jule mencionou que inclusive poderia arranjar problemas só por estar com a droga aqui, mas era mais importante para ele ter certeza de que seus amigos, seja lá o que pense deles, não saíssem daqui levando a droga com eles do jeito como estavam com o juízo prejudicado. Eu tenho vontade de perguntar a Jule sobre Hain, sobre crescer preso a ele como uma presença familiar constante, mas se Jule quisesse falar sobre o assunto mais a sério, ele não estaria tão transtornado com relação a isso, estaria?

Eu observo enquanto ele digita o código, anotando os números automaticamente. 8-3-4-1-5. Eu me pergunto se eles têm algum significado para ele. Outra pergunta que pode parecer curiosa demais.

O painel se abre, revelando um espaço atrás dele — é uma espécie de cofre, suponho. Jule enfia a bolsa lá dentro, fecha o painel, e desliza os pacotes de volta no lugar. Então ele me lança um sorriso cansado.

— Desculpe por eles terem te acordado.

Eu dou de ombros, e então faço círculos com os meus ombros, testando a tensão neles. Estou com sono, mas também muito agitada para voltar a dormir imediatamente.

— Eu acho que vou praticar um pouco mais minhas habilidades de pilotagem antes de ir para a cama.

As sobrancelhas de Jule formam um arco e ele se aproxima a passos lentos.

— Se você vai mesmo ficar acordada, eu posso pensar em outra coisa que poderíamos praticar.

— Ah, é? — provoco. Um arrepio agradável percorre meu corpo quando ele desliza os dedos pelo meu rosto. — Eu pensei que já tivéssemos tido um pouquinho disso.

— Pelo jeito não o suficiente — sugere ele. — Você insinuou que minhas habilidades não eram lá essas coisas.

— Eu estava falando sobre você *cozinhar* — digo, socando-o. — Eu não me lembro de ter feito nenhuma queixa depois.

Ele simplesmente se inclina mais para perto. Seus lábios resvalam na minha bochecha.

— Me diz pra parar, então.

— Vou dizer — asseguro. Meus dedos, sem consultarem o restante do meu corpo, tinham se enrolado no tecido da camisa dele. Ele não se mexe, apenas aguarda pelo restante da minha resposta. — Só que... ainda não.

Sinto seu sorriso contra a minha pele um instante antes de sua boca encontrar a minha.

21.

Como Jule previa, Hain deve ter se esquecido de onde deixou sua substância recreativa, porque não apareceu na manhã seguinte para pegá-la de volta. O incidente continua me atazanando até depois do almoço, quando eu dou uma olhada no lugar em que seus amigos disseram ter comprado as drogas. Tekala. O mapa da estação me mostra uma localização no Distrito 86. A descrição que consigo encontrar menciona comida e bebida, mas, suponho que não surpreendentemente, nada sobre as outras atividades que Jule mencionara. Mercado negro. Drogas. Jogos de azar. *Chamari*.

A palavra me causa um desconforto do mesmo jeito que na noite anterior. Faço uma pausa, deixando meus pensamentos divagarem. Eu sei que ouvi alguém dizer isso...

Um indistinto salão com um teto estrelado surge na minha mente. O coquetel. Silmeru. Sua conversa com a outra mulher aparece de volta para mim num átimo. *Ela* disse isso, acho que quando estava falando sobre o cara que está transmitindo as informações do nosso traidor: sua fonte. Sugerindo que isso faz dele pouco confiável? Acho que ser um apostador se encaixaria.

Eu percorro os registros de funcionários do departamento de Viagens à Terra no tablet que Isis me deu, mas não há nenhuma menção a jogos de azar no perfil de ninguém. É claro que, se a pessoa tivesse se metido de verdade em apuros com isso, provavelmente não estaria mais trabalhando lá. Talvez Isis pudesse garimpar informações conectadas de alguma outra forma. Eu lhe envio uma rápida mensagem codificada.

Então eu mergulho de volta no simulador de pilotagem. Quando meu nervosismo em relação à tarefa à frente começa a interferir na minha concentração, eu me permito uns momentos aqui e ali para descansar no meu beliche e ouvir a música que baixei a partir da mensagem de Win. As notas cadenciadas me conduzem de volta à Terra na minha mente. Essa viagem até a superfície do planeta para obter o *kolzo* é meu passaporte para voltar para casa.

Estou morrendo de vontade de enviar uma mensagem a Win agora, para descobrir o que Thlo disse a ele depois que ela me despachou no outro dia. Não sei nem se eu lhe agradeci por ter ido me encontrar, por ter me ajudado a entrar no departamento de Viagens à Terra. Não tivemos muito tempo depois que Thlo nos descobriu.

Então, fico ansiosa pela próxima reunião... até Jule me informar dois dias depois que Thlo quer me ver para que ela e Isis possam avaliar meu progresso com o simulador. Meus nervos estão à flor da pele quando nós aparecemos na manhã seguinte no espaço de trabalho providenciado. Assim que entramos, a imagem na tela grande da sala me chama a atenção, e minha inquietação vai ficando em segundo plano.

Um planeta está girando lentamente ali, massas de terra de verde e cinza intercaladas com vastas extensões de azul, encobertas por faixas de nuvem branca. É parecido o suficiente com a Terra para que a saudade aflore dentro de mim, mesmo que seja óbvio para mim que aquele planeta não é a Terra. Eu não reconheço esses continentes.

Win e Isis já estão na sala.

— Este é o nosso futuro — diz Thlo, que está perto da tela. — Vai levar cerca de doze anos para mover a estação para lá, mas há alguns planetas aceitáveis mais próximos, e sua atmosfera é a mais adequada. Mako confirmou que a estação tem todos os recursos necessários acumulados e reservados para a viagem até lá, contanto que os complementemos coletando e minerando mais recursos enquanto viajamos. Então aqui está o nosso novo mundo.

Win aproxima-se alguns passos da tela, o brilho iluminando o seu rosto, misturando-se com a admiração ali. Ao meu lado, Jule se mexe. Eu me lembro como ele falou sobre seu alívio por estar em casa na estação — talvez ele não esteja tão entusiasmado com a ideia de um mundo novo. Mas quando eu olho para ele, vejo que está sorrindo.

— Eu queria que vocês vissem isso, para ajudá-los a manter em mente a razão de todos os riscos que estamos correndo — esclarece Thlo. — Agora, vamos trabalhar.

Jule e Win se deslocam para os painéis de controle em extremos opostos da sala. Há um terceiro na parede de trás. Eu me demoro a ir até o banco, assistindo à rotação graciosa do planeta, quando Thlo se aproxima.

— Jeanant teria gostado de ver isso — eu comento. Mesmo pelo breve período que o conheci, estou certa disso. Ele teria adorado saber que estamos tão perto de finalmente realizar seus objetivos.

Thlo olha para mim com um ar severo, mas sua expressão se suaviza.

— Eu gostaria que ele pudesse.

Às vezes, ela se mostra tão fria e distante que eu me esqueço o quanto ele significava para ela. A tristeza que eu vi em seu rosto quando disse a ela que ele estava morto. Sua dor, observando seus últimos momentos na minha reconstituição. Eu não sei exatamente o que eles eram um para o outro, mas ela moldou sua vida toda em função da missão dele, mesmo que ele a tenha deixado quase vinte anos atrás.

— Deve ter sido difícil quando ele desapareceu — atrevo-me a acrescentar. — Não saber o que aconteceu com ele. Seguir em frente sem ele.

— Ele fez o que sentia ser o melhor — diz ela. — Ele tinha dificuldade de confiar completamente em alguém além de si mesmo.

Eu sei. Ele elogiou minha bravura, falou comigo com respeito, e ainda assim ele não me daria a mínima responsabilidade além do que ele próprio já tinha planejado. Mas aí penso que talvez eu devesse estar feliz por ele ter confiado em mim o suficiente para se dignar a falar comigo, já que sou uma terráquea.

— Como ele fez... — Eu hesito, mas a erguida das sobrancelhas de Thlo me estimula a ir em frente. — Ele cresceu aqui como qualquer outro kemyano. Como é que ele começou a enxergar os terráqueos como sendo... humanos?

Um sorriso ao mesmo tempo doce e amargo faz os lábios dela se curvarem.

— Ele sempre foi muito preocupado com as outras pessoas, seja lá de onde fossem — ela revela. — Ele me contou mais de uma vez sobre... A tia e o tio dele compraram um animal de estimação terráqueo, um bebê, pouco antes de Jeanant nascer. Jeanant costumava visitá-los o tempo todo, então ele e o garoto cresceram juntos. Eles se tornaram muito próximos.

E ele pôde ver que na realidade não havia nenhuma diferença entre eles.

— Ele... o terráqueo... ainda está aqui?

— Eu imagino que sim — diz Thlo. — A tia e o tio se cansaram de cuidar dele depois de algum tempo, e o venderam para outra família que não queria que Jeanant o visitasse.

— Oh. Ele deve ter ficado tão... — Bravo? Triste? Não consigo imaginar.

— Talvez ele fosse um tantinho vulnerável demais — diz Thlo. — Esse tipo de emoção pode atrapalhar o foco de alguém. — Ela faz um gesto para o painel de controle, sua expressão voltando a se fechar. — Mostre para mim até onde você chegou.

Isis aproxima-se lentamente enquanto eu abro o programa de simulação.

— Você quer ver a última simulação que eu concluí, ou aquela em que estou trabalhando? — pergunto. Eu cheguei até o nível sete, mas não faço a menor ideia do quanto isso é bom.

— Vamos começar com o que você conseguiu concluir — instrui Thlo.

Minha pulsação começa a acelerar com ela espiando por cima de mim, mas eu consigo manter as mãos firmes sobre os controles digitalizados, desligando tudo exceto o monitor à minha frente. Devagar para a frente. Virar à esquerda. Acelerar os motores quando uma sucata de metal errante passa perto. Os detalhes são modificados a cada simulação rodada, mas o padrão básico permanece o mesmo. Minha nave de mentira quase começa a rodopiar, mas eu a estabilizo no momento certo. Por fim, navego de volta para a "doca".

— E o próximo nível? — Thlo quer saber, sem deixar transparecer se ela está ou não satisfeita.

No nível oito, eu finalmente consigo ultrapassar o ponto que tem me feito falhar, onde um veículo espacial em aceleração e um cargueiro estão vindo em direção ao jetpod por lados opostos. Claro que, dez segundos depois, eu fracasso em me desviar do deslocamento de um feixe de sensor, e o monitor me leva de volta ao menu. Olho para cima, limpando as palmas das mãos úmidas na minha calça.

— Isso é o mais longe que eu consegui chegar. Mas vou continuar praticando.

— Está excelente! — elogia Isis, com um entusiasmo que me alivia. — Você aprendeu bem rápido.

— Eu tenho trabalhado sem parar — esclareço. — Sei como isso é importante. — A última frase eu direciono principalmente para Thlo, mas ela não esboça reação alguma.

— Veja como ela se sai com o equipamento de verdade — ela fala para Isis, que assente.

— Eu tenho um jetpod à nossa disposição... Só preciso ajustar o sistema de segurança. — Ela dá um tapinha no meu ombro. — Me dá alguns minutos.

— Claro! — respondo, meu estômago revirando. O equipamento de verdade? Vou sair pilotando uma nave *agora*?

Thlo sinaliza para que eu me levante e toma o meu lugar, fazendo surgir algum tipo de registro. Isis assume o painel de controle no qual Jule estava trabalhando. Ele caminha na minha direção e toca meu cotovelo.

— Eu preciso da sua ajuda na outra sala — diz ele.

Eu o sigo pela porta para uma sala adjacente ainda menor, perguntando-me do que é que ele está falando. A resposta torna-se óbvia assim que a porta se fecha atrás de nós. Ele para, virando-se para mim e pousando a mão na parede ao lado da minha cabeça, seus olhos castanho-escuros cheios de segundas intenções e o canto de sua boca se curvando.

— Eu nunca me dei conta do quanto poderia gostar de ver uma garota controlar uma nave sozinha — diz ele maliciosamente.

Cruzo os braços na minha frente, embora ele esteja tão próximo que isso significa que eles roçam em seu peito.

— Mesmo quando é uma nave de mentira?

— Hmmm. Talvez eu apenas goste de ver você impressionar os outros.

Ele avança, e eu solto os braços, deixando minha cabeça encostar contra a mão dele que espera enquanto a outra sobe pelo meu pescoço e embrenha-se nos meus cabelos. No calor de seu beijo, meus medos e incertezas se desvanecem. Puxo-o mais para perto de mim — *só mais um, temos tempo para um pouco mais disso* — e a porta em frente a nós se abre com um leve chiado.

Eu vacilo, surpresa, empurrando Jule para longe, e me encontro olhando para os olhos assustados de Win. Seu olhar alterna entre mim e Jule. Sua mandíbula lateja. Então, ele gira nos calcanhares e sai por onde entrou.

— Win! — grito, mas a porta já está fechada. Jule recua quando eu me descolo da parede.

— Isso importa? — diz ele.

Eu me viro, com uma resposta afiada na ponta da língua, mas o olhar que ele está me dirigindo não é defensivo ou desdenhoso. É mais como se ele quisesse saber sinceramente.

— Eu não estaria aqui se não fosse por Win. Ele depositou muita confiança em mim. E... eu não menti para ele, mas estava omitindo de propósito. — Ele provavelmente pensa que eu de fato menti. Ele nunca me deixou na mão todas as vezes que precisei dele, mas não confiei *nele* para me abrir sobre essa grande mudança na minha vida aqui, uma mudança que eu deveria ter previsto que ele cedo ou tarde acabaria descobrindo por acaso, mesmo se eu não lhe contasse. Mordo o lábio.

— Bem, se precisa falar com ele, vai lá falar com ele — sugere Jule com um curto encolher de ombros.

— Você está falando isso só para bancar o maduro?

Digo isso fazendo um muxoxo que quase acaba virando um sorriso.

— Eu não posso negar que nisso você tem um pouco de razão.

Eu meneio a cabeça para ele, mas repentinamente também tasco um beijo rápido nos seus lábios.

— Obrigada.

Acabo não tendo a chance de fazer o que Jule me sugeriu. Eu mergulho na sala principal e Isis me segura.

— Tudo pronto — diz ela. — Vamos lá... Temos uma pequena janela de tempo.

— Certo. Está bem. — Win está em seu painel de controle, determinado a não olhar para mim. Talvez eu consiga conversar com ele depois.

O transportador interno que Isis e eu pegamos desce lentamente até o núcleo da estação. Nós nos apressamos por um corredor com iluminação fraca, até uma sala estreita que abriga uma série de jetpods em formato de lágrima só um pouco maiores do que um SUV médio da Terra. Isis caminha a passos largos para um no meio da fileira e pressiona um controle que abre a cabine frontal. Ela gesticula para que eu entre.

O banco cede embaixo de mim, e em seguida endurece, moldando-se ao contorno do meu corpo. Fico olhando para a quantidade de controles à minha frente. Eu tinha a vaga esperança de que isso magicamente pareceria normal uma vez que eu estivesse aqui, como dirigir o carro dos meus pais lá na Terra. Não tive essa sorte. Corro os dedos sobre os botões e as chaves, pela tela brilhante entre eles, relacionando-os mentalmente com as imagens do simulador. Então eu olho para o assento ao lado.

— Odgan será o copiloto?

— Claro! — confirma Isis. — Assim você não precisará cuidar de metade das coisas que precisava quando estava no simulador. Existe uma divisão de controle padrão... Eu vou modificar a execução da simulação para refletir isso agora que você já sabe o básico. Eu só quero que você tenha uma ideia de qual é a sensação na prática.

Ela gesticula para a tela, e várias luzes se acendem em torno dos controles. Uma simulação interna aparece em um monitor na minha frente.

— Basta atravessar o primeiro nível — diz Isis.

Já faz dias desde que o concluí, mas com os controles reais, essa poderia muito bem ser a minha primeira tentativa. Minhas mãos erram os ângulos ou as distâncias; meus dedos deslizam. Consigo alcançar o objetivo, mas estou suando. Isis aperta o meu braço.

— Podemos ficar mais um pouco, para você pegar o jeito.

Inspiro profundamente, demorando-me um tempinho para me preparar mentalmente antes de mergulhar no nível dois. Eu vou fazer isso de verdade: não apenas num compartimento de armazenamento, mas lá fora, imergindo naquelas nuvens rodopiantes vermelhas e roxas, com nada além de um espaço frio à minha volta. Um suor renovado irrompe em mim, arrepiando a minha pele.

Eu me esforço para continuar. Tenho um pouco mais de facilidade com os controles dessa vez, mas acabo "explodindo" apenas alguns segundos antes de atracar na doca. O simulador retorna para o início. Repito a simulação, de novo, e de novo.

Quando consigo chegar ao nível quatro, minha mente finalmente está sintonizada com o novo arranjo, e eu estou manobrando a nave quase tão bem quanto fiz com os controles da simulação. Concluo esse trajeto na primeira tentativa. Então eu estico os braços acima da cabeça, permitindo-me uma pausa.

— Thlo e eu estamos mantendo em segredo, de todo mundo, todas as informações sobre o jetpod e de onde ele partirá — confidencia Isis. — Isso gerou alguns atrasos, mas conseguimos pegar emprestado do trabalho de Mako da última vez para tomar todas as providências nós mesmas. Não tem como alguém ser capaz de vazar o que estamos fazendo.

Eles também achavam que ninguém seria capaz antes. Eu engulo em seco.

— Você recebeu a minha mensagem do comentário de Silmeru sobre jogos de azar? — pergunto. — Isso ajudou?

— Britta procurou na rede, e eu conversei com Thlo — responde Isis. — Ninguém atualmente empregado pelo departamento de Viagens à Terra tem qualquer registro a respeito de jogos de azar que pudemos desencavar... Mas as pessoas só realizam esse tipo de atividade em lugares onde não haverá registro. Somente se eles perdessem o controle é que haveria algo arquivado.

— Então, voltamos à estaca zero.

— Não completamente. É um ponto de dados extra para vigiarmos.

Eu volto a pensar no mapa da estação, no pequeno quadrado do clube Tekala destacado no meu terminal.

— Podemos ir direto para onde a "atividade" acontece? Ver quem do departamento de Viagens à Terra vai a esses clubes? Eu poderia bancar a terráquea lesada novamente, ouvir as conversas das pessoas.

— Valeria a pena tentar isso — Isis se anima. — Eu ouvi que há alguns lugares que oferecem recreação, digamos, por baixo dos panos. Podemos verificar quais desses lugares estão mais próximos do departamento de Viagens à Terra. Jule pode ter uma noção melhor... Ele poderia levar você.

Minha mente recua diante da ideia. Pela forma como Jule falou sobre esses lugares, suspeito que um pedido como esse levaria a uma outra discussão. E há um problema prático também:

— Eu não sei. Se ele já esteve antes em lugares como esses com seus amigos, os frequentadores iriam reconhecê-lo... e aí eles ficariam mais cautelosos comigo por perto. Tenho certeza de que ele deixaria você me "pegar emprestada", se você estiver de acordo.

— Excelente consideração — reconhece Isis. — Tenho que admitir que estou um pouco curiosa para ver esses lugares de perto. Não são bem... como vocês dizem no seu planeta? Não são bem a minha praia. — O gracejo faz seus lábios se curvarem. — Só vou comunicar a Thlo...

— Não — eu me apresso a dizer, e as sobrancelhas de Isis se levantam. — Ela me disse para não investigar mais — confesso. — Mas eu tenho que fazer *alguma coisa*, Isis. Não posso simplesmente ficar sentada o dia todo no apartamento de Jule esperando pela próxima reunião. Não depois do que aconteceu com Britta. Não quando a mesma coisa poderia acontecer comigo. Você viu que eu às vezes capto coisas que outras pessoas não captam. Isso poderia fazer a diferença entre completarmos a missão... ou não.

Isis desvia os olhos, enrolando um cacho de suas mechas vermelhas em volta do dedo indicador. Ela o solta, permitindo que volte à forma habitual, e franze a testa.

— Você não quer descobrir quem está traindo a gente, quem feriu Britta daquele jeito? — acrescento.

— Claro que sim! — diz Isis, finalmente. — Eu acho que deveríamos deixar você ajudar da forma que puder. E... Thlo tem mencionado Jeanant mais do que o habitual ultimamente. Ela deve estar pensando muito nele. Talvez, vendo a reconstituição que você fez... Talvez ela tenha sido influenciada pelo modo dele de pensar, e esteja tentando assumir tudo sozinha.

Tentando se certificar de que todos os detalhes do plano estejam perfeitos. Eu me pergunto se Isis teria concordado com a ideia de Win de partirmos antes, de fazer render o *kolzo* que temos o máximo que pudermos, se Thlo não tivesse intervindo.

— Então, o que você quer fazer?

Isis suspira, e toca meu ombro com um brilho conspiratório nos olhos.

— Vamos fazer disso o nosso pequeno projeto paralelo. Se encontrarmos alguma coisa, podemos dizer a Thlo que era eu quem estava investigando. — Ela aponta para os controles da nave. — Mas isso fica para depois. Agora, você precisa praticar a sua pilotagem.

22.

Jule me coloca no transportador interno na noite seguinte presumindo que eu vou visitar Isis e Britta e obter alguma instrução extra relacionada à minha pilotagem. Grande parte é verdade... eu só não menciono as atividades extracurriculares adicionais que Isis e eu planejamos.

Britta está como Isis a descreveu, mas é pior vê-la do que ouvir a respeito dela. Seus movimentos estão hesitantes, bem como sua fala, como se ela precisasse pensar duas vezes mais devagar para ter certeza de que está dizendo o que ela quer dizer. Mas ela avidamente esclarece minhas poucas perguntas sobre a espaçonave antes de nos liberar, Isis e eu, para explorar as supostas casas de jogo.

Começamos com um lugar no mesmo nível do departamento de Viagens à Terra, o "clube" que seria mais facilmente acessível à fonte de Silmeru antes e depois do trabalho. Ando em meio aos clientes interpretando meu papel de animal de estimação entorpecido, fazendo perguntas vagas sobre o que todo mundo está fazendo. As respostas que recebo variam de gente achando divertido até aqueles que me despacham irritados, mas ninguém parece hesitante em falar kemyano perto de mim. Infelizmente, não ouço ninguém falando sobre o departamento de Viagens à Terra, os rebeldes, ou qualquer outra coisa útil.

Duas noites depois, nós baixamos na Tekala, embora Isis suspeite que essa casa noturna seja muito sofisticada para um funcionário mediano do departamento de Viagens à Terra. Ela estremece quando olha para os preços do menu. Uma música estridente que parece destinada a esfrangalhar os nervos das pessoas fica tocando o tempo todo, e eu tenho problemas para ouvir o que as pessoas estão dizendo, mesmo quando estão falando diretamente para mim. A maioria da clientela é jovem e traja roupas irreverentes, híbridas de kemyano e terráqueo. Nós não ficamos o mesmo tanto de tempo que passamos no primeiro lugar.

— Ele provavelmente não sairia todos os dias — comenta Isis. — Teríamos muita sorte de cruzar com esse cara numa de nossas primeiras tentativas. Por que não verificamos aquele lugar perto do departamento de Viagens à Terra daqui a algumas noites?

— Claro! — concordo, mas sinto um nervosismo. Nossa expedição até o planeta está prevista para daqui a quatro dias. Estamos correndo contra o tempo.

Antes do jantar no dia seguinte, eu estou trabalhando no meu vocabulário do kemyano com o Programa de Aprendizagem de Idiomas quando a campainha toca, e de novo, poucos minutos depois de eu ouvir Jule entrar. Eu me afasto do terminal de computador, me perguntando se é Hain finalmente voltando para pegar de volta suas drogas. O murmúrio de vozes chega a mim de leve a princípio, mas Jule e seu visitante devem ter caminhado para a área da cozinha, porque depois de alguns instantes eu consigo entender a maioria das palavras. E reconhecer a voz. É Pavel.

— *Você não pode me dizer que não está acontecendo* — ele está dizendo de forma dura. — *Eu sei que está. Eu quero saber por quê. Tenho feito parte desta equipe por (...) do que você, e nós deveríamos estar trabalhando juntos. Thlo nunca escondeu nada de nenhum de nós antes.*

— *Se você está incomodado com o modo como Thlo está comandando a equipe, você deveria falar com ela* — Jule responde.

— *Eu tentei. Ela me diz que não há nada para me preocupar. Mas não é só comigo... Eu sei que Mako tem sido deixada de fora também.*

— *Por que você veio até mim para falar sobre isso?* — Jule pergunta.

— *Eu tentei falar com Darwin primeiro* — admite Pavel. — *Ele não diria nada. Fui eu quem (...) você para Thlo, Jule. Se existe algum problema na equipe, você não acha que eu deveria saber?*

— *Eu acho que falar sobre as intenções de Thlo cabe à própria Thlo* — diz Jule.

Há um silêncio momentâneo, e então um tabefe contra a parede. Eu estremeço.

— *Até mesmo essa garota sombra é mais (...) do que eu agora!* — Pavel grita.

Tudo que Jule faz é repetir:

— *Fale com a Thlo.*

Enquanto Pavel vai embora, resmungando baixo demais para que eu possa ouvir, suas últimas palavras pairam no ar. *Garota sombra.* Ele está falando de mim. É assim que Kurra chama os terráqueos — é assim que me chamou, na minha cara, quando me encurralou. Sombras. Seres tão desgastados pelas alterações que adquirimos contornos tênues se comparados às coisas "reais". Enrolo os dedos na borda do beliche e o colchão começa a me parecer muito sólido contra as palmas das minhas mãos. Eu as puxo, trazendo-as para o rosto.

Eu não sou uma sombra. Nenhum de nós na Terra é.

Tenho que mostrar isso para eles.

☆ ☆ ☆

Jule se inclina para me beijar, pouco antes de sairmos para o corredor, onde ele vai me mandar para Isis e Britta mais uma vez. Eu me agarro nele bem juntinho, culpa e desejo se misturando.

— Estou começando a achar que você se diverte com a companhia delas mais do que com a minha — ele murmura.

— Eu não diria isso. Existem certos tipos de diversão absolutamente específicos com você.

Ele ri.

— Fico feliz em ouvir isso.

Quando chego, é Britta quem abre a porta. Ela dá um passo para trás para me deixar entrar, visivelmente menos estranha do que apenas dois dias atrás.

— E aí? — eu digo. — Como você está?

— Ainda não cem por cento — diz ela com um sorriso —, mas bem o suficiente hoje para — como você diria isso? — cair na balada com você.

— Você vai junto? — É ótimo vê-la mais confiante, mas não posso deixar de notar que ela se apoiou na parede um pouco mais enfaticamente do que se estivesse apenas recostando-se casualmente. — Você vai ficar bem?

— Claro! — garante Britta. Ela gira em círculo como se para provar que pode ficar estável sobre os pés. — Isis teve um compromisso de trabalho urgente que realmente precisa ser feito sem falta, e percebi que seria melhor eu retornar ao hábito de interagir com o público em geral. Já está na hora de eu sair deste apartamento.

Eu me troco rapidamente, vestindo minhas roupas da Terra. Quando saio do minúsculo segundo quarto, vejo que Isis deu as caras. Ela lança um sorriso para Britta, revelando ao mesmo tempo preocupação e perplexidade.

— Não se esforce muito — recomenda ela.

— Tá bom, relaxar com uma bebida na mão vai ser um verdadeiro esforço — Britta brinca.

Nós nos dirigimos ao clube noturno que Isis e eu chegamos da primeira vez. Britta atravessa a porta com seus grandes caracteres estilizados, marchando para o espaço que me lembra o *point* recreativo no qual dei uma olhada perto do apartamento de Tabzi, só que mais apertado e menos "high-tech". As mesas pequenas e posicionadas muito próximas umas das outras possuem suportes de verdade apoiando-as, e aquelas que não estão em uso são afundadas no chão a fim de proporcionar um pouco mais de espaço para circulação. No outro extremo, alguns degraus levam a uma área elevada que tem cerca da metade do tamanho do salão principal. As luzes são fracas, as paredes pintadas de um verde-escuro que reflete os aparelhos prateados. A música kemyana — uma série de notas que sobem e descem de forma quase aleatória — ressoa do teto. Um leve cheiro que lembra gengibre permeia o ar.

Britta faz surgir uma mesa e um par de bancos. Um menu pisca na superfície brilhante da mesa.

— Você sabe o que quer? — ela pergunta. — Você tem que ser cuidadosa com o que vai pedir num lugar como este.

Tenho um desejo súbito por um milkshake de morango. Uma cerveja. Qualquer tipo de bebida que faria eu me sentir um pouquinho mais em casa. É improvável. Faço uma careta ao me lembrar daquela que experimentei aqui da última vez: tinha um gosto amargo e artificial de chocolate que eu mal consegui engolir.

— Você se importa de escolher para mim? Confio no seu gosto. Vou dar uma espiada rápida por aí.

Ela assente, e eu passeio em direção à área elevada. Pelo que concluí da última vez, é onde acontece a maior parte das atividades ilícitas. As seis mesas ali em cima são grandes e oblongas, um pouco menos próximas umas das outras, dispostas contra as paredes ao longo da plataforma. Esta noite, quatro delas estão ocupadas: por um grupo de jovens mulheres conversando tranquilamente, por três homens rindo enquanto jogam um jogo no monitor de sua mesa, por um casal trocando olhares sedutores entre si, e por um grupo misto de cinco também utilizando o monitor de sua mesa, embora com muito menos jovialidade. Um deles faz um comentário descontente e olha para cima fazendo cara feia, bem na hora que o meu olhar pousa sobre eles. Meu batimento cardíaco dá um salto quando eu reconheço o pai de Jule. Ele me vê ao mesmo tempo. Sua carranca se desfaz pela surpresa.

Meus dedos se enrolam instintivamente buscando a pulseira de Jule. Mas esse cara já sabe a quem eu supostamente pertenço.

Ele se põe de pé abruptamente com uma deselegância que sugere que ele está ou bêbado ou chapado, mas seus passos em direção a mim são decididos. Eu recuo, querendo retornar para a minha mesa e para Britta, mas ele agarra o meu braço.

— *O que você está fazendo aqui?* — ele rosna.

Abro a boca, e lembro bem a tempo que eu não deveria entender aquela língua. Então, deixo a boca aberta e mole, balançando a cabeça e olhando para ele com o que eu espero ser uma convincente desorientação.

— *Onde ele está?* — ele continua, tão irritado que aparentemente não lhe ocorreu por que eu não lhe teria respondido. — *Se o meu filho quer conhecer o meu negócio, ele deveria vir ver ele mesmo.*

— Com licença? — diz Britta, surgindo por trás de mim. Sou inundada por um alívio. — O que você pensa que está fazendo?

— *Esta terráquea é propriedade do meu filho* — diz o pai de Jule. Seu olhar se desvia de nós, sondando a sala. — *O que ela está fazendo com você?*

— Jule anda ocupado — esclarece Britta. — Ele queria que seus amigos a levassem para passear pela estação, para impedir que ela fique muito (...). E eu não me importo se você é parente dele ou não, ela não é propriedade sua, então é melhor tirar a mão dela.

Sua voz treme no meio dessa última frase. Felizmente, o pai de Jule está muito distraído ou muito embriagado para notar sua fraqueza. Ele se livra do meu braço como se fosse um bocado de lixo que ele pegou acidentalmente.

— *Todas essas ideias inúteis que ele tem na cabeça...* — ele zomba.

Uma das mulheres em sua mesa acena para que ele volte, mas ele apenas olha furiosamente para o grupo, estufa o peito e deixa o salão. Britta arqueia as sobrancelhas em resposta à sua batida em retirada.

— Imagine crescer com *ele* cuidando de você — ela murmura.

— É — digo com um estremecimento.

Dois copos se materializaram na nossa mesa, altos e recurvados de modo que se deve beber da abertura como a boca de uma garrafa. O que Britta passa para mim contém algo amarelo brilhante com um gosto vagamente cítrico, como se fosse uma limonada cremosa. Até que é bom. Meu olhar desliza de volta para a área elevada.

— Ele me interrompeu antes que eu pudesse ouvir qualquer coisa — comento.

— Vai em frente, então — incentiva Britta. — Eu vou ficar de olho para o caso de alguém ficar agressivo.

— Você está bem?

— Não foi o papo mais agradável da minha vida, mas eu sobrevivi.

Eu me aproximo de novo dos degraus cautelosamente, levando minha bebida comigo para evitar que minhas mãos demonstrem inquietação. Ninguém, nem mesmo as quatro pessoas que sobraram na mesa que o pai de Jule abandonou, me lança mais do que um olhar de passagem. Vou passeando até uma das mesas vazias e cutuco a tela como se estivesse despreocupadamente curiosa.

As mulheres à minha esquerda estão discutindo sobre alguém — a mãe de um amigo, acho — que recentemente ficou doente:

— *Eu não sei por que está demorando tanto.*

— *Pode ser sério?*

— *Ela está muito preocupada.*

— *Ela gosta de fazer drama. A equipe médica vai descobrir o que é.*

Vou para a direita, aproximando-me do trio de homens. Eles estão jogando em silêncio agora.

— Que jogo é esse? — pergunto com a minha melhor imitação de dopada.

Um dos homens me olha e sorri.

— Nada que você fosse capaz de jogar.

O cara à direita prageja quando um movimento termina mal para ele.

— *Pode ir transferindo* — o primeiro cara diz, virando as costas para mim.

— *Me dê mais algumas partidas e eu vou recuperá-los.*

Eles dão início a uma discussão sobre probabilidades e os elementos do jogo, usando uma terminologia além da minha compreensão. Eu perambulo até a outra mesa vazia, próxima do casal e do grupo do pai de Jule. O pouco que capto da conversa do casal me faz corar. Deslizo os dedos sobre o tampo da mesa, observando as imagens piscarem sobre ela, aproximando-me dos outros. Eles estão falando sobre o pai de Jule.

— *Aqueles Adkas* — diz uma das mulheres com uma pontinha de troça.

— *Ele ajuda a manter a minha carteira de clientes cheia* — o homem ao lado dela declara.

— *São as gerações mais novas* — argumenta o outro homem, passando a mão sobre os cabelos grisalhos. — *Eu trabalhei com Theor Adka... Ele até que era um sujeito inteligente. É uma pena que tenha perdido o controle sobre seus filhos.*

— *Ouvi dizer que ele está tão mal quanto os filhos agora* — observa a segunda mulher. — *Gastando créditos em seja lá o que for que... chame sua atenção.*

— *Ele não é como costumava ser, mas são os filhos que realmente estão esvaziando as contas da família.*

— *Estou até surpresa que as contas deles ainda estejam ativas. Elas devem ser maiores do que se pensava.*

— *Melhor para nós!* — celebra a primeira mulher, e os outros riem. Ela inicia um novo jogo, e a conversa muda para a disposição de apostas e análise do que está no monitor. Eu vazo dali, com um nó no estômago. É por isso que o Executor que entrevistou Jule não fez tanta questão de esconder o seu desdém?

Se o que essas pessoas estão dizendo é verdade, não é de estranhar que seja importante para Jule fazer as coisas melhor do que todos os outros. Ele está tentando evitar ser associado ao pai.

Entretanto, eu ainda não fiz nenhum progresso no que diz respeito ao assunto pelo qual estou aqui. Hora de dar uma pressionada.

— Alguém aqui já esteve na Terra? — eu pergunto, erguendo a minha voz para que toda a plataforma ouça. As mulheres levantam o rosto para olhar para mim, meneiam a cabeça umas para as outras com o que parece ser pena, e retornam às suas conversas. Todos os outros me ignoram.

— Descobriu alguma coisa? — Britta pergunta baixinho quando eu volto para ela.

— Até agora, nada. Mas, se a gente ficar mais um pouco, talvez mais pessoas apareçam.

— Por mim tudo bem — diz Britta, e ergue seu copo quase vazio. — Como é que falam mesmo? Saúde!

Não consigo deixar de sorrir, apesar da crescente sensação de que o tempo está se esgotando. Esta é provavelmente minha última chance de encontrar o traidor antes da viagem até o planeta. Nós brindamos, e eu tomo um longo gole da minha bebida. Esta mistura não parece causar nenhum efeito especial. Pego-me desejando que viesse com as propriedades calmantes daquela bebida mentolada.

Britta produz redemoinhos no restinho de líquido roxo no fundo de seu copo. Ela olha em volta e então pergunta baixinho:

— Como estão as coisas com Jule?

Meu primeiro instinto é não alimentar essa conversa. Mas, enquanto respiro fundo, não consigo resistir ao desejo de extravasar as incertezas presas dentro de mim. Britta é a coisa mais próxima que tenho de uma Angela ou uma Lisa aqui. Talvez ela fosse *mais* útil, já que pertence a este povo.

— Eu não sei o que dizer a ele — admito.

Ela inclina a cabeça.

— O que você quer dizer a ele?

— Eu não sei. Nós temos... — Meu rosto cora. — Ficamos próximos. Mas nós de fato não *conversamos* muito. Pelo menos, não sobre nada que seja sério. Às vezes, quero perguntar para ele o que ele pensa sobre as coisas, mas não sei como ele vai reagir. Eu nem sei como trazer à baila que *quero* conversar mais. — Sobre como ele se sente a meu respeito, além do que estamos fazendo juntos. Sobre eu estar fazendo isso pelas costas de Thlo. Sobre todas as partes de sua vida que não me envolvem. Na verdade, sobre qualquer coisa que não seja a nossa brincadeira romântica que está começando a parecer vazia não importa o quanto seja divertida.

— E é mais fácil simplesmente não trazer o assunto à baila? — Britta sugere.

— É. Especialmente desde que... Quero dizer, se tudo correr como planejado, em breve estarei de volta à minha vida na Terra, então não tem sentido tornar o lance mais sério. Eu acho que é assim que ele vê também. — Giro o meu copo. — Você e Isis parecem realmente... se dar muito bem. Como vocês resolvem o que dizer e o que deixar pra lá?

— Quer saber de verdade? — diz Britta. — Nós simplesmente vamos levando. Não que nunca tenhamos ficado bravas uma com a outra. Isso acontecia muito no começo. Mas nos gostávamos o suficiente para superarmos. — Seu sorriso torna-se pesaroso. — Eu não acho que exista uma regra que você possa seguir. Até mesmo aqui, onde gostamos de regras para tudo. Você vai descobrir o que quer, como você quer que as coisas sejam, e vai resolver a partir daí. E se ele não quiser a mesma coisa, bem, então você vai ficar sabendo.

E aí poderei me machucar. E perderia o que nós já temos: os flertes, os beijos...

— Você faz *isso* parecer fácil — digo.

Britta dá de ombros.

— Eu não sei sobre a sua época exata na Terra, mas a forma como pensamos os relacionamentos aqui, na sua maior parte, é muito diferente. Com o sistema médico que temos, ninguém precisa se preocupar com consequências acidentais... Gravidez ou doenças. Então, nós simplesmente... Existe um ditado, que não dá para traduzir perfeitamente, mas é algo como: "O coração é treinado por meio da prática". O sentimento geral é de que é bom explorar a atração assim que você estiver pronto, com quem quer que esteja compartilhando isso com você, sem se preocupar com quão sério você queira que seja ou se é com garotas ou garotos ou ambos, ou qualquer coisa assim. Tudo o que se espera é que você vai aprender o que te agrada e como lidar com isso à medida que segue em frente, e a ser honesto com seus parceiros se isso mudar. Gastar tempo e energia com alguém ou alguma coisa que você realmente não quer... Isso é um desperdício.

É incrível como os kemyanos conseguem pegar um conceito que poderia ser romântico e defini-lo em termos completamente práticos.

— Mas e se você não tiver certeza? Eu não sei o que quero mais... Ver se Jule se abriria para mim, ou preservar o que já temos.

— Então continue "praticando" até ter — Britta responde com um sorriso.

Eu observo enquanto o casal da área elevada caminha para fora, as mãos entrelaçadas, tentando ponderar sobre como me sinto. Se Jule queria algo diferente, por que *ele* não teria me dito? Meus sentimentos estão muito embaralhados, entre ele e meus objetivos aqui e minha ansiedade em relação ao trabalho que tenho pela frente. Talvez seja um desperdício permitir que eu fique me preocupando com isso quando em menos de uma semana seja lá qual for o relacionamento que temos poderá não mais existir, de qualquer forma.

Um dos grupos das mesas do piso inferior desloca-se para a área elevada. Enquanto engulo rápido o restinho da minha bebida, dois homens mais velhos entram e vão direto para cima.

— Vou pedir mais umas bebidas para a gente — declara Britta, pegando o menu. Enquanto esperamos as bebidas chegarem, o grupo do pai de Jule começa a se levantar para ir embora. Quando eles acabam de sair pela porta, Tabzi entra "causando" com duas amigas... Meninas que acho que reconheço da loja de roupas.

Tabzi titubeia quando seus olhos encontram os meus. Obviamente, não esperava encontrar aqui algum conhecido. Fico tensa, me perguntando se suas amigas olharam o suficiente para mim lá na loja para me reconhecerem agora.

Mas Tabzi se recompõe rapidamente. Ela se inclina para uma de suas amigas, não dando a menor bandeira de que nos percebeu, e as direciona para o outro lado do salão.

— Então, este aqui é o lugar?

— Estou te dizendo — a amiga responde —, ele não parece grande coisa, mas eles têm o mais incrível (...). Em nenhum outro lugar eles fazem um como o daqui. Você tem que experimentar.

Eu as espio com o canto do olho enquanto elas pegam uma mesa no canto. Um homem magro com um bigodinho fino chega com as nossas bebidas: a minha desta vez é rosa-escuro. Eu lanço a Britta um olhar interrogativo por cima do copo.

— Ela lidou bem com isso — ela murmura. — Não faria muito sentido ela me conhecer... ou conhecer você.

Tabzi lidou bem com isso, de fato. O que só confirma que ela sabe ser fingida quando quer ser. Sorvo um gole da minha bebida sabor cereja picante, de olho na mesa dela.

Tabzi não faz nada suspeito, apenas vibra com suas amigas quando o homem do bigodinho traz para cada uma delas aquela espécie de varinha que vi no point recreativo no setor dela. Eles terminam de consumir as varinhas e saem fora da balada.

Talvez eu esteja sendo injusta. Como se às vezes Pavel e Mako, e até mesmo Emmer, não tivessem se comportado de maneira estranha também.

Inquieta, escorrego para fora do meu banquinho.

— Vou dar mais uma circulada — digo a Britta. Eu perambulo pela parte inferior do clube, de um modo que os meus movimentos não pareçam muito intencionais, antes de vagar de volta para os degraus que levam à plataforma. As mulheres que estavam lá antes estão papeando sobre aquele esporte que Jule curte. O trio de homens está concentrado em seu jogo. O novo grupo está envolvido profundamente em uma conversa. Eu me aproximo de mansinho, fingindo que estou apreciando a vista do resto da sala apoiada na grade.

— *... ele já devia saber.*

— *Bem, acho que ele vai acabar descobrindo isso por conta própria.*

— *Está demorando muito tempo. Um dia eu aposto...*

Eles baixam mais a voz, então não consigo entender a maior parte das palavras. Eu me aproximo, e um dos homens olha intrigado para mim.

— Você com certeza tem que experimentar este aqui — eu digo, erguendo a minha bebida. — É o melhor.

O homem bufa e cutuca um de seus acompanhantes.

— *Eu não acredito que Davic passa o dia todo estudando-os.*

Estudando terráqueos? Eu balanço um pouco para o lado, esperando que eles me despachem e continuem falando sobre isso, e um dos homens mais velhos duas mesas depois berra para mim.

— Ei! Fala inglês?

Eu olho para ele, e ele me dá um largo sorriso, largo até demais.

— Venha aqui — ele chama, acenando. — Fazia tempo que eu não via um terráqueo de verdade.

Supõe-se que eu seja lesada e obediente. Relutantemente, eu vou até lá, passando pelas outras mesas.

— Oi — eu digo. — Você gosta da Terra?

— Claro! — o acompanhante do homem diz com o que parece sarcasmo. — De onde você vem?

— Bem, da Terra — eu respondo, e ambos caem na gargalhada.

— Você pode ser mais específica, *querida?* — pede o primeiro homem. — Você parece norte-americana para mim.

Talvez *ele* seja um Viajante.

— Ah, sim. Você já esteve lá?

— Eu? Na Terra? — O homem ri mais alto. — Não, eu prefiro ficar confortável aqui.

O segundo cara dá um tapinha no assento ao lado dele.

— Preciso voltar logo para a minha amiga — eu aviso. — Eu só estava dando uma olhada por aí.

— Você gosta do nosso clube? — ele pergunta.

— Sim. Sim, é bom.

Eu recuo, deslocando-me em direção ao outro grupo. Já não posso ficar me demorando mais aqui.

— *Vocês* já foram para o meu planeta? — eu pergunto na outra mesa para ninguém especificamente.

Desta vez, a mulher ali me dá uma colher de chá.

— Volte em uma ou duas horas, quando o nosso amigo Davic estiver aqui — diz ela secamente. — Ele tem ido para a Terra... Tenho certeza de que adoraria conversar com você.

Os homens no grupo riem.

— *Você é terrível!* — um deles diz para ela.

— *Ele não deveria ter se juntado ao departamento de Viagens à Terra se não quisesse gastar metade do seu tempo com (...) pela galáxia* — ela responde jogando os cabelos para o lado.

— Você tem alguma ideia do que significa esse papo mirabolante dele ultimamente? — outro pergunta. — "As coisas vão mudar para mim. Agora eu tenho algo de valor inestimável com que contribuir". O que ele está tramando?

— Seja lá o que for, deixou-o menos interessado em vir para cá — observa o primeiro homem.

Algo de valor inestimável com que contribuir? Como informações sobre um grupo rebelde? Estou lutando para pensar no que dizer para extrair mais deles quando o cara mais velho que me chamou antes grita na minha direção.

— Ei, o que tem de tão interessante neles? Por que você não quer falar com a gente, terráquea?

Olho para ele, fingindo confusão, sem vontade de abandonar essa conversa outra vez.

— Eu disse para vir aqui! — berra o homem, levantando-se. Enquanto hesito, o homem do bigodinho se apressa em subir os degraus.

— *Por favor, falem mais baixo por (...) dos outros clientes* — ele diz para o homem, que faz uma careta, mas volta a se sentar. Meu alívio dura o tempo que o garçom leva para virar para mim e me agarrar pelo ombro.

— Acho que é hora de você ir embora — diz ele, me empurrando de volta para o nível mais baixo. Britta se levanta, já se desculpando. Eu espio uma última vez a mesa com os amigos do Viajante.

Davic. Pode ser ele a fonte de Silmeru. E se for, estamos a apenas um passo de descobrir quem está falando com ele.

23.

Já está tarde quando o transportador que Britta chamou me deixa no setor de Jule — tão tarde que as luzes do apartamento foram diminuídas para metade do brilho. Mas eu não fico surpresa por encontrar Jule me esperando. O que me surpreende é a rispidez em sua voz quando ele diz:

— Eu pensei que você estivesse indo para o apartamento delas.

Aquele confronto mais cedo no clube retorna a mim como uma cotovelada no estômago.

— Seu pai falou com você — respondo. Acho que não vou adiar a discussão desse assunto em particular por mais tempo.

— Ele veio aqui — diz Jule com um aceno de cabeça para a porta. Como ele está ali parado calmo e controlado, com o rosto impassível, eu não sei dizer o quanto está aborrecido ou mesmo o *tipo* de aborrecimento que ele está demonstrando: está irritado? Envergonhado? Magoado? — Ele me veio com um papo de que eu tinha enviado você para vigiá-lo. Mas não era ele que você estava "espionando", era?

— Eu me lembrei de um comentário que Silmeru fez naquele coquetel — explico. — Algo sobre a sua fonte, e jogos de azar. Então Isis me levou a alguns lugares onde rola esse tipo de coisa, para ver se eu poderia captar alguma conversa. Não foi nada de mais. Desculpe o lance com o seu pai. Eu não fazia ideia de que ele estaria lá.

— Por que não me disse o que ia fazer? — Jule exige saber. — Por que não pediu para *eu* levar você?

— Eu não sabia se as pessoas o reconheceriam, e se seriam mais cautelosas ao conversarem só porque eu estava com você — confesso. — E... eu tinha um pressentimento de que você não iria gostar muito da ideia. Estou tendo uma forte impressão de que eu estava certa.

Ele pisca, como se tivesse acabado de se dar conta da ideia que está passando. Lembro-me subitamente da admiração em sua voz quando eu lhe disse que confiava nele. Mas eu não confio, não completamente, não é? Não desde que eu o ouvi defendendo no outro dia as exposições do Estudos da Terra e seus humanos cativos. Há outra razão para eu ter evitado conversas mais sérias. Eu estava com tanto medo de ver esse lado dele de novo... medo de ver que ele realmente não acredita que eu possa ser uma parceira de igual para igual nesta missão... que evitei dar a ele oportunidade de mostrar isso.

— Eu me preocupei com você — Jule diz.

— Eu não fui sozinha. Eu não fiz nenhuma besteira. Eu não estava em perigo, ou algo assim.

— Claro que estava! — ele rebate, dando um passo na minha direção. — Se você estivesse perto de encontrar esse cara... você poderia se dar mal.

Eu me lembro de Isis me dizendo como a minha situação aqui é precária. De Thlo me chamando de dispensável. E agora, Jule está tentando me proteger me impedindo de fazer a única coisa que poderia nos salvar. Minha voz sai estrangulada:

— De qualquer forma, eu já poderia me dar mal. Daqui a alguns dias, eu estarei naquela navezinha exatamente como Britta esteve. Os Executores podem nos surpreender novamente. Podemos não escapar. Eu corro mais perigo com o traidor rodando por aí, passando informações. É isso que vai prejudicar a nós todos.

— Nós estamos sendo ainda mais cuidadosos agora. Não vai vazar mais nada.

— Não tem como você saber. Não quando nós nem ao menos sabemos quem está fazendo isso.

— Ainda assim, não deveria ser você a assumir os riscos — diz Jule. — Deixe a Britta e a Isis fazerem essa espionagem. Deixe *eu* fazer.

— Eu sou a pessoa mais indicada para essa tarefa — observo. — Logo que percebem que eu sou uma terráquea, eles param de se importar com o que dizem perto de mim... Presumem que eu não consigo entendê-los, que sou ignorante demais para ter segundas intenções. Nenhum de vocês pode conseguir isso. E eu *quero* fazer isso, Jule. Corri um risco enorme para chegar até aqui, mas eu queria fazer isso também. Tem todo um planeta repleto de pessoas dependendo de mim... — Os meus pais. Os meus amigos. Tias, tios, primos, avós. Cada professor que eu já tive, cada colega de classe. Muito mais pessoas do que eu já conheci, do que eu posso imaginar. — ...e ninguém aqui se importa com eles mais do que eu. Você não sabe o que é isso. Eu sei que você acha que os terráqueos são... inferiores, e fracos, mas eu não sou. Posso lidar com isso. *Venho lidando* com isso.

Ele fica em silêncio por um momento. Então, diz:

— Não, eu não sei o que é. Mas tem havido outras coisas que eu tenho precisado proteger. Faço uma ideia. E eu não acho que você seja fraca, Skylar. Você é a pessoa mais forte que eu já conheci.

Não há nenhum indício de provocação ou flerte em sua voz, apenas uma franca honestidade. Eu fico olhando para ele, de repente sem saber como responder. Ele suspira, esfregando a lateral da cabeça.

— Eu sei que não deveria te pedir para parar, então não vou pedir. Você poderia pelo menos acreditar que eu não estou preocupado com você por causa de uma "inferioridade" que ache que os terráqueos tenham, mas apenas porque detesto a ideia de alguma coisa acontecer a *você*?

— Ok — digo baixinho, sentindo uma pontada de culpa. — Desculpa não ter te falado o que eu estava fazendo. Vou fazer isso a partir de agora.

— Está certo. Mas... seria muito sugerir que você adie isso de agora até depois da incursão ao planeta? Só aguardar pacientemente por um dia? Eu acho de verdade que Thlo está com a situação sob controle, e correr o risco de chamar uma atenção extra para você logo antes de...

— Ok — repito. Eu não acho mesmo que poderia sair de novo amanhã, não sem que isso não parecesse suspeito *tanto* para mim *quanto* para Isis e Britta. Temos uma pista. Sou mais útil se ficar por aqui e esperar para ver o que elas descobrem sobre esse tal de Davic.

— Obrigado. — Ele dá mais um passo, ficando perto o bastante de mim agora para descansar a mão na minha cintura. — E então estaremos prontos para partir, e nós poderemos deixar a estação, e ninguém será capaz de atravessar o nosso caminho.

— E eu irei para casa.

— Sim — ele confirma com a cabeça.

Nesse momento, uma parte minha não quer isso. Uma parte minha aceitaria as restrições e os preconceitos e as provocações, os perigos e os horrores de como as pessoas como eu são tratadas aqui, só para preservar isso: o calor de sua mão, o formigamento da minha pele, a sensação de ser simplesmente desejada, sem qualquer outra expectativa a não ser de oferecer o que quer que seja que eu quero em retorno. Eu acho que enxergo o mesmo sentimento em seus olhos enquanto ele me encara de volta.

— Jule.

— Que foi?

Faltam-me as palavras. Então eu me aproximo, puxando sua cabeça para a minha.

É mais fácil simplesmente não trazer o assunto à baila?, Britta sugeriu quando eu perguntei a ela sobre saber o quanto falar. E é exatamente isso. Fácil, o roçar de sua boca contra a minha, minha mão descendo para o seu peito, ele percorrendo a minha espinha sob minha blusa. Nada do que eu poderia dizer me causaria uma reação mais certa do que o aperto de seus braços quando eu deixo os dentes resvalarem em seu lábio inferior, o murmúrio em sua garganta quando os meus dedos deslizam pelos músculos de sua barriga. Ou o suspiro que escapa da *minha* garganta quando ele dá um beijo na curva do meu ombro, na ponta do meu queixo. O calor lento e constante que preenche todo o meu corpo, pondo em chamas todos os pontos em que encosto nele, até que eu recuo e fico imóvel, mais uma vez.

Por quê? A questão se levanta, e eu não consigo desvendá-la. Esta é a única coisa boa que eu encontrei aqui. Por que eu não deveria entrar de cabeça? Fazer isso vai mesmo machucar mais na hora de partir? Mais do que ficar sem saber que eu desisti dessa chance?

Angela e eu conversamos sobre isso, meses atrás: falamos sobre garotos e paixonites e para onde essas coisas levam. "Lisa diz que dói na primeira vez", disse ela. "Como isso poderia não ser um pouco assustador?" E eu disse: "Eu acho que quando você não está com medo é porque sabe que é a pessoa certa".

E eu não estou, percebo. Não tenho o menor medo de Jule ficar muito envolvido em seu prazer para não considerar o meu ou agir com distanciamento na manhã seguinte. Não consigo imaginar outra sensação que não seja boa. E ele conhece partes minhas que eu não tenho certeza se algum dia serei capaz de compartilhar com um cara na Terra, sem ser descartada como uma garota maluca. Posso nem conseguir voltar para a Terra... posso morrer daqui a dois dias naquela espaçonave, ou amanhã, se os Executores chegarem detonando, para nos prender por traição, ou em um bilhão de outros momentos.

De todos os riscos que eu estou assumindo, dificilmente este é um deles. Entrelaço minha mão na de Jule de modo que, quando me afasto, eu o puxo comigo em direção à porta do meu quarto. Um convite tácito. Ele olha para ela e depois para mim. Então vence a pequena distância entre nós com um beijo que de certa forma é mais avassalador e mais carinhoso do que qualquer outro que tenha me dado antes.

— Vai na frente — diz ele quando nos soltamos para tomar fôlego, uma sugestão familiar de desafio em sua voz. Eu sorrio e enrosco os meus dedos nos dele, e ele me segue pela porta.

☆ ☆ ☆

Na manhã da nossa segunda expedição até a superfície do planeta, eu pego minhas fotografias e olho para as pessoas com que mais me importo no mundo para o qual estou lutando para retornar.

O que será que eles diriam? Mamãe e papai; Angela, Lisa e Evan, se pudessem me ver aqui? A primeira coisa que me vem à mente é a risada de Lisa, uma incredulidade bem-humorada a respeito de toda essa situação. Angela ficaria me encarando, tentando entender, mas posso ouvir sua voz animada dizendo: "Lógico que você consegue fazer isso, Sky". Mamãe, com seu bordão preferido: "Pense positivo". E papai sorrindo em silêncio.

Eles não poderiam compreender o que está acontecendo aqui, mas teriam acreditado em *mim* mesmo assim. Eu sei disso. E não vou decepcioná-los.

— Eu quero ir com você hoje para a sala de controle mais cedo — peço a Jule enquanto ele termina o seu café da manhã. — Antes que seja hora de eu entrar na espaçonave. Preciso falar com Win.

Jule concorda como se qualquer rivalidade entre eles fosse imaginação minha, sem a menor alteração em sua expressão. Houve uma sensação de amadurecimento ao acordarmos ao lado um do outro — na cama dele, desta vez, o que foi legal porque ela é quase o dobro da minha. Não que meu peito ainda não vibre quando ele me lança aquele sorriso maroto, o que me faz rememorar todas as coisas que fizemos antes de dormir. Mas estou à vontade na sua presença de uma forma que não estava pouco antes, uma mudança no conforto que aconteceu sem a necessidade de conversar sobre isso.

Mas algumas questões têm, sim, que ser discutidas e resolvidas. Especialmente quando estou prestes a fazer uma jornada extremamente perigosa ao espaço sideral. Assim, meia hora depois, estou entrando na nova sala de controle que Thlo arranjou, meus nervos zunindo com a apreensão sobre ambas as tarefas que tenho pela frente.

— Você vai se sair bem — Jule me conforta, tocando minha bochecha. Ele caminha despreocupadamente para se juntar a Thlo e Isis no outro extremo da sala. É só aí que Win, de fato, olha para mim do painel de controle no qual está sentado, como se estivesse esperando um pouco para que não precisasse cumprimentar Jule.

— Oi — digo a ele. — Posso falar com você um minuto?

— Claro! — ele responde, mas há um aborrecimento em sua voz, uma rigidez em sua postura quando se levanta. Dou um passo para trás, em direção à porta fechada, onde teremos um pouquinho de privacidade naquele estreito aposento. Win me acompanha, correndo a mão pelo cabelo bagunçado.

— Sinto muito por você ter descoberto daquela maneira sobre mim e Jule. Meio que... aconteceu. E antes, quando eu disse que não rolava nada com ele, ainda não tinha acontecido. Eu não teria mentido para você. Eu só não sabia o que dizer sobre isso, depois.

— Você não tem que se desculpar — Win diz, olhando para o chão. — Você não fez nada de errado. Não é nenhuma surpresa, certo? Todo mundo gosta de Jule. Ele é um grande cara.

Posso concluir o restante: exceto quando Jule decide que você só é digno de zombaria. Embora ele tenha sossegado nas últimas semanas, chegando até quase a ser atencioso às vezes, isso não muda a história. Mas Win não fala com amargura. É apenas... realista. Como se essa fosse só mais uma de uma longa lista de frustrações, tão longa que se tornaram previsíveis. Talvez sejam. Thlo confia mais em Jule do que em Win, compartilhando com ele as informações sobre o traidor, dando-lhe mais responsabilidades em relação à missão à Terra. Posso facilmente imaginar, no treinamento dos Viajantes, os instrutores elogiando as habilidades linguísticas de Jule e sua confiança, e ao mesmo tempo desconsiderando cada comentário feito por Win por causa de seus antecedentes familiares. Será que Win pensa que me *perdeu*, a única aliada de verdade que ele acreditava ter?

— Isso não é importante — ele acrescenta, e eu seguro a mão dele.

— É importante para mim. *Você* é importante para mim. É importante para mim que a gente esteja bem. Aconteça o que acontecer com Jule, não tem nada a ver com você e eu. Ok? Depois de tudo o que passamos juntos... Nós salvamos *a vida* um do outro, Win. Você me ajudou a me manter sã. Eu poderia estar beijando todo mundo nesta estação e isso continuaria sendo importante. Eu ainda estou aqui se precisar de mim.

Ele tinha levantado a cabeça enquanto eu falava, seus olhos perscrutando. No comentário sobre estar beijando todo mundo, seus lábios se contorceram. O que quer que tenha enxergado na minha expressão, seus ombros relaxaram um pouco.

— Eu sei — diz ele. — Você não tem que ficar se preocupando comigo. Apenas se concentre em retornar para cá sã e salva, está bem? Isso é o mais importante para *mim*, mais do que qualquer outra coisa.

Ele aperta minha mão, e a tensão dentro de mim também arrefece.

— Pode ter certeza de que eu vou fazer tudo para voltar inteira.

Meus nervos têm cerca de três segundos de trégua antes de Isis chamar meu nome. Ela me faz um gesto indicando a porta.

— Está na hora.

— Boa sorte — deseja Win quando eu o solto.

Minha pulsação começa a se acelerar enquanto eu caminho com Isis para o transportador interno.

— Teve sorte com Davic? — eu pergunto assim que entramos no transportador.

— Nós encontramos alguns padrões interessantes — ela revela. — Estou quase certa de que é ele quem está passando as informações. Nós ainda não conseguimos descobrir de quem, mas vamos chegar lá. — Ela faz uma pausa. — Você sabe que dará tudo certo hoje, não sabe? Nenhum dos outros faz a menor ideia de que estamos fazendo isso. Você provavelmente não irá se deparar com nada pior do que o simulador já apresentou a você.

Provavelmente. Gostaria de me sentir tão segura como ela parece se sentir.

O transportador desliza suavemente até parar. Nós enveredamos por uma passagem lateral e depois descemos um corredor escuro, iluminado apenas pelo brilho de um apetrecho quadrado que Isis segura para nos guiar. Ela bate de leve em algo na parede e outra porta se abre. Nós descemos uma escada e adentramos um espaço frio e escuro onde uma espaçonave e Odgan nos aguardam. O ar parece mais rarefeito, ou talvez seja apenas o meu nervosismo.

Odgan cumprimenta a nós duas com um breve aceno de cabeça, os olhos demorando-se em mim com curiosidade, mas sem nenhum traço de hostilidade.

— Equipamentos carregados e nave abastecida — informa ele.

— Ótimo! — Isis aprova. — Vocês dois já se conheceram no meu apartamento, não foi? Skylar, este é Odgan. Odgan, esta é Skylar. Vamos acomodá-la na nave.

Eu cumprimento Odgan com um aceno de mão desajeitado. Não creio que tenhamos trocado uma única palavra da última vez. Então, volto a minha atenção para a navezinha, deslizando para o assento que se molda contra o meu corpo. Não importa o que aconteça, seja azar ou sabotagem, eu vou precisar das mesmas habilidades para sobreviver. Passo os dedos sobre as diferentes áreas do painel, ensaiando mentalmente o treinamento que fiz por conta própria e com Britta ao meu lado.

— Eu estou bem — digo a Isis.

Ela segura o meu ombro.

— Eu vou ficar com você durante toda a viagem lá. Você também já pode ir colocando o seu comunicador.

Eu me atrapalho com o dispositivo que ela me entrega, enquanto ela puxa a porta da espaçonave, fechando-a. O espaço interno é apertado. Respiro fundo quando ela desaparece escada acima, e pressiono a pequenina esfera em meu ouvido. Ao meu lado, Odgan faz o mesmo.

— Eu sei que você é novata nisso — diz ele. — Se estiver insegura sobre o que quer que seja, me fale. Eu posso dar uma mãozinha.

— Vou dar o melhor de mim para que você não precise.

— Pelo que Isis diz, não acredito que vou precisar — ele responde com um aceno respeitoso de cabeça.

Viro-me para os controles novamente quando a voz de Isis cantarola no comunicador.

— Liguem os motores e fiquem a postos para a partida. Teremos nossa janela em cinco minutos.

Meu coração bate forte. Mas a essa altura eu sei tão bem a sequência de inicialização que nem preciso pensar. A tela à nossa frente pisca, ligando, mostrando a vista nebulosa e acinzentada que eu vi da sala de controle da última vez. Os dedos de Odgan tamborilam sobre o seu lado do painel e a escotilha à nossa frente se abre suavemente. As escuras nuvens vermelhas arroxeadas do verdadeiro planeta Kemya estão bem à frente.

Um leve tremor percorre a espaçonave enquanto ela se ergue do chão. Ela fica ali pairando no ar, perfeitamente imóvel, aguardando nosso próximo comando. Um leve suspiro assinala a intensificação na filtragem, deixando no ar um gosto metálico.

— Tudo pronto — informa Isis. — À frente, velocidade total!

Odgan acelera o sistema de propulsão e ajusta o ângulo do bico da espaçonave enquanto eu libero o equivalente a freios da nave. O pequeno veículo espacial plana para cima, ganhando velocidade. A abertura da passagem fica para trás. E então estamos por nossa conta em meio à vastidão do espaço. Embora eu saiba que os contornos gigantescos da estação estão logo atrás de nós, um calafrio percorre o meu corpo.

Os outros estão lá dentro, de olho em todo o nosso entorno. Nós só temos de nos preocupar com o que está diante de nós. Eu pressiono o regulador de pressão à primeira indicação luminosa dos sensores, minha barriga sentindo um friozinho quando a espaçonave desce. Alguns poucos detritos atmosféricos, pequenos demais para que tenhamos que nos desviar, tilintam contra o revestimento da espaçonave. As róseas nuvens do planeta se expandem e preenchem o visor.

— Veículo espacial em 4-23-8-1 está se aproximando com 10 graus de diferença do que esperávamos — comunica Isis. — Enviando ajuste de curso.

Estendo as mãos para alterar os controles de acordo com os novos dados apresentados no meu monitor, Odgan trabalhando tão rápido quanto eu ao meu lado. Não consigo enxergar o veículo, e ele ainda não apareceu em nossas limitadas leituras de navegação. Se os seus sensores "virem" a gente...

— Tudo ainda está ok? — não posso deixar de perguntar.

— Estamos indo bem — diz Isis. — Continue assim!

A espaçonave mergulha nas nuvens. Um rugido distante penetra as paredes. As leituras no painel enlouquecem por um instante quando um vento nos sacode, e minhas mãos se fecham, retesadas. Eu as forço a se abrirem. Mantenho o bico estável. Observo os dados elétricos. Ajusto o nosso ângulo quando as leituras piscam de volta, fazendo sentido agora.

O rugido diminui quando atravessamos as nuvens, sobre uma paisagem de planícies e montanhas marrons acinzentadas. Nada abaixo de nós parece remotamente vivo. Win disse que a atmosfera estava envenenada, que tudo aqui embaixo morreu após o desastre tecnológico que ele comparou a cem vezes o impacto causado se as estruturas de combustível dos reatores de todas as usinas nucleares da Terra começassem a derreter ao mesmo tempo. Isso aconteceu há milhares de anos, e o planeta deles ainda é um lugar inóspito.

— Estamos dentro do campo temporal agora — diz Odgan. — Está pronta para saltar?

Concordo com a cabeça. Suspeito que depois das minhas peripécias pelo tempo na Terra com Win, eu provavelmente já passei por mais saltos do que qualquer não Viajante em toda a sua vida. Mas esse procedimento é tão complexo que Odgan vai conduzir a coisa toda. Eu só tenho que me certificar de que nada saia dos eixos.

Eu me concentro enquanto ele insere uma série de comandos em seu painel. A espaçonave dá uma guinada, primeiro para cima, depois para baixo, enquanto o mundo lá fora vira um borrão. Fico contente por descobrir que estou só um pouco enjoada quando paramos após um solavanco.

— Vamos descer aqui? — pergunto.

— Não, mais longe. Numa das ilhas. Isis recomendou que a gente entre na extremidade oposta do campo temporal por causa da fiscalização mais rigorosa em torno das regiões do *kolzo*.

Certo. Eu deixo a espaçonave descer em direção à superfície do planeta enquanto Odgan nos conduz fazendo uma curva para a direita. Parte do que eu pensei serem planícies na verdade é um oceano, e eu só me dou conta disso quando descemos o suficiente para avistar a espuma das ondas. Até mesmo a água assumiu esse tom sem vida, exceto onde ela reflete o roxo e o vermelho das turbulentas nuvens, que deixam passar apenas alguns poucos raios de luz solar lá em cima.

Construções de vários formatos — umas em forma de caixa, outras parecendo pirâmides disformes, e outras, ainda, semelhantes a esferas amassadas — pontuam a terra e a margem do oceano em intervalos aleatórios. As operações de mineração autorizadas que estaremos simulando, eu presumo.

— Prepare-se para o contato com a superfície — alerta Odgan. Eu alterno a pressão e ajusto os valores de peso automaticamente. Então, um movimento além do monitor me chama a atenção.

— Aquilo é outra espaçonave? — eu me apresso a dizer, apontando para um pontinho nas montanhas distantes. A cabeça de Odgan vira-se rapidamente. Ele murmura uma imprecação e se debruça em seus controles. Nós estamos saltando novamente antes de eu ter tempo de me preparar. Sinto o ar sendo expulso de meus pulmões e, então, estamos no mesmo lugar, mas o pontinho desapareceu.

— Você tem uma vista aguçada — elogia Odgan, exalando um suspiro.
— É provável que eles ainda não tivessem visto a gente. E se tivessem, não iriam perceber necessariamente que não deveríamos estar aqui.

— E se percebessem?

— Nós vamos descobrir em breve — diz ele de modo sinistro.

A companhia inesperada me deixou nervosa. Examino o horizonte de tempos em tempos à medida que descemos os muitos metros finais, mas não há nada para ver agora a não ser a carregada paisagem marrom acinzentada. Nós pousamos com um baque num trecho relativamente plano de solo rochoso.

Odgan sai de seu assento e vai até a escotilha atrás de nós.

— Vou demorar um tempinho — diz ele. — Continue de olho, e chame se você vir qualquer coisa preocupante.

Eu afundo no assento, deixando as mãos descansarem no colo. Minha pele parece úmida dentro das roupas. Mas estamos quase na metade da missão.

— Isis? — eu chamo, e no silêncio que se segue eu me lembro que o alcance da transmissão não chega até aqui, nesta fatia de tempo no passado para a qual saltamos. Talvez antes mesmo de Isis ter nascido. Quem sabe o que está acontecendo na estação acima da nossa cabeça neste exato momento? Não que pudéssemos alcançá-la — o campo temporal não se estende por uma área tão distante. Nós seríamos puxados de volta para o nosso presente logo que cruzássemos o limite.

Alguma coisa esbarra na parte externa da espaçonave. Eu me sobressalto por um instante quando uma figura se move em frente à tela, antes de eu reconhecer o rosto de Odgan através de seu capacete transparente, que se ajusta como uma delicada bolha em um traje espacial muito mais delgado do que a versão terrestre. Ele está empurrando um cilindro cintilante tão alto quanto ele em direção à água.

O cenário pelo qual ele se arrasta está tão... *morto*! Um embaciado oceano cor de lama arrebentando pesadamente contra blocos esburacados de rocha cinzenta. Campos de um solo pardo tão seco que punhados dele estão constantemente turbilhonando no ar com as lufadas de vento. Até mesmo os desertos da Terra que eu vi por meio de imagens pareciam mais vibrantes do que este lugar. Não há o menor sinal de vida, vegetal ou animal. É simplesmente um vazio. Tão árido que é até difícil imaginar árvores sarapintando aquelas montanhas distantes, flores brotando ao longo da costa, peixes pulando fora d'água. Quando eu focalizo outro ponto, a paisagem inóspita sempre acaba prevalecendo. Não vejo a hora de sair daqui. Fugir para longe deste de mar de devastação que parece prestes a nos engolir por completo.

Odgan retorna apressadamente para a espaçonave alguns minutos depois. Ele retira o capacete e o restante do traje espacial, espalhando a poeira que ficou retida nas pregas.

— Pronto! — avisa. — Vamos dar um tempo para a coisa funcionar.

Nós levantamos do chão para outro salto. Meu estômago se revira, e acabou. A paisagem à nossa volta parece exatamente a mesma, exceto pela poeira que está sendo soprada de forma diferente sobre as rochas. Quando pousamos, Odgan vai novamente para fora e se dirige para o aparelho que ele instalou. Estou examinando o céu quando a sua voz surge no meu comunicador.

— Skylar, acho que vou precisar da sua ajuda... O processo de recuperação está um pouco mais complicado do que o planejado.

— Eu... Ok — respondo, minha boca ficando seca. — O que eu tenho que fazer?

— Tem um outro traje de proteção na parte de trás — ele instrui. — Espere, eu vou ajudar você a entrar nele. Nós só precisamos ser rápidos.

Eu me espremo no compartimento de trás enquanto a vedação interna circular estala e Odgan entra. Ele está mancando da perna esquerda.

— O que aconteceu?

Um dos componentes se soltou muito rápido, ricocheteou e bateu no meu tornozelo — diz ele. — Não é nada sério. Eu só não consigo operar a coisa toda sozinho com a perna desse jeito. Tome.

Ele puxa um pacote do canto e me entrega, e me mostra como fechar a abertura do traje espacial quando deslizo o capacete flexível sobre a cabeça. As camadas de tecido pesam sobre os meus membros. Saímos cuidadosamente pelas portas duplas e eu ponho os pés com cautela sobre o chão poeirento.

Até mesmo as manchas que parecem apenas poeira macia escondem calombos duros de pedra. Eu oscilo enquanto caminhamos até a margem da água. O ar frio do lado de fora penetra até mesmo o denso material do traje. O vento sopra poeira sobre nós, os salpicos fustigando o meu capacete.

— Precisamos torcer esta parte de cima, para ela se soltar — orienta ele pelo comunicador, gesticulando quando chegamos ao cilindro. — Então podemos ligar a almofada de ar e puxar isso de volta para a espaçonave.

Ele cambaleia quando estende o braço para o cilindro, capaz apenas de segurá-lo com uma mão, mantendo o equilíbrio em sua perna boa. Ficando na ponta dos pés, eu agarro o outro lado e, juntos, damos um puxão nele. É preciso uns cinco trancos fortes para que as maçanetas girem e o cilindro aponte em nossa direção.

Odgan manuseia o painel na lateral, e uma tampa é aberta na parte inferior do dispositivo. Ele apanha um par de peças espalhadas que tinham caído no chão, uma delas parecendo um grande pião prateado de quatros lados e a outra uma bela imitação de um tijolo, e as desliza para dentro. Em seguida, ele digita outro comando, e a tampa se fecha, enquanto uma nuvem de poeira se levanta embaixo do cilindro quando ele se ergue alguns centímetros no ar. Eu o arrasto junto com Odgan de volta para a espaçonave.

— O *kolzo* está aí dentro? — pergunto, minha voz soando metálica no interior do capacete.

— Mais do que o suficiente para os nossos propósitos — confirma ele. — Só precisamos levá-lo de volta.

Nós empurramos o cilindro por uma porta de vedação e depois pela outra, e em seguida removemos os trajes no espaço apertado. Nunca estive tão ansiosa para me acomodar no assento de um veículo em toda a minha vida. Odgan inicia a propulsão enquanto eu ligo os monitores de pressão, e nós nos erguemos do solo em questão de segundos.

— Prepare-se para saltar — avisa Odgan. A espaçonave se eleva rapidamente, e meus dentes se entrechocam. Quando abro os olhos, estamos perto das colinas novamente, planando logo abaixo de uma nuvem carmesim.

— Fico feliz por tê-los de volta — diz Isis no meu comunicador, e eu rio de alívio. — Não se gabe muito — acrescenta ela. — Nós temos apenas cerca de dezoito minutos antes da próxima patrulha passar. Não podemos facilitar.

Nós subimos velozmente através das nuvens. Do outro lado, somos recebidos por uma visão ampla da estação espacial, como um imenso disco de prata envolto por um bloco de gelo cintilante, em contraste com a escuridão salpicada de estrelas além dele. Sua superfície ondulada está tingida pelo brilho avermelhado da luz solar refletida pela atmosfera do planeta.

Tomo fôlego. É ali que tenho vivido durante o último mês. Parece muito menos impressionante do lado de dentro, onde quase todo espaço é apertado e projetado para aspectos práticos em vez de grandiosidade.

Cruzamos rapidamente o espaço até o nosso escuro compartimento de chegada sem nenhum contratempo. A tela da espaçonave se apaga.

— Tudo selado — Isis anuncia. — Ótimo trabalho!

Eu empurro a lateral da espaçonave, abrindo-a, e saio cambaleando para fora. Minhas pernas vacilam, mas o ar parado da estação nunca teve um sabor tão refrescante. Afasto a franja úmida da testa e me vejo sorrindo para Odgan.

— Conseguimos! — eu digo.

As palavras mal saíram da minha boca quando luzes acima da nossa cabeça piscam, acendendo e apagando, acendendo e apagando, e uma sirene ressoa pelo compartimento.

24.

— Esse é o alerta de bloqueio — diz Odgan sob o barulho da sirene. — Todos na estação devem voltar para suas casas.

— Isis? — eu a chamo, mas o meu comunicador não responde. Odgan balança a cabeça.

— Eles cortaram todas as comunicações que não são essenciais. E é provável que tenham desligado completamente algumas partes da estação. Temos que sair daqui... Rápido.

Ele não precisa me dizer duas vezes. Fecho a porta da espaçonave e corro para a escada. Assim que piso nos degraus irregulares, eu paro.

— E quanto ao *kolzo*?

— Eu vou levá-lo para os outros — diz Odgan. Ele já abriu a parte de trás da espaçonave. Um som metálico soa, e ele surge com uma cápsula cinza com cerca de 60 centímetros de comprimento. Todo esse trabalho por um pequeno contêiner. Ele o enfia em uma sacola que parece de lona e a coloca no ombro. — Continue em frente!

Nós subimos rapidamente a escada e adentramos a escuridão. Eu não sei se Odgan se esqueceu de trazer aquele apetrecho quadrado de iluminação ou se ele supôs que Isis viria ao nosso encontro, mas não parece valer a pena parar para discutir isso agora. Embora tenhamos deixado para trás as luzes piscantes, a sirene continua soando, ecoando pelas paredes cobertas de fios da passagem em que desembocamos afoitamente. O ar resseca o fundo da minha garganta quando eu busco tomar fôlego. Quase tropeço em uma emenda do piso, esfolando a minha mão quando me apoio contra uma beirada áspera ao meu lado.

— Por aqui! — Odgan indica logo em seguida. Ele puxa com força uma porta, murmurando em kemyano algumas palavras de gratidão quando ela se abre. Uma luz piscante do corredor derrama-se sobre nós.

Caminhamos apressadamente até a parada do transportador, o mancar de Odgan tornando-se mais evidente devido ao peso que carrega. Cruzo os braços de ansiedade enquanto esperamos. Metade da estação deve estar chamando um transportador interno neste momento. Então, sou assaltada por um pensamento terrível.

— Você disse que eles podem ter desligado partes da estação?

— É improvável que tivéssemos chegado tão longe se eles estivessem vigiando este setor — diz Odgan. — Agradeça a Kemya por Isis ter nos lançado por uma saída de manutenção em vez de qualquer um dos compartimentos de carga normais.

— Você acha que isso é porque eles sabem que alguém pegou uma espaçonave não autorizada? — pergunto. Será que no fim das contas o nosso traidor conseguiu passar a informação, só que um pouco tarde demais? Tudo isso parece coincidência demais para presumir que não tem nada a ver conosco.

— É impossível dizer — Odgan responde, com a mandíbula tensa.

— E quanto aos outros, a sala de controle...?

— Eles podem estar sendo vigiados. Mas acho que Thlo e Isis estariam preparadas. — Ele para, o rosto pálido, e baixa a voz para um mero sussurro: — Eu não sei se o truque de Isis com o sistema de vigilância ainda está funcionando. Não devemos conversar.

Calo a boca. Thlo e Isis estariam preparadas... mas e os Executores? Até que ponto estariam preparados?

Nós nos apressamos a entrar no transportador quando ele finalmente chega, e Odgan digita o setor de Jule. Cada parada da viagem me deixa em alerta para o surgimento de uma força de segurança. Mas chegamos lá sem impedimentos.

Faço um aceno de cabeça para Odgan e disparo para o corredor, tropeçando quando me lembro de que eu deveria estar bancando o animal de estimação para o caso de alguma câmera estar observando. Será que até mesmo um animal de estimação dopado não estaria frenético agora? As luzes estão sendo desligadas à minha volta, a sirene berrando no volume máximo. Zonza, eu cambaleio até o apartamento de Jule. E se ele não estiver lá? E se ele e os outros na sala de controle...

A porta se abre assim que estou prestes a alcançá-la, e Jule está do outro lado, como que preparado para sair ao meu encontro. Eu poderia desabar bem ali, de tão aliviada que estou em vê-lo. Sua expressão muda rapidamente de perplexidade para satisfação. Ele dá um passo para trás, puxando-me para dentro e direto para os seus braços.

— Eu estava começando a ficar preocupado — diz ele, inclinando a cabeça para a minha. — Pensei em sair para procurar você.

— Acabaríamos nos desencontrando.

— Bem, eu não disse que era uma *excelente* ideia — ele responde, mas seus olhos estão muitos sérios para combinarem com o sorriso de autogozação.

Por mais que eu queira me esconder em seus braços e afastar da cabeça o caos lá fora, não posso. Eu recuo lentamente.

— O que está acontecendo? Tudo o que sei é que um alerta de bloqueio disparou. Você conseguiu mais informações na sala de controle? Eles tentaram fechar vocês lá dentro?

— Isis tinha um redirecionamento preparado que nos garantiu tempo suficiente para fugirmos — diz Jule. — O nosso melhor palpite é que a Segurança captou e decodificou uma das últimas transmissões de Isis para você e percebeu que algo importante estava em curso, mas não sabiam exatamente o que e onde, e agora eles estão tomando todas as medidas possíveis para interromper a ação.

— Ou quem está nos traindo descobriu que estávamos fazendo alguma coisa e disse a eles — sugiro.

A boca de Jule se contrai.

— Pode ser. Mas todos vamos ficar bem. O importante é que você e Odgan conseguiram voltar antes do alerta de bloqueio ser disparado. Senão cada escotilha na estação teria sido trancada.

O espaço de tempo entre pousarmos e o alarme disparar não foi mais do que um minuto. Engulo em seco.

— Então, o que fazemos agora?

Ele dá um beijo em minha têmpora.

— Tudo o que podemos fazer é aguardar pacientemente e ver o que eles vão fazer agora.

☆ ☆ ☆

As informações vazam lentamente. Na manhã seguinte, um relatório chega em cada terminal privado anunciando que a divisão de Segurança identificou uma potencial ameaça para a estação, e eles estão trabalhando para rastrear os criminosos. É solicitado que somente os funcionários essenciais compareçam ao trabalho. Aqueles que não puderem fazer as refeições em seus apartamentos terão de obedecer a horários atribuídos por setor, dos quais poderão sair para acessar os refeitórios; fora disso, não poderemos sair de casa.

Jule e eu passamos a maior parte do dia vasculhando a rede pública para obter mais detalhes sobre o que exatamente os Executores acreditam que envolva essa "potencial ameaça". Não há nada. Eu não sei se fico aliviada por eles não saberem muito ou preocupada com o quanto eles podem estar escondendo.

— Se o traidor queria apenas se certificar de que não possamos prosseguir com a missão, essa parece ser uma abordagem bastante eficaz — observo.

— Vamos pensar em alguma coisa — afirma Jule, mas neste exato momento eu não consigo imaginar o quê.

Eu me refugio no meu quarto uma vez naquela tarde, quando um Executor aparece para fazer algumas perguntas a Jule. Parece um procedimento-padrão, do tipo "bater de porta em porta", para seguir pistas. Mas quando eu saio do quarto depois que ele vai embora, o rosto de Jule está tenso.

— Você não deve nem colocar os pés fora do apartamento, está bem? — adverte ele. — Os Executores se separaram em duplas para cobrir os diferentes setores. E ele disse que o outro que está encarregado da nossa área é Kurra.

Passei vários dias enfurnada aqui, mas saber que a qualquer momento Kurra poderia estar do outro lado dessa porta me causa arrepios. Jule prepara um jantar com a massa e o molho que ele tinha guardado de sua compra de alimentos da Terra, e me convence a reproduzir para ele minhas músicas preferidas no meu MP3 player com a promessa de tentar apreciá-las, mas um implacável desassossego nunca me deixa por completo. Fico me levantando a todo instante para pegar uma bebida ou usar o banheiro só para me dar conta de que eu não quero uma bebida ou não preciso ir ao banheiro. Com certeza Jule nota isso. Quando nos deitamos para dormir à noite, ele apenas me puxa para seus braços e põe a minha cabeça sob o seu queixo, acariciando meu cabelo. Só então eu relaxo o suficiente para adormecer aninhada contra ele.

No dia seguinte, Isis nos envia um aviso para que saibamos que ela configurou um canal protegido temporário pelo qual podemos fazer uma conferência. Jule o acessa pela tela na sala principal enquanto eu faço o mesmo no terminal do meu quarto.

— Oi — cumprimenta Isis, com uma expressão cansada. A imagem de vídeo treme e se divide à medida que o restante do grupo entra para participar da conferência, até eu estar olhando para todos os meus dez coconspiradores. Estudo Pavel, Mako, Tabzi e Emmer buscando indícios de culpa. Todos nós parecemos cansados e tensos.

— O primeiro ponto a ser discutido — Thlo dá início —, é como essa complicação afetou nossos planos. Isis?

— Temos todos os materiais de que precisamos, reunidos da forma que é possível enquanto ainda estamos na estação — relata Isis. — Nós só precisamos partir. É aí que está o problema.

Ela olha para o lado, para algo — ou alguém — em seu espaço real. Britta empurra uma mecha de cabelo para trás em direção ao seu rabo de cavalo. Seus olhos estão fundos, o rosto mais exausto do que no início desta semana. Espero que o estresse do confinamento não tenha retardado a sua recuperação.

— A nave que estávamos planejando usar para a viagem de volta à Terra está inacessível enquanto o confinamento estiver em vigor — diz ela. Todas as docas de atracação estão protegidas; somente um número restrito de veículos aprovados pelo Conselho recebe permissão para sair da estação. A divisão de Segurança acrescentou precauções extras para os registros de atracação, e eu não consigo ver de que forma eu poderia falsificar os dados para obter a permissão "oficial".

Isis assume novamente.

— Eu poderia burlar a segurança em uma das docas de atracação por tempo suficiente para que pudéssemos tirar a nave de lá, talvez, mas eles descobririam quase que imediatamente, e a nossa nave não é veloz o bastante para vencer os veículos dos Executores.

— Pavel tem checado o *status* do confinamento — diz Thlo, e o austero homem concorda.

— Pelo que ouvi, eu diria que a divisão de Segurança está se preparando para uma operação... de longo prazo — comunica ele. Seus olhos piscam como se ele estivesse sondando os rostos que estão em sua tela, e eu me pergunto como ele se sente sobre ser deixado para trás nos planos do grupo. Se sua frustração decorre justamente de sua lealdade. — Eu acho que eles não vão acabar com o confinamento até capturarem os "criminosos".

— Existe alguma chance de podermos distraí-los com uma pista falsa? — Emmer pergunta. — Induzi-los a seguir em uma direção e partir antes que eles se deem conta do artifício?

— Eles não vão remover todas as restrições até que tenham certeza — observa Mako. — Sem querer fazer críticas a Britta, mas duvido que até mesmo ela consiga fazer isso sem deixar rastros que apontem para nós.

— E nós não podemos simplesmente jogar a culpa em alguém que não fez nada de errado para que receba a punição — Win alerta.

— Não importa — diz Isis. — Mako está certa... seria quase impossível.

— Eles não podem manter o confinamento para sempre — diz Jule. — Em algum momento, as pessoas vão começar a se queixar; a Segurança terá de ceder à pressão.

— Mas por quanto tempo? — questiona-se Odgan. — Um confinamento de dez dias? De meses? Você provavelmente era muito jovem para se lembrar como foi depois que Jeanant desapareceu. Eles pegaram mais leve em relação a algumas das atividades básicas da estação, deixaram as pessoas irem para o trabalho ou para a escola e fazerem seus exercícios, mas coisas como viagens para fora da estação sofreram restrições por mais de um *ano*.

Sinto um frio glacial na barriga. Então estamos presos. Todo esse tempo que gastamos, o trabalho que dedicamos, os riscos que corremos... Nós concluímos tudo o que precisávamos concluir, estamos prontos para finalizar a missão de Jeanant, e estamos presos aqui mais literalmente do que nunca.

Eu aperto a beirada da minha cama, não confiando em mim mesma para dizer qualquer coisa. Pelo menos para o restante deles, essa armadilha é a casa deles. A minha está a milhões de quilômetros de distância. Viver aqui dessa forma enquanto Kurra está lá fora, por mais um ano? A ideia me faz querer subir pelas paredes.

A voz de Thlo me traz de volta.

— Vamos continuar a trabalhar com nossas opções. Nesse meio-tempo, eu pediria a todos vocês que fossem discretos e falassem o mínimo possível com outras pessoas até que providências sejam tomadas. Se vocês encontrarem informações que acharem úteis para tomarmos essas providências, por favor, passem-nas para Isis, que pode repassá-las a mim.

Pavel franze o cenho, talvez por ter sido preterido, a despeito de ser um membro sênior do grupo, em favor de Isis. Mako se mexe, irrequieta. Mas quando Thlo faz um gesto para encerrar a reunião, as imagens de ambos piscam, desligando-se, bem como as de Odgan e Emmer. Eu estendo a mão para os controles, e me detenho quando percebo que os outros não estão desconectando.

Thlo acena com a cabeça para nós.

— Com o restante de vocês, eu gostaria de discutir outra opção. Tabzi tem uma proposta.

Meu olhar salta para a janela de Tabzi no canto inferior direito da minha tela. Ela abaixa a cabeça como se estivesse insegura com a atenção voltada para ela.

— Meu irmão acabou de comprar uma nova, hã, nave recreativa — diz ela. — É bem veloz, a melhor máquina... bem como ele gosta. Ele saiu com ela antes que isso acontecesse, em um... *test drive* em torno do sistema solar. Ele deve estar de volta ao campo de alcance do compartimento de Viagem daqui a poucos dias. Acho que se eu a pedisse emprestada, se dissesse que quero ficar longe da estação por um tempo com uns amigos, ele concordaria em me deixar subir a bordo enquanto ele e seus amigos saíssem, sem precisar atracar, assim a nave não seria... barrada pelo confinamento. Nós só precisaríamos obter... acesso a um dos setores do compartimento de Viagem para saltarmos para a nave dele.

Isis se animou.

— Eu poderia providenciar isso. Nós teríamos que executar corretamente a sincronia, para partirmos antes que os Executores detectassem a discrepância, mas poderia funcionar. Se sairmos rápido o suficiente, podemos fazer isso inclusive sem que eles percebam.

— E nós teríamos uma vantagem inicial caso alguém nos perseguisse — acrescenta Britta. — De que tipo de motores estamos falando aqui?

Tabzi dá uma risada envergonhada.

— Eu, hum, não é uma área com a qual estou muito familiarizada. Mas ele saiu enviando para todo mundo as... especificações para ficar se exibindo. Posso mandá-las para você.

— Faça isso — diz Britta com mais energia. — Parece uma boa possibilidade!

Um leve sorriso cruza o rosto de Tabzi. Eu a estudo, tentando ler os pensamentos por trás dele. Se foi ela quem nos traiu, esse seria um truque perfeito, não é? Uma maneira de capturar a todos nós em um só lugar, onde poderíamos ser facilmente detidos. Talvez o traidor não tenha ficado esperando tanto tempo para proteger a um de nós, e sim para garantir que fôssemos apanhados todos juntos de uma forma que não poderia ser negada, para máxima glória.

Os outros conversam mais a respeito da logística e da parte técnica, sendo que a maior parte eu não consigo acompanhar totalmente, até que Thlo põe um fim à discussão.

— Isis — digo rapidamente —, posso falar com você em particular por um segundo?

— Claro! — ela responde.

Ela fica conectada enquanto os outros desligam, a transmissão de sua imagem se expandindo e o seu rosto preenchendo toda a tela.

— Você acha que é seguro deixar Tabzi por dentro de tudo? — pergunto.

— Não sei se temos muita escolha, se quisermos seguir em frente — diz ela. — Não vi nenhuma evidência que aponte mais para ela do que para qualquer outra pessoa. E quanto mais tempo ficarmos confinados aqui, mais chances há de que um de nós seja apanhado, ou de que materiais essenciais sejam confiscados... Thlo sentiu que poderia confiar nela.

Até aí tudo bem, se eu confiasse totalmente no julgamento de Thlo. Mas não contesto.

— Você contou para Thlo sobre Davic? O que você conseguiu descobrir?

— Contei — diz ela —, e não precisa se preocupar, dei um jeito de deixar de fora o seu envolvimento. Ela concorda com Britta e comigo que os indícios apontam que ele seja a fonte de Silmeru. Logo após o incidente no setor de tecnologia, adicionaram ao arquivo dele um relatório elogioso tão vago que parecia quase gratuito. Depois que eles capturaram nossa primeira espaçonave, sua contagem de recomendações no trabalho quase dobrou. E coisas assim. Coisas para as quais eu não consigo encontrar nenhuma explicação no trabalho documentado dele.

— Recompensas pela informação que ele passou — sublinho, com o coração disparado. *As coisas vão mudar para mim*, ele tem dito para os seus amigos. Ele deve estar ambicionando uma grande promoção, ou algo maior. — Então, o que fazemos agora? Você já fez algum progresso em determinar quem está falando com ele?

— Chequei todos os registros de comunicação dele que podemos acessar — diz Isis. — Não havia nada fora do comum, nada que pudéssemos rastrear. Quem quer que seja o traidor, essa pessoa encontrou maneiras de encobrir os seus rastros. Eu sugeriria investigar mais no clube noturno favorito de Davic, mas o local estará fechado durante o confinamento. Vamos continuar monitorando ele. Pensaremos em alguma coisa. Nós não vamos deixá-los saírem livres disso, Skylar.

É melhor não deixarmos, eu penso quando a conexão se encerra. Não somos apenas nós que estamos correndo risco, mas toda a missão de Jeanant — e o meu planeta inteiro.

25.

Eu não duvido que as capacidades para fuçar dados de Britta sejam extremamente superiores às minhas mesmo em seu estado atual, mas não posso deixar de passar grande parte dos dois dias seguintes examinando cada relatório que consigo achar que mencione esse tal de Davic. Seu nome completo é Bitre Olka-Jia Davic e, pelo que pude apurar, tem uma esposa e dois filhos adultos. Ele está trabalhando para o departamento de Viagens à Terra pelo equivalente a 24 anos terrestres. Dada essa linha do tempo, ele pode inclusive ter trabalhado com Jeanant em algum momento. Mas não há nada de notável a respeito dele nos registros públicos, nada de elogios ou controvérsias ou qualquer outra coisa além de breves notas em meio a notícias mais relevantes. Nada que forneça um indício de qualquer conexão entre ele e alguém do nosso grupo, ou uma outra razão para ele ter sido escolhido que não seja por ele ser o funcionário menos proeminente do departamento Viagens à Terra que poderiam encontrar.

Na noite do segundo dia, um anúncio oficial informa que o confinamento foi rebaixado do primeiro nível para o segundo. Mais funcionários serão convocados de volta ao trabalho, com autorizações especiais em seus perfis na rede para permitir que usem os transportadores internos. Os principais centros de exercícios foram reabertos. Mas todas as outras áreas de lazer permanecem fechadas, e os Executores continuam a patrulhar, questionando quem parece estar vadiando. Jule monitora suas aparições em nosso corredor por algumas horas e calcula que Kurra ou seu parceiro do sexo masculino passam mais ou menos a cada trinta minutos.

Nosso tempo está se esgotando. Na manhã do terceiro dia, Isis comunica a Jule e a mim que a nave do irmão de Tabzi recebeu a aprovação de Britta. Tabzi contatou o seu irmão com a nossa história de fachada e lhe pediu que esperasse para entrar na zona de Viagem ao redor da estação até que ela lhe desse um sinal de que está pronta: amanhã em algum momento.

— Assim podemos esperar e ver como está a situação naquele momento — Isis diz —, e planejar com base nela.

Infelizmente, a única coisa que não podemos sair planejando é a lealdade de Tabzi, já que não temos nenhuma garantia quanto a isso.

— Britta e eu vamos programar o acesso ao sistema de transportadores internos para Skylar, utilizando a sequência de polegar que obtivemos antes — acrescenta Isis no final. — O perfil falso pode ser identificado em alguns dias, mas a essa altura nós não devemos precisar mais dele. Com ele, se precisarmos partir com pressa e por acaso Jule não estiver com você, você conseguirá vir rapidamente ao nosso encontro por conta própria.

— E quanto à vigilância nos corredores? — preciso saber. — Eu consigo evitar as patrulhas, mas... Eles estão acompanhando de perto as filmagens?

— Vou cuidar disso também — assegura Isis. — Eu posso ajustar o programa de reconhecimento de modo que, quando ele identificar algum de nós, delete automaticamente essa mensagem e altere a nossa imagem na filmagem. Normalmente eu não gosto de usar esse truque por mais de uma reunião, no caso de acontecer de alguém estar acompanhando bem na hora em que ele entrar em ação, mas, se tudo correr bem, essa é a última vez que eu vou ter que usá-lo.

Ela nos fornece o trajeto para os três compartimentos de Viagem aos quais temos maiores chances de obter um breve acesso, ao mesmo tempo nos prevenindo que ela não saberá em qual deles será até o último minuto. Quando ela encerra a comunicação, fico parada ali olhando para a tela vazia.

— Está acontecendo tão rápido! — falo para Jule. Há dois dias, eu estava preocupada que ficaria presa aqui por meses. Agora eu sinto como se estivéssemos avançando às cegas. O traidor ainda está à solta, e estamos prestes a nos colocar na posição mais vulnerável possível.

— Bem, o irmão de Tabzi não pode continuar com o seu alegre passeio por muito mais tempo — Jule ressalta. — Ele provavelmente só levou suprimentos para a viagem que esperava fazer. E vai ficar desconfiado se Tabzi o deixar esperando. Essa pode ser nossa única chance.

— Não te preocupa que ela possa ser a pessoa que está nos sabotando?

— Claro que sim! — diz ele. — Mas se Thlo e Isis não encontraram nenhum indício disso... Às vezes, é preciso arriscar, não é isso o que vocês, terráqueos, dizem?

Eu encosto o ombro nele, e ele sorri, envolvendo os braços em torno de mim. E então a tela zumbe com uma chamada para Jule, para comparecer no trabalho naquela tarde.

Depois que ele sai, o apartamento parece ainda mais confinante. Fico andando pra lá e pra cá, ansiosa, na sala principal, forço goela abaixo uma bebida calmante que mal surte efeito sobre a minha ansiedade, e, por fim, recolho-me em meu quarto para continuar a minha busca até mesmo pelo menor boato sobre Davic que seja útil.

Navego pelos canais públicos durante tanto tempo que fico com dor de cabeça de olhar para a interface brilhante. Quando fecho a rede, o meu olhar pousa sobre o ícone do catálogo de endereços. Aperto ali, e digito o nome de Davic. A interface me oferece a opção de enviar-lhe uma mensagem, bem como os dados de seu endereço. Meus dedos hesitam. Escrever-lhe uma mensagem não irá funcionar: mesmo que eu conseguisse pensar na coisa certa a dizer para estimulá-lo a responder, enviá-la deixaria um rastro de dados direto para este apartamento.

Meu olhar retorna para o endereço. Distrito 35, Setor 8, Apartamento 4. As palavras de Jule ecoam na minha cabeça.

Às vezes, é preciso arriscar.

Não me importa em quem Thlo confia, ou quanta fé Jule tem no julgamento dela e de Isis. *Eu* não consigo me sentir confortável correndo que nem uma alucinada para fugir, sem ter feito tudo o que podemos fazer para descobrir quem está nos traindo. Confrontar Davic não seria mais arriscado do que embarcar às pressas numa nave espacial que tem uma boa chance de ter sido providenciada pelo traidor. E se eu sou a única pessoa aqui que se importa o suficiente para assumir os riscos certos, que assim seja. Jeanant provou que até mesmo o kemyano mais brilhante pode ficar muito preso à sua cautela para ver com clareza. Talvez faça sentido que seja necessário um terráqueo para garantir que a Terra seja libertada.

Eu ligo para o apartamento de Isis com o código que ela nos deixou. É Britta quem atende.

— E aí, Skylar — diz ela, com os olhos arregalados. — Está tudo bem?

— Está — eu me apresso em responder. — Eu só queria saber... Você já programou para mim os transportadores internos?

— Eles devem estar prontos. Eu providenciei o código e Isis estava indo acessar os controles do transportador assim que saísse... Ela foi chamada por causa de algum problema elétrico num dos departamentos de laboratório, pouco tempo atrás.

— E quanto ao truque dela com a vigilância?

— Isso também. Queríamos tudo pronto já que não sabíamos se poderíamos precisar dele antes de ela sair do trabalho. — Ela faz uma pausa. — Por que pergunta?

Estou pensando no que dizer para ela quando ela fecha os olhos, pressionando a mão contra a têmpora.

— Britta?

— Desculpe — ela diz, sacudindo a cabeça. — Tenho tido essas tonturas. Estou bem.

Meu peito se contrai. Eu não posso colocar mais esse fardo nas costas dela.

— Descanse um pouco — eu aconselho. — Desculpa ter te incomodado. Eu só estava preocupada com o que aconteceria se eu precisasse escapar daqui, com Jule no trabalho.

Ela olha para mim, como se estivesse se esforçando para se concentrar.

— Tome cuidado.

— Claro! — respondo. Tanto cuidado quanto posso me dar ao luxo de ter.

Assim que encerramos a ligação, faço um balanço. Estou vestida com minhas roupas kemyanas de sempre — não há nada em relação à minha aparência que deva denunciar a alguém que sou uma terráquea. Então, a única coisa com que tenho que me preocupar é a minha voz. Já adquiri bastante prática tanto falando quanto ouvindo com o Programa de Aprendizagem de Idiomas. Será que dá para eu assustar Davic o suficiente para que eu possa descobrir o que preciso, antes que ele perceba o meu kemyano cheio de sotaque?

Preciso pensar no que vou dizer, o que eu quero extrair dele. Davic e o nosso traidor devem ter combinado algum método especial de comunicação. Britta ou Isis provavelmente poderiam rastreá-lo se soubessem o que é. E a maneira mais fácil de descobrir isso seria eu fingir que quero fazer a mesma coisa.

Não posso afirmar que tenho informações para ele no momento. Nada o impediria de chamar imediatamente os Executores. Eu preciso capturar sua atenção como uma fonte em potencial, para descobrir como ele lida com seu outro informante, mas fazê-lo acreditar que eu não posso oferecer nada *por enquanto*. Um peixe que ele vai querer manter no anzol até que esteja pronto para puxá-lo da água.

Insiro frases no Programa de Aprendizagem de Idiomas, e imito a sua pronúncia à medida que ele fala de volta para mim. Repito várias vezes, até que ele deixa de realizar as menores correções. Meu coração começa a bater forte. Fico zanzando pelo apartamento, murmurando as palavras até que eu não tenha mais que pensar sobre elas. Então eu apanho a pulseira de Jule, ajustando-a em torno do meu pulso escondido embaixo da manga da camisa, para que eu possa bancar o animal de estimação desnorteado caso alguém me pare, e dirijo-me para o corredor.

Eu hesito na porta, mas não há nenhum sinal de Kurra ou seu colega Executor. Dou uma corridinha até a parada do transportador e pressiono o polegar no painel. Apesar das garantias de Britta, eu quase rio de surpresa quando dá certo. Ela e Isis formam uma equipe incrível.

O transportador que chega está vazio — o que não é de surpreender, visto que os trabalhos da maioria das pessoas continuam reduzidos se não completamente em espera. Mas quando ele me deixa no setor de Davic, escuto o ruído de passos no corredor logo que estou prestes a desembarcar. Eu me colo ao nicho, prendendo a respiração. Os passos hesitam, e então continuam, soando cada vez mais distantes. Depois de alguns segundos, eles seguem pela curva do corredor até desaparecerem por completo. Eu espio para fora do nicho. A barra está limpa.

O apartamento 4 fica logo no fim do corredor. Minhas costas formigam conforme vou me afastando da rota de fuga do transportador atrás de mim. E se Davic foi convocado para trabalhar? E se ele não quiser me ouvir?

Bem, apesar de se vangloriar para os seus amigos, Davic só recebeu algumas pequenas regalias até agora graças às informações do nosso traidor. Tenho dificuldade em acreditar que ele deixaria passar a oportunidade de obter mais com o que barganhar.

Do lado de fora do apartamento, olho para o painel de polegar. Isis disse que criou um perfil falso para mim, que presumivelmente possui um nome falso, mas não tenho certeza se eu gostaria que Davic soubesse até mesmo disso. Bato na porta com força o bastante para que o som ressoe pelo corredor.

Acaba de me ocorrer que talvez possa não ser Davic a atender, e sim sua esposa, quando a porta se abre e eu fico cara a cara com o homem de queixo fino e cabelos cor de mogno que eu vi na foto do diretório. Seus olhos de um azul muito claro me encaram.

— *Pois não?* — ele diz franzindo a testa.

— *Senhor Davic* — eu digo, conforme ensaiei. — *Ouvi dizer que é a pessoa certa para se conversar quando alguém sabe sobre ameaças para a estação.*

Davic enrijece. Uma voz feminina o chama atrás dele, perguntando quem está ali, e ele se vira para dizer a ela que precisa sair por um instante. Eu recuo quando ele sai porta afora. Seu olhar vasculha freneticamente ambas as extremidades do corredor vazio. Acho que a esposa não sabe sobre seu "serviço" extra para o departamento de Viagens à Terra.

— *De quem você ouviu isso?* — ele exige saber, a voz baixa e áspera.

— *Tem havido conversas* — digo com o que, espero, pareça um casual encolher de ombros, e pulo de volta para o meu roteiro. — *É verdade? Eu tive uma* sensação a respeito de alguns dos meus colegas de trabalho. Acho que posso descobrir se eles estão fazendo algo errado. Mas tenho medo que os Executores pensem que eu estou envolvida, se eu mesma disser para eles. Se eles confiam em você...

Ele para.

— Poderíamos conseguir organizar alguma coisa. O que você quer por isso?

A pergunta me pega desprevenida.

— O que eu quero?

— Quanto você espera que essas informações valham? — diz ele. — Só como ponto de partida. Nós podemos ajustar o preço com base no que você for capaz de me oferecer.

— Você me pagaria... — Thlo nunca mencionou sobre Silmeru ter dado uma compensação financeira para a sua fonte. Mas talvez ela não tenha dado mesmo. Talvez Davic esteja pagando o nosso traidor do seu próprio bolso, sabendo que será recompensado de alguma forma com bônus no trabalho. Não tinha me ocorrido que o traidor pudesse querer algo mais além de acabar com os nossos planos. Será que essa traição — o perigo em que nos colocaram, os ferimentos sofridos por Britta — é só por uma questão de *dinheiro*, no fim das contas?

Devido à perplexidade, minha pronúncia correta deve ter cochilado. Os olhos de Davic se estreitam enquanto ele estuda o meu rosto.

— O que exatamente você viu?

— *Não tenho provas* — digo, lutando para controlar a voz. — *Não tenho certeza de que é algo não autorizado. Mas eu vou investigar, e forneço os detalhes quando tiver algum. Se pudermos chegar a um acordo.*

Davic ainda parece preocupado.

— *Quem é você? Em qual divisão você está?*

— *Não creio que isso seja relevante* — despisto. — *Apenas me diga como eu deveria entrar em contato com você... discretamente.*

Eu tropeço na última palavra, minha ansiedade me fazendo enrolar a língua, e Davic caminha na minha direção.

— *Não gosto disso* — diz ele. — *Você precisa me dizer mais agora.*

Ele agarra meu pulso quando eu me afasto, bem em cima do ponto onde a pulseira de Jule está escondida. Eu a trouxe caso precisasse de ajuda, mas agora *a própria pulseira* poderia me prejudicar. Se ela deslizar em direção à mão, ele não apenas poderá ver que eu sou uma terráquea, como também a quem eu "pertenço".

— Me solta! — eu grito, tentando soar furiosa em vez de aterrorizada. — *Eu vou procurar outra pessoa, então.*

— *Não vai não!* — diz Davic, me puxando em direção a ele. Eu torço a mão, mas não consigo me desvencilhar. Então, uso a única outra estratégia que me ocorre. Tomo impulso com o meu outro braço e dou um soco nele.

Não é um golpe muito certeiro. Os nós dos meus dedos resvalam na parte inferior da maçã de seu rosto. Mas o acerto com força suficiente para que ele se encolha, e seus dedos afrouxem. Puxo o braço e saio voando em direção à parada do transportador, rezando para que ele fique chocado demais para me seguir.

Há um transportador chegando bem no instante em que chego à parada. Eu me detenho, dividida entre correr para ele e me afastar de quem quer que esteja chegando. Então as portas se abrem deslizando para revelar Win em pé do outro lado. Ele está prestes a correr para fora, mas para abruptamente quando me vê, seus lábios entreabertos de surpresa.

— W... — eu começo, mas calo a boca. Davic levou um tempo para se recuperar, mas já posso ouvir seus passos pelo corredor, vindo atrás de mim. Eu não quero que ele ouça o nome de Win. — Vamos embora!

Win não me faz perguntas, apenas dá um salto para trás e digita um local no painel de controle enquanto eu entro correndo no transportador. Ele parte antes que Davic faça a curva no corredor.

Por um segundo, Win e eu só ficamos olhando um para o outro. Então, sem dizer uma palavra, ele me puxa para um abraço tão apertado que eu perco o fôlego, tão rápido que eu mal tenho tempo de retribuí-lo antes que ele esteja me soltando.

— É melhor a gente cair fora deste transportador e pegar outro, caso ele coloque os Executores para rastrear este — diz ele. Seu olhar pousa em minhas mãos, nas marcas vermelhas onde Davic agarrou meu pulso, e ele cerra os dentes. — O que aconteceu?

— Eu... O que *você* está fazendo aqui? — É a única resposta que consigo formular.

— Britta estava preocupada — ele diz. — Tem algo a ver com o que você disse a ela... Ela começou a vigiar a rede e viu que você tinha pegado o transportador até aqui, mas ela não está bem, Isis não podia escapar do trabalho, e elas não conseguiram localizar Jule. Então Britta me ligou e me pediu para verificar se estava tudo bem. Você *está* bem, não está?

— Sim. — Esfrego o pulso. Eu não tenho certeza do que Davic pensou que iria fazer. Obrigar-me a lhe dizer o meu nome para que ele angariasse influência? Ficar me segurando enquanto chamava os Executores? — Esse cara, ele é a fonte de Silmeru. Eu estava tentando extrair algo dele que nos ajudaria a descobrir quem está passando informações para ele... Eu não esperava que ele fosse ficar... violento. Mas eu consegui fugir dele.

Mesmo que o transportador não estivesse logo ali, estou quase certa de que poderia ter escapado de Davic pelos corredores. Não me pareceu que ele já tivesse praticado cross-country, ou qualquer atividade física em algum momento da vida. Mas aí eu teria que tomar cuidado para não esbarrar com Executores em patrulha, outros kemyanos... Fico feliz que não tenha chegado a esse ponto.

— Obrigada por ter vindo — eu agradeço. Sinto o desejo de segurar o braço de Win, como se eu pudesse transmitir melhor a minha gratidão por meio do toque, mas ele tinha ficado bem afastado desde a demonstração anterior de afeto.

— Eu ainda estou cumprindo a minha promessa de manter você segura — ele diz com um leve sorriso. A promessa que ele fez na Terra, antes daquele primeiro salto para Paris, quando tudo isso realmente começou. A promessa que ele nunca quebrou, independentemente do que estivesse acontecendo entre nós.

— Obrigada — eu repito, em voz baixa. Não é o suficiente, mas eu não sei como expressar o quanto estou falando sério.

— E aí, você conseguiu descobrir alguma coisa útil? — ele pergunta.

— Eu não sei. — respondo. Pagamentos. Tem de haver registros quando os créditos são transferidos. Registros que levarão ao traidor. — Preciso falar com Isis. Ele revelou uma coisa que poderia ser a conexão que a gente precisa.

26.

Quando volto para o apartamento de Jule, vou direto para o meu quarto e escrevo uma mensagem para o apartamento de Isis e Britta. Elas vão querer saber o mais rápido possível o que eu descobri. Não tenho certeza se isso vai exigir mais das habilidades conceituais de Britta ou do conhecimento tecnológico de Isis, ou mesmo se Britta está pronta para fazer alguma coisa sozinha devido às suas condições físicas. Pelo que ela disse, parece que Isis pode ficar trabalhando a noite toda, mas talvez Britta possa encaminhar as informações para ela e Isis consiga começar a investigar de lá mesmo.

Eu retorno para a sala principal, abrindo e fechando armários distraidamente embora não esteja com fome, tentando avaliar como eu poderia ter conduzido melhor a conversa com Davic. Talvez eu não pudesse. Talvez aquilo tenha sido o máximo que eu poderia ter esperado.

Perdida em pensamentos, estou olhando para o terceiro armário quando Jule sai de seu quarto. Eu tomo um susto. Não tinha percebido que ele estava em casa.

— Você está de volta — diz ele, parando no meio da sala. Há uma hesitação estranha em seu comportamento, não é nem de perto aquela postura petulante com a qual estou acostumada. Seu rosto parece tenso. Minha pulsação descompassa.

— Aconteceu alguma coisa no trabalho? — eu pergunto.

— Não — responde ele lentamente.

— Você parece... — Desligado. Aborrecido? Ele não saberia onde eu estive. Abro a boca para explicar, mas ele me interrompe.

— Não é nada — diz ele, esfregando o rosto. — Só tive que lidar com idiotas a tarde toda.

Ele elimina a distância entre nós para repousar a mão no meu braço. Eu me inclino para o seu toque automaticamente. Ele prende o meu olhar por um longo momento, e então estende a mão para roçar os dedos pela minha bochecha, passando pelo meu queixo até os meus cabelos, ao longo da curva do meu pescoço e da clavícula. Como se ele estivesse traçando os contornos do meu corpo. Meu coração bate forte, agora de uma forma muito mais agradável, mas ainda existe algo estranho na seriedade de sua expressão.

— Vem comigo? — pede ele, e esclarece: — Até o quarto?

— Ah, então é *isso* que você está procurando? — eu pergunto, mantendo meu tom brincalhão. Pela primeira vez desde que me viu, ele abre um sorriso. Um brilho travesso cintila naqueles olhos castanho-escuros.

— Temos a noite inteira de folga — diz ele. — Podemos muito bem passar o tempo de um jeito agradável.

Se tudo correr conforme o planejado, é a nossa última noite na privacidade do seu apartamento. Eu não sei o que esperar da nave de Tabzi. Talvez seja isso que tenha tornado seu humor estranho.

— Posso concordar com isso — eu digo, sorrindo de volta. Até que cairia bem uma distração para esquecer os acontecimentos desta tarde.

Mas quando estamos deitados juntos no seu grande beliche, Jule volta a ficar sério. Ele mantém alguns centímetros de distância entre nós, continuando seu traçado por cima das minhas roupas. Sua mão desliza ao longo da curva do meu ombro, pela dobra do cotovelo, pela parte de baixo do pulso.

O arco da minha caixa torácica, a depressão da cintura. Emitindo faíscas aos meus nervos. Estendo a mão para ele, e ele a segura.

— Quero te falar uma coisa — diz ele.

— Ok — eu respondo, na dúvida se devo esperar por alguma confissão sombria ou uma frase de efeito para uma piada descarada.

Ele se ergue apoiando-se sobre um dos braços, e eu levanto a cabeça para ficar no mesmo ângulo de seu olhar.

— Quero que você saiba que eu falo de coração — diz ele. — Eu nunca disse isso para ninguém. Não acho que poderia ter dito com sinceridade antes.

— Ok — repito.

— Eu não quero que você responda nada — ele continua. — Apenas... aceite, pelo que é.

Antes que eu possa responder, ele se inclina e me beija, com tanta intensidade que a minha pele formiga da cabeça aos pés. Eu retribuo o beijo, pressionando-me contra ele, e ele desliza os lábios para a minha bochecha.

— Eu te amo — ele sussurra, como uma brisa próxima à minha orelha. Antes que as palavras sejam assimiladas, ele captura minha boca novamente, suas mãos agora deslizando diretamente na pele nua por baixo de minhas roupas, e a minha própria capacidade de buscar por palavras começando a se fragmentar.

Ele me disse para não responder. Disse apenas para aceitar. E ele não está me deixando fazer mais nada. Mas conforme nossos corpos colam mais um no outro e tudo no universo diminui aos poucos exceto ele, uma chama singela de felicidade acende dentro de mim.

Amor. Eu ainda não tinha dado um nome a esse sentimento, não tinha me permitido considerá-lo. Mas, naquele momento, não consigo pensar em outro que poderia ser tão certo. Então, eu tento devolver esse amor, da única forma que ele permitirá que eu o faça: em cada beijo, cada carícia.

Eu tento não pensar como vai ser difícil perder isso. Porque não importa como eu chame tal sentimento, como ele o chame. Há pessoas em casa que eu também amo. A ideia de deixá-las para sempre, de nunca mais vê-las novamente, de deixá-las preocupadas e se perguntando para o resto de suas vidas onde eu estaria, para que eu possa preservar essa coisa egoísta

— eu sei sem sombra de dúvida que não poderia fazer isso. Então, eu me concentro no momento, durante o tempo que durar.

☆ ☆ ☆

A certa altura durante a noite, o mundo real se infiltra de volta na minha cabeça. Fico dormindo e acordando sobressaltada, sem nunca descansar a mente de verdade. Minha inquietação me faz levantar da cama quatro vezes para verificar o terminal no meu quarto para ver se chegou alguma resposta à minha mensagem. Jule se mexe, mas não acorda. Na quarta vez, no início da manhã, há uma resposta de Isis à espera. Tudo o que diz é "Ligue pra mim". Eu afundo no meu beliche e, com um zunido, inicio a comunicação com o seu apartamento.

Isis responde quase que imediatamente.

— Olá — diz ela, e então sem mais delongas: — Conte tudo o que aconteceu. Tudo o que ele disse.

Reproduzo a minha conversa com Davic com o máximo de detalhes que me lembro. Quando termino, Isis torce um cacho de cabelo em seu dedo e franze a testa.

— Tem alguma maneira de você poder rastrear os pagamentos que ele está fazendo, para seja lá quem for que esteja vazando as informações? — eu pergunto.

— Não é fácil — diz Isis. — A rede financeira possui várias camadas de proteção... Fora o conselho do Tesouro, ninguém pode acessar esses registros sem o código de acesso da pessoa, e mesmo assim somente a partir dos terminais privados da pessoa ou da divisão do Tesouro. Daqui, não poderíamos nem mesmo começar a olhar os de Davic ou de qualquer outra pessoa.

— Então precisamos dos códigos de acesso das pessoas, e acesso aos seus apartamentos — resumo.

Ela concorda.

— Isso talvez possamos ser capazes de fazer. Se inventarmos uma desculpa para fazer com que os outros abram suas contas, eu tenho um dispositivo que poderíamos usar para capturar o código, e então poderíamos inventar uma desculpa para fazer com que saiam de seus apartamentos e teríamos oportunidade de olhar nós mesmas. Levaria pouco tempo.

— Temos que fazer isso — afirmo. — Não podemos saltar para uma nave que nunca vimos sem confirmar quem está do nosso lado... e quem não está.

— Eu sei — reconhece Isis. — Vou contatar Thlo e dizer a ela que precisamos atrasar o salto o máximo possível. Dá para adiar até o fim do dia. E aí vamos dar prioridade ao lance do Davic.

— Comece com Tabzi — sugiro.

— Concordo — diz ela —, mas só porque o plano depende dela. Se não pudermos confirmar a lealdade dos outros, podemos ter que partir sem dizer nada para eles. Mas sabendo o que estamos fazendo agora, duvido que seja ela, Skylar. Ela é a última pessoa que precisaria de créditos extras. A família dela é uma das mais ricas da estação, e eles nunca esconderam o fato de que dão a todos os seus filhos uma considerável... o que você poderia chamar de "mesada".

— Você acha que Pavel ou Mako ou Emmer poderiam estar em dificuldades?

— Eu não sei — diz Isis. — Poderiam estar. Não seria difícil para eles esconder isso, se a situação ainda não estivesse preta.

Eu ainda acho difícil de imaginar alguém que dedicou anos de sua vida a uma causa de repente dando uma rasteira no restante de nós só por uns trocados.

— Talvez não tenha a ver com dinheiro — sugiro. — Talvez tenha sido só para Davic não ficar desconfiado dos motivos do oferecimento da informação.

— É possível. Nós vamos descobrir, de um jeito ou de outro.

— Desculpa por não ter descoberto mais.

— Esquece isso — diz Isis, suavizando a voz. — O que você fez, correr pra lá sozinha, foi uma loucura. Você não tem noção do que ele poderia fazer. Saiba que Britta ficou apavorada quando percebeu aonde você estava indo.

De repente, me bate a maior culpa.

— Sinto muito. Você pode agradecer a ela por se preocupar comigo?

— Vou fazer isso. Apenas fique quietinha a partir de agora, está bem? Foi bastante corajoso, mas também uma loucura sem tamanho, e fico feliz por você ter descoberto o que descobriu, mas... Se pensarmos em alguma outra forma de você nos ajudar, eu te aviso. Prometo.

— Ok — concordo, mas não consigo deixar de pensar que, se eu tivesse esperado por ela ou Thlo ou qualquer outra pessoa para me dizer como contribuir, não estaríamos nem perto de identificar o traidor.

Eu volto para o quarto de Jule e me deito ao lado dele, mas minha mente e meus nervos ainda estão zumbindo. Fecho os olhos e consigo pegar no sono e dormir um pouco mais. Jule rola para o lado, seu ombro roçando o meu, despertando-me novamente com seu esbarrão.

Tem mais alguma coisa aí. Não estou apenas querendo saber como nós vamos conseguir verificar os registros financeiros, ou o que realmente motivou alguém do grupo a nos trair. Um incomodozinho que está perturbando os meus pensamentos, se contorcendo por baixo da minha pele, da mesma forma como a sensação de *errado* costumava se apresentar para mim. Algo não está certo.

Rememoro a conversa com Isis, cada comentário e pergunta. Lembrando-me de suas últimas observações, sobre como Britta estava apavorada, franzo a testa. Mas eu ainda não consigo identificar o que é.

Recapitulo o início daquele dia: a chamada para Britta, a visita a Davic, a viagem de volta até aqui com Win, a mensagem que enviei, Jule saindo para me confrontar...

Minha respiração fica presa na garganta. Na verdade, ele nem me confrontou, não é? *Você está de volta*, ele disse, apenas isso. Ele sabia que eu tinha saído. Tinha saído mesmo com a estação em estado de alerta e com um Executor designado para este setor que me mataria assim que me visse, e ele nem sequer perguntou aonde eu tinha ido.

Eu me sento, tomando cuidado para não perturbá-lo. Por que ele não teria perguntado? Era como se já soubesse. Win disse que Britta tinha tentado entrar em contato com Jule, mas que ela não tinha conseguido localizá-lo. Eu não tinha falado com ele sobre os meus planos de sair do apartamento.

Meu olhar pousa em um brilho prateado no canto do quarto. A pulseira que Jule deslizou para fora do meu pulso e atirou ali na noite anterior. *Conseguirei encontrar você onde quer que esteja*, ele me disse quando a deu para mim. Eu achava que ela enviava um sinal quando eu apertasse o botão. Mas parece que ela não funciona apenas dessa forma.

Meu braço parece muito pesado quando eu o ergo para ligar o terminal de seu quarto. Eu não me permito fazer conjecturas. Só vou olhar, ver se estou sendo paranoica, e aí posso voltar a dormir.

A tela pisca, ligando-se, oferecendo um layout similar ao do meu quarto, exceto, claro, que está tudo em kemyano. Eu hesito, mas em seguida abro uma pesquisa na rede pessoal, inserindo os caracteres kemyanos que formam o meu nome.

Nenhum resultado. Começo a relaxar. Só para ter certeza, entro com os caracteres correspondentes para "pulseira".

Um par de documentos e um ícone de programa surgem. Dou um toque para abrir o programa.

A princípio, tudo o que consigo discernir é um pequeno anel de luz circundado por algumas linhas aparentemente aleatórias. Eu cutuco a imagem, e ela se contrai. Meus dedos recuam.

É uma planta de um apartamento, situada em um corredor com dezenas de outros esboços indistintos em torno, os números do setor e do distrito flutuando acima do mapa. Com outra cutucada, a imagem se contrai novamente, oferecendo-me uma visão de metade de todo este andar da estação. O pequeno anel cintilante não se moveu de sua posição original.

Está no apartamento de Jule. Ali embaixo, próximo aos meus pés.

Eu fecho os olhos e os abro novamente. Isso não é *tão* ruim assim, é? A ideia de ele seguir os meus movimentos sem o meu conhecimento me causa arrepios, mas talvez ele tenha visto isso como uma precaução razoável, como o monitor de condição de saúde no meu quarto. Se eu me encontrasse numa situação em que não pudesse ativar o sinal, mas ele soubesse que algo estava errado, ainda assim ele poderia me encontrar.

Só que... isso significa que ele sabia que eu havia ido a um setor qualquer hoje. Ele não me perguntou por que, ou o que eu fui fazer lá, embora supostamente ele não pudesse saber.

Ou poderia?

Afugento a pergunta assim que começa a martelar na minha cabeça, mas ela persiste. Girando na beirada da cama, olho para baixo, para a figura adormecida de Jule. Ele se virou para o outro lado, afastando-se de mim, uma perna dobrada e a outra esticada, os braços enrolados em volta da cabeça. Seu rosto está sereno no sono.

Lembro-me da aparência daquele rosto quando eu cheguei. A hesitação... quase um nervosismo. A intensidade dele depois. Por que agora?

Parece uma traição com ele só de eu me perguntar isso. Sinto uma dor no coração. Fecho o programa de rastreamento com um gesto e me levanto, esgueirando-me para a sala principal como se os meus pensamentos estivessem aumentando tanto de volume que poderiam acordá-lo.

Os amigos de Jule falaram sobre como ele é rico. Isis disse que sua família é respeitada, pelo menos as gerações mais antigas.

Mas as pessoas no clube brincaram sobre o pai dele levar a família para o buraco, sobre como seria de esperar que as contas tivessem secado a essa altura. O pai de Jule parecia preocupado com a forma como o filho gastava o seu dinheiro e Jule deu aquela resposta sobre ficar esbanjando créditos.

Tabzi recebe dinheiro dos pais. Se o pai de Jule está realmente desperdiçando créditos dessa forma... de onde Jule está tirando os dele? Ele está fazendo o mesmo trabalho que Win, e Win com certeza não é rico.

Eu pressiono as mãos contra a testa.

Existe uma maneira fácil de me livrar das perguntas. Eu observei Jule digitar um código em seu cofre no outro dia. Aposto que ele usa o mesmo código para os seus registros. Seria uma espécie de treinamento, caso Isis precise de mim para ajudar a investigar os outros.

Eu mantenho essa interpretação de minhas ações como justificativa para mim mesma enquanto ligo a tela na sala principal. Levo alguns minutos para localizar a seção de finanças, porque meus dedos ansiosos ficam espalhando a interface. Quando eu toco para abrir o programa que mantém os registros da conta de Jule, aparece uma solicitação de código de acesso.

Ele confiou em mim o suficiente para não me esconder isso. Agora eu estou usando essa confiança contra ele.

Nada do que vou ver aqui vai prejudicá-lo a menos que ele esteja prejudicando a todos nós durante esse tempo todo.

Digito os números. A solicitação desaparece. Uma planilha complexa de rótulos e caracteres numéricos distribui-se pela tela. Percorro lentamente os registros, selecionando gradualmente depósitos e saques e datas e origens. Então, minha mão cai para a lateral do meu corpo, e eu fico apenas olhando fixamente.

Uma ardência se intensifica em meus olhos. Tenho que piscá-los para confirmar o que penso estar vendo. E checar novamente. E mais uma vez.

Aquilo continua lá. Duas vezes no mês passado, transferências para a conta de Jule de valores muito maiores do que qualquer uma do departamento de Viagens à Terra, cuja origem é apenas uma série de caracteres codificados.

27.

Quando Jule acorda de manhã e sai vagarosamente de seu quarto no horário de sempre, estou na área da cozinha/sala de jantar. Ao me ver, ele sorri com uma pontinha de timidez que já vislumbrei em outras oportunidades. Isso me faz lembrar de sua suposta confissão na noite anterior. Uma pontada de dor atravessa o meu peito, mas eu me obrigo a sorrir de volta.

Eu puxei pela memória o melhor que pude pelas datas do primeiro vazamento de informação sobre o uso do setor de tecnologia, e também a interrupção do voo de Britta até o planeta, e seus misteriosos influxos de créditos ocorreram exatamente dois dias depois de cada episódio, o que faria muito sentido se ele estiver usando algum esquema complexo de transferência para se certificar de que o rastro do dinheiro não possa ligar Davic e ele. Examinei registros mais antigos e confirmei que esses influxos só começaram cerca de um ano atrás. Depois de Jule se juntar ao grupo. Eu até sei para onde foi o dinheiro. Porque depois da maior parte dos influxos, há transferências regulares para uma conta denominada R. Adka. Seu pai, sem dúvida.

— Não conseguiu dormir? — Jule pergunta.

— Não muito — respondo, piscando para retornar ao presente. — Dia importante, certo? Você quer que eu faça um café?

— Isso — diz ele —, seria extraordinário. Depois dessa viagem, não terei mais essas boas coisas.

Ele contorna a mesa para deslizar o braço em torno de mim e beija a lateral do meu pescoço, e eu procuro não ficar muito tensa.

— Pode ir se lavar — digo. — O café da manhã vai estar pronto quando você voltar.

— Sim, senhora — ele diz com um sorriso e uma saudação brincalhona, e se dirige ao banheiro.

Fiel à minha palavra, quando ele retorna vestido com um novo traje, eu organizei em seu lugar habitual na mesa uma caneca fumegante e um pacote aquecido das panquecas de mentira que eu sei que são um de seus pratos favoritos. Eu pego uma lata da bebida calmante para mim.

— Não está com fome? — Jule pergunta enquanto eu me sento.

— Já comi — respondo, o que não é verdade, pois estou com o estômago embrulhado de ansiedade. — E eu preciso disso. — O que é verdade.

Ele beberica seu café entre abocanhadas de sua refeição, as bocanhadas ficando maiores conforme esfria a comida. Eu observo suas mãos. Os dedos se contorcem enquanto ele achata o pacote vazio. Depois ele fecha as mãos.

Hora de acabar com isso.

— Então, quais são os planos para o seu último dia de pagamento? — eu pergunto. — Fazer Davic enviar os Executores para o compartimento de Viagem, ou deixar que eles nos capturem na nave?

Jule tinha acabado de tomar outro gole de seu café. Ele cospe, engasgando com ele, e consegue engolir enquanto limpa a boca. Por um segundo, o olhar que encontra o meu parece assombrado. E então sei que é verdade com uma certeza que ainda não havia me atingido antes.

— Davic? — faz-se de desentendido. — Dia de pagamento? Do que você está falando, Skylar?

— Você sabe muito bem — falo, dedilhando a borda da lata. Eu poderia beber dez latas dessas e acho que a minha raiva não diminuiria. Nem meu horror. — O cara com quem eu fui conversar ontem. O cara que tem passado informações sobre o nosso grupo para a divisão de Segurança por meio da diretora do departamento de Viagens à Terra. Suponho que seja o cara responsável pelos pagamentos criptografados em suas contas.

— Minhas contas. — Ele olha para a tela do outro lado da sala, e de volta para mim.

— Eu olhei os seus registros — digo antes que ele possa vir com algum novo argumento pra cima de mim. — Fiquei um tempão olhando para eles. Eu queria estar errada.

Suas mãos se fecham em torno da caneca. Ele toma um demorado gole dela, agarrando-a mesmo após tê-la depositado de volta à mesa, como se ela fosse uma boia salva-vidas.

— Skylar...

— Pode simplesmente admitir isso, por favor? — explodo. — Todo esse tempo você teve medo de que eu me deparasse com alguma coisa que apontasse para você? — Toda preocupação que ele demonstrou a respeito da minha "segurança", todas as formas com que ele tentou me distrair, me enganando com juras de amor, para que eu não pudesse enxergar com clareza... Lágrimas começam a brotar em meus olhos. Eu as esfrego com veemência, contente pelo menos por descobrir que nenhuma delas chegou a rolar. — Ou você acha que eu sou tão idiota que seria moleza me enrolar?

— Eu sei que você não é idiota — diz ele em voz baixa.

Isso não é, de fato, uma admissão de culpa, mas também não é mais uma negativa. Estufo o peito. Tem uma coisa que eu preciso saber, antes de mais nada. O motivo para precisarmos ter essa conversa no final das contas.

— O que você já contou a ele sobre os nossos planos de deixar a estação?

Ele resolve falar:

— Nada — ele alega. — Eu não disse nada a ninguém desde que... Eu nunca quis colocar em risco a missão, Skylar. Tudo ainda pode prosseguir exatamente da forma como pretendíamos. Eu sempre passei para ele apenas pequenas coisinhas que eu sabia que não iriam realmente nos atrasar...

— Britta e Odgan poderiam ter *morrido* — eu o lembro, olhando para ele. — Britta ainda não se recuperou. E Odgan e eu quase fomos pegos outro dia, quando o alerta de bloqueio começou. Você está dizendo que nós não temos importância nenhuma?

— Não — ele protesta. — Não era para ter acontecido assim. Com Britta, eu programei o envio da mensagem... Não era para ter chegado a Davic até depois que eles estivessem de volta, sãos e salvos. O objetivo era fazer com que os Executores pudessem se aproximar apenas o suficiente para acreditarem de fato que *algo* tinha acontecido, que a informação era boa e eles é que tinham sido muito lentos. Mas aquele cargueiro apareceu e pôs tudo a perder. E Davic deve ter lido a mensagem logo que chegou para ele, e fez Silmeru chamar imediatamente a Segurança. Eu pensei que eles ainda teriam tempo suficiente.

Ele se interrompe, sua boca se retorcendo.

— Eu passei dos limites. Eu conseguia enxergar isso. Por esse motivo eu parei. Não valia a pena arriscar mais ninguém. O alerta de bloqueio... eu não tive nada a ver com aquilo.

Realmente não havia um novo pagamento depois do alerta de bloqueio. Parece que ele está dizendo a verdade. Mas ele pareceu ter dito a verdade zilhões de vezes antes. Ontem à noite mesmo, aquele sussurro em meu ouvido. Eu me contenho.

— Por que antes valia a pena? Para que você pudesse bancar o vício do seu pai no jogo? Você nem ao menos *gosta* dele.

— Não tem a ver só com ele — revela Jule. — Minha família toda... Nosso *nome* costumava ser respeitado... as pessoas ouviam o nome "Adka" e pensavam nos grandes cientistas e desenvolvedores de tecnologia do nosso passado: meu avô, a mãe dele e o tio, os pais deles... Foi estabelecido um padrão, e o meu pai e a minha tia, eles decidiram que poderiam simplesmente montar em cima do que nós já possuíamos, deixar isso pular uma geração. — Seu tom torna-se amargo. — Que decepcionante não foi saber que o filho *dele*, o primeiro na linhagem, não tinha talento para tecnologia ou ciência. Ele desistiu de mim. Meu avô, acho que ele se importava mais que isso, mas assim que começou a perder a lucidez... — Ele para, e sua voz baixa de tom. — Ele se recusou a falar comigo durante três anos. Na maioria das famílias, ser um Viajante é quase tão respeitado quanto, sabia? Pelo menos na maioria delas.

— E o quanto são respeitadas as pessoas que deduram os amigos? — eu não posso deixar de perguntar.

— Ninguém jamais precisava saber. — Jule se ajeita como se estivesse desconfortável em seu assento. — Eu descobri o que Thlo estava fazendo, e sabia que ela poderia fazer isso acontecer, e quando conseguisse eu queria estar com ela. Eu seria um dos líderes da nova ordem. Mas estava demorando muito, e meu pai estava esgotando as contas da família, e meu avô não conseguia entender que ele já não controlava montes de dinheiro. Eu já havia consumido a maior parte dos créditos que estavam em meu nome, saldando as dívidas deles. Daqui a alguns meses eles teriam que se mudar para os setores inferiores, vender suas coleções, e todo mundo ficaria sabendo. Tudo que eu tinha que fazer era um pouco de jogo duplo, lançar mão do que eu tinha. Vender umas informaçõezinhas que no frigir dos ovos não iriam fazer mal a ninguém. — Ele troca novamente de posição, estremecendo os ombros. — Meu avô teria elogiado minha engenhosidade.

— Então, a coisa toda tem a ver com isso? — Eu me sinto ainda mais enojada. — Você arriscou provavelmente a única chance de tirar o meu planeta do controle de seu povo, talvez a única chance que todos aqui têm de se mudarem para um lar de verdade, para que sua família não tivesse que... que viver como a maioria das pessoas na estação já vivem?

— É mais complexo do que isso — Jule se justifica. — Você não pode compreender, sem ter vivido aqui.

— Não — eu concordo. — Eu realmente não consigo compreender colocar o conforto imediato de algumas pessoas acima do futuro de dois *mundos* inteiros.

— Eu te falei, eu só dei para eles pistas que eu sabia que poderíamos contornar. Com exceção dessa última que...

— Você não sabia ao certo o que poderia acontecer em nenhuma dessas vezes — eu o interrompo. — Você arriscou algo assim, ou algo ainda pior, a cada mensagem que enviou para Davic.

Ele abre a boca, e parece lutar com as palavras.

— Eu parei — diz ele, com a voz rouca. — Juro, eu nunca quis sabotar a missão, nunca tive a intenção de dar para ele qualquer informação sobre a nossa partida para a Terra, e *não dei*.

— Como é que eu vou confiar em você agora? Você colocou a vida de todos nós, a minha e a de todos que importam para mim, em perigo por pessoas que você mesmo admite que não dão a mínima para você.

— Eu vou te mostrar — diz Jule. — Eu posso te mostrar os registros...

Ele se segura na mesa e começa a se levantar, mas suas pernas tremem. Ele se senta novamente com um baque, franzindo a testa.

— É — eu digo. — Eu acho melhor você não tentar ir a lugar nenhum agora.

Seu olhar dispara para mim, assustado. Mas Jule também não é idiota. Um segundo depois, ele volta sua atenção para a caneca de café quase vazia. Ele solta um palavrão bastante forte em kemyano.

Eu descanso minhas mãos sobre o tampo da mesa, deixando a raiva e a satisfação abrandarem a dor na minha voz.

— Eu fiz uma pesquisinha antes. Existe uma vasta documentação sobre drogas ilegais na rede pública. Você tomou uma dose-padrão. Eu não queria arriscar a *sua* vida. Fiquei imaginando o que viria antes, se o barato ou a paralisia. Acho que agora eu já sei.

— Skylar. — Ele faz um movimento espasmódico, como se quisesse estender o braço na minha direção, mas sua mão responde apenas parcialmente. Em seguida, ele começa a emborcar para o lado em direção ao banco. Ele se segura num dos braços, que está rigidamente esticado.

— Eu tinha que me certificar de que você não poderia mais enviar mensagens. — Eu me levanto. A bebida calmante pesa no meu estômago. — Se foi verdade tudo o que você disse, então vai ficar fora do ar só por umas cinco horas, e quando passar o efeito pode fingir que nada disso aconteceu e não faz a menor ideia do que um grupo de rebeldes possa estar fazendo.

Suas pálpebras estremecem, mas ele mantém o olhar em mim por um longo instante.

— Eu nunca menti para você — diz ele. — Eu não te disse algumas coisas, mas eu...

Ele tosse, e o seu braço resvala. Ele despenca, esparramando-se no banco. Quando eu me afasto, não consigo ver mais do que a lateral de sua perna, as demais partes do corpo escondidas pela mesa.

É tarde demais para conjecturas agora. Se o restante de nós quer mesmo fazer isso, temos que partir agora.

28.

Eu já tinha enfiado minha mochila no saco kemyano que Britta me emprestou. Leva apenas alguns segundos para pegá-la no meu quarto. Eu não aguento entrar em contato com os outros através da rede e esperar aqui. Este apartamento não é mais seguro. E se isso não é uma emergência que valha eu aparecer na casa de Win, então eu não sei mais o que seria.

Estou indo para a porta da frente quando a grande tela anuncia uma chamada recebida. Hesito, olhando para o nome. "Su Hika-Bai Ibtep."

Thlo.

Ela não estaria nos ligando ela própria se não fosse importante. E presume-se que tudo o que ela diria a Jule, eu preciso saber também.

Olho em direção à mesa. Tenho certeza de que Jule está completamente fora do ar a essa altura, perdido em sua viagem involuntária, mas ele ainda pode estar ouvindo — e entendendo. Vou para o quarto dele.

— Skylar — Thlo diz quando eu aceito a comunicação, uma breve erguida de sobrancelhas sua única demonstração de surpresa.

— Eu preciso confirmar uma coisa com Jule. Ele não está aí?

Eu não poderia ter pedido por uma brecha melhor para dizer a ela o que aconteceu. Mas quando respiro fundo, pequenos detalhes em sua expressão enviam ao meu corpo um tipo de calafrio que remete à sensação de *errado*. O retesamento no canto de sua boca. A ligeira rigidez de sua postura.

Eu já vi essa tensão antes — quando lhe mostrei a reconstituição de minhas conversas com Jeanant. Como se ela estivesse se preparando para algo desagradável.

O que exatamente ela quer "confirmar" com Jule?

— Não — eu digo, à medida que rememoro as nossas interações das últimas semanas. O repentino desinteresse dela pelas minhas observações. Ela insistindo para que eu parasse de procurar mais informações. Isis atribuiu isso ao excesso de precaução... mas talvez fosse outra coisa. Talvez Thlo não precisasse de mais observações ou informações porque havia descoberto que Jule era o traidor.

E aí não contou para o restante de nós? Por quê?

Passei tempo demais aqui confiando nos instintos dos outros em vez de confiar no meu próprio. E cada fibra do meu ser está recusando a ideia de revelar a Thlo o que eu descobri.

— Ele teve que sair. Algo a ver com o pai dele.

Pelo franzir de lábios de Thlo quando balança a cabeça, eu suspeito que ela pelo menos esteja ciente de como essa relação é tormentosa.

— Bem, diga a ele para me contatar quando voltar.

— Se você quiser que eu transmita uma mensagem para ele...

Ela meneia a cabeça, e eu testemunho novamente aquele retesamento ao redor de sua boca.

— Sobre esse assunto eu preciso falar diretamente com ele.

Ou ela sabe e não pode se dar ao trabalho de me avisar, ou não sabe e confia mais em Jule do que em mim, embora seja ele quem tenha nos traído esse tempo todo. Embora *eu* tenha arriscado minha vida revelando esse fato. Aperto minhas mãos sobre o colo.

— Thlo — eu digo antes que ela possa cortar a ligação, e alterno para o kemyano. — *Eu não sou dispensável.*

Seu olhar inabalável me avalia. Eu continuo a encará-la, mantendo o queixo firme. Depois de alguns instantes, um leve sorriso cruza o seu rosto. Parece mais triste do que contente.

— Não — ela diz. — Você fez mais do que eu esperava. Falei isso em parte por causa da frustração. E você deve compreender, quando se está trabalhando com recursos escassos pelo tempo que estou, você aprende a focar nas pessoas em primeiro lugar por sua utilidade.

— Jeanant não — não consigo deixar de falar.

— Não — ela concorda. — Jeanant era tão pouco prático que colocava todas as outras vidas acima da dele própria... Incluindo aquelas em seu planeta. E Jeanant está morto. — Ela recua, alisando o cabelo para trás da orelha. — Eu tenho outros assuntos para tratar. Por favor, diga a Jule que eu preciso falar com ele.

A tela pisca e fica cinza.

Fico olhando fixamente para ela por mais alguns segundos, e então me obrigo a sair do torpor. Há pessoas aqui em quem eu realmente confio. Hora de ir embora.

Meu estômago se revira quando passo de novo pela sala principal. Eu não me permito olhar em direção à mesa, mas posso vê-la pelo canto do olho. A lembrança da terrível conversa que tive há pouco com Jule é sobreposta por momentos mais antigos: ele me confortando depois da visita de seus amigos, aquela primeira partida de *Rata* e tudo o que veio depois, os beijos e as carícias ao longo das semanas...

Afasto esses pensamentos enquanto me apresso para sair, mas meus olhos ficam marejados. Estou piscando sem parar e sentindo minha garganta se estreitando por causa da emoção ao entrar decidida na parada do transportador, e não registro a figura que estava saindo da curva do setor vizinho até que uma voz grita:

— Com licença. Você poderia esperar um minuto para que eu possa falar com você?

Kurra. Eu reconheceria esse tom penetrante em qualquer lugar. Meu corpo fica teso. Golpeio o painel de chamada, todas as outras emoções descontroladas pelo pânico. Eu não posso encará-la, agora mais do que nunca.

Passos ecoam pelo piso além da parada. Eu me preparo para correr, mas não há nenhum lugar para ir. Se voltasse para o apartamento de Jule, ficaria encurralada. Ela deve estar com sua arma, aquela blaster entorpecedora; se eu correr para o fim do corredor, não terei chance alguma. Espremo o polegar contra o painel de novo, como que implorando para o transportador chegar mais rápido.

Um transportador público chega com um chiado baixo. Os passos de Kurra se aceleraram, provavelmente porque eu não respondi. Se ela ouvir a minha voz, isso pode trazê-la ainda mais rápido. Cruzo as portas assim que elas se abrem, recebendo um olhar de surpresa da mulher de meia-idade que já estava entrando.

— *Espere!* — Kurra grita, correndo na direção da parada. Nossos olhares se cruzam por um instante. Ela salta para a frente, as portas se fecham com um clique, e o transportador acelera para longe.

Estremeço. Houve reconhecimento em seu rosto? Não tenho certeza se isso importa. Ela sabe que eu estava fugindo dela; isso já é motivo suficiente para levantar suspeita. Tenho que sair daqui. Win disse alguma coisa, antes, sobre os Executores rastrearem os transportadores.

— *Com licença* — digo para a mulher, que está arregalando os olhos para mim, e solicito a parada no próximo setor à frente. O transportador diminui a velocidade imediatamente. Saio correndo do transportador logo que o espaço entre as portas se alarga o suficiente, dou uma olhada para os dois lados do corredor, e saio em disparada na direção oposta ao apartamento de Jule.

Eu só preciso aumentar um pouco a distância entre mim e Kurra, depois pegar outro transportador e...

Não. O sabor metálico do medo preenche a minha boca quando caio em mim. Eu usei o perfil falso que Isis criou para mim para chamar este último. Kurra provavelmente já levantou o arquivo. Talvez até já tenha descoberto que é falso. Se eu usá-lo novamente, ela vai saber exatamente onde estou.

Saio correndo, repetindo o endereço de Win como um mantra. *23-8-17. 23-8-17.* Será que o truque de Isis com as filmagens da vigilância vai continuar a funcionar se os Executores estiverem procurando especificamente por mim? Tudo o que posso fazer é esperar que sim... e me apressar.

Quatro setores adiante, eu avisto uma das escadas de manutenção e corro em direção a ela. Isso me lembra de minhas explorações anteriores na estação, quando espionei Tabzi e suas amigas. Sou acometida pelo remorso. Ela realmente estava do nosso lado o tempo todo, muito mais do que Jule. Ela arriscou perder o prestígio na sua família enganando o irmão para que nos emprestasse a nave dele. Não há a menor hipótese de que ela vá conseguir esconder seu envolvimento quando o grupo retornar da Terra.

Já estou suando quando chego ao segundo nível de distritos, e ainda tenho que vencer algumas dezenas de setores até chegar ao apartamento de Win. Enxugando a testa, desço, partindo para uma nova série de corredores. Pelo menos, não acho que haja alguma maneira de Kurra poder prever aonde eu iria.

Prossigo correndo num ritmo constante, desacelerando somente nas poucas vezes em que avisto alguém lá na frente nos corredores. Nas duas primeiras ocasiões, é apenas um residente local indo ou saindo de uma parada do transportador. Na terceira, é um jovem usando um cinto de Executor. Diminuo o passo até que ele se dirija a um apartamento, e então passo correndo para o próximo setor.

Sinto como se tivesse corrido uma maratona quando chego à porta de Win. Paro por um momento para recuperar o fôlego e jogo o cabelo para trás, tirando-o do rosto. Após um momento de hesitação, bato na porta.

Fico esperando pelo que parece uma eternidade, e ninguém responde. Mas imediatamente depois da minha segunda batida, uma mulher esbelta com uma franja escura esvoaçante abre a porta. Seus olhos, de um tom ligeiramente mais escuro do que o azul-marinho dos olhos de Win, me recepcionam com uma rápida avaliação de alto a baixo.

— *Sinto muito* — diz ela com um sorriso de desculpas. — *Eu não tinha certeza se tinha ouvido direito da primeira vez.*

Ela está vestindo calças largas e uma blusa que me fazem lembrar dos hippies dos anos 60, só que com tecidos de textura kemyana, embora sem o corte ajustado típico, como se o criador estivesse tentando ser fiel ao modelo da Terra com os únicos materiais disponíveis. Tendo em vista o que eu ouvi sobre a família de Win, acho que isso não deveria me surpreender.

— Win está? — pergunto, esperando que meu sorriso de resposta não esteja muito forçado.

— *Entre* — ela oferece. — *Ele está esperando você?*

— *Está* — minto, lembrando como deve parecer estranho para qualquer pessoa receber visitas sociais enquanto o confinamento está em vigor. — É coisa do trabalho.

O apartamento para o qual ela gesticula para que eu entre é do mesmo tamanho e layout do de Isis e Britta. Um menino que parece ter cerca de 12 anos está esparramado no chão ao fundo, diante da porta, mexendo em um tablet. Em um canto, um homem esguio de meia-idade com um queixo anguloso que me lembra o de Win está olhando para baixo, para uma tela apoiada em um cavalete improvisado. Uma pintura, percebo, de um casal passeando de mãos dadas em um dos corredores da estação. Outras pequenas pinturas entulham as paredes entre os armários e as portas. São cenas da estação, como uma vista do refeitório, o teto abobadado do auditório, um cargueiro cruzando o céu estrelado, e algumas outras que presumo terem sido inspiradas por filmagens da Terra: florestas e campos agrícolas e fachadas de casas vitorianas.

O homem ergue a vista, quando a mãe de Win vai até a porta de um dos quartos. Como sua esposa, ele está vestindo roupas com um design ao estilo da Terra: calças kemyanas, mas uma camisa de abotoar na frente, colarinho e mangas *billowy*.

— *Olá!* — ele me cumprimenta com olhos desconfiados, posicionando a mão quase que de forma protetora entre mim e a pintura no cavalete. Lembro-me do modo como Jule ridicularizou esse "hobby".

— *Eu gosto do seu estilo* — elogio. Eu não entendo muito de arte para poder dizer alguma coisa mais profunda, mas para mim o trabalho dele parece bastante bom. Especialmente para alguém que tem sido desestimulado continuamente a realizá-lo.

Win surge abruptamente de seu quarto com um rubor quase febril nas bochechas. Se por acaso ele já estava nervoso por causa do que iremos tentar fazer hoje, eu estou a ponto de tornar a situação ainda mais complicada. Ao me ver, sua expressão passa da confusão à preocupação.

— *Oi!* — diz ele, conseguindo manter a voz inalterada, como se essa fosse uma visita perfeitamente normal. — *Venha, eu vou te mostrar.* — Ele aponta para o seu quarto, para longe dos olhos curiosos dos pais e do irmão. Assim que a porta se fecha, ele se vira para mim. — O que há de errado? — ele pergunta baixinho. — O que aconteceu?

Um impulso embaraçoso surge dentro de mim: o de desabar em seu ombro e desatar a chorar até botar pra fora toda a dor e o medo que tenho carregado sozinha. Eu cerro os dentes, refreando-me. Haverá muito tempo para chorar quando conseguirmos sair da estação.

— Foi o Jule — conto. — Era Jule a pessoa que estava vazando as informações.

Win arregala os olhos para mim.

— O quê? Tem certeza?

O fato de ele obviamente nunca ter suspeitado deveria me confortar. Eu assinto, baixando os olhos.

— Ele admitiu para mim — digo com voz áspera. — Ele está... Eu explico melhor depois, mas agora ele está fora do ar. Não será capaz de alertar ninguém por pelo menos algumas horas. Mas nós temos que ir embora, já. Eu quase trombei com Kurra quando estava saindo do apartamento dele... Ela já deve ter percebido que tem alguma coisa acontecendo.

Win respira fundo.

— Tudo bem — diz ele. — Então... Vamos até Isis e Britta. Elas vão conseguir organizar o que precisamos para a nave e se comunicar com Thlo mais rápido do que qualquer um. Aí reunimos os outros e partimos. Você tem tudo o que precisa?

Eu suspendo minha sacola em resposta. Ele faz uma pausa até que eu encontro os seus olhos novamente.

— Você está bem? — ele pergunta.

As lágrimas que eu tanto tentava conter se derramam. Eu as enxugo, engolindo com dificuldade.

— Vou ficar — respondo. — Assim que estivermos fora daqui.

— Certo — ele diz com um aperto suave no meu braço. — Vamos lá.

Atravessamos com pressa o apartamento, Win dando uma desculpa para os seus pais que eu mal consigo ouvir.

— *Prazer em conhecê-la!* — a mãe dele grita para mim, e eu levanto a mão em reconhecimento. Então já estamos correndo pelo corredor até a parada do transportador.

— Vamos conversar depois — diz ele em voz baixa quando entramos no transportador que ele chamou. Evito olhar para o teto. Os transportadores públicos estão sendo tão vigiados quanto os corredores. Cruzo os braços, olhando para o chão. Win está brincando impacientemente com suas mangas, em silêncio.

— Skylar...

O que quer que ele fosse dizer é interrompido por uma sirene ressoando no transportador. Eu agarro ao pilar central, meu estômago revirando. A boca de Win aperta-se numa linha fina.

— Kurra deve ter convencido a Segurança a aumentar o nível do alerta de bloqueio — diz ele.

O transportador não parou.

— Será que ainda teremos uma chance? — pergunto.

— Todos terão uma hora para voltar para seus apartamentos — explica Win. — Os transportadores vão continuar funcionando durante esse período. Enquanto o "ajuste" de Isis com a transmissão da vigilância estiver funcionando, nós só precisamos nos manter longe de patrulhas... e torcer para que ela possa burlar quaisquer restrições extras no compartimento de Viagem.

O transportador nos deixa no setor de Isis em meio às luzes do alerta de bloqueio. Corremos para a porta do apartamento. Britta abre, parecendo mais equilibrada do que estava quando falei com ela ontem, mas ainda fraca.

— Isso tem algo a ver com você — diz ela.

— Encontrei o nosso traidor — revelo. — E os Executores sabem que estamos em movimento. Temos que partir o mais rápido que pudermos.

Ela nos faz entrar. Isis emerge do quarto onde ela deve ter tirado um cochilo depois de ter trabalhado até tarde na noite anterior, seu cabelo um emaranhado de cachos.

Eu lhes conto as partes mais importantes da história, incluindo a alegação de Jule de que ele não tinha repassado nenhum dos nossos planos atuais. Então Isis corre de volta para o quarto para acessar a rede. Ela está franzindo a testa quando sai de lá novamente.

— A única área que está completamente fechada agora é o oitavo nível de distritos — diz ela. — Foi lá que você foi vista?

— Sim — confirmo. — Quando eu estava saindo do apartamento de Jule.

— Está bem. Então eu posso conseguir um compartimento de Viagem, contanto que consigamos sair daqui antes que o bloqueio de alerta entre plenamente em vigor. Consegui entrar em contato com Tabzi e Emmer para ajudar com a pilotagem. Não há necessidade de complicar isso contatando mais alguém. Mas eu não consegui encontrar Thlo. Ela pode estar em uma reunião, ou confinada pelo alerta de bloqueio.

— Não podemos esperar — digo. Podemos fazer isso sem ela. O plano já está em andamento... e, na verdade, o plano era de Jeanant, não dela.

— Eu sei — reconhece Isis. — Vamos ter que nos contentar com nós quatro. Ela entenderá.

— Cinco — Britta diz com firmeza. — Eu vou.

Parece que Isis vai protestar, mas para.

— Claro! — diz ela. Ela apanha uma mochila do chão, e nos apressamos para fora.

A sirene continua berrando enquanto nós nos espremos em outro transportador, que nos descarrega perto do compartimento de Viagem, em um corredor escuro. Tabzi já está lá.

— Eu falei com o meu irmão — diz ela, um pouco sem fôlego. — Ele deve estar dentro da área de alcance do compartimento de Viagem em quinze minutos.

Isis consulta um aparelhinho em seu pulso.

— Vai dar certo.

Emmer aparece enquanto estamos abrindo a sala de armazenamento onde Isis escondeu o equipamento de que vamos precisar. Ele nos ajuda a manobrar até quatro plataformas flutuantes cobertas por um tecido metálico. Então assumimos nossas posições em volta deles. Um zumbido preenche o ar quando as engrenagens do compartimento entram em funcionamento. Uma luz encobre Tabzi, e ela desaparece.

Win estende a mão para segurar a minha.

— Nós vamos pôr um fim nisso — diz ele. Eu consigo dar um sorriso.

Um sinal soa. Uma luz me envolve. E com uma guinada atravesso o espaço até a nave que vai me levar para casa.

29.

Assim que embarcamos na nave, Britta e Emmer correm para a cabine de controle. Eu corro atrás deles por corredores iluminados por uma luz difusa que impede que as paredes metálicas brilhantes reflitam qualquer um que passe por elas. O piso parece estranho, tão esponjoso que parece impulsionar meus pés para a frente duas vezes mais rápido do que a sua velocidade normal. O irmão de Tabzi deixou ligado um sistema de som, e notas delicadas soam à nossa volta.

A música é interrompida, e o ar sofre uma mudança. Quando chego à cabine de controle com os outros, Emmer e Britta já estão debruçados sobre os painéis, a imensa tela preenchendo a parede à frente deles salpicada com os números de voo em aceleração. A transição foi tão suave que eu mal tinha percebido.

— Estamos indo bem? — eu pergunto.

Isis verifica um painel no canto.

— Ninguém tentou nos contatar — diz ela. — E eu não vejo ninguém nos perseguindo. Mas eles podem não ter tido tempo de responder ainda. É improvável que ninguém tenha notado a súbita partida desta nave.

— Meu irmão vai pensar que é esquisito eu ter... saltado para cá mesmo com um alerta de bloqueio pleno — Tabzi intervém. — Mas ele é... discreto. Ele não vai querer arriscar pôr a nossa família em apuros abrindo a boca.

— Estou estabelecendo para a gente um curso ligeiramente alternativo — diz Emmer. — Isso deve permitir que a gente evite quaisquer naves na rota habitual entre Kemya e a Terra.

— Mas isso também significa que não vamos saber quem está nos perseguindo — Britta nos adverte. — Quando estivermos fora do alcance do sensor deles, eles também estarão fora do nosso.

— Pelo menos estamos com uma vantagem inicial — pondero, meu coração acelerado por causa do nosso corre-corre na estação.

— Britta, você disse que esta é uma das naves mais rápidas que existem? — diz Win ao meu lado.

— Top de linha — garante Britta. — Meus cumprimentos ao seu irmão, Tabzi. Esta belezinha deve nos levar para a Terra em três dias, mesmo com a rota alternativa.

— Ótimo! — comemora Isis. — Isso significa que temos três dias para nos prepararmos. Eu vou terminar de montar a arma de Jeanant. O restante de vocês, vou ocupar com simuladores. Quero todos nós treinados em todos os aspectos desta missão... Prontos para reagir a qualquer problema que possamos enfrentar. Para fazer isso e conseguir voltar para casa em segurança, precisamos estar completamente preparados.

Assim, por mais que a minha mente queira saltar direto para a *minha* casa, para as pessoas que estarei vendo em breve, eu me encontro sem muito tempo para pensar. Isis faz com que eu me familiarize de novo com o sistema de navegação e os controles de pilotagem, e pratique um módulo que ela criou para nos ensinar como direcionar e disparar o *laser* de Jeanant. Eu não estarei por aqui durante a ofensiva final, mas talvez eu precise cooperar de alguma forma antes de obtermos nossa janela.

Estou feliz de ser distraída de certos pensamentos. Na noite do primeiro dia, Britta entra no refeitório enquanto estou ingerindo um jantar rápido, e se senta ao meu lado. Seus olhos parecem mais límpidos do que têm estado desde o incidente com a espaçonave. Voltar para o assento do piloto deve fazer bem a ela.

— Você quer falar sobre o assunto? — ela diz delicadamente.

Eu não preciso perguntar sobre o que ela está falando. O último pedaço da minha barra de ração fica entalado na garganta. Eu o engulo.

— Na verdade, não — respondo. Em alguns dias, estarei de volta à Terra, longe da política alienígena e cercada por pessoas que eu entendo. Aí será mais fácil esquecer Jule. Vou ter mesmo que fingir que ele e todo o mundo dele nunca existiram.

— Nenhum de nós sabia — Britta insiste. — Quaisquer indícios que você não percebeu, nós também não percebemos, e todos nós conhecíamos Jule há muito mais tempo do que você. — Sua boca se retorce. — Você não faz ideia de como Isis está furiosa com ela mesma.

Mas era eu quem estava dividindo o apartamento com ele. Dividindo a cama com ele. Às vezes, até o ar que ele respirava. Fui eu que decidi não ir mais a fundo, apenas desfrutar o que ele oferecia. Talvez, se eu tivesse tentado estimulá-lo a falar mais, teria sido capaz de perceber que ele se importava tão pouco comigo que estava disposto a jogar fora tudo pelo que eu estava trabalhando. Todas aquelas vezes que ele alegou estar preocupado comigo, com o perigo em que eu estava me colocando, quando tudo o que ele tinha que fazer para me manter longe do perigo era admitir a verdade... Saber disso ainda me atormenta. Eu acreditei nele naquele momento em que ele disse que me *amava*.

Eu desvio o olhar.

— Pelo menos, nós descobrimos a tempo. Acabou.

Depois, ela não fala mais no assunto.

Na manhã seguinte, estou trabalhando lado a lado com Win em uma sala de recreação que transformamos em uma área de treinamento. Win está rememorando suas habilidades de pilotagem básicas enquanto eu estou praticando a sensível sequência de mira e disparo do *laser* principal de Jeanant. Haverá menos de cinco segundos para destruir todas as três fontes de energia — segundos durante os quais podemos ter certeza de que os Executores no satélite adjacente não terão tempo para responder. Meus dedos continuam se atrapalhando com o último, disparando o tiro virtual em um amontoado de placas de circuito dispensáveis, em vez de no núcleo. Depois da décima tentativa consecutiva, xingo a tela e desabo em uma das altas cadeiras estofadas, recompondo-me.

— Vai ser a Isis que vai manusear o *laser*, ou Emmer, se por algum motivo ela não puder — Win observa. — E até lá você vai estar em casa.

— Eu sei. Só quero fazer alguma coisa *direito* — eu grito, e me arrependo imediatamente. — Desculpe. Eu não estou zangada com você.

— Não se desculpe — diz ele. Ele pausa o seu simulador e leva a cadeira até a frente da minha, apoiando as mãos nos próprios joelhos. Ele olha para elas, e depois para mim. — Quem sente muito sou *eu*.

Eu pisco perplexa para ele.

— Pelo quê?

— Foi minha a ideia de trazer você para a estação. Disse que ia cuidar de você. Mas eu realmente não tinha pensado sobre os problemas que poderiam surgir, a possibilidade de que eu poderia não ser capaz de estar por perto na maior parte do tempo, para ajudar... Eu deveria ter visto como isso poderia ser perigoso para você.

— Eu não fiquei com Jule porque você não estava me protegendo o suficiente, Win. Foi um erro, é óbvio, mas fui eu quem o cometeu.

— Eu sei — diz ele, parecendo surpreso. — Não foi isso o que eu quis dizer. Eu estava pensando... Se eu tivesse tirado um tempo para considerar as possibilidades de antemão... Se eu não tivesse apressado as coisas... Talvez eu pudesse ter participado mais dos seus planos, compensar os riscos que você correu. Talvez tivéssemos percebido isso antes, e nós não estaríamos presos com apenas metade do nosso grupo em uma nave com a qual nenhum de nós está familiarizado, com os Executores não muito longe atrás de nós. Está certo que quanto ao Jule eu não tinha como dizer a você o que ele estava fazendo. — Ele faz uma pausa, e respira, suas bochechas corando sob o marrom-dourado de sua pele. — Eu admito que esperava que você fosse querer a mim, se fosse para ficar com alguém... dessa maneira. Mas isso não quer dizer que eu não conseguisse entender você ter feito a escolha que fez.

Preciso de um momento para absorver a confissão dele, como uma pequena garra em torno do meu coração, espremendo-o. Ele esperava — ele *queria*...

— Eu não percebi — digo. — Eu... tive a impressão de que você não estava interessado. Na nave, a caminho de Kemya, parecia te incomodar quando eu chegava muito perto.

Win franze o cenho.

— Me incomodar?

— No laboratório, depois da reunião em que decidimos que eu iria ficar no apartamento de Jule. Nós estávamos conversando, e eu pensei... Eu fui na sua direção, e você parecia... — Minha garganta se fecha ao tentar encontrar as palavras para o lampejo de repulsa que eu tinha visto em seu rosto. — Como se você tivesse que se afastar.

— *Ah*. — Ele estremece, baixando a cabeça. Sua voz baixa também. — Aquilo não foi por sua causa. Alguns dos outros... Quando eu estava argumentando contra você se fingir de animal de estimação, eles fizeram comentários sobre as minhas intenções, que eu sou tão "amante da Terra" que devo ter trazido você junto apenas para que eu... Não vale a pena repetir. Não era verdade. Mas depois, com você, isso ficou na minha cabeça, o que pensariam se eu tentasse alguma coisa... Se *você* pensasse a mesma coisa. Eu estava tentando ser cuidadoso, depois da forma como estraguei tudo antes. Eu não tinha certeza se você sequer estaria pensando em mim, ou qualquer outro, dessa forma, com tanta coisa acontecendo.

Lembro-me agora, a conversa à parte em kemyano, a reação defensiva de Win. Não é difícil adivinhar qual poderia ter sido o conteúdo desses comentários, tendo em conta tudo o que eu ouvi dizer sobre kemyanos que demonstram algum interesse em terráqueos.

Win engole audivelmente, e olha para cima.

— Você estava pensando sobre isso. Então, se eu *tivesse*...

O resto da pergunta paira no ar, como se ele não tivesse certeza do que quer perguntar. Eu não tenho certeza se responder a isso iria magoar ou ajudar. Se ele tivesse. Se ele tivesse me beijado lá, como pensei que ele poderia. Se *eu tivesse* sido clara sobre o que eu estava sentindo. Uma pontada dessa atração vibra dentro de mim como se estivesse lá o tempo todo, jogada para escanteio e então represada, mas sempre lá.

Passei tanto tempo daquelas primeiras semanas esperando que outras pessoas agissem, que me guiassem! Mas, por mais que os kemyanos gostem de fingir o contrário, eles são tão humanos, e podem ser tão falíveis, quanto eu. Na Terra, eu vi isso em Win, em Jeanant, em Kurra. Só que foi fácil esquecer isso na estação, aquele mundo desconhecido que era muito mais deles do que meu. E deixar a responsabilidade nas mãos deles.

Como teria sido o último mês se eu tivesse me lembrado mais cedo? Será que os meus sentimentos estariam tão focados em Win que Jule não me afetaria? Eu teria enxergado a sua atuação?

Eu quase desejo que pudéssemos voltar atrás e fazer essa pequena mudança para descobrir. Parece-me impossível que todos nós agora não estivéssemos em melhor condição.

Mas não há nenhum campo temporal aqui, não há como voltar atrás o relógio e desfragmentar o meu coração e começar de novo. Dói, essa comichão de desejo reavivada, já batendo contra machucados e incertezas que eu não tinha antes. A dor das recentes traições não deixa espaço para isso.

— Agora já não importa — digo. Amanhã eu estarei em casa. Isso é tudo que eu realmente posso aguentar *permitir* que importe.

Estendo a mão, hesitante. Quando Win se inclina para pegá-la, eu me inclino para a frente, deixando minha testa descansar contra a dele, fechando os olhos. Ele entrelaça os dedos nos meus, aceitando o pouco que posso oferecer. E a dor que queima lentamente dentro de mim diminui aos poucos.

Depois de alguns segundos, eu me afasto.

— Você não precisa se desculpar — digo, referindo-me às suas observações anteriores. — Você disse que eu seria capaz de ajudar a ver concluída a missão da Jeanant. Eu fiz isso. Ainda estou feliz por ter vindo.

A mão dele envolve a minha, apertando-a. Eu as deixo ficar penduradas ali um pouco mais no espaço entre nós. Então, a tela soa para mim, lembrando-me da simulação pausada aguardando para continuar. Dos perigos que ainda estão pela frente.

— É melhor voltar ao trabalho — sugere Win, mas o leve sorriso que ele me lança é caloroso o bastante para que eu possa me agarrar a ele mesmo depois de soltar a sua mão.

☆ ☆ ☆

Isis pede uma parada no dia seguinte quando chegamos à borda do meu sistema solar. Na imensa tela da cabine de controle, aquela estrela brilhando mais do que o resto é o meu sol, o meu planeta um pontinho reluzente à sua direita. Estou tão perto! Torço uma mecha do cabelo, que tem retornado ao seu tom castanho-claro natural ao longo dos últimos dias, agora que já não preciso mais dos cuidados mágicos de Britta com a minha aparência. Pareço quase eu mesma, em meu estado normal, o suficiente para que eu consiga explicar a diferença como uma simples e espontânea vontade de experimentar um novo corte de cabelo. Nós vamos penetrar velozmente o campo temporal e Win me levará de volta ao meu verdadeiro presente, e tudo na minha vida vai voltar a ser da forma como deveria ter sido. E dezessete anos depois, no meu futuro, que é o presente para todos nesta nave, eu vou saber que ele está aqui com os outros, destruindo o campo temporal que tem mantido a Terra prisioneira por tanto tempo.

— Emmer, leve o jetpod de segurança para uma varredura próxima e discreta da área — Isis instrui. — Enquanto aguardamos firmes aqui, vamos instalar a arma no exterior da nave — ela continua. — Win, Tabzi, vocês podem ajudar com isso. Skylar, fique de olho nas nossas telas de sensores. Nós manteremos todos os canais de comunicação abertos.

Sento-me ao lado de Britta enquanto os outros saem em fila indiana. Agora que não estamos em movimento, a tela flutuante mostra apenas as lentas trajetórias dos planetas mais próximos, suas luas, uma nuvem de detritos à direita, o jetpod enquanto se afasta vagarosamente da nave principal.

— Será que eles vão conseguir prender a arma com a mesma facilidade que teriam se estivéssemos na nave que deveríamos estar? — pergunto depois de um tempo.

— É até mais fácil, na verdade — responde Britta. — Essas naves caras de playboy são construídas para serem facilmente customizadas e atualizadas.

Fico contente de ter a chance de voar em uma. — Ela dá um tapinha no painel carinhosamente.

Ocorre-me que pode ser que ela não tenha a chance de voar em nave nenhuma por um longo tempo depois de hoje. Não tem como nenhum deles aqui poder escapar de ser identificado pelos Executores, quando foram as únicas pessoas não autorizadas que deixaram a estação durante o alerta de bloqueio.

— Você acha que Thlo ainda será capaz de amenizar as coisas para vocês? — pergunto. — Vocês não vão estar bem encrencados?

— Ela vai encontrar uma maneira de contornar isso — assegura Britta. — Ela é a única pessoa no poder que está realmente preparada para isso, e todo mundo irá recorrer a ela por respostas. E... mesmo que ela não consiga nos livrar da punição, ainda assim eu acho que valeu a pena.

— Obrigada — agradeço, e ela sorri para mim.

— É o melhor para todos nós — ela acrescenta. — Por falar nisso, não haverá muito tempo para despedidas quando chegarmos perto o suficiente para Win levar você para casa, então eu deveria dizer agora: tem sido ótimo trabalhar com você.

— Com você também — eu digo, retribuindo o sorriso dela. Há algumas coisas de Kemya que eu sentirei falta.

A voz de Isis ressoa no painel de Britta.

— Atualizar os sistemas e confirmar se soquetes do seis ao vinte e sete estão engatados.

— Verificando — Britta responde. Elas checam e checam de novo todas as formas como o circuito interno da arma foi integrado na nave até que Isis se dê por satisfeita.

— Estamos voltando a bordo — informa ela.

Eu avisto o sinal piscante do jetpod reaparecendo na tela.

— Emmer está voltando.

Isis, Win e Tabzi se juntam novamente a nós na cabine de controle enquanto Emmer atraca o jetpod embaixo da nave. Um instante depois, a rede carrega a sua voz para a cabine. Ele parece sério.

— Está parecendo mais complicado do que esperávamos, Isis.

— O que quer dizer? — pergunta Isis.

— Estou transferindo as imagens para sua tela. Dê uma olhada.

Um momento depois, a tela na frente da cabine pisca e exibe uma vista mais próxima da Terra. A esfera prateada do satélite de pesquisa paira na periferia da atmosfera, próxima ao globo menor do gerador do campo temporal salpicado de alavancas e cones. Ambos são idênticos às suas emulações nas simulações de treinamento.

O que eu não reconheço são as duas naves pequenas e brilhantes, uma pairando perto do satélite e a outra mais ao longe. Sinto um nó no estômago.

— Eu não sei o que esses veículos espaciais estão fazendo aqui — diz Emmer. — Com os motores que eles têm, poderiam nos alcançar em duas horas se viessem atrás de nós em linha reta. O mais distante parece meramente recreativo... Eu não detectei nenhum armamento, exceto os raios de manutenção habituais... Mas a outra possui algum poder de fogo.

— Os Executores, esperando por nós? — pergunto.

— Nós sabíamos que isso seria possível — Isis diz com ar grave. — É *possível* que sejam uma proteção extra que o departamento de Viagens à Terra tenha enviado anteriormente, o que pelo menos significa que eles não sabem que estamos a caminho.

— É melhor pensarmos que eles sabem, não é? — diz Tabzi, abraçando-se. — Temos que nos preparar para o pior.

— Isso apenas quer dizer que temos um fator extra para nos preocupar — diz Win. — Só precisamos de um pouco mais de tempo. — Mas sua voz traz preocupação. Teríamos muito pouco tempo para desativar o gerador e os sistemas de armas do satélite sem que a nossa nave fosse neutralizada. Se eles têm outra nave preparada para uma ofensiva, isso poderia acabar completamente com os nossos planos.

— Vamos usar o jetpod — sugere Britta, levantando-se. — Ele vai distraí-los, dar a eles algo no que se focar enquanto avançamos com esta nave e disparamos os nossos tiros. Emmer é quem deve ficar nos controles aqui. Eu faço isso.

— Não — eu murmuro, pensando na última vez em que ela esteve a bordo de um jetpod, no fato de ela ainda não estar cem por cento recuperada.

— Nesse estado, você não vai conseguir ser mais rápida do que aquelas naves — alerta Isis.

— Eu não vou precisar — diz Britta. — Eu vou manter uma distância. O jetpod é pequeno o bastante para que eu consiga me esquivar dos disparos. Eu só preciso levá-lo para longe do satélite, e então vocês vão até lá e fazem o que têm que fazer, e eu irei atrás de vocês... Depois que vocês estiverem prontos para lidar com isso também.

Isis a estuda, seus ombros tensos. Britta a encara de volta desafiadoramente. Por fim, Isis concorda.

— Se sincronizarmos direito a operação, vai funcionar.

— E se não conseguirmos? — não posso deixar de perguntar.

— Então eu morro por uma causa pela qual vale a pena morrer — Britta declara.

— Emmer, suba até aqui. — Isis se vira para o restante de nós. — Precisamos decidir como redistribuir as tarefas aqui. Britta não deve ir sozinha. Vamos precisar de manobras rápidas para chamar a atenção da nave, mas não receber seus disparos, e nós estaremos muito ocupados com as nossas próprias tarefas para monitorar o jetpod. — Britta faz um som de protesto, mas Isis a interrompe. — Eu não deixaria ninguém fazer isso sozinho. Então... Eu queria você e Emmer aqui, eu no *laser*, Win nos raios laterais, e Tabzi dando cobertura a todos nós. Suponho que você possa levá-la, o que significará que o restante de nós simplesmente não pode cometer nenhum erro. Tabzi?

Ou eles todos poderiam morrer, e nem mesmo completar esta missão. Antes que eu tenha realmente pensado a respeito disso, deixo escapar:

— Você está se esquecendo de mim. Eu já pilotei antes. Eu vou.

— Preciso te levar para casa antes de darmos conta do gerador — diz Win. — Depois que terminarmos, o campo temporal será desligado... Você não conseguirá voltar para o seu presente.

— Eu sei — digo. Também sei que a única razão de eu ter deixado a Terra no fim das contas era para que eu pudesse ver a missão concluída. Para que eu tivesse certeza de que a Terra estava segura, porque eu não poderia suportar a incerteza. E não vejo nada a não ser incerteza agora, se eu deixar essas cinco pessoas enfrentarem os seus inimigos — os nossos inimigos — em menor número e desarmadas.

— Seus pais...

Essa culpa já está se avolumando dentro de mim. Se eu não voltar para o meu próprio tempo, se eu não zerar os acontecimentos dos últimos dezessete anos desde que Win me apanhou rapidamente, meus pais ainda vão ter vivido com a dor do meu desaparecimento. Eu vou perder qualquer chance de evitar o acidente de Lisa, ou quaisquer outras coisas terríveis que aconteceram durante a minha ausência. Minha garganta se fecha.

Mas não sei se tudo teria dado certo se eu tivesse ficado lá, não é? Não é mais importante para eles, e para todos os outros que eu conheço — para todos no planeta, e todos os que irão nascer nas futuras gerações —, que eu faça tudo o que puder para garantir que o campo temporal seja destruído?

— Qualquer que seja a dor que eles sentiram, eles já passaram por isso — digo com firmeza. Se eu voltar para eles em vez de ficar aqui onde sou necessária, será por minha própria consciência e conforto mais do que de qualquer outra pessoa. Eu não seria nem um pouco melhor do que Jule. — Isso é mais importante. Isso é o que eu vim fazer aqui. Então reapareço com dezessete anos de atraso. É melhor do que nada.

E será num mundo verdadeiramente livre.

30.

Todo mundo fica em silêncio por um momento. Então Emmer entra apressado, estimulando Isis a agir.

— Tudo bem — diz ela. — Acho que estamos acertados então. Britta e Skylar no jetpod. O restante de nós mantendo esta nave no curso. — Ela chama a atenção de Britta. — Não se aproxime mais do que o absolutamente necessário. Tente levá-los para o lado oposto.

Britta concorda com a cabeça num gesto rápido. Ela se aproxima de Isis, que vai de encontro a ela para um breve beijo. Olho para Win inadvertidamente. Ele não hesita, apenas me puxa para um abraço igualmente breve.

— Te vejo em breve — diz ele, e então Britta pega meu braço.

Corremos para fora da sala de controle. Quando entramos no elevador interno que vai nos levar até o nível do jetpod, percebo que Britta está piscando muito.

— Nós vamos conseguir — digo, com toda a confiança que consigo reunir. — Nós vamos voltar. *Eu* não vou deixar os Executores atirarem em você de novo.

Ela ri, a tensão em seu rosto arrefecendo um pouco.

— Desculpe por não conseguirmos te levar para casa da forma que planejamos.

— São as pessoas naquelas naves lá fora que deviam se desculpar — respondo. Não posso mais pensar sobre nisso, somente na tarefa à frente. Se quisermos sobreviver a esse voo, vamos precisar de toda a concentração e habilidade que temos. Estou muito nervosa, mas estou pronta. É por isso que estou aqui. Essa é a razão de todos os riscos e de toda a dor: destruir o campo temporal, tirar a Terra do controle de Kemya. — Então vamos fazer com que se desculpem.

O jetpod parece uma versão mais elegante daquela em que fiz o meu primeiro voo: um brilho platinado nas paredes, um bolsão de ar em torno do assento almofadado que me faz sentir quase como se não tivesse peso. As telas piscam, acendendo-se sobre o painel logo que nos acomodamos. Elas proporcionam uma maior variedade de dados de navegação do que tínhamos na outra, mas ainda estaremos parcialmente cegos sem o acompanhamento de Isis.

— Estamos prontas — Britta chama por ela.

— Nós também — responde Isis. — Deem a eles a melhor perseguição que puderem.

Ligamos os motores. Uma escotilha se abre abaixo de nós, e o jetpod imerge até estar completamente liberado da nave. Então nós decolamos, fazendo um amplo arco que vai nos levar até bem perto da Terra antes de enfrentarmos os defensores do gerador. Na minha tela, a nave principal paira atrás de nós sem um curso definido.

— Quanto podemos chegar perto deles antes que os sensores captem a gente? — pergunto a Britta.

— A alternância de sinal que eu programei vai começar a perder a eficácia mais ou menos no momento em que estivermos passando pela órbita de Marte — esclarece Britta. — Mas se mantivermos a potência baixa e o planeta entre nós e eles, quaisquer impressões que eles detectarem estarão fragmentadas. Eles não devem ser capazes de nos identificar como algo fabricado em Kemya até que queiramos que eles o façam... Contanto que eles fiquem onde estão.

Uma das luas de Saturno, fria e marcada por buracos, avulta-se no canto da tela, e de repente sou lembrada de como esse veículo é minúsculo no meio do universo. Como são finas as paredes que nos separam do vácuo lá fora. Somos apenas Britta e eu nesta pequena bolha de ar.

Eu fixo os olhos nos controles, afastando esses pensamentos. Nós contornamos a gravidade da Lua, e então Britta diminui a velocidade para passar pelo cinturão de asteroides, e minha tela torna-se uma momentânea confusão de manchas e linhas de deslocamento. A tela escurece para contrabalançar o crescente fulgor do sol. Nós fazemos uma curva e arremetemos direto para a Terra.

Perco o fôlego por um momento quando a imagem do meu planeta se expande na tela, a ansiedade dando lugar à admiração. Eu já vi fotos do espaço, mas elas não conseguem capturar como a Terra é bela quando você a está vendo a esta distância com seus próprios olhos. Delicados redemoinhos de nuvens brancas formam um véu rendado que permite vislumbres do intenso azul dos oceanos, do verde-escuro dos continentes. Um contraste visível com o marrom avermelhado de Kemya. O sol, agora atrás de nós, brilha sobre a atmosfera, fazendo com que o globo terrestre pareça uma imensa versão de uma das contas de vidro polido que eu costumava girar para focar a minha mente.

É isto o que me mantém focada agora. Não padrões de números ou a sensação de uma pulseira: este mundo, meu mundo, que eu estou ajudando a libertar.

Não é bem o mundo que deixei. Estamos próximas o suficiente para que a difusa linha que marca a fronteira do campo temporal apareça na tela, lembrando-me dos dezessete anos que se passaram desde que eu entrei no 3T com Win. Não faço a menor ideia do que me aguarda, na verdade. Os Viajantes poderiam ter infligido uma quantidade enorme de mudanças nos lugares e pessoas que eu conhecia. E eu vou aparecer do nada como uma adolescente de 17 anos em um mundo que esperaria que eu estivesse com 34. Eu não sei como vou explicar isso.

Sinto um nó na garganta. Eu fecho os olhos por um segundo, desejando que minha respiração se mantenha uniforme.

De algum modo, vou descobrir como fazer isso. Por aquele planeta maravilhoso à minha frente, por todas as pessoas que vivem nele, para que finalmente todas as decisões em nossas vidas sejam realmente tomadas por nós mesmos. Eu preferiria passar por qualquer coisa a continuar vivendo como um peixinho dourado no aquário dos kemyanos.

— Você está bem? — Britta me pergunta.

— Sim. Mas vou ficar ainda melhor quando o gerador estiver em pedacinhos.

Ela sorri.

— Vamos nessa então.

No limite da atmosfera, nós nos deslocamos lentamente para a direita, nos aproximando do satélite, do gerador, e das naves inesperadas. Uma cintilação atravessa a nossa tela quando os sensores deles nos identificam. Fico apreensiva em meu assento, mas a princípio nada acontece. Então, à medida que acompanhamos a curva do planeta e o satélite entra em nosso campo de visão não apenas em nossos displays de navegação, mas também em nossa tela de visualização, uma voz se dirige a nós:

— *Jetpod* não autorizado no quadrante 34-89, identifique-se, por favor.

Britta pressiona o botão com o ícone de comunicação.

— *Por que você não vem até aqui e me obriga?* — ela berra, e uma risadinha nervosa escapa de mim.

Nós revertemos a propulsão para deter o nosso impulso para a frente, e aguardamos. Mantenho os olhos direcionados para a nave lá fora. O veículo espacial mais distante está lentamente se afastando cada vez mais, tanto do satélite quanto de nós. Mas o outro, aquele que Emmer disse estar armado, está virando na nossa direção. Britta posiciona as mãos sobre os controles.

— Não tão rápido — ela me lembra. — Nós não queremos que eles cheguem perto o bastante para nos pegar, mas eles têm que pensar que vale a pena nos perseguir, pelo menos até que os outros estejam posicionados.

Um salto nas leituras nos dá um aviso de ataque.

— Lá vem — antecipo, estendendo a mão para o meu lado do painel. O veículo se descola do satélite, emitindo um raio de energia ondulante em nossa direção. Britta aciona os motores e eu nos lanço para a esquerda. A espaçonave apenas treme quando a borda da onda passa raspando a fuselagem.

Nós nos deslocamos rápido para trás e para a frente, nos aproximando e nos afastando da Terra. O veículo espacial vem com tudo atrás de nós. Meus olhos alternam entre a visão à frente e a tela que mostra o que está acontecendo ao nosso redor. De repente, o veículo vira em um ângulo fechado. Um clarão em sua lateral me faz ofegar.

— Eles têm outra arma!

Britta dá um novo impulso de velocidade nos motores enquanto eu arranco para o lado. O raio que parte da lateral da nave nos chacoalha, e uma luz de alerta começa a piscar. A integridade estrutural da fuselagem foi danificada.

— Ainda está a oitenta e oito por cento — conforta Britta. — Ela está aguentando.

Meu coração está aos pulos dentro do peito mesmo enquanto rio, tanto de terror como de triunfo.

— Lá vem ela de novo. — Os dedos de Britta disparam sobre os controles enquanto continuamos zunindo para a frente. Eu nos giro para a esquerda, pronta para nos esquivar. Mas o veículo em minha tela não está mais nos perseguindo. Ele desacelerou, virando-se e afastando-se.

— Ele está voltando para o satélite. Por que... Oh!

— Alguém deve ter visto a nave principal — diz Britta, com a voz tensa. — Eles perceberam que somos apenas uma distração.

— Você acha que demos a eles tempo suficiente?

— Não sei. Isis não se comunicou.

O que significa que provavelmente não deu tempo.

— Então precisamos distrair o veículo um pouco mais, não é?

O sorriso de Britta é duro.

— Da forma como pudermos. Bem... como é que você diria mesmo? Vamos "encher o saco".

Nós giramos, perseguindo a nave inimiga. Ativo o *laser* que serve para desintegrar detritos que estiverem cruzando o caminho, e aponto-o para a nave à nossa frente. Seu alcance não é tão grande como o das armas deles.

— Quão perto podemos nos dar ao luxo de chegar?

— Eles não parecem ter nenhuma arma na retaguarda — diz Britta. — Apenas prepare-se para correr se eles virarem.

Nós nos aproximamos da nave enquanto ela se desloca velozmente de volta para o satélite e o gerador de campo temporal. Eu manejo os controles do *laser*. Pequenos raios são disparados da abertura da frente do jetpod, salpicando luzes contra a traseira da nave quando a atingem. A fuselagem dela é sólida demais para que causemos algum dano real, mas isso vai chamar a atenção deles.

— Virando! — eu grito quando as leituras sofrem alterações. Britta nos faz recuar, girando ao mesmo tempo. Nossas pequenas dimensões nos oferecem uma vantagem: conseguimos abrir um pouco de distância antes de a nave inimiga terminar de virar de lado. Quando ela dispara sua arma secundária, nós voamos em zigue-zague para nos desviar. Saracotear é a palavra certa. O jetpod sacode, minha clavícula chocalhando, e outra luz de alerta começa a piscar. O impacto danificou os motores. Eles caíram para dois terços de potência.

Eu olho para Britta. A nave retomou seu curso em direção ao satélite.

— Até que o gerador esteja em pedacinhos? — diz ela.

Eu inspiro fundo trêmula, ignorando o suor frio que está brotando da minha pele.

— É isso aí.

Nós contornamos a curva da exosfera, Britta forçando os motores ao seu limite. A nave acaba de parar ao lado do satélite quando um sinal forte surge em nosso equipamento de comunicação.

— É Isis! — comemora Britta.

As palavras mal deixaram a sua boca quando um raio de luz brilhante penetra a escuridão do espaço além. Ele atravessa o gerador. Um segundo depois, segue-se um outro raio, e mais um. A esfera e seus apêndices balançam. Peças se desprendem de suas laterais, rodopiando na atmosfera. E a linha difusa do campo temporal na minha tela se desintegra, libertando a Terra de sua prisão.

Um grito, desprovido de palavras, vitorioso, irrompe da minha garganta. Eles conseguiram. *Nós* conseguimos. Todos esses milênios de História manipulada estão livres das mãos intrometidas dos kemyanos. E nada que eles possam fazer irá capturá-los de volta.

Eu queria que Jeanant estivesse aqui para ver isso. Sua missão, seu sonho, finalmente realizados.

De certa forma, ele está aqui, por meio da tecnologia que inventou. Outro feixe do *laser* de Jeanant atravessa uma espécie de instrumento ao lado do satélite — uma das armas de defesa, eu suponho — e um quinto disparo faz uma curva na parte da frente da nave inimiga. Mas ela já está virando para o lado, como se a tripulação houvesse antecipado onde Isis iria mirar.

— I... Shep! — grito, quase que não lembrando a tempo o codinome de Isis enquanto esmurro o painel: — A nave deles tem uma segunda arma do lado direito!

Parece que uma fração de segundo depois a nave dispara. Não recebemos nada além de silêncio através do comunicador. Será que ela nos ouviu a tempo? A nave ainda está fora do nosso campo de visão. Um brilho chispa no meu display enquanto a nave inimiga se prepara para disparar novamente.

Um raio *laser* é disparado derretendo a arma. A nave treme e a centelha se apaga.

— Obrigada pelo aviso, jetpod! — agradece Isis. — Algo mais que devemos saber?

— Não que tenhamos visto — diz Britta.

Há um sorriso na voz de Isis.

— Então eu acho que o nosso trabalho aqui terminou. Encontre a gente do outro lado da Lua.

☆ ☆ ☆

Os outros cercam Britta e eu quando cambaleamos para a cabine de controle, nossas pernas ainda bambas por conta do voo. Win me abraça, depois é a vez de Isis e Tabzi, todos nós rindo e exclamando entre risadas sem fôlego, como se não pudéssemos acreditar que havia realmente acabado.

— Agora tudo depende de Thlo — diz Isis, mas ela está radiante. — Vamos encontrar para nós um lar de verdade... em vez de evitar isso. E você tem *o seu* lar de volta, por completo.

— Sim. — Eu espio a superfície da Terra na tela principal. O campo temporal nunca foi visível a olho nu, mas de alguma forma o meu planeta parece diferente. Ainda mais brilhante e mais belo do que antes. Eu sei, o que quer que esteja esperando por mim lá, seja lá como envelheceram as pessoas que eu conheço, eu vou ficar bem, de um jeito ou de outro.

— Tem sido incrível trabalhar com vocês — digo, começando a engasgar quando olho para os seus rostos contentes. Até mesmo Emmer, sempre reservado, agora irradia alegria. — Queria poder ter conhecido melhor todos vocês. Se não estivessem dispostos a fazer isso...

Não consigo imaginar que nós, terráqueos, algum dia pudéssemos nos libertar sozinhos.

— *Trabalhando juntos, podemos nos tornar algo tão incrível que faremos nossas vidas tomarem um rumo completamente diferente* — diz Win, citando o discurso gravado de Jeanant. — Nós não conseguiríamos ter feito isso sem *você*.

Isso desencadeia uma nova rodada de risos e conversas, até que Isis limpa a garganta.

— Eu não quero estragar o momento — diz ela —, mas ainda que tenhamos inutilizado as armas do satélite e da nave inimiga, mais naves podem estar a caminho. É hora de partirmos.

O que significa que é hora de eu partir também. Por um segundo, não consigo respirar. Então ela e Britta se aproximam para um segundo abraço. Acho que todos nós estamos com os olhos marejados quando nos afastamos.

— Boa sorte lá em Kemya! — digo.

Win apanha um familiar embrulho de tecido preto e liso.

— Ele não pode mais nos levar através do tempo — diz ele. — Mas vai nos levar do compartimento de Viagem da nave até um daqueles na Terra.

Meu último salto com ele. Eu já disse adeus a ele uma vez, e não foi o último. Mas desta vez... Desta vez é para sempre.

— Ei — diz ele, captando alguma coisa na minha expressão. — Talvez quando estivermos estabelecidos em nosso novo planeta, eu consiga dar uma passada por aqui e te fazer uma visita.

Daqui há muitos e muitos anos? Eu não tenho sequer noção de como a minha vida vai ser daqui a dez minutos. Mas acho que estou prestes a descobrir.

— Parece legal — estendo a mão para pegar a dele pela última vez.

— Espere! — diz Emmer, debruçando-se sobre os seus controles. — Eu estou recebendo uma leitura estranha do satélite.

O clima de comemoração na cabine murcha.

— O quê? — pergunta Britta, sentando-se no banco dos controles ao lado dele. Isis se dirige para uma das telas na parede.

— O que está acontecendo? — quero saber.

— Eu não sei — responde Emmer. — As leituras dos sensores estão distorcidas ao redor do planeta.

— Ajuste o (...) — Britta muda para kemyano, oferecendo uma série de sugestões em termos técnicos, enquanto ela observa sua própria tela.

— Vocês conseguem ver mais alguma coisa? — pressiono depois de um minuto.

— Parece que o satélite está expulsando algum objeto grande — diz Britta, com a expressão perplexa. — Nós ainda não conseguimos detectar o que é.

— Vamos nos aproximar um pouco mais — sugere Isis. — Eles não têm mais nada com que atirar na gente. Mantenham os olhos abertos só por precaução.

Eu caminho até a tela principal, observando a imagem se ajustar enquanto a nossa nave avança lentamente em direção ao satélite, afastando-se ao mesmo tempo da Terra para manter uma distância. Emmer estapeia os controles.

— Eles atiraram o objeto na atmosfera do planeta. Ainda sem nenhuma identificação clara sobre aquilo.

— Mais nenhuma atividade no satélite — observa Britta. — Um momento. O objeto está começando a se mover.

— Existe algum motivo para eles enviarem alguma coisa para a Terra agora? — questiono, mas ninguém responde. Isis está cutucando a sua tela, o rosto parecendo cada vez mais apreensivo. Win junta-se a mim, analisando a vista com uma silenciosa perplexidade.

— O objeto — diz Emmer, franzindo a testa —, parece que ele está... se aquecendo.

— A nave inimiga está vindo na nossa direção — Britta avisa. — Devemos recuar?

— Precisamos saber o que eles estão fazendo! — eu exclamo. Isso está *errado*, mesmo que não haja uma única mudança sequer envolvida. Eu sei disso, do fundo da minha alma.

— A temperatura continua aumentando — adverte Emmer, e Isis se afasta de sua tela. Ela corre para consultar a dele.

— *Não* — ela sussurra em sua língua nativa.

— Isis? — eu digo e, no mesmo instante, um sinal surge na tela de Emmer, um sinal tão grande e brilhante que eu consigo visualizá-lo do outro lado da cabine. Ele deixa escapar um grito estrangulado. E na enorme tela à nossa frente, a borda da atmosfera pega fogo.

Fico boquiaberta quando uma onda de chamas rodopiantes avança ao redor da curvatura da Terra. Engolindo as nuvens, o azul e o verde, o globo todo em seu rastro. Durante o tempo que levo para piscar, a onda de fogo varreu o planeta inteiro, tornando a imensa esfera diante de nós um pulsante caos de matéria ígnea.

Minhas pernas cedem. Eu desabo de joelhos, com o olhar vidrado. Win hesita, e estende a mão para segurar o meu ombro.

— *Eles não teriam...* — Tabzi começa, boquiaberta. — *Por que eles iriam...*

— O que é isso? — consigo dizer, por fim, incapaz de desviar o olhar. A massa flamejante que é tudo que consigo discernir do meu planeta continua furiosamente convulsionada, tremeluzindo em vermelho, laranja, amarelo... e começando a formar aqui e ali manchas de um tom terrivelmente familiar de violeta. — O que eles *fizeram*?

Isis fala uma palavra que eu não reconheço.

— O quê? — exijo saber.

— A fonte de energia, aquela que vazou em Kemya — diz Win com um murmúrio. — Eles a usaram como uma bomba.

A fonte de energia que vazou em Kemya. Aquilo transformou o planeta deles naquela terra devastada, inóspita e coberta de poeira, que eu vi com Odgan. Meu estômago se revira violentamente.

— Alguém faça isso parar! — ouço-me dizendo, embora uma parte distante de mim já reconheça que isso é impossível. — Apaguem isso! Vai acabar...

Minha voz vacila. A energia que irradia por todo o painel de controle mostra chamas bem na superfície do planeta. Já aconteceu. Ninguém, nada poderia sobreviver em meio a isso.

— Tem... hã... o compartimento de Viagem — diz Britta, lutando para controlar a voz. — Cinco pessoas acabaram de subir a bordo. Eles burlaram nossos códigos de acesso.

As palavras dela mal são registradas. A neblina escaldante na tela à nossa frente inunda a minha mente. A imagem dela incinerando o meu bairro, minha escola, minha casa, todas as pessoas...

A porta atrás de nós se abre com um sussurro. Deixo-me cair no chão enquanto afasto o meu olhar.

Quatro figuras vestindo uniformes de Executores caminham a passos largos em direção à cabine de controle, blasters empunhadas, rostos sombrios. O quinto intruso toma-lhes a dianteira, seus olhos impenetráveis varrendo a cabine.

— *Fiquem onde estão* — Thlo diz a todos nós. — *Pela autoridade do Conselho, vocês estão presos.*

Agradecimentos

Meu muito obrigada a todos a seguir mencionados:

Toronto Speculative Fiction Writers Group e meus parceiros de crítica Amanda Coppedge, Deva Fagan e Gale Merrick, por suas inestimáveis opiniões.

Meu agente, Josh Adams, por encontrar um lar para esta trilogia.

Minhas editoras, Miriam Joskowicz e Lynne Missen, por conduzirem essa história à melhor forma possível.

Todo mundo no Amazon Skyscape e Razorbill Canada, por ajudarem o livro em sua trajetória pelo mundo.

Minha família e amigos, por seu apoio contínuo.

E, claro, os leitores de *Ecos do Espaço*, pelas mensagens entusiasmadas e por sua vontade de acompanhar Skylar em sua contínua jornada.

PRÓXIMOS LANÇAMENTOS

JANGADA

Para receber informações sobre os lançamentos da Editora Jangada, basta cadastrar-se no site:
www.editorajangada.com.br

Para enviar seus comentários sobre este livro, visite o site www.editorajangada.com.br ou mande um e-mail para atendimento@editorajangada.com.br